臺灣現代詩的浪漫特質

（修訂版）

顧蕙倩　著

本書榮獲二〇〇九年
第一屆大學院校詩學研究獎學金

【推薦序】

何以要談臺灣現代詩的浪漫特質？

陳鵬翔

我對臺灣詩壇／文壇一直都不太願意去探討五四文學裡的新詩和臺灣的現代詩中的浪漫主義素來深感好奇，所以當顧蕙倩向我提出要寫臺灣現代詩中的浪漫主義特質時，我一口氣就答應了；但是也提醒她這是一個比較文學的課題，其中最難之處就是要如何給中西方的所謂「浪漫主義」下一個定義，之後才能進行追源溯流的工作，然後再來檢索臺灣現代詩裡的浪漫特質。要寫這麼樣一本具有相當開拓性願景與新意的論文本來就不太容易。首先書寫者得對西方文論根源有相當的理解，同時也得對中國古典詩歌以及中國／臺灣現代詩有充足的素養才能竟其全功，顧蕙倩當然都具備了這些條件，更何況她本身又是一位詩人，對現代詩有足夠的狂熱與喜愛，由她來撰寫這麼一本深具開拓性的論文應是深慶得人。

中國大陸自九十年代初期羅成琰出版其所謂的第一本研究浪漫主義詩學體系的《現代中國的浪漫主義思潮》（長沙：湖南教育，1992）以來，現在市面上已經可以找到三五本類似的研究著作，在這些著作裡，我翻來翻去還是覺得陳國恩的《浪漫主義與 20 世紀中國文學》（合肥：安徽教育，2000 年）撰寫得不錯，可惜的就是他能掌握的西文資料太少，而他在〈後記〉裡提到「長期以來，人們對中國現代浪漫主義持有偏見，不僅把它當作小資產階級現象予以貶低，而且認定在二十年代末期就已經消亡」（頁 381），時至二十世紀末年，如果中國人尚對浪漫主義「持有偏見」，那可真是一件非常怪異的事。事實上，新月派中聞一多和徐志摩等都是典型的浪漫主義詩人，而在文學理論研究上能對浪漫主義運動發言的也只有這一派中的梁實秋一人而已。梁氏早年兩篇論浪漫主義的文章〈拜倫與浪漫主義〉和〈現代中國文學之浪漫趨勢〉分別發表於 1926 年的《創造月刊》與《晨報副刊》上頭，其輯篇論著《浪漫的與古典的》則於翌年由新月書店出版。如果陳國恩上頭所言浪漫主義在二十年代末期即已滅亡指的是這種粗淺的評介浪漫主義之後立即被肅殺之革命運動所掩埋一事，這當然是極為可悲的一件事。

另一方面，梁實秋由於在哈佛大學英文研究所，受到白壁德之〔新〕人文主義思想的影響，他主張文學創作得講求理性、適宜性與節制等，這些要求跟浪漫主義者講求「解放」、講求原創性與想像力的揮發等是完全相反的事。

在我轉向去臆測臺灣現代詩的某些特質之前，在此得先提一下西方世界二十世紀初期的文學創作景觀。歐洲此一國際性的浪漫主義運動一般都認為是始於法國的魯梭或是德國的狂飆運動或是英國湖畔詩人，到了十九世紀三十年代已是此運動之巔峰時期，此後即逐漸衰竭，其餘緒由於太過濫情，到了十九世紀末二十世紀初期已成為文壇普遍攻擊之標靶，檢討之聲此起彼伏，最具代表性的抨擊當屬於意象派詩人休姆（T.E. Hulme, 1883-1917）的經典論文〈浪漫主義與古典主義〉（此文寫於 1913，1924 年才發表）。在文中第一個句子，休姆呼籲在經過一百年的浪漫主義風騷宰執、統領之後，我們文壇應當再度鼓吹復興古典（其實即新古典主義），而這個新古典的詩必須「乾而堅實」（dry and hard），而不應再是淚滴涕淋（damp）。我無法確定我們五四初期遠赴英美國的詩人如徐志摩或聞一多、梁實秋等是否看過這一篇論文。否則他們在提倡或模仿書寫浪漫式的詩歌時當對其濫情有所節制。不過不管怎麼說，他們都看過英國湖畔詩人甚或拜倫‧雪萊和濟慈的作品，也拜讀過魯梭的《懺悔錄》（1766-1770）或是歌德等人的小說與詩歌，對於浪漫主義理論的搬演或建構，他們大都少有作為，即使在梁實秋與魯迅打筆戰時，兩人對類浪漫主義也未有論述，那可真是很可惜的一件事，而梁實秋在撤退到臺灣之後任教於臺灣師範大學文學院，直至1966 年退休，都是在教書兼當主管、讀書和譯書中度過。胡百華在〈梁實秋先生簡譜初論〉中謂梁氏「本好議論，但是自從抗戰軍興，無意再作任何評論，對讀書尚知努力耳」（見《秋之頌》，1988：頁 553）。我這一段論述所欲表達的意思是，自五四運動肇始以來，國人對浪漫主義的提倡與評介是多麼地不足，這也難怪陳國恩要說，中國現代浪漫主義文學思潮到了二十世紀末「依然缺少理論終結。與其他思潮相比，對浪漫主義思潮的研究顯得比較冷清，這既是浪漫主義思潮長期受歧視的結果，也是它未能充分發展的一個不可思忽視的原因」（頁 16）。總之，吾人對浪漫主義的研究是非常貧乏與不足，[1]這益發讓我覺得，顧蕙倩膽敢來撰寫一本有關臺灣現代詩裡的浪漫特質是殊為難得的。

顧蕙倩這篇博士論文頗多開拓與創見。她不僅把中國的浪漫主義推溯到《楚辭》時代的巫祝／覡，而且直探中國古代詩歌創作之原始本質——此可稱為詩歌本質性之「浪漫特質」，並把此本質性

---

[1] 當然在臺灣，零星的論述還是有的，例如蔡源煌的〈浪漫主義〉《從浪漫主義到後現代主義》（雅典，1987：頁 3-13）、葉維廉的〈美感意識成變的理路——以英國浪漫主義前期自然觀為例〉《歷史、傳釋與美學》（東大，1988：頁 155-208）、蕭蕭的〈浪漫主義與現代主義的交疊美學〉《現代新詩美學》（爾雅，2007：頁 27-90）和吳雅鳳的〈浪漫風景中的女性：瑞德克麗芙與史蜜斯〉，收入陳玲華編的《越界的西洋文學》（書林，2008：頁 143-169）。

之浪漫特質與西方肇始於十八世紀末、十九世紀初期的浪漫主義並置與比較，開拓出中國本土的四個浪漫主義特質。她這個中國本土的浪漫主義建構，已經為她以及中國／臺灣學術界拓展出一片新天地，而其貢獻可謂殊為寶貴與難得。

陳鵬翔　於礁溪

98.11.06

目次

第一章　緒論

第一節　研究動機與目的

中國的浪漫文學淵源甚早，一般研究者以為始於楚辭，如果依照周策縱的分析，[1]中國古代的浪漫文學大多受了巫的影響和倡導，也就是說，中國文學的浪漫傳統從楚辭之前其實即已產生。中國文學自楚辭之後不但歷經文學體裁的流變，每個朝代、諸多文人其表現浪漫精神的內涵及方式亦各有不同，實值得吾人一一爬梳與研究。

其實，「浪漫主義」（Romanticism）一詞源自於西方，且針對的是西方「新古典主義」（Neoclassicism）的反動革命而言，[2]吾輩研究者每當在研究中國／臺灣文學時引用「浪漫主義」以為文學理論與思想體系的依據時，往往套用的是來自西方的浪漫主義文學傳統，殊不知即使是西方文學所引用的「浪漫主義」一詞，亦有不同時代、不同國家，甚至是不同精神流派的「浪漫特質」。而中國文學也有屬於自己浪漫文學的精髓與傳承。畢竟文學理論是在文藝實踐的基礎上所歸納產生的，它雖然有相對獨立的歷史，卻不能離開文學藝術這種社會現象而孤立發展。[3]

1　周策縱《古巫醫與六詩考——中國浪漫文學探源》（臺北：聯經，1986）。

2　《牛津文學術語詞典》（上海：上海外語，2006）：頁193。

3　胡經之《西方文藝理論名著教程》（北京：北大，2003）：頁1。

筆者以為浪漫文學不論東西和古今，若要明確的理解浪漫主義的根源與定義，當先從兩方面加以界定浪漫主義的歷史性根源，其一由浪漫主義的特質與文學「本體性」起源的關係加以解釋；另一方面則是特別指從十八世紀末至十九世紀初的西方浪漫主義的發展而言。以兩者的界定為基礎，在以下論及「浪漫主義」或「浪漫特質」時，就能清楚的知道是指文學本體論的浪漫特質，還是指特定時空下的西方浪漫主義。

如果說強調文學本體論的浪漫特質最基本的特點是以充滿激情和想像的誇張方式，來表現創作者理想與願望的話，那麼，可以說，在世界各民族最初的文學活動中，就已經存在著這種形態的文學了。表現理想和幻想本是促成文學發生的一個重要因素，也是文學構成的一個基本要素，從這個意義上說，浪漫精神正是文學的一個重要源頭，文學創生的本質從一開始就和浪漫主義有著極其密切的關係。但是，筆者在本文研究之前須對「浪漫文學」、「浪漫精神」、「浪漫主義」、「浪漫美學」等關鍵詞的定義有所釐清，方能進一步掌握中西方文學中的浪漫傳統，以及臺灣現代詩的浪漫特質。

中國古典文學理論向來未有以「主義」為文學理論的專有名詞，亦沒有出現「浪漫」二字作為文學批評的術語。1907 年以《摩羅詩力說》一文介紹「浪漫主義」的魯迅（1881-1936）以「摩羅」詩派稱呼「浪漫」詩派的。[4]至於中國近代從何時開始以「浪漫主義」一詞稱說「Romanticism」已不得而知，但從魯迅留學日本的經歷，可以推知其接受日本浪漫主義的影響必然不可輕忽。而在近代日本，最先用「浪漫」二字表現「浪漫主義」這一文藝思潮的就

[4] 《摩羅詩力說》是 1907 年魯迅用文言文寫成的一部著作。摩羅，通作魔羅，梵文音譯，佛教傳說中的魔鬼。請參考魯迅《魯迅全集 6・墳》（臺北：風雲時代，1993）：頁 66。

是夏目漱石（Natsume Souseki, 1867-1916），[5]其活躍日本文壇的年代早於中國五四文學的興起，當時日本即以使用「浪漫」二字，可知中國以「浪漫」稱呼「浪漫主義」當是受到日本近代文學的影響。

中國古典詩歌並不缺乏西方所謂的具「浪漫特質」的詩作，中國古典詩論裏也早有類似於西方「浪漫主義」的理論精髓。例如西方浪漫主義所強調的想像力，劉勰即在《文心雕龍．神思》已提及：「古人云：形在江海之上，心存魏闕之下，神思之謂也」[6]；而個人主義的提倡，從曹丕《典論．論文》開始，便提出「文以氣為主，氣之清濁有體，不可力強而致。譬諸音樂，曲度雖均，節奏同檢，至於引氣不齊，巧拙有素，雖在父兄，不能以移子弟。」著重個人的性格甚於普遍的人類情感。一如劉若愚所分析，中國古典詩論向來缺乏「文學本論」（Theories of literature）與「文學分論」（Literature theories）的系統性歸納與分類，藉著西方具系統邏輯的文學理論加以檢視與比較，當能更清楚發現哪些理論特徵是所有文學共通具有的，而哪些特徵是限於以某些語言所寫以及某些文化所產生的，而哪些特徵是某一特殊文學所獨有的。[7]

劉若愚曾在其《中國文學理論》言其創作此書的其中一個目的，就是使中國批評思想傳統的各種文學理論「達到一個最後可能的世界性的文學理論（an eventual universal of literature）」，[8]筆者藉著對中國傳統文學中浪漫特質的探討，試圖勾勒出古巫與浪漫詩歌發展的關係，並歸納出中國古典浪漫詩歌具有抒情傳統及登高懷遠之寄託與覺醒。後再與西方浪漫主義的特質加以比較，分別從中西

5　肖霞《日本近代浪漫主義文學與基督教》（濟南：山東大學出版社，2007）：頁 83。

6　劉勰《文心雕龍》（臺北：河洛圖書，1976）：頁 195。

7　劉若愚著，杜國清譯《中國文學理論》（臺北：聯經，2001）：頁 3。

8　同前註。

方浪漫特質的抒情說、超自然觀：救贖與超脫、意象與意境，以及崇高（sublime）與達觀等觀點予以歸納與分析，當會凸顯出中國古典文學的浪漫特質不但有別於西方，更能藉此整理出具世界觀的中國浪漫文學，導正一般人對「浪漫」一詞的錯誤觀念。

文學理論千頭萬緒，只要言之成理，就能成一家之言。顏元叔在〈文學理論的功用〉曾言簡意賅的指出文學理論的變動性，他說：文學理論的傳統是個有機體，它在歷史時空中隨時將新陳代謝。而文學的解答永遠是擬議或權宜的解答，它隨時可以被修正，被補充，甚至被更替。[9]

西方浪漫主義開始引介進入中國，始於清末民初的思想啟蒙運動。[10]如果當時引介的時機發生得更早或更晚，相信對中國新文學的影響也會因而相對不同。畢竟，文學的流變脫離不了作家的作品創作，更脫離不了時代社會的制約。每個理論都有其出現的世紀，所以，每個文藝理論的發展，既離不開整個社會文化的土壤，因而同每個時代的物質文明和精神文明的發展相照應；又因接受前代理論材料的影響，因而自有其相對獨立的運行軌道。[11]與寫實主義一樣，浪漫主義作為一種文學觀念和一種文學創作的表現方式，在世界各民族文學發展的初期，就已經出現了。但是作為一種文學思潮，一種文學表現類型，以及作為一個明確的文學理論概念，卻是依著時代的變遷逐漸形成的。

不僅西方浪漫主義文學的發展經歷了一個漫長的歷史過程，中國浪漫文學的傳承和發展，更是充滿了迴異於西方浪漫主義的內涵和表現方式。

---

9 柯慶明編《中國文學批評年鑑》（臺北：巨人，1976）：頁4。
10 陳國恩《浪漫主義與二十世紀中國文學》（安徽：安徽教育，2001）：頁7。
11 周策縱《古巫醫與六詩考——中國浪漫文學探源》：頁2。

本文研究的動機本緣於一個單純而持久的初衷：即對「現代詩」語言與創作的熱愛。然而愈進入研究現代詩的領域，愈覺得許多文學理論研究的觀念與史料亟需重整與釐清。

首先是一個文學理論觀念的釐清：釐清中國文學的浪漫特質與西方文學浪漫特質的異同。中國與西方，文學的傳統與精髓本來就擁有各自的歷史文化血緣，各自表述，各領風騷。雖然各有不同的發展，但是透過中國知識分子的翻譯與引介，互有影響的部分亦是不可避免的。歷來研究討論西方浪漫主義對中國現當代文學的影響時有人在，但專門分析中國文學的浪漫特質卻少有深入之論，多是直接套用西方浪漫主義的主要特質以為分析中國浪漫文學的視角，流於概念式陳述而無法精深。如此，既以西方的視野一一鳥瞰中國浪漫文學的表現內涵，卻忽略了「浪漫」兩字的文化根源，文學的花朵若根植於不同文化歷史的土地，其中所訴求的精神內涵就會有天壤之別。其實，吾輩若深入探究西方浪漫主義的根源和演變，就會發現源自中國浪漫文學的心性主體和抒情傳統體系，怎麼能隨意套進西方浪漫主義的族譜裡來加以歸類呢？

至於臺灣現當代文學方面，雖然從事研究的專家學者各有專精，但是針對現代詩的浪漫精神探源卻少見深入研究者，更遑論系統性發展體系的梳理與剖析。其實，研究臺灣文學者實應重視臺灣文學中浪漫精神的源頭與脈絡發展，不論來自縱的繼承或是橫的移植，不但要能明瞭繼承自臺灣日治時代的浪漫精神、中國文學的浪漫傳統，更要梳理來自西方浪漫主義的養分，其究竟影響臺灣文學的浪漫特質為何，當能真正理解屬於創作源頭的浪漫精神，是如何植根在現代詩的園地裡，一年一年的開出顏色斑斕、各具香氣的創作之花。「中國新詩的發展，如同一條河流，兩岸的風景展現各季的風采，從現實主義和浪漫主義的流動，到現代主義的崛起，臺灣新詩和大陸新詩同步發展」。[12]

臺灣近代歷史的劇烈演變，加之以中西方文化的互通與殖民經驗，使得西方文學理論的翻譯傳播成為臺灣新文學的重要養分。而來自五四時期的「新文學運動」，對臺灣近現代新文學發展的影響更是占有一席之地，其一浪漫主義對臺灣現代詩的影響更是不可小覷。而臺灣現代詩發展至今，已逐漸形成不同於中國傳統浪漫文學與西方浪漫主義精髓的浪漫特質，但是，至今有系統地研究臺灣現代詩中浪漫特質的論述卻付之闕如。

本文研究的目的，並不在於對西方浪漫主義理論本身的研究，也不在於套用西方浪漫主義的各派學說或各種詮釋，以印證臺灣現代詩的浪漫特質究竟有哪些符合西方浪漫主義的精髓，從而再武斷而單一地判定臺灣現代詩有所謂西方「浪漫主義」的特質。而是質樸的回歸到臺灣現代詩的文本本身，試圖藉著閱讀、歸納、分析等研究的工夫，一一檢視臺灣現代詩的創作成果，並從中選擇能代表臺灣現代詩浪漫精神的詩人作品及主題，歸納出屬於臺灣現代詩的浪漫精神脈絡、詩歌特質和詩歌美學。如前文所言，浪漫精神是文學的一個重要源頭，但是，浪漫主義作為一種文學思潮，一種文學表現類型，以及作為一個明確的文學理論概念，卻是隨歷史逐漸形成的思想系統。同樣的，臺灣現代詩的浪漫精神究竟只是西方浪漫特質的橫的移植，抑或到底有沒有屬於自己的浪漫文學特質？如果有，在臺灣的現代詩領域裡，具有浪漫主義特質的作品是否也發展為一種重要的文學思潮，一種文學表現類型，或者明確地呈現臺灣

---

[12] 邱燮友〈詩的真理〉收於林于弘《臺灣新詩分類學》序文（臺北：鷹漢，2004）：頁 2。

現代浪漫詩學理論的體系，成為一個有異於西方浪漫主義精神的詩學現象呢？

第二節　研究內容與範圍

為什麼研究題目定為臺灣現代詩的「浪漫特質」，而非「浪漫主義」或是「浪漫美學理論」呢？這些名詞彼此之間的異同性究竟何在？

筆者研究臺灣現代詩，觀察相關研究者著重的不是現代詩壇的西方創作理論之變革研究，就是現代詩史的史料整理與爬梳。雖然研究專家詩的論文會針對詩人的作品風格或特質加以研究，但至今卻仍未見有關研究臺灣現代詩的「浪漫特質」之論文。蓋中國具有浪漫傳統特質的文學作品由來已久，浪漫精神的傳承與變革，不但源自於每個詩人作品的呈現，更來自於社會文化的變遷與發展。筆者今以「浪漫特質」為研究臺灣現代詩的主題，其研究的內容，即在於以臺灣文壇具有「浪漫特質」的現代詩作品、主題為例，以西方「浪漫主義」的理論發展為研究架構，向上延伸至中國古典文學的浪漫傳統、中國現當代作家的浪漫革命，以及臺灣現當代作家的浪漫一代，試圖歸納並整理出屬於臺灣現代詩壇別具一格的「浪漫特質」。

以下為論文的研究綱要：

第一章　緒論

第二章　中西方浪漫主義思想探微

第三章　中／臺現代詩中的浪漫一代

第四章　知識份子的浪漫革命——以楊牧、楊澤為例
第五章　追尋浪漫主義的個人主體性——以夏宇、葉紅為例
第六章　結論

若單以文學研究而論，如當代美國學者 M.H 艾布拉姆斯在六十年代末所說，其中必然得涉及四個要素：世界、作者、作品、讀者。M.H 艾布拉姆斯考察了古希臘以來歐洲的文藝復興理論發展史，得出這樣的結論：歷史上各種文藝理論的區別，就在於如何分析這四種要素的相互關係。不同的文藝理論，時而突出某些要素，側重某種關係，時而突出另一種要素，側重另一種關係，這就形成了西方文藝理論的錯綜複雜和豐富多采。[13]

本文研究首在介紹中西方歷史上浪漫主義在文藝理論與浪漫精神上的特質與區別，如上提 M.H 艾布拉斯姆所言，分析中西方社會文化、作者、作品、讀者這四種要素的相互關係，以期能釐清浪漫主義文藝理論與精神的錯綜複雜和豐富多采。在西方，浪漫主義文學在不同時代和不同民族之中，雖然有著不盡相同的特點和面貌，但是正如韋勒克（Rene Wellek, 1903-1995）所說的，浪漫主義具有這些共同特質為：「就詩歌觀來說是想像，就世界觀來說是自然，就詩體風格來說是象徵與神話。」[14]，若就浪漫主義的發展史而言，「浪漫主義的意思簡直包括一切不是按照古典統傳統寫出的詩歌。」[15]，又進一步將兩者結合，作更完整而扼要的分析，其言：

---

[13] M.H.艾布拉姆斯《鏡與燈：浪漫主義文論及批評傳統》（北京：北大出版社，2004）：頁 1。

[14] 雷內・韋勒克著，張今言譯《批評的概念》（浙江：中國美術學院，1999）：頁 155。

[15] 雷內・韋勒克著，張今言譯《批評的概念》：頁 129。

> 如果我們考察一下整個大陸上自稱為「浪漫主義」的具體文學的特點，我們就會發現全歐都有著同樣的關於詩歌及詩的想像的作用與性質的看法，同樣的關於自然及其與人的關係的看法，基本上同樣的詩體風格，在意象、象徵及神話的使用上與十八世紀的新古典主義截然不同。[16]

朱光潛在總結西方浪漫主義流派的傳統時，曾指出它有三個特徵：第一，主觀性；第二，回到中世紀；第三，回到自然。[17]而楊牧在洪範版《葉珊散文集》序文中，即以華茨華斯（William Wordsworth, 1770-1850）、柯立芝（Samuel Taylor Coleridge, 1772-1834）、濟慈（John Keats, 1795-1821）、拜倫（George Gordon Byron, 1788-1824）、雪萊（Percy Bysshe Shelley, 1792-1822），這些浪漫派詩人的作品為例，思考浪漫的四層意義。他認為，浪漫的意義，一無非是「捕捉中世紀氣氛和情調的精神」，二是「以質樸文明的擁抱代替古代世界的探索」，第三則是「山海浪跡上下求索的抒情精神」。但是，浪漫並不是表示軟弱無助。楊牧特別舉出雪萊做為浪漫的第四層意義，「而這層意義的重要，更可能凌駕其餘」。那就是雪萊「向權威挑戰，反抗苛政和暴力的精神」。[18]

而 William Harmon 和 Hugh Holman 合編的《文學手冊》（A Handbook to Literature,8th ed.）則進一步將浪漫主義歸納為八種特徵，分別是：感性（sensibility）、原始主義（primitivism）、熱愛大自然（love of nature）、對遠古之喜好（sympathetic interest in the past）、神秘主義（mysticism）、個人主義（individualism）、浪漫式批評（romantic criticism）、反新古典主義（a reaction against whatever

---

[16] 雷內・韋勒克著，張今言譯《批評的概念》：頁 155。
[17] 朱光潛《現實主義美學》（臺北：金楓，1987）：頁 68-71。
[18] 楊牧《葉珊散文集》（臺北：洪範，1977）：頁 8。

characterized neoclassicism），[19]如果再加上想像力、原創性和對荒野不拘束之狂熱等，這就有十種以上的特徵，而近年更有人認為浪漫特徵／特色當在百種以上。[20]

不論中西方先進前輩如何試圖為浪漫主義加以釐清與分類，我們首須清楚地了解，浪漫主義的源頭並不是建立任何一個特定組織的宣言，更不是為了文學風潮而創生。明確地把浪漫主義作為一種文學精神來宣導、來鼓吹，以至於形成了一個波瀾壯闊文學運動和文學思潮，在西方始於十八世紀末到十九世紀三、四十年代這個時期。其最先形成於德國，而後波及到英國、法國和俄國，在短短的十多年裏，迅速發展成為一場風靡歐洲的文學運動，相繼產生了許多有影響力的作家和作品。文學理論中所說的浪漫主義主要指的就是這個時期的浪漫主義，浪漫主義作為一種文學類型，也是在這個時期形成的。當我們在理解西方「浪漫主義」的重要特質時，可依著韋勒克在西方文學史與文學本質的探討上歸結出西方「浪漫特質」的脈絡，以便為研究中國傳統文學與臺灣現代詩的浪漫特質之脈絡。

而 M.H 艾布拉姆斯的著作《鏡與燈——浪漫主義文論與批評傳統》[21]曾用「鏡」與「燈」來比喻寫實主義與浪漫主義之特色／特徵／特質，「鏡」只能反映出外在世界的真實影像，而「燈」則將富於發現與組織能力的光投射到黑暗太空中去。作為一種文學「再現」觀，浪漫主義只不過「再現」的是「內心的真實」，亦即

---

[19] William Harmon & Hugh Holman. A Handbook to Literature.Upper Saddle River, N. J. : Prentile Hall, 2003，pp445

[20] Jacques Barzun 著，侯蓓譯《古典的、浪漫的、現代的》（上海：江蘇教育，2005）：頁 144-161。

[21] M.H 艾布拉姆斯在此經典論述把西方浪漫主義推溯到西元三世紀朗吉納斯（Gaius Cassius Longinus, 217-273）撰述的《論雄偉》（On the Sublime）。

一種「內心表現」的真實。這就可以解釋，為什麼浪漫主義者稱詩人為「直覺的醫生」、推重「內在人類」的情感和無知覺、高揚藝術「天才」理論，最終呼籲人們躲到「藝術世界」中去了。

本文研究架構即以《鏡與燈——浪漫主義文論與批評傳統》為基礎，始於對浪漫主義是「表現說」或「再現說」的觀念分析，並參酌韋勒克《批評的概念》中對「浪漫主義」主題的重點比較，使更進一步釐清文學、藝術、政治上對「浪漫主義」詮釋運用的精髓，俾使筆者以「臺灣現代詩的浪漫特質」為博士論文研究的題目，有開拓研究定義的重大意義。至於對浪漫主義在西方文學理論的進一步分析、各學術領域對浪漫主義的詮釋與運用，當不是本文的研究範圍和研究重心。

本文即以中西方浪漫精神的傳統與流變為基礎，以楊牧歸結浪漫主義的四大層次為分析綱領，選擇楊牧、楊澤、夏宇、葉紅為研究中心，試圖鉤勒出臺灣社會變遷下現代詩浪漫特質之樣貌，以釐清中國／臺灣現代詩與西方浪漫主義精髓的異同性。

第三節　文獻探討與研究方法

一、文獻探討

西方文學史介紹「浪漫主義」一詞，開宗明義即認為「浪漫主義」是極難下定義的一種，因為它在文學、藝術、哲學、政治均佔一席位，但就沒有一種定義能為它全面定位。即使在文學理論的探析上，也是眾說紛紜，大致可認定其本質蘊含著主觀經驗、想像力、原創性及個人主義等等。在研究中國現代文學的發展方面,少有學者在介紹西方浪漫主義之餘,還能思考浪漫主義對中國現代浪漫文學發展的影響。蘇其康的《英國文學源流導覽》一書雖然約略提及,但只是粗淺的連結,可看出作者的文學史主張,及試圖把它們串聯起來砌成一個文學圖像的企圖心。

有些研究文學理論的書籍則是以「文學術語」為主要編輯撰寫的宗旨,且以「手冊」的角色為介紹方式,其目的在方便讀者檢閱使用。不論各版本對浪漫主義的定義為何,是否精簡明確,或是進一步提及西方浪漫主義對中國文學的影響,仔細爬梳西方浪漫主義的精髓終究還是這些書籍撰寫的目的。至於歷來研究中國傳統文學中的浪漫精神者亦大有人在,多是套用「浪漫主義」來為中國的浪漫文學作品加作詮釋。西方浪漫主義觀念的發展千頭萬緒,不但前後期的發展各有變化,連詮釋的重心亦互具辯證性與對話性。即使抽出似乎別具深意的「情思」與「自然」這兩點為主要論述的重點,都無法深入而全面性的理解「浪漫主義」的複雜性。

既然西方浪漫主義仍然沒有一個清楚的圖象,它既是歷史潮流,也是藝術的風格,更是創作內在的精神根源,如何在歷史潮流、藝術風格與內在精神的三重性格中來思考共時性和歷時性的特質呢?筆者以為,界定「浪漫特質」方可為複雜的「浪漫主義」獲得一個清楚的圖相。目前研究中國傳統文學中的浪漫特質者,仍多著重於西方浪漫主義的「歷史潮流與演變」的介紹,主觀概念式地以為西方浪漫主義對中國浪漫文學的發展具有何種關鍵性的影響,對於浪漫文本的藝術風格與內在精神部分,卻少見進一步深入的分析與挖發。

基本上,吾人對中國古代浪漫文學或浪漫精神的分析,應是在現代浪漫主義觀念形成以後的一個理論認同與追溯的結果,目前研究中國現當代文學的浪漫精神者，對於西方「浪漫主義」理論過於片面而主觀的認同與追溯，這便出現了兩大弊端，大陸學者湯奇雲在《中國現代浪漫主義文學思潮史論》中分析為：一是理念的先驗性，以所謂西方的「原汁原味」的浪漫主義理念來比照、言說中國現代浪漫主義文學，從而形成了一種否定現代中國浪漫精神存在的理論傾向；二是機械式的認定西方浪漫主義興起的歷史淵源和與其他主義衝突的精神特質，主觀而片面地確認中國現代浪漫主義的內涵，使中國文學的浪漫精神內涵愈來愈混亂而空泛。[22]

目前研究中國現代浪漫主義方面的成果究竟如何呢？湯奇雲提到，中國現代浪漫主義的研究基本上呈現出五種型態：浪漫主義理念輸入；與現實主義衝突過程中對浪漫主義創作的理論總結；對浪漫主義的批判與改造；對浪漫主義作家與流派的研究，以及浪漫主義思潮的研究。[23]

至於研究中國現代文學中的浪漫主義或浪漫精神的學者，以李歐梵和陳國恩為代表。李歐梵的《中國現代作家的浪漫一代》選取林紓、蘇曼殊、郁達夫、徐志摩、郭沫若、蔣光慈、蕭軍作為浪漫一代作家的代表，以他們的個案探討三十年間時代風氣的形成和變化。若從《中國文學史》的角度來看，這個由古文學者、浪漫詩人和左翼作家形成的組合未免有些獨特，但從創作心理學分析的角度來看，這七個人身上居然都體現出強烈的雙重性：林琴南以翻譯家名世，無形中開啟了一個新時代的閱讀潮流，但他本人同時卻是個傑出的古文作家；蘇曼殊以僧人自許，卻浪漫一生；而左翼作家蔣

---

[22] 湯奇雲《中國現代浪漫主義文學思潮史論》（廣州：廣東高等教育，2007）：頁10-16。

[23] 湯奇雲《中國現代浪漫主義文學思潮史論》：頁1。

光慈終其一生，也一直在行動與情愛之間掙扎，這種內在的心理矛盾，似乎是這一代作家的共同標記。

從文本對現代作家進行心理分析，並非始自李歐梵。此前夏志清的《中國現代小說史》和夏濟安的《黑暗的閘門》已經開啟了這種研究道路的先河，李歐梵的著作本身也從《黑暗的閘門》獲益匪淺。儘管如此，李歐梵的研究仍然是有相當突破性的一種，夏濟安只是在左翼文學中試圖尋找人性的一絲光輝，而李歐梵則把目光擴充到整整一代作家。例如李歐梵深入郁達夫的世界，以文本細讀加精神分析的方法，從他的日記和作品中逐漸還原出一個頹廢、放誕、自棄同時又自我崇拜的郁達夫，令人感慨不已，同時在隱約之間，又讓人感覺到，他寫的不僅僅是郁達夫，甚至不僅僅是「中國現代作家的浪漫一代」；從作者到讀者，似乎那整整一個時代的風氣都在李歐梵的筆下得到了再現。

對於五四時期的浪漫主義者，葉維廉也曾約略論及，他以為那些五四時期的浪漫主義者，只因襲了以情感主義為基礎的浪漫主義，卻完全沒有一點由認識論出發作深度思索的浪漫主義痕跡，這是什麼一個文化的因素使然？葉氏以為，或許可以說和傳統美學習慣上求具象，求即物即真的目擊道存的宇宙觀有關。是以我們如能同時探討傳統文化美感領域如何在下意識中左右了他們所建立的形象及運思習慣，當更可深入理解當時文化衍生的幅度。[24]

其實，早在一九二六年梁實秋所撰寫的〈現代中國文學之浪漫的趨勢〉一文中即有論述，以為民國初年的新文學運動中的浪漫主義者，一方面全部推翻中國文學的正統，一方面全部承受外國的影響。[25]但是，梁實秋的批評是有所偏頗的，其實歷經五四新文學運

[24] 葉維廉《飲之太和》（臺北：時報，1980）：頁 286-287。
[25] 梁實秋《浪漫的與古典的》（臺北：水牛，1986）：頁 6。

動的文學創作者，對於西方浪漫主義的移植，以魯迅在《摩羅詩力說》一文為先聲，認為其是「立意在反抗，指歸在動作，而為世所不甚愉悅的摩羅詩人」。[26]當時文人學習西方浪漫主義的目的，其實不是在全面推翻中國傳統文學的正統，而是因應大時代改革的需要，藉西方浪漫主義中「向權威挑戰，反抗苛政和暴力的精神」，達到文學上「立意在反抗，指歸在動作，而為世所不甚愉悅」的浪漫精神。

陳國恩的《浪漫主義與 20 世紀中國文學》之不同於李歐梵的專著，乃是他以文學史的書寫脈絡加以爬梳自清末以降的中國現代浪漫主義作家，並以主題性的分析來建構二十世紀中國文學中的浪漫主義。基本上，作者認為「中國現代浪漫主義思潮深受西方浪漫主義的影響，並且擁有一個與西方浪漫主義思潮相似的文化背景，這就是中國二十世紀初興起的思想啟蒙運動。」[27]所以，本書是以西方浪漫主義文學的精神特質為基礎，為中國二十世紀的文學整理出與西方浪漫主義相關的作家與文學形態，並在書末提出與中國現代浪漫主義相關的幾個問題，值得吾人以為文獻的參考。但是值得思考的是，中國二十世紀之交的五四運動，雖可稱為一種思想啟蒙運動，可其創生的原因和西方並不相同；西方源於抗拒科學上的「啟蒙運動」與文學上的「新古典主義」，這顯然就大大突顯了中國現代文學的「浪漫精神」和西方浪漫主義的差異。

而湯奇雲的《中國現代浪漫主義思潮史論》一共十三章，三十多萬字，其不同於前面提及的李歐梵與陳國恩的著作，即在於其重心為對中國現代浪漫主義思潮的「歷史反思」。在緒論中，作者除了回顧二十世紀前五十年中國研究理論界對浪漫主義的引進與研

26　魯迅《魯迅全集 6・墳》（臺北：風雲時代，1993）：頁 66。
27　陳國恩《浪漫主義與二十世紀中國文學》（合肥：安徽教育，2001）：頁 7。

究成果，還分析了目前浪漫主義研究中出現的兩大弊端。除了第二章對西方的浪漫主義文學觀念與變化作理論溯源外，其餘各章節多以批評的角度對中國現代浪漫主義的個人主義之思想基礎、情感類型及其美學意義、理性架構，以及情與理之間的辯證關係，並因此做出許多具體的分析。最值得注意的是，作者不但提出了浪漫主義的四維，亦即白話文、自然、獨創與因陳以及直覺思維這四點，闡述了五四新文學的浪漫個性，並通過許多個人主觀的考察，對中國現代浪漫主義文學觀作出理論的總結，將中國現代浪漫主義的研究，從西方浪漫主義的基礎上進一步提升為中國文學思潮的歸納與反思，這就很值得我們重視。

筆者分析目前研究有關中西浪漫主義的文獻，認為本論文的重點不需為西方浪漫主義界定範圍或釐清定義，與其苦苦搜尋所有中國／臺灣現當代作家作品的歷時性特點，分析其中與西方浪漫主義精神相吻合的部分，不如將複雜而繁多的作品，做橫向共時性的特徵描述，再加以分類、解說，以管窺浪漫精神的一斑。並再進一步將臺灣現代詩獨有的浪漫特質加以爬梳整理，分析屬於臺灣現代詩中浪漫精神的追求與實踐。畢竟臺灣現代詩的發展若以紀弦創立現代詩社為重要的指標，至今已五十餘年了，若仍以新詩論戰史為研究分野，或就十年為區分的粗略標準加以研究新詩理論的流變，必然無法彰顯臺灣現代詩創作精神的浪漫特質。

蕭蕭以其創作與教學現代詩的長期經驗，專注於臺灣現代詩的理論研究，其著作《現代新詩美學》一書既設定為「現代」新詩美學，即以「現代主義」為主軸，探究「現代主義」下的臺灣現代詩美學，並以多位詩人為研究焦點。值得注意的是，蕭蕭在第一章「浪漫主義與現代主義的交疊美學」裏，即特別提及「浪漫主義」在臺灣現代詩發展的過程中，往往被歪曲為多愁善感、纏綿悱惻的代名詞，承受諸多負面的評價，所以如鄭明娳、林燿德編著的《時代之風——當代文學入門》，從現實主義開始介紹，卻忽略了作為初期現實主義者反動的精神，其實基本上就是積極的「浪漫主義」。他也注意到臺灣新詩美學的建構中，從來沒有人指稱或標舉「浪漫主義」這面旗幟。可惜的是該本專書僅略微論及浪漫主義與現代主義交疊下的新詩美學，且提及臺灣新詩的發展從一九二〇年以降西方思潮影響臺灣、一九五六年之後紀弦成立「現代派」、反共懷鄉的意志統御文學心靈，以及「超現實主義」、「現實主義」的典律建構，感慨「浪漫主義」怎麼可能有生存的空間呢？可惜他未能先就各理論的定義深入分析，忽略了「浪漫主義」、「浪漫美學」與「浪漫精神」的意義界定。[28]其實，浪漫精神中的反抗精神不就是「現實主義」的基本精神嗎？而蕭蕭在本章第一段即開宗明義的標舉：「浪漫主義應該是所有文學的基調」，「文學最基本的要素，諸如抒情性、想像力、神祕感，無一不是浪漫主義的特徵」，怎麼又言「浪漫主義」在臺灣新詩界沒有生存的空間呢？

而孟樊在《臺灣現代詩理論》一書中以不同的文學理論為主軸，論及臺灣現代詩的發展史，亦忽略了臺灣現代詩中極為重要的「浪漫主義」在創作過程中的精神追求與影響。如果我們忽略了浪漫主義思潮對臺灣現代詩發展的重要影響，勢必無法對臺灣現代詩的浪漫精神與抒情傳統作更深入而全面的理解，更遑論作進一步的研究了。

至於研究各家詩人的研究專論，皆屬個人的專家研究，其中以「浪漫主義」或浪漫精神為中心加以分析或旁及者，博士論文部分目前付之闕如，在碩士論文方面，目前有邱一玄的《蘇曼殊與清末

---

[28] 蕭蕭《現代新詩美學》（臺北：爾雅，2007）：頁27-35。

民初的浪漫主義》、何雅雯《創作實踐與主體追尋的融攝：楊牧詩文研究》等，大陸方面則較著重於西方浪漫主義在中國文學史上的影響與現況，目前無任何學術論文以浪漫主義或浪漫特質的觀點研究臺灣現代詩。

二、研究方法

1. 文本分析法

縱觀當前研究臺灣現代詩的成果，何以至今並不揭示「浪漫主義」、「浪漫精神」或「浪漫特質」的重要性？筆者以為，這與當前研究者多未能針對詩人文本深入細讀的工夫為主要原因，兼即無法對西方浪漫主義這個國際性運動有探索的本領。蓋詩人雖歷經不同時代的文學思潮與社會氛圍，其衍生自創作心靈的熱情與自由，都會藉著不同的表現手法與精神意涵加以呈現，而這些呈現於詩作中的創作源頭，就是浪漫精神的具體表現。故首先研究方法當定在以「文本分析法」為基礎。

究竟要怎樣閱讀文學作品，才能稱得上是一種專業的研究態度和方法呢？尤其閱讀現代詩，每一首值得研究的現代詩，當然是要回到作品本身的外在形式和內在形式加以盤整。單純的回歸到文本研究，是本文研究最基本也是最重要的一種方法。

何謂「文本」？文本有兩層意思：各種各樣記錄了文學符碼的載體，叫作第一文本；而第一文本中被閱讀者所掌握的內容，也就是閱讀中的意義整體，相應地可以叫作第二文本甚或次文本。這第二文本才是我們要加以挖發出來的東西。基本上，文本分析法是一種根據文本的表面與潛在素質加以挖掘詮釋的過程，步驟並不固定，一般為文本查閱、鑒別評價、歸類整理等為主。筆者在運用「文本分析法」以為研究方法時，當是以詩作文本的意象、語言、結構與主題等為主，試圖整理出當代詩人在作品中所呈現的浪漫主題與特質。

2. 讀者反應理論

再者，筆者進一步以「讀者反應理論」為研究依據。我們大可以把「讀者反應理論」理解為一種文本閱讀的轉義，它同那種獨白式的話語權威格格不入，因為正如德曼所說的，「作品與解釋者的對話是無限的」。[29]閱讀並研究詩人的文本，選擇依據「讀者反應理論」加以詮釋。在某種程度上是依據自己的關注為準——此一事實或許正可以說明某些文學作品的價值何以會世代常存。自後現代主義出現之後，西方興起了一種批判的思潮，此一潮流對文學史中的讀者及閱讀活動投入極大的關注，關注於文學作品的接受、反應和效果，並將焦點放在作品與讀者之間的交流、溝通與互動。[30]

讀者反應論重視讀者對於文本所導出的反應，充分賦予讀者主動建構意義的責任，而非被動地接受文本表面所傳遞的訊息。在閱讀文本時，讀者的理解、詮釋是不盡相同的，會因為讀者的個人因素如認知程度、想像力、性別、過去的閱讀經驗等，團體因素如閱讀中團體的氣氛是否和諧，分享心得的方式是否自由，這些皆會影響讀者對文本的反應。吾人在閱讀過程中，將各種不同的詮釋觀點找出來，然後加以評斷、修正和吸收；所以在閱讀的歷程中，是由閱讀者意識到個人經驗及作品本身的特質，經由互動，由讀者主動

---

[29] Elizabeth Freund 著，陳燕谷譯《讀者反應理論批評》（臺北：駱駝，1994）：頁 153。

[30] 龍協濤《讀者反應理論》（臺北：揚智，1997）：頁 10。

建構作品的意義。基於如此，讀者反應理論認為閱讀活動是建構性的，因此，筆者將讀者反應理論歸納具有以下幾項特色：

第一、閱讀時，讀者是主動地參考建構意義，而非被動地接受文本所傳遞的資訊。

第二、讀者會因為他們自身的特質與生活經驗等，而產生不同的詮釋或反應。文本不可能提供一個標準答案，文本的意義來自於讀者與作品的互動。[31]

筆者研究以「讀者反應論」為基礎，輔以「文本研究法」，從詩人的文本閱讀為研究的開端，著重在文本本身的意象、結構、語言、主題等的分析、歸納與整理，如此才能不重蹈前人僅以中西浪漫主義的流變或外延研究來概括中國浪漫文學的特質。並進一步以文藝心理學、文藝美學、創作心理學為研究文本主題的理論核心，探討文學創作本源、創作抒情性、創作的理想性、創作的衝突性等，期能挖掘出臺灣現代詩文本所含蘊的浪漫特質並凸顯其藝術表現。我認為只有這樣做才能為臺灣現代詩的發展，勾勒出其特有的「浪漫文學」的真精神。

[31] 葉巧晶〈讀者反應論與兒童圖畫書詮釋〉《網路社會學通訊》第 69 期，2008.3.15。

第二章　中西浪漫主義思想探微

第一節　西方浪漫主義之內在精神

一、前言

如第一章序論所言，想要替浪漫主義找出一個定義其實是徒勞無功的。不了解浪漫主義流變與精髓者才會希望以單一詮釋涵蓋箇中的所有內涵。本章主題為「中西浪漫主義思想探微」，重點放在對中西方浪漫主義內在精神的比較上，並參照中西方浪漫文學的歷史演進，而彰顯某些文本的特殊性與重要性，至於史料的詳盡與否，當不在本章的重點議題範圍之內。

十八世紀末，浪漫主義運動開始在歐洲興起，浪漫主義至今已不僅僅是一個歷史課題。對現在這個充滿政經與文化變革的社會裏，浪漫主義仍是活著的課題，而且弔詭的是，現今文化思想領域上的矛盾和含糊，有一半以上的矛盾是由「浪漫主義」這個詞語的濫用所引起的。任何人欲對浪漫文學有所理解，就非對西方所謂的浪漫的、浪漫主義和浪漫精神有所認識。

雅克・巴尊（Jacques Barzun）在《古典的、浪漫的、現代的》（Classic, Romantic, and Modern）一書中，隨意找出二十二種「浪漫」的特質，例如嫵媚（attractive）、無我（unselfish）、充滿熱情（exuberant）、情緒化（emotional）、稀奇的（fanciful）等，可知歷

經時代的變遷，浪漫一詞的意義已經多到含糊不清。[1]在此我們先要釐清「浪漫的」、「浪漫主義」與「浪漫精神」三者的關係。

「浪漫的」一詞是個常用的批評詞彙，如同「理性的」、「感性的」或是「現實的」這些詞彙，使用時常常缺乏精確性和節制性；而「浪漫主義」此一術語所涉及的就不能僅僅是文學中的某種現象或是人類情感一個含糊的輪廓而已，它必然會涉及整個浪漫主義形成的時代背景、其承先啟後的意義以及它所形塑出來的美學架構；至於「浪漫精神」所牽涉到的可不僅僅是某個國家的詩歌運動，也不僅僅是某種清晰與否的浪漫定義。它從文化文學開始，逐漸成形，發生在一定歷史時期就會具有一定的特徵，並與各種後繼的思想文化產生互動的關聯。所以筆者在提到這三個術語時，會因中西方文學的特性和發展而略作必要的梳理，以清楚的分析浪漫文學的真正內涵。

二、西方浪漫主義文學發展概況

「浪漫」（romantic）字義出自中世紀歐洲「羅曼」（romance）一詞，「浪漫」一字[2]最先的意義是指騎士英雄、冒險與戀愛故事中所描寫有關激烈的情緒，或奇異、誇大、不實的事蹟，與真實人生現象相乖悖。在十七世紀理性時期，「浪漫」一詞遂與空想、誇大、荒謬、幼稚等字相表裡，所謂浪漫的作品便是荒誕、不可置信的文本。十八世紀初葉「浪漫」一詞因與中世紀、伊莉莎白時代和歌德式的風格相投合而得到肯定，「浪漫」一詞於是含有激發想像力的意義。總之，浪漫一詞從開始就不是藝術批評的詞彙，基本上它是

---

1 Jacques Barzun 著，侯蓓譯《古典的、浪漫的、現代的》：頁 144-161。
2 張錯《西洋文學術語》（臺北：書林，2005）：頁 252。

指對想像力和情感事物的一種心態上的變革。它之用到文學上是從施勒格爾（Friedrich von Schlegel, 1772-1829）於 1797 年開始啟用。其實浪漫思想自始即已具複雜而含糊不清的意義。[3]

由此可知，浪漫主義運動的出現與「浪漫」一詞原意的關係並不那麼直接，而是出自對十八世紀西方文化著重「理性」思維發展的反撥，它是西方人在時代的演變中對人生、宇宙等所產生的不同看法及不同價值觀。所以浪漫主義運動中的「浪漫」一詞通常與「創意」、「創造」、「天才」、「個人」密切相關，而西方的浪漫精神是浪漫主義的精髓。

與寫實主義（realism）一樣，浪漫主義作為一種文學觀念和一種文學表現方式，其實在世界各民族文學發展初期即已經出現。作為一種文學思潮、一種文學表現類型，以及作為一個明確的文學理論概念，那可是後來逐漸形成的；浪漫主義文學的發展也經歷了一個漫長的歷史過程。

每種文學或主義的基本精神不能一言概括論之。時代的不同，與時代對話的文學聲音必然呈現不同類型，同樣是浪漫文學，屈原和李白的浪漫特質就極為不同。地緣的差異，英國的華茲華斯和中國的徐志摩就不可能抒發相同質性的浪漫情懷。如果說浪漫主義文學的基本精神特點是以充滿個人想像的表現方式來表現與事實相違的理想與願望的話，那麼我們可以說在世界各民族最初的文學活動中，早就已經存在這種形態的文學了。例如大部分民族都擁有的遠古神話，中國先秦文學中的「楚辭」等都有這樣的特點。表現理想和幻想本就是促成文學發生的重要的一種因素，也是文學構成的

[3] 鄧元忠《西洋近代文化史》（臺北：五南，1991）：頁 399。

基本要素。從這個意義上說，浪漫精神是文學的一個重要源頭，文學從一開始就和浪漫主義有著極其密切的關係。

二十世紀以前，中國沒有浪漫主義運動，也沒有宣揚浪漫主義的話語和群體。在西方，明確地把浪漫主義作為一種文學精神來宣導、來鼓吹，以致於形成了一個波瀾壯闊的文學運動和文學思潮，則始於十八世紀末到十九世紀三、四十年代這個時期。其最先形成於德國，而後波及到英國、法國和俄國，在短短的十多年裏，迅速發展成為一場風靡歐洲的文學運動，相繼產生了許多具有深遠影響的作家和作品。文學理論中所說的浪漫主義主要指的就是這個時期的一種文學主張，浪漫主義作為一種文學類型，也是在這個時期形成的。

浪漫主義文學的鼎盛時代是法國資產階級大革命時期，即十八世紀九十年代到十九世紀三十年代。浪漫主義所以會在這個時期獲得蓬勃發展，除了是對「理性時代」的科學革命所作的反省之外，也是因為中產階級革命的需要而來。一七九八年法國中產階級推翻了封建專制政權，建立了中產階級統治。這個偉大的歷史事件震撼了整個世界，在歐洲掀起了此起彼伏的資產階級民主革命運動和民族解放運動。同樣在一七九八這一年，英國的湖畔詩人華茲華斯與柯立芝推出《抒情民謠集》；華氏並於一八〇〇年為這本合集寫了一篇類似「宣言」的序文，於是，表現理想、推崇個人主義、充滿激情和描寫鄉野生活的浪漫主義文學就逐漸成為這個時代的文學主流。

若從文學本身的發展來看，浪漫主義文學思潮的盛行是反對古典主義文學的產物。在西方文學批評史上，人們常常以「古典／浪漫」的對立模式來描述它們之間的關係，以此說明浪漫主義文學思潮和運動產生的原因。韋勒克曾指出，浪漫主義的意思簡直包括一切不是按照古典傳統寫出的詩歌；並指出這是一種根據「古典的」與「浪漫的」之間的對立說法而建立的文學類型。這種對立或區別，具體的含義是指那種與新古典主義詩歌相對立，並從中世紀文學和文藝復興運動汲取營養而開拓出來的詩歌、戲劇和小說等。[4]

從這裏我們可以看出浪漫主義文學的基本特點，基本上它與「新古典主義」對立。浪漫主義力主表現個性與感性，描述自然景物與鄉野庶民的生活特色，不像古典主義文學那樣強調理性規律、模擬前賢典範以及強調對社會、國家整體的服從。所謂「從中世紀文學和文藝復興得到啟發」，這是指浪漫主義在題材與主題的表現上也汲取了騎士英雄傳奇的傳奇性、奇特性與超自然玄想。這些特點促使浪漫主義文學有了與西方傳統文學全然不同的面貌。

在西方，浪漫主義文學在不同時代和不同民族之中，也有著不盡相同的特點和面貌。德國的、法國的和英國的浪漫主義不盡一致，早期的和以後的浪漫主義之間也有或隱或顯的區別。但是這些民族的、時代的特殊性，並不意味著浪漫主義文學就沒有統一的特徵和性質。韋勒克就曾說：

> 如果我們考察一下整個大陸上自稱為「浪漫主義的」具體文學的特點，我們就會發現全歐都有著同樣的關於詩歌及詩的想像的作用與性質的看法，同樣的關於自然及其與人的關係的看法，基本上同樣的詩體風格，在意象、象徵及神話的使用上與十八世紀的新古典主義截然不同。[5]

4　勒內・韋勒克著，張金言譯《批評的概念》：頁 120。

5　勒內・韋勒克著，劉象愚等譯《文學理論》（南京：江蘇教育出版社，2006）：頁 47。

關於這些共同點，韋勒克總結浪漫主義為強調想像力，以此來突出文學的源頭在於表現理想和希望；它強調愛好自然意指文學也可以書寫平民生活與自然景物等；它強調象徵與神話以突顯文學的隱喻性、表現性和誇張、奇特的藝術表現方式。這些特點就是浪漫主義文學的共有特徵。[6]

韋勒克指出浪漫主義的世界觀是一種自然觀，這個問題需要進一步說明，自然觀的世界觀究竟是什麼意思？筆者將在本章第三節與中國浪漫精神中的自然觀進一步比較說明。西方浪漫主義所謂的自然觀是針對新古典主義而言的。他們認為，新古典主義對理性的強調實質上是對秩序、規律的強調，這是違反人的自然本性。浪漫主義在西方神祇宇宙觀的前提下，把一切原始的、質樸無華的和天真無邪的事物與自然景物都視為「自然的顯現」。

再從這裏引出了浪漫／古典之間的一系列對立，如浪漫主義強調感性，新古典主義強調理性；浪漫主義強調對大自然的愛好，新古典主義強調對人類創造物的模仿；浪漫主義強調人與自然的統一，新古典主義強調人與自然的分離；浪漫主義強調自由、個性、個體原創性，新古典主義強調模擬、遵守宗教教義、共性、整體規矩得宜等等。而這一切從世界觀上講，則體現了對世界對自然的不同看法。由於現代自然科學的影響，理性主義認為世界、自然有如一架精緻的機器，一個完美的幾何模型，世界與自然的運作都受可知的規律所支配；浪漫主義則把自然視為一個未知世界，是神秘的，值得敬畏的，不斷演化的，其中尤以柯立芝的「超自然」理論最具代表性。對柯立芝而言，人的心靈與大自然之間最深刻的關係，是一種神祕的關係，只有用想像的或象徵的詞彙才能表達。因

[6] Rene Wellek, Concepts Of Criticism, Stephen G. Nichols, JR ed. (New Haven : Yale University, 1963) : 198-201。

為大自然的內在擁有超越或神聖的部分，每一個人的內在心靈都可與之共鳴。[7]這種「超自然」和中國傳統浪漫文學的「超自然」精神並不相同，筆者將在第二章第二、三節與第三章第五節深入比較，此就不贅言。

由於塑造藝術的哲學思維不同，浪漫主義文學以一種超越現實的文學精神，執著於對人生理想甚至幻想的表現，力圖用文學給當時人類展現出一幅理想的生活景象。所以，浪漫主義並不像現實主義文學那樣注重對生活物件的如實摹寫，強調文學的真實性和客觀性，而是竭力表現生命理想，表現主觀願望，表現嚮往真善美理想的激情。在文學創作中，浪漫主義遵循的是理想化的原則，只要能表現理想與希望的生活，文學塑造的意象或象徵即使違背生活本身固有的邏輯常理也無關緊要，於是便產生怪誕式、[8]愚蠢的（stupid）[9]的浪漫主義美學。

浪漫主義文學所創造的藝術形象因此常常會改變生活原有的形態，在感情和理想的強烈作用下，大膽地、人為地創造出虛構的甚至是變形的意象、人物或環境。浪漫主義是按照理想中的生活應有的樣式，按照作家主觀的感情邏輯去想像和創造藝術世界。可以說，浪漫主義文學創造的藝術世界不是模擬現實的「鏡像世界」，而是一個想像的、超現實的、主觀化了的世界，作品不再像鏡子一樣，只是真實世界的客體反射，而像一盞燈，透過作家創作靈魂的

---

7 Richard Holmes，楊美惠譯。《柯立芝——想像力的奇才》。（臺北：時報文化，1988）：頁 115。

8 「怪誕」一詞原出意大利語 gcotteso，意為各種奇形怪狀的山洞和鍾乳石洞。1800 年，德國浪漫主義理論家弗里德里希・施勒格爾曾對怪誕加以論述。《美人和野獸——文學藝術中的怪誕》，臺北：久大文化，1991。

9 雅克・巴尊（Jacques Barzun）著，侯蓓譯《古典的、浪漫的、現代的》：頁 148。

光源，塑造這個在現實生活中不可能有的理想世界，縱情地抒發自己的感情和表達主觀的願望。[10]

雖說表現主觀情感是各種文學類型共有的特點，但是我們要注意，在對情感的抒發上，浪漫主義有自己的特點。如果和現實主義比較一下，可以說在處理感情和生活的關係上兩者之間有這樣的區別：浪漫主義是由情生物，為情造物，對生活的表現受主觀感情的支配，所以浪漫主義塑造的藝術形象往往不同於生活形象；而現實主義則是由物生情，融情於物，主觀感情的表現須受所描寫的真實世界的客觀制約，把主觀的情感融入生活形象之中。

譬如白居易在〈賣炭翁〉中曾抒發對賣炭翁的同情，「賣炭翁，伐薪燒炭南山中。滿面塵灰煙火色，兩鬢蒼蒼十指黑。」[11]這種情感的表達是在表現事實的狀態、陳述事實悲慘的基礎上進行的。可是李白的〈長門怨二首・其二〉中對景色的描寫，卻是在感同身受的激情中所產生的想像：「桂殿長愁不記春，黃金四屋起秋塵。夜懸明鏡青天上，獨照長門宮裏人。」[12]為表現作者自身對理想的希望和熱情，浪漫主義文學尤其注重對理想世界與英雄的塑造，並常常以強烈的情景對比來強化和表現主觀情感的傾向性。

在理想主義與個人主義精神的支配下，浪漫主義文學多採用遠離現實生活的神話傳說、奇異故事、異國想像等題材作為表現內容，以富於幻想的方式創造出想像的和虛構的藝術世界。英國著名的浪漫主義詩人雪萊曾在〈為詩辯護〉（A Defence of poetry）一文中幾十次使用「創造」 這個詞的各種語法形式；他在解釋創造的方法時，認為由「想像」這種最高的能力所創造的詩，也存在於造

---

[10] M.H.艾布拉姆斯著《鏡與燈》：頁 88。

[11] 高文主編《全唐詩簡編》（上海：上海古籍，1998）：頁 1122。

[12] 高文主編《全唐詩簡編》：頁 446。

物者的心靈之中，詩就是這樣重複創造的原初行動，從而創造出一個嶄新的世界。[13]因此浪漫主義作品所描寫的生活往往帶有想像與幻想的特點，在虛構的特殊世界中，描寫一些具有奇特的英雄行為、品格和能力的形象。如湯顯祖《牡丹亭》中的杜麗娘，為了純潔自由的理想愛情，可以因此死而復生；《西遊記》裏的孫悟空，具有超凡的能力；唐傳奇〈虯髯客〉中具有個人英雄主義的虯髯客，他背著仇人頭顱與心肝，情挑紅拂女，他騎著蹇驢的怪誕形象，居然甘心放棄家產，協助李靖，離開群雄並起的世代，在南方據地為王。所有這些形象顯然不是現實生活中可能有的，而是充分體現了作家的希望，富於理想色彩的人物或英雄。

浪漫主義文學具有崇尚自然的特點，強調以自然為外物和表現人性的自然本質。我們在前面已經提及，浪漫主義文學尤為重視自然，這個「自然」既是指這個與真實文明社會截然不同的大自然，又是指還原了人之本性的自然。浪漫主義文學所以關注自然，提出「回到自然」的口號，是因為對資本主義發展所帶來的違反人性的都市文明和工業文化的失望。浪漫主義者認為，人性原有的純樸與自然，人類與大自然的和諧，都因為現代工業的發展，以及鼓勵物質欲望的無限擴張，而逐漸喪失。因此，對大自然的嚮往，對自然人性的歌頌，也就成了浪漫主義文學的主題，從而為歐洲文學開拓了一個嶄新的思考領域。

浪漫主義文學在表現方式上具有大膽幻想、構思奇特、手法誇張的特點。浪漫主義在藝術表現上不求「形似」，不像現實主義那樣追求細節的真實，而是依據主觀感情的邏輯和表現理想的需要，充分發揮想像、誇張、虛構、變形、比喻、象徵等非再現性的藝術

---

[13] M.H.艾布拉姆斯著《鏡與燈》：頁452。

手段，致力於理想的藝術世界的創造，從而體現了浪漫主義文學在藝術形式和表現手法上的特色，呈現出雄奇瑰偉的浪漫氣勢。現實主義創作的冷靜刻畫和細節真實在浪漫主義作品中是極少見的，即使是寫實的場面，浪漫主義也把筆墨用在對奇異新鮮事物的表現上，盡力表現主觀感覺和思想感情。

注重主觀感情和理想的表現是浪漫主義的根本特點，因此，由於理想的性質與取向不同，浪漫主義也就有了所謂的「積極」和「消極」之分。所謂積極浪漫主義，是指那種表現了與人類歷史文明發展趨勢一致或反思的理想和感情。這種浪漫主義因為有積極進取的特點，它有時是表現了知識份子對現實的不滿和怨懟，有時又懷抱淑世理想，充滿了對未來的憧憬，並以這種理想來批判一切現實的醜惡。

而所謂的消極浪漫主義則是指那種把已經或正在消亡的生活作為理想的文學，這種浪漫主義因為對現實的不滿而把目光投向過去，已經被歷史所遺棄的生活成了它的理想的寄寓之所，因此消極浪漫主義常常流露出一種感傷、頹廢的情緒，其藝術趣味也因此透露出晦暗甚至病態的氣息。但是要注意，這並不意味著消極浪漫主義就一定是不好的甚至是反動的。因為被歷史發展所遺棄的生活方式、倫理道德，並非都是毫無可取的，畢竟歷史與文明的發展有時候也會以美好事物的喪失作為代價。就浪漫主義在中國發展而言，那些所謂積極的現實主義者也並沒有把浪漫主義全盤否決掉。

總結以上所述，在一百多年以來，西方詩哲領域的浪漫美學傳統大致把握三個主題：

（一）人生與詩的合一論，人生應該是詩意的人生，而不應該是庸俗的物質化人生。

（二）精神生活應該以人的本真情感為出發點，智性是否能夠保證存在意義是大可懷疑的。人應該以自己的靈性來自於感受外界的美感與互動關係。

（三）追求人與整個大自然的神秘的契合交感，反對科學文明或工業革命帶來的人與自然的分離與對抗。[14]

（四）浪漫主義的精神在確立人為萬物之中心，「我」應為主體，並以此確立萬物與我之意義。此為浪漫主義之中心／重心，據此以立人為存在之意義。

在這四個主題的背後，其實隱藏著一個根本的問題：西方浪漫主義的詩人如何藉著創造作品和想像的力量，將有限的、轉瞬即逝的個體生命，尋得自身的生存價值與意義；如何超逾有限與無限的對立；如何把握時間的瞬間與追求藝術的永恆。不過到了當代，西方浪漫主義精神在與其他思潮的結合下，其內涵與實踐已經有了多重面向的改變。

第二節　中國浪漫文學之內在精神

一、前言

承上節對西方浪漫美學的主題所述，可知西方從浪漫運動的發生，到浪漫主義文學的風起雲湧，逐漸演變成美學式的思辯，西方

[14] 劉小楓《浪漫・哲學・詩》（臺北：風雲時代，1990）：頁12。

的浪漫主義為人類未來的處境尋找開展的可能契機，並與其他的文學思潮兼容並蓄，讓「浪漫」一詞成為人類思維模式的另一種多義形容詞。這是一條漫長的文化之旅，在十八世紀末從西方的傳統歷史文明長河中散發出的一道光芒。西方人類所急於突破思考的框架，雖然對至高無上的神與自身力量充滿敬畏與矛盾，可是對永恆的意義與價值似乎充滿憧憬追索。有意思的是，這些屬於浪漫詩哲所思考的重要主題，在中國的哲學與美學中可早在千餘年前就注意到了。

中國哲人不說這是「浪漫」的思維，中國並沒有任何類似西方浪漫主義運動之思潮的興起與沒落，也不需經過工業革命的興起或新古典主義的沒落才會激起如此的辯證過程。其實《易經・繫辭上》早已有云：「神而明之，存乎其人」，[15]此一方法已經強調了人具有這種內在的直觀體驗，只要盡心、澄清，便能存神。老莊哲學的精髓也是在把握住超絕的「道」，從而能超越時空、超越生死的限制。這種沉思內在的「靈性」，回歸自我本真的內蘊能力，使中國先哲懂得超越生命的有限，一任自己的靈魂能夠隨大自然反璞歸真，讓想像的個體與實存的大個體合而為一，並確立人存在的價值，所有這些不就是十八世紀西方浪漫哲人所孳孳追求的「浪漫精神」的重心嗎？

由上述所知，中國浪漫詩歌的傳統來自悠久的文化與哲學的思維模式，表現在文學作品的創作上，便是由內而外，追求浪漫精神的發揮，主張創作的自由，描寫大自然與人的和諧相處，注重民間文學藝術上創發與反模仿，強調奇特的想像而輕平凡的紀實，並以大膽的想像和誇張來描寫奇特的情節，塑造非凡的，獨特的性格等等。以下就對中國浪漫文學中的內在精神分項討論。

---

15 《古注十三經・周易王韓傳》：頁 50-51。

二、中國傳統文學的浪漫特質

由上節所述可知，西方浪漫主義或中國浪漫精神傳統的多元解釋來自它的文化、發展時代和傳播的途徑，解釋浪漫主義不能只是以個人主義、回歸中世紀，反對理性主義或崇尚大自然等單一主題，因為浪漫主義隨著歷史遞嬗累積許多不同的質性，不同詩人在不同時代中為改變現實生活不喜歡的部分，以創作和思辯的行動來試圖開展新的可能。所以一個像華滋華斯那樣的浪漫詩人，看到西方十八世紀措詞的平易淺白以及創造新的詩歌語言的必要，而一個像李白這樣的中國浪漫詩人面對唐代近體詩的發展時，他看到的則是大唐盛世背後的自我超越和詩歌主題的創新。

「浪漫」，不只是中西某一個歷史階段的人類思維或藝術專有名詞，而是人類面對自我處境與神秘宇宙時內心最原始的情懷。呈現在不同藝術作品時，就為藝術家自我表現以求超越人性、群體、宇宙或神性不同極限的結果。所以，進一步辨別人類天性中「浪漫」的永恆元素和這元素在中西歷史上階段性張揚之間的區別，是保證我們更加準確和經久地使用「浪漫」這個詞的第一個武器。[16]

以下將就中國浪漫文學中的內在精神加以分析，以進一步釐清中西「浪漫」二字的歷史性區別：

1. 古巫與浪漫詩歌發展之關係

浪漫主義有神奇和荒誕，神靈和鬼魅之兩極。楚文學的浪漫思維，歷來具備自由、神奇、狂放、怪誕和玄思的特點。楚文化、楚

[16] 雅克・巴尊著，侯蓓譯《古典的，浪漫的，現代的》：頁8。

文學的浪漫主義在先秦時就有屈原詩歌中的神奇和莊周散文的怪誕之兩極的並存。從屈原把主祭的巫師所謂的迎神、娛神和送神等祭歌加工改編為文學名篇《九歌》[17]開始，湘楚民間文化中的原始、神秘、浪漫的神巫色彩就令湘楚人無限神往。

中國詩歌的發展史，主要來自以儒家詩學之傳承為史觀。故言詩，多以孔子「詩，可以興，可以觀，可以群，可以怨，多識於鳥獸草木之名」為「詩教」之實用論。可是，有多少人知道中國詩歌的傳統，在古代與「巫」曾有過很深的淵源呢？其實，中國古代的「浪漫文學」，多受到「巫」的影響和倡導。若瞭解其間的關係，吾人即易深入體認中國詩、詩論以至於文學觀念的根源。

周策縱《古巫醫與「六詩」考——中國浪漫文學探源》[18]一書中，認為「巫」不但與醫藥傳統有關，「巫」，更值得注意的是與古代求生祭「高禖」有關。禖者，一言求子的一種祭祀，一言求子所祭之神明。故巫術對中國古代詩歌、文學、藝術等浪漫傳統的起源與發揚，具有重大作用。以下試分項闡述之：

A.巫與中國詩歌浪漫精神發展之關係

巫，常以歌辭樂舞娛樂神與人，可以從古「巫」名與音樂、及詩歌有關的部分得知。例如，巫彭和巫相。《說文》壴部：「彭，鼓聲也。」甲骨文「彭」字壴象鼓形，三撇或作五撇，表聲言；而相，其本義，當是一種用手拍的小鼓或用木擊的節鼓。可以略知巫祝常用鼓擊之而載歌載舞。

而依周氏研究，詩六義之中，至少有四種名稱，就是風、賦、比、興、與古巫的工作相關。這當然來自於古文字學的研究，分別

---

[17] 楊家駱主編《楚辭注八種》（臺北：世界，1981）：頁 33-49。
[18] 周策縱《古巫醫與「六詩」考——中國浪漫文學探源》（臺北：聯經，1986）。

就是文字的演變加以推論；但是，若我們先從「浪漫主義」的特質切入，分析浪漫精神的特質，我們便會發現，巫祝與中國詩歌的浪漫精神傳統，具有極密切的關連性。因為，「巫祝」為人與神之間的媒介，如同「文學作品」為作者與讀者和世界的媒介一般，當巫祝在向天、地、風、日等自然神祇舉行祭祝儀式時，就內在因素而言，乃是基於人類對大自然神祇的敬畏，其目的是祈求避災、助威、祈福、求生產等需要，故例如「風」，在古人心目中是「生」的本源，性與生命因為風動而起。於是在祭祝的樂舞、樂辭之中，便以「風」為「生」的本源與詩歌發生聯繫。感動神祇來自對大自然的（包括一切動植物，包括人類及其他）的感動與想像，表現在屈原《楚辭・九歌》既描寫神祇們的優雅、華貴、浪漫、純情，也主觀地「暴露」天神的專橫與顢頇。自詩經、楚辭以降，藉著對古「巫」的歷史根源與演進之分析，吾人自可瞭解中國詩歌的浪漫精神傳統，實與古「巫」的發展具密切關係。

B.巫與詩歌創作方法的關係

中國古代的「六詩」或「六義」，前人多未能說清楚其性質和淵源，若根據古文字記載，「六義」可能與古巫有過密切的關係。風、賦、比、興的名稱並且和古巫如巫凡、巫比、巫肦相同或相類。風、興二字都從「凡」作，而「賦」之古義為「肦」。只因後來或由於「巫」牽涉到許多迷信行為，或由於「巫」對於兩性關係的自由放佚，遂被儒家「詩教」傳統所鄙視，詩六義就逐漸失去與「巫」的歷史淵源關係，而被詩的作法與詩的體例內容所取代。若詩六義所探討的只是詩經作法和體例，為何《詩・大序》言：「故詩有六義焉：一曰風，二曰賦，三曰比，四曰興，五曰雅，六曰頌。」[19]不照著風雅

[19] 馬其昶《詩毛氏學》（臺北：廣文，1982）：頁6。

頌、賦比興的順序，而是以「風」為首來提起以下五者呢？依周氏所言，「風」為「生」的本源與詩歌發生聯繫，其運用想像力與大自然神祇作詩樂舞的結合，不就是浪漫文學的最初源頭嗎？

C.巫與詩歌音樂性的關係

《禮記．樂記》對於音樂的發生，其解釋是：「凡音之起，由人心生也。人心之動，物使之然也。感於物而動，故形於聲。」[20]《詩．大序》亦言：「詩者，志之所之也。在心為志，發言為詩。情動于中而形於言，言之不足故嗟歎之，嗟歎之不足而永歌之，永歌之不足，不知手之舞之，足之蹈之也。 情發於聲，聲成文，謂之音。」[21]可知詩與音樂、舞蹈的關係極為密切，來自「言志」的抒情傳統，而不是如西方起源於敘事詩。

古巫本以音樂、歌舞從事祈求生殖生產之工作，則詩經屬於情歌、婚媾主題的「風」詩，早期與巫的樂舞有關，應是確切的。周氏解釋「風」字，有「凡」之意，或方板、方巾、風扇之解，可視為樂器；亦可能是表示「風」。不論如何解釋「風」與巫的關係，可見古巫對音樂、歌舞、文藝確有促進發揚之功，其歌舞足以啟迪浪漫想像力的特性，一定也能對詩歌的內容產生音樂性的影響。所以中國詩歌的發展，至今和「音樂性」的關係極為密切。

2. 浪漫詩歌的抒情傳統

中國文學起源於詩經楚辭，相對於西洋文學的源起於史詩悲劇、頌歌和抒情詩，基本上是個「國風好色而不淫，小雅怨悱而不

---

[20] 《古注十三經．禮記》：頁 50。
[21] 馬其昶《詩毛氏學》：頁 7。

亂」的抒情傳統。張淑香在〈抒情傳統的本體意識〉[22]中以東西方的文化形態的差異，來分析中西方抒情傳統的不同，今沿用以為分析中西浪漫精神之異同，當會發現其間類型的不同特質。

西方浪漫主義源起於對古典主義的反動，其精神在於擺脫種種有形與無形的束縛，以求人類自由意志的徹底發揮，在新古典主義以及之前的藝術傳統中，人類在社會上、宇宙間的位置是渺小的、不足道的，可浪漫主義者要爭取的卻是人類的意志自由發揮，人才是宇宙的重心和中心。浪漫主義精神的這種人類意志之極致伸張，便是尼采（Nietzsche, 1844-1900）在十九世紀末所宣稱的「上帝已死」。

中國人文傳統的面貌自然大異於西方。中國的創世紀神話，不論是盤古開天闢地、女媧鍊石補天，自然世界就是創造者的身體，人生存在宇宙之中，其實就是和創造者合而為一的。它意味著人間世界沒有一個至高無上可又能宰制人類的造物主，人間世界本就是人類實踐終極關懷的所在，人類生命的意義也就在實踐此種終極關懷。不論是儒家的「仁」或道家的「道」，基本上都是如此以人為文化的根源的認同。[23]

中國詩人以儒教為書寫傳統的精神，其寫作的目的，就是延續著孔子「詩可以興、可以觀、可以群、可以怨」的教化精神，自我心靈調適則採取道家的精神為依歸。其浪漫抒情的精神，就是將人置身在人倫秩序下的情感釋放。有時登高以望遠，將自己的神思寄託在大自然的懷抱中，以求心靈的超脫；有時任想像天馬行空，超越現實自由馳騁，讓情感在虛構的世界裏得到釋放，以求獲取永恆的生命。這種詩主情的抒情傳統，自《虞書》即有言：「詩言志，

---

[22] 張淑香，《抒情傳統的省思與探索》：頁 43-44。

[23] 張淑香《抒情傳統的省思與探索》：頁 43-44。

歌永言」，[24]以「人」為本位，寫詩不盡然是為了求「千載之功」，也不盡然是企望以文學立「不朽之志業」，而是寄託渺小的己身，使抑鬱不平的心志得以舒放，甚至超脫而與自然合一。

唐君毅在《中國文化之精神價值》對中國悲劇意識的境界有如下之說詞：

> 中國之悲劇意識，唯是先依於一自儒家精神而來之「愛人間士及其歷史文化之深情」；繼依於道家佛教之精神來之忘我的「空靈心境」「超越智慧」，直下悟得一切人間之人物與事業，在廣宇悠宙下之「緣生性」，「實中之虛幻性」而生。此種之「虛幻性」，乃直接自「人間一切人物與事業」所悟得，於是此「虛幻性」的悟得，亦可不礙吾人最初之人間世所具之深情，更肯定人間之實在、於是成一種「人生虛幻感，與人生實在感之交融」。然上下古今皆在無人感念中，即又為絕對之充實。夫然而可再返虛入實，又悲至壯。即可轉出更高之對人間之愛與人生責任感。……是知中國最高之悲劇意識即超悲劇意識。誠可稱為中國文學之一最高境界矣。[25]

「悲劇意識」的表現實為抒情的特質，正與中國文學的抒情傳統互相呼應。由此還可以觀察出來，由於中國的悲劇意識是一種懸於宵壤，而上下徘徊無依之感，所以在中國文學中，亦恆流露出一種悲劇性的宇宙意識。[26]屈原的〈離騷〉[27]等以自然山水或歷史感懷為主的作品，其中不乏表現詩人欲超越時空自然的無窮無盡的意識與情思。

---

[24] 《古注十三經・尚書・虞書》：頁 14。
[25] 唐君毅《中國文化之精神價值》（臺北：正中，1979）：頁 360-361。
[26] 張淑香《抒情傳統的省思與探索》（臺北：大安，1992）：頁 37。
[27] 楊家駱主編《楚辭注八種》：頁 451。

3. 超自然之寄託與覺醒

文人的情感、理想、審美趣味，總是在寄寓自然山水時，才能舒緩自如得以發展，然而中國古代知識分子有些可不像我們今天想像的那麼超然脫俗。大自然在中國古典的思想脈絡裏，總是文人寄情與超脫的對象，山水不純然是山水的客體，不具寫實的價值性，當文人登高望遠時，也不是為了歌詠山水的崇高和壯美，有時是興發宇宙無常的悲劇意識，有時當「人在江海，心存魏闕」的貶謫遭遇時，平撫遷客騷人的不平，以達到「不以物喜，不以已悲」[28]的仁人襟懷。同樣是歌詠自然景色的詩，有「採菊東籬下，悠然見南山」[29]的自我超然，卻也還有「感時花濺淚，恨別鳥驚心」[30]以為詩人寄寓抒情的詩歌正宗。[31]

承續以上所言，當會發現大自然和傳統詩人的關係密不可分，對大自然的態度亦時有不同，有時覺得大自然涵括宇宙時空，人的渺小終為塵土；有時又以大自然為師追求超脫境界，衷心以為登臨大自然的視野愈遠，生命追求的視野也愈高，登高望遠遂成為浪漫詩人寄興超然的一個主題。以下分為三方面來分析中國浪漫文學的「登高望遠」主題的淵源與內涵：

（1）中國文學的抒情傳統主要來自儒家詩學思想與道家哲學觀念，兩個以「人」為主體的思維體系，激盪為傳統詩人面對自我與群體，認同性靈的純真高尚與世俗階級價值的矛盾衝突。大自然的懷抱遂成為詩人完成自我，寄託懷抱的所在。

---

[28] 高步瀛選注《唐宋文舉要》（臺北：漢京，1984）：頁 651。
[29] 陶淵明〈明雜詩二首〉之一，收錄於《昭明文選》：頁 431。
[30] 杜甫〈春望〉，收錄於高文編《全唐詩簡編》：頁 614。
[31] 陳思和《中國新文學整體觀》（臺北：業強，1990）：頁 124。

所以山水詩人謝靈運、鮑照等的抒情詩篇多是心平氣和的哲理性活動，而唐人的山水觀照更透露人與自然世界全面契合的靈氣，個人不但融於大自然中，還能在大自然脫塵超凡的美中，將一切個人感情或憂慮都過濾沉澱。[32]於是詩人所描繪的山水形體其實是呈現詩人的自我本體，或崇高雄渾，或曲折迷離，都是詩人心境的意象。登臨大自然，多不為了讚嘆自然客體的美，而是為了寄託自然裏的自我。

儒家思想家范仲淹遂有寄情山水的文人真實的雨悲晴喜：「然則北通巫峽，南極瀟湘，遷客騷人，多會於此，覽物之情，得無異乎？」；[33]而屬於道家思想的豁達開朗，則有蘇東坡：「蓋將自其變者而觀之，則天地曾不能以一瞬；自其不變者而觀之，則物與我皆無盡藏也」。[34]道家的自然觀讓登高望遠成就詩人無遠弗屆的想像力，《老子》第十四章說：「其上不皦，其下不昧，繩繩不可名，復歸於無物，是謂無狀之狀，無象之象，是謂惚恍。」[35]第二十一章又說：「道之為物，惟恍惟惚。惚兮恍兮，其中有象；恍兮惚兮，其中有物。」[36]老子言及「道」無法捉摸，又無所不在，卻又不可言詮，讓詩人在感受大自然的奧妙時，能不拘客體的外在形象，不須忠實呈現眼睛看見的山水，而能懂得讓神思悠遊於山水之間，追求昇華自我的境界。

（2）由儒而道的生命智慧，對一個中國詩人而言不同於西方泛神論（pantheism）對大自然的敬畏，杜甫〈望嶽〉一詩中的「會

---

32 王建元《現象詮釋學與中西雄渾觀》（臺北：東大，1988）：頁 25。
33 高步瀛選注《唐宋文舉要》：頁 651。
34 蘇軾《蘇軾全集》（上海：上海古籍，2000）：頁 648。
35 王弼等著《老子四種》（臺北：大安，1999）：頁 11。
36 王弼等著《老子四種》：頁 18。

當臨絕頂，一覽眾山小」，[37]感覺自我渺小才能進一步體會生命缺憾的渺小，追求自我提昇的智慧。

杜甫登上高山才有這樣看得遠的廣闊視野，空間視野不但開闊，心靈的視野也得以提升。登高望遠強調詩人運用自由想像的浪漫精神，其實是由《詩經》自然寫實精神融合屈原的神話想像，雖受到南方巫樂的影響，讓屈原的作品充滿浪漫的想像，但是這種對大自然神祇的個人想像和情懷，其實還是屈原 「香草美人」的寫作手法，例如筆者在下一章第五節討論屈原的〈山鬼〉，山鬼從熱烈期盼到失望的心情，讓人了解屈原表現的浪漫精神不只是唯美的想像，而是寄興性靈的象徵方式。

（3）這種亦儒亦道亦神祇的互補思想，彼此消長，互為表裡，到了中國另一個動亂變革極大的魏晉時代，大自然成了高蹈曠放、追求玄言的好所在。郭璞的遊仙詩與竹林七賢寄情山林的避世思想，浪漫的文字中其實暗藏著人性的主題與文學的自覺。[38]而陶淵明的「少無適俗韻，性本愛丘山，誤落塵網中，一去三十年」，實踐自己回歸大自然的理想：「久在樊籠裏，復得返自然」，[39]讓中國文學多了「歸園田居」的浪漫主題。

歷經南北朝時期的志怪小說、唐代的浪漫傳奇小說，以及元明清的戲曲、章回小說，看似擬寫鬼神，超越現實的內容，實是抒寫人情，折射世態的主題。[40]文人筆下的大自然愈來愈具備人性的主題和文學的覺醒。唐代詩人王維、孟浩然清新秀雅的自然詩、詩仙李白「我欲因之夢吳越，一夜飛渡鏡湖月。湖月照我影，送我至剡

[37] 杜甫〈望嶽〉，收錄於高文編《全唐詩簡編》：頁 614。

[38] 李澤厚《美的歷程》：頁 85。

[39] 陶淵明〈歸園田居〉收錄於丁仲祜編《全漢三國晉南北朝詩》（臺北：藝文，1983）：頁 605。

[40] 蔡守湘編《中國浪漫主義文學史》（武漢：武漢出版，1999）：頁 302。

溪」的浪漫無羈、[41]明末張岱的小品文、清朝袁枚的性靈派，人性與文學的覺醒，想像與真實的矛盾，在山林文學與登高懷遠的主題中，找到最適合的表現。

第三節　中西抒情說

每種文化的變遷是混雜的、異質的過程，而不同的文化與文明之間的衝撞與交融基本上是彼此相關的、相互依存的，[42]這就是對位的藝術詮釋／閱讀（contrapuntal reading）。西方浪漫主義引介到中國的文化領域之後，彼此之間就產生這種對位的藝術發展類型。其實，文學藝術的創作基本上就是起源於一種廣義的「浪漫特質」，藝術家追尋自我的過程，如同人的一生，就是一段由自我（ego）逐漸建立屬於自己主體（subject）的過程，[43]只是身為一個文學家

---

[41] 李白《夢遊天姥吟留別》：「天姥連天向天橫，勢拔五嶽掩赤城。天臺四萬八千丈，對此欲倒東南傾。我欲因之夢吳越，一夜飛渡鏡湖月。湖月照我影，送我至剡溪。謝公宿處今尚在，淥水蕩漾清猿啼。腳著謝公屐，身登青雲梯。半壁見海日，空中聞天雞。千岩萬壑路不定，迷花倚石忽已暝。熊咆龍吟殷岩泉，栗深林兮驚層巔。雲青青兮欲雨，水澹澹兮生煙。列缺霹靂，邱巒崩摧，洞天石扇，訇然中開。青冥浩蕩不見底，日月照耀金銀臺。霓為衣兮風為馬，雲之君兮紛紛而來下，虎鼓瑟兮鸞回車。仙之人兮列如麻。」而當大夢初醒來、幻境消失，又引出了對人生世事的感慨：「世間行樂亦如此，古來萬事東流水」，「安能摧眉折腰事權貴，使我不得開心顏」。李白這種想落天外的特點，大大發展了莊子寓言、屈原楚辭的浪漫精神和表現手法，也融匯了道教的神仙意象，具有令人驚歎不已的藝術魅力，贏得了一代「詩仙」的讚譽。收錄於《全唐詩簡編》：頁 408。

[42] 愛德華・薩依德著，單德興譯《東方主義》（臺北：麥田，2004）：頁 16。

[43] 可參考拉康所提出的「鏡像階段」。

是用文字作品來建構屬於自己的主體，中西方的浪漫特質也因著人類文明的發展不同，而呈現各異的主體內涵。

西方浪漫詩人華滋華斯把「一切好詩」的特點描述為情感的自然流露時，他指的並不是史詩或悲劇的傳統，而是他心目中典型的抒情詩篇或自然詩。在與華茲華斯同時的多數批評家看來，抒情詩／自然詩已成為西方詩歌的基本形式，它的屬性也就是一般詩歌的依據。而另一位浪漫詩人柯立芝也說：「抒情詩基本上是最富於詩意的」，[44]站在中國人的立場來讀西洋詩中的浪漫詩，尤其是初讀華茲華斯或濟慈的作品，多多少少總會覺得生疏，敏銳的感受是他們的特色，但那不時出現的說理與邏輯性卻總淩駕於感性和抒情之上。[45]所以，雖然都是強調「抒情詩」的傳統，中西方的抒情內涵其實是各具特性的。

我們進一步探究西方浪漫主義的形成歷史與精神特質，就會發覺西方浪漫主義的發生乃是對西方新古典主義的反動，所以，研究西方浪漫主義與中國浪漫主義的異同時，就不能不從中西方浪漫主義的起源研究作比較。每個文化的發展其實都是混雜的，不能以單一的文化發生方式來思考，嘗試分離出某個文化認同單一、純粹的本質其實是極危險且錯誤的，而是要去解構它們。[46]

西方悲劇英雄挾其激烈的生命力與精神一往直前與命運和環境對抗，終而在悲劇的結局中獲得意志與精神的凸顯超越，這是西方悲劇意識的表徵。而中國文化中的悲劇意識之展現，則恆透過人與自然之對照，而生出對悠悠的宇宙性的悲哀（cosmic sadness），流露為蒼涼悲壯的人生無常之感。前者充滿著力的對立

---

[44] 引文見 M.H. 艾布拉姆斯著《鏡與燈》：頁 143。

[45] 呂正惠《抒情傳統與政治現實》（臺北：大安，1989）：頁 163。

[46] 愛德華・薩依德著，單德興譯《知識份子論》（臺北：麥田，2004）：頁 171。

與動態，而後者則透露為一切力量皆消弭的「靜態悲劇」的抒情意境。同樣出於超越的生命精神，在東西文化中卻表現為迥異的風姿意態。[47]

中國文學的根源於一部《詩經》，這部包括社會各階層，大體以日常生活的各方面為主的抒情歌謠集，奠定了中國文學基本上是一個抒情的傳統，而非如許多西方國家根源於少數英雄之殺伐戰鬥為主題的史詩。[48]中國的抒情傳統，來自於先民對大自然無上永恆力量的蒼涼悲壯之感。那種「抒情傳統」的本體意識中並沒有神的位置之存疑，而是從《詩經．小雅．蓼莪》:「欲報之德，昊天罔極。」對天的模糊認知，到蘇東坡〈赤壁賦〉中「逝者如斯，而未嘗往也；盈虛者如彼，而足莫消長矣」的探討過程，「死生亦大矣」的生命自覺的意識，以及王羲之〈蘭亭集序〉所言：「雖世殊事異，所以興懷，其致一也」[49]的抒情共感。

西方抒情詩的主題發展與抒情風格就和中國詩的抒情傳統不同，吾人可從濟慈的〈夜鶯頌〉(Ode to a Nightingale)便可理解西方詩人藉著詠物如何抒發其情思：「而癱瘓有幾根白髮在搖擺／在這裏，稍一思索就充滿了／憂傷和灰暗的絕望／而美保持不住明眸的光彩／新生的愛情活不到明天就枯凋／去吧！去吧！我要朝你飛去／不用和酒神坐文豹的車駕／我要展開詩歌底無形的羽翼／儘管這頭腦已經困頓，疲乏／去了，我已經和你同往／夜這般溫柔，月後正登上寶座／周圍是侍衛她的一群星星／但這兒不甚明亮」(查良錚譯)

---

[47] 張淑香《抒情傳統的省思與探索》(臺北：大安，1992)：頁 15。
[48] 柯慶明《中國文學的美感》(臺北：麥田，2000)：頁 22。
[49] 謝冰瑩等注譯《古文觀止》(臺北：三民，1999)：頁 488-491。

Where youth grows pale, and spectre-thin, and dies;
Where nut to think is to be full of sorrow
And leaden-eyed despairs;
Where Beauty cannot keep her lustrous eyes,
Or new Love pine at them beyond to-morrow.

Away! away! For I will fly to thee,
Not charioted by Bacchus and his pards,
But on the viewless wings of Poesy,
Though the dull brain perplexes and retards.
Already with thee! Tender is the night,
And haply the Queen-Moon is on her throne,
Clustered around by all her starry Fays;
But here there is no light[50]

「夜鶯」如同詩人內在的主觀靈感，在詩人為生命的短暫老去而感到悲哀，為美麗愛情的即將凋零感到不捨的時候，他呼喚靈感能如夜鶯般快快前來，隨著夜鶯的飛翔，能將超越生命的有限，追尋永恆的愛與美。詩中的「夜鶯」不是如中國傳統抒情詩的詠物對象，也不是像中國浪漫詩人般化身為詩中的「夜鶯」，能夠「挾飛仙以遨遊，抱明月而常終」，而是藉著與「夜鶯」的對話，表現個人靈思的主觀重要性，以獲得意志與精神的凸顯超越，這裏略可看出中西方浪漫作品中抒情的表現與作用的不同。

---

[50] The Poems of John Keats, ed. Jack Stillinger (Cambridge, Mass. : Harvard University Press, 1978，p. 370

一、超自然觀：救贖與超脫

中西浪漫詩人對大自然的觀察結果極為不同，此來自中西文化文化與素質上的差異性，於是自然詩和田園詩的傳統中西各異。非常顯然地，西方田園詩和自然詩人同樣關懷和喜愛大自然，自然詩可說是田園詩的繼承與延續，但是實際分析，西方自然詩較為寫實和客觀，詩人的想像力和趣味性多從中世紀的基督教桎梏下掙脫出來的結果，極少採用田園詩的道具如羊群和牧羊女來裝飾它的世界，與田園詩沿世外桃源的方向來理想化截然不同。[51]西方文化主要承襲希伯來思潮與希臘文化，所以對自然界的態度也是模稜兩可的呈現。

中國對大自然的態度也是模稜兩可的，這主要由於中國的宇宙論自然觀源於兩大源頭，一個是儒家思想裏視「天」具「人性化」，能為人類賦與天命，人類的終極價值就在知天命之後還能讓人性從心所欲不踰矩；而道家思想則力圖將人類賦與「自然性」，如此才能和大自然一樣反璞歸真，得到人性的超脫。於是中國詩人與大自然相處的結果，便產生了山水詩和田園詩的傳統。「自然詩」這個術語，在中國文學批評史顯然是一個新詞，來自西方，由西方學者用來稱呼山水詩。[52]而中國田園詩的傳統也和西方的極為不同，西方的源自於特奧克理托思（Theocrious）和維吉爾（Virgil），而中國的則源於《詩經．七月》和《詩經．十畝》等等；[53]一方面視大

---

[51] 陳師鵬翔《主題學理論與實踐》（臺北：萬卷樓，2001）：頁 137-140。
[52] 陳師鵬翔《主題學理論與實踐》：頁 139。
[53] 見陳師鵬翔〈自然詩與田園詩傳統〉《主題學理論與實踐》：頁 149。

自然為美感欣賞的客體，「情必極貌以寫物，詞必窮力而追新」。[54]而田園詩詩人則將自己視為大自然的一部分，生活在大自然中，以道家的反璞歸真尋求人性與境遇的有限與缺憾，求得自我的超脫。

大自然對人類的影響雖然中西各異，同樣具重要性卻是不爭的事實。

如前所述，中西浪漫文學的特質之一皆為回歸大自然，只是自屈原、陶淵明、王維、李白、蘇東坡等中國詩人體現出來的大自然，乃是源於中國儒家文化的道德感與道家哲學的超脫精神所寄情的「大自然」；而自西方朗吉納斯、華茲華斯、柯立芝、濟慈等西方詩人所體現的大自然，則是與西方文化的救贖精神有關。根據古希臘思想傳統和希伯來神傳統，現世形態的世界本身沒有意義可言，意義僅存於一個柏拉圖式的本體論領域之中、存在於上帝神聖存在的懷抱中。現世形態的世界意義如果存在的話，只是由於它顯示了本體領域的理式或上帝的光輝。[55]

今以英國浪漫主義詩人華茲華斯的詩——〈我心雀躍〉（My heart leaps up when I behold）以為說明：

> My heart leaps up when I behold
>
> 我一見彩虹高懸天上，
>
> A rainbow in the sky:
>
> 心兒便跳躍不止。
>
> So was it when my life began;
>
> 從前小時候就是這樣，

---

[54] 劉勰〈明詩篇〉《文心雕龍》：頁85。

[55] 劉小楓《拯救與逍遙——中西方詩人對世界的不同態度》（臺北：久大文化，1991）：頁50。

So it is now I am a man;

如今長大了還是這樣；

So be it when I shall grow old,

以後我老了也要這樣，

Or let me die

否則，不如死！

The child is father of the man;

兒童乃是成人的父親；

And I could wish my days to be

我可以指望：我一世光陰

Bound each to each by natural piety [56]

自始至終貫穿著對自然的虔敬。[57]

這首詩有兩種意義，保有赤子之心與對自然景物的真誠。「彩虹」為自然美麗的景物象徵　，亦可根據聖經創世紀第九章記載，彩虹可說是美麗與信實的象徵。上帝因人類墮落敗壞，以洪水滅絕人類後，上帝與諾亞（代表人類）立下永約，凡有血肉的不再被洪水滅絕，上帝將彩虹放在雲彩中，作為立永約的記號。

華茲華斯從小在秀麗的英國湖區成長，受大自然蘊育，純淨心靈很容易受大自然觸動。這首短詩是他三十二歲作品，以彩虹為意象。第七行 The child is father of the man 是本詩的詩眼，暗示

[56] William Wordsworth, Wordsworth's Complete Poetical Works, Cambridge ed. Boston: Houghton Mifflin Co., 19??, p277

[57] 楊德豫譯，William Wordsworth，《華茲華斯詩選》（臺北：愛詩社，2005）：頁 13。

兩種含意，一是從人的童年可以預示成年後的性情，一是小孩純真的心靈，反而是小孩啟示大人如何感應大自然；詩人暗示如果對大自然景物不能感動，亦即表示創作的赤心已滅，詩亦已死亡。八－九行看到彩虹的雀躍之情，對未來並無把握是否能保有純淨天真的心，故以虔誠的祈願作結。根據這首詩，我們可以了解詩人內心雀躍的原因來自於對大自然的感動。而這種感動，詩人企望能與大自然一一緊密連繫。詩人明確指出祈願大自然的力量可以使他的靈魂得到救贖，也娓娓道來人的一生：從年幼到死亡，那是人類無法逃避的命運，能讓詩人新生雀躍的是天邊的一道彩虹，是大自然的造物主永生誓約的記號，詩人看到彩虹在天際，感受到大自然至高無上的愛和力量，生命對死亡的畏懼也一一獲得了「救贖」。

中國浪漫詩人對大自然的態度則是充滿著曲折矛盾的歷程。中國哲學文化系統裏大自然稱之為「天」或「道」，便可理解大自然對中國人來說不是沒有情感的客體，而是充滿各種隱喻與對話的因子，因為大自然的模樣都是人中國人內在心靈的模樣。不論儒家或道家，對世界都採取有規範的接受態度。因為在他們看來，世界是自然的運行，是一個體現天命或以道來孕育萬物的世界。在這世界之中，有一個確實可以信賴的理性秩序，自我必定要從屬於這個秩序才有意義。[58]詩人從人類世界來到大自然的世界，不必帶有宗教情懷，也不必抱著敬畏虔誠之心，有的只是寄託、抒情或感懷。回歸大自然，讓中國詩人的心靈在人類世界的種種不遇和宿命得以「超脫」，達到物我兩忘的境界。

---

[58] 劉小楓《拯救與逍遙——中西方詩人對世界的不同態度》：頁 77。

從屈原的〈天問〉開始，詩人就將大自然當成傾訴的對象，「遂古之初，誰傳道之？上下未形，何由考之？ 冥昭瞢闇，誰能極之？馮翼惟像，何以識之？」[59]；有時，詩人回歸大自然，與大自然的無限時空合而為一，以期超越自我的渺小，如蘇東坡〈赤壁賦〉言：「惟江上之清風，與山間之明月，耳得之而為聲，目遇之而成色。取之無禁，用之不竭。是造物者之無盡藏也，而吾與子之所共適」；[60]有時，卻又感受到大自然只是一個無私不仁的運行客體，不管人類的文明與野蠻如何循環，大自然映照出人類的有限與渺小，以萬物為芻狗，唯有生命自在的活出自己，人類才顯得生命的尊嚴與獨特，如王維的〈辛夷塢〉：「木末芙蓉花，山中發紅萼。澗戶寂無人，紛紛開且落」[61]有時，大自然在中國浪漫詩人登高望遠的同時，透過詩人的想像，感受到遠方的魏闕和故人，因而思念之情油然而生，此即為李白〈黃鶴樓送孟浩然之廣陵〉：「故人西辭黃鶴樓，煙花三月下揚州。孤帆遠影碧空盡，唯見長江天際流」。[62]這種登高望遠的襟懷，和西方自然詩、田園詩的傳統，來自宇宙論的自然觀不同：不是為了獲得神的救贖，而是為了超脫際遇與命運的限制，以完成真正的自我，中國文化裏少有征服大自然的論述，故亦沒有破壞生態的惡名。

由上可知，在中國浪漫詩人眼中的大自然，沒有任何造物主的名字，也沒有讓人類心生敬畏的宰制力道與神聖的光芒，人回歸大自然，就像寄託自己的心懷在大自然的懷抱，與大自然對話，提昇自己的性靈，到達物我合一，物我兩忘的境界。

---

[59] 楊家駱主編《楚辭注八種》，(臺北：世界書局，1981)：頁 50。

[60] 蘇軾《蘇軾全集》：頁 648。

[61] 見高文編《全唐詩簡編》：頁 222。

[62] 見高文編《全唐詩簡編》：頁 409。

二、意象／象徵與意境

無論中西，不論創作的手法技巧如何，只要強烈呈現個人情思的文學作品，皆可稱為浪漫文學。意象／象徵的運用是個人情思的重要表達方式，分析中西浪漫文學中的意象／象徵處理，當會發現中西文化差異下的微妙內涵。

在進行中西浪漫文學中「意象／象徵」分析之前，必須先就詩的「意象」進行了解，畢竟文學創作是以文字為媒材，而文字本身即是一種「視覺符號」，又兼具概念（concept）、聲音意象（sound image）、觸覺與味覺等的結合，作者思考「視覺符號」先後秩序的「關係性」，便成為決定作品意義的基礎。[63]「意象」就是「意中之象」或是「化意為象」，中國詩學具有「詩主情」的傳統，而中國哲學又強調天人合一的重要，強調「懷觀道澄」、「虛而萬景入」式的體悟。中國美學理論則明倡「神思」在藝術表現上的重要性，不論是「意在象前」或「象生意後」，「形神兼備」是處理意象的關鍵，標舉的是「神似勝於形似」的審美價值。

即此可知，中國詩學中的「意象」二字，不僅僅是「意之象」的詩文符號，而是包含中國式的哲學與美學體系，從老子的「大象無形」、《周易》的「立象以盡意」、莊子的「得意以忘言」，都是中國詩學「意象」二字的內在精髓。西漢王充首次提出「意象」二字，[64]王

---

[63] 潘麗珠《現代詩學》（臺北：五南，1997）：頁 3。

[64] 王充《論衡‧亂龍》卷下（臺北：宏業，1983）：頁 13-14，提出有十五種「效驗」，即「象」：第一，日，火也；第二，陽燧取火於天；第三，客為雞鳴而真雞鳴和之；第四，以木人象囚之形；第五，禹鑄金鼎入山林，以象舜入大麓之野；第六，磁石以象頓牟；第七，葉公好龍；第八，夢象；第九，桃虎象禦；第十，刻木為鳶，蜚之三日而不集；第十一，以丹木象

弼《周易略例一明象篇》則進一步解釋意象二字的意義，[65]魏晉南北朝時劉勰進一步完成了藝術審美的「意象」的理論建構，[66]到了清朝王國維的《人間詞話》提出詩詞創作與評論的基本準則——境界，強調中國詩詞裏的「意象」、「意境」、「境界」的藝術表現，至此「意象」二字，已不僅僅是周易、老莊哲學所探討的有形之象與無形之意，而是呈現中國文學裏的意境、境界的重要媒介，亦是藝術哲學的命脈，顯示了中國文化獨特的品貌和深層的內涵。

因而，探索中國浪漫文學中對「意象」的蘊釀過程，勢必探求中國傳統文學藝術哲學的內在精神，畢竟理解中國浪漫文學中「意象」的審美範疇，其涵蓋著深刻的中國傳統文化思想，傳統的哲學內涵，實有別於西方哲學理性分析，這是以天與人的關係為基礎發展而來的「天人合一」中國的宇宙觀，強調天人相通，「天地與我共生，萬物與我為一」，[67]充分體現人的自由本質的審美活動。

中國詩的生命幾乎全在意象，內之在「意」，外之在「象」，其中包括感官與精神二種層次的經驗。作家常透過「象徵」、「隱喻」等修辭格營造意象，以求構成具體生動的意象。當作者的情感意識與外界的物象相交會，經過觀察、審思與想像的蘊釀，便成為有意

魚，而真魚至；第十二；匈奴以木象都；第十三，圖畫以象人形；第十四，有若似孔子；第十五，幻術象人。王充接著說：「又有義四焉」。其二曰：「立意於象」，其三曰：「示意取名」。

[65] 王弼《周易略例・明象篇》(臺北：大安，1999)：頁 262 ：「夫象者，出意者也；言者，明象者也盡意莫若象，盡象莫若言。言生於象，敝可尋言以觀象；象生於意，故可尋象以觀意。意以象盡，象以言著。故言者所以明象・得象而忘言；象者所以存意・得意而忘象。」

[66] 《文心雕龍・神思》下篇第二十六：「是以陶鈞文思，貴在虛靜，疏瀹五藏，澡雪精神，積學以儲寶，酌理以富才，研閱以窮照，馴致以繹辭，然後使玄解之宰，尋聲律而定墨：獨照之匠，窺意象而運斤：此蓋馭文之首術，謀篇之大端。」，頁 4。

[67] 莊子《莊子讀本》(臺北：三民，2003)：頁 241。

境的景象。意象把經驗和感受表達出來，即使是議論與諷刺，也常常化身為意象而出現。

然而中國詩的意象著重意境的呈現，意象與意境是詩歌鑒賞中的兩個重要概念，一般人對於它們的含義，卻往往混為一談。意象的出現是意境創造一個中介環節，而意境的完成，是意象有機的組合所致。[68]意象著重在表達哲理觀念、以象徵性或荒誕性為基本特徵以達到人類理想境界的表意之象，即為藝術典型。「意境」又作「境界」，在西方文學中意指托出的「世界」（world）。根據這個界定，我們可得出以下幾點：首先，意象是一個個表意的典型物象，是主觀之象，是可以感知的，觸摸到的、具體的；意境是一種境界和情調，它通過形象表達或誘發，是要體悟的、抽象的。其次，意象或意象的組合構成意境，意象是構成意境的媒介或途徑。

正確把握二者都需要運用想像，而中國浪漫詩歌中「意象」的運用往往都是呈現作品整體的「境界」。尤其在浪漫抒情作品中呈現出情景交融、虛實相生的審美想像空間。王國維《人間詞話》開頭即指出「境界」在詞創作上的重要性，「詞以境界為上，有境界則自成高格，自有名句。」[69]又進一步指出藝術創作中「造境」與「寫境」的不同，「有造境，有寫境，此理想與寫實二派之所由分。」[70]此處言造境即接近浪漫主義的藝術手法，強調以虛構、想像的表現技巧抒發內心嚮往的理想世界，不同於寫實主義著重於描寫現實世界的「寫境」。

所以，依據中國文、哲、藝術家對「意象」的分析，分析中國浪漫詩歌中意象構成意境主要有兩種情況：其一，由一個意象構成

[68] 陳良遠《中國詩學體系論》（北京，新華書店：1992）：頁 273。
[69] 王國維著，徐調孚校注《校注人間詞話》（臺北：頂淵，2001）：頁 1。
[70] 王國維著，徐調孚校注《校注人間詞話》：頁 1。

一個意境。如柳宗元的《江雪》:「千山鳥飛絕，萬徑人蹤滅；孤舟簑笠翁，獨釣寒江雪。」[71]詩中只有一個意象——雪。但這雪已非自然界之雪，而是作者心中之雪，不但一整個宇宙帶著雪色，作者孤獨的靈魂也有個性的雪。細細品味，我們能感受到詩中有一種藝術意境，這種意境是通過這一江的雪形成的，這就是本詩的獨特意境。其二，意象組合形成意境，即由多個意象構成一幅生活圖景，形成一個整體意境。如王維的「〈山居秋暝〉:「空山新雨後，天氣晚來秋。明月松間照，清泉石上流。竹喧歸浣女，蓮動下漁舟。隨意春芳歇，王孫自可留。」[72]這首詩由一系列單個的意象（空山、新雨、秋、明月、松間、清泉等）組合起來，便成了一幅情景相融的畫面，雖不言情，但情藏景中，更顯意境之深刻。唐朝殷璠的《河嶽英靈集序》中評論道:「維詩詞秀調雅，意新理愜，在泉為珠，著壁成繪，一句一字，皆出常境。」[73]用「一句一字，皆出常境」八個字來形容〈山居秋暝〉一詩的意境之美之高，可說甚為恰當。意境呈現，最主要在於「清」字，明月的清輝，山色的清麗，流泉的清泠，心境的清雅，格調的清高，在在都是本詩所自然透顯的意境。而就詩作內涵的欣賞而論，意境美的把握，可分兩個層面來看：其一是景致的超凡，其二是心境的脫俗，一一引發讀者無盡的審美想像，形成了詩歌雋永的意境。從上述兩例我們可以發現，意象離不開意境，「雪」離開全詩意境，就失去了其在詩中的獨特涵義，「清泉」 脫離原詩意境，也與空靈的意境無關。

---

[71] 高全編《全唐詩簡編》: 頁 948。

[72] 高全編《全唐詩簡編》: 頁 210。

[73] 李昉主編《文苑英華》卷七一二（北京：中華，1986）頁 349。

當然並非所有的意象組合都能構成意境。如溫庭筠〈商山早行〉:「雞聲茅店月，人跡板橋霜」，[74]其中共並列了六個意象，雖也鮮明生動地呈現出清晨之景，但並無飽滿深摯的情感，缺乏「情與景」的自然融合，雖能感受早行於商山的寂寥無人，但無法構成讓人想像的審美空間，有意象卻缺乏深刻之意境，純為蒙太奇的技巧呈現，這就不是屬於浪漫詩歌的類型，而應是自然詩的典範。因為中國浪漫詩歌著重在抒情的表達，所以意象的營造就是為了承載情意，達到體實自新、情景交融的境界，意象與意境渾然一體不可分割。

西洋詩的意象反而常為「說明」的需要所束縛。韋勒克在《文學理論》中解釋意象時總不忘和隱喻、象徵、神話母題等文學術語互為解釋，他說：

> 視覺的意象是一種感覺或者說知覺，但它也「代表了」、暗示了某種不可見的東西、某種「內在的」東西。它同時可以是某種事物的呈現和再現。……意象可以作為一種「描述」存在，或者也可以作為一種隱喻存在。但是，如果意象不作為隱喻，從「心靈的眼睛」看來，可否具有象徵性？難道每一種知覺不是選擇性的嗎？[75]

這種意象具有隱喻或象徵的轉換，與西方的神話和自亞理斯多德《詩學》的詩學傳統不無關係，其意象的運用與中國詩歌美學追求「天人合一」的境界內涵不同。對一個西方浪漫主義詩人而言，作品是燈，作者的心靈情感就是讓燈發亮的光源，[76]藉著

74　高全編《全唐詩簡編》：頁 1467。
75　勒內・韋勒克《文學理論》(江蘇：江蘇教育，2006)：頁 213。
76　M.H.艾布拉姆斯著《鏡與燈》：頁 143。

作品意象單元的互補、重疊、牽引、暗示，詩人的主題得以呈現。以濟慈為例，濟慈詩意象的豐富在浪漫詩中是有名的，他那些著名的頌歌，如〈夜鶯頌〉（Ode to a Nightingale）、〈希臘古甕頌〉（Ode on a Grecian Urn）、〈憂鬱頌〉（Ode on Melancholy）等，[77]真讓人完完全全感受到意象的說明興。其中〈希臘古甕頌〉最能代表濟慈詩作中的浪漫精神，藉著對一只希臘古甕的描述，表達詩人對藝術的永恆與真實人生的有限兩者之間價值的辯證。最後有句詩最能將古甕意象的哲思闡釋得淋漓盡致：

> "Beauty is truth, truth Beauty, "－that is all
> Ye know on earth, and all ye need to know
>
> （美即是真，真即是美，這就是
> 你們所知道，和該知道的一切。）[78]

另一位西方浪漫主義的健將雪萊有首名詩〈西風歌〉（Ode to the West Wind），第一段即以西風為對象與其產生對話：

> O wild West Wind, thou breath of Autumn's being,
> Thou, from whose unseen presence the leaves dead
> Are driven, like ghosts from an enchanter fleeing,
>
> Yellow, and black, and pale, and hectic red,
> Pestilence-stricken multitudes: O thou,
> Who chariotest to their dark wintry bed

---

[77] 查良錚譯《濟慈詩選》（臺北：洪範，2006），頁碼依序為 134.144.177。
[78] 查良錚譯《濟慈詩選》：頁 149。

The winged seeds, where they lie cold and low,
Each like a corpse within its grave, until
Thine azure sister of the Spring shall blow

Her clarion o'er the dreaming earth, and fill
（Driving sweet buds like flocks to feed in air）
With living hues and odours plain and hill:

Wild Spirit, which art moving everywhere;
Destroyer and preserver; hear, oh hear![79]

你是秋的呼吸，啊，奔放的西風；
你無形的蒞臨時，殘葉們逃亡；
它們像迴避巫師的成群鬼魂；

黑的、慘紅的、鉛灰的，或者蠟黃，
患瘟疫而死掉的一大群啊，你，
送飛翔的種子到他們的冬床。

它們躺在那兒，又暗、又冷、又低，
一個個都像屍體埋葬在墓中，
直到明春你清空的妹妹吹起

她的號角，喚醒了大地的迷夢。
驅羊群似地驅使蓓蕾兒吐馨；
使漫山遍野鋪上了姹紫嫣紅；

79 Shelley, The Poetical Works of Shelley Newell F.Ford, Cambridge eds. Boston : Houghton Mifflin Company, 1974. p. 377.

你周遊上下四方，奔跑的精靈；
是破壞者，又是保護者；聽呀聽。[80]

這是雪萊在歌唱西風，他以西風為意象／象徵，描寫西風既是剽悍的精靈，身影遍及四方，仔細聽聽它的聲音，既在毀壞大自然，又在保存生命。雪萊藉著西風同時在激勵和鞭策自己。他以詩歌作武器，積極投身革命運動，經受過失敗和挫折，但始終保持著高昂的戰鬥精神。早年就赴愛爾蘭參加民族解放鬥爭，回到英國後繼續抨擊暴政，鼓吹革命，同情和支持工人運動，因而受到政府的迫害，不得不憤然離開自己的祖國。在旅居義大利期間，他與義大利燒炭黨人和希臘革命志士來往密切，同情和支持他們的革命活動。在〈西風歌〉裏，西風的意象熔鑄著雪萊坎坷的人生道路，傾注著雪萊對統治者的滿腔憤恨，洋溢著雪萊不屈不撓的戰鬥精神，表達了雪萊獻身革命的強烈願望。這正遠遠超出作為意象的意義而達到象徵的境界。

西方浪漫主義時期的詩人，還有許多值得探討其意象的作品，從以上兩首詩的意象：古甕或西風，便可理解「意象／象徵」在西方浪漫詩歌中的箇中精髓，和中國浪漫詩歌所呈現的「意境」的不同。

三、崇高（the sublime）與達觀

崇高是西方審美範疇的一種。又稱壯美或雄渾。是存在於人類生活中的一種特殊審美對象，是物質形式、精神品質或兩者兼有的

[80] 楊熙齡譯，Percy Bysshe Shelley《雪萊詩選》（臺北：愛詩社，2005）：頁92。

極偉大、出眾的現象。[81]在歐洲，最早提到崇高的是西元三世紀古羅馬時代朗吉諾斯的《論崇高》(On the Sublime)，作者認為崇高是「偉大心靈的回聲」，他最為關注的是作者必須有一個兼容並蓄的靈魂，怎樣經由某些後天學來的技巧，在作品中獲得雄偉的氣象。他為雄偉下的定義著重在三方面，首先，他把「雄偉」界定為「表現上的某種優越」；第二，他認為最偉大的詩人是從雄偉處獲取名聲和不朽；第三，他以為崇高的語言對聽眾的影響力。[82]

在中國的傳統美學中，崇高或壯美常用「大」或「浩然」來表述。它側重在主體方面、社會價值方面，而不一定是物件的數量方面或是自然狀貌的雄偉方面。真正的崇高在中國指的是道德性和人格美。孟子把他所強調的人格美稱為「浩然之氣」。在對個體人格的評價中，他提出善、信、美、大、聖、神六個等級，提到「充實之謂美，充實而有光輝之謂大」。他所說的「大」，比一般的美在程度上更鮮明強烈，在範圍上更廣闊宏偉，是一種輝煌壯觀的道德美。這樣的崇高概念與西方傳統美學中的概念相比，側重點不同。與西方美學所討論的崇高特徵一部分仍是相近的。

姚一葦在《美的範疇論》〈論崇高〉中則提及「美的四範疇」，自美的量變到質變，具現了人與自然間的關係，與自然和諧或相生者為「秀美」與「崇高」，與命運或環境相抗衡或受其播弄，則具現為「悲壯」與「滑稽」。言崇高的美感乃「崇高的自然與藝術之無限、巨大、有力、與可敬之性質所產生的積極快感，轉化為精神上之自由、豪放、雄渾、與仰慕……由感性進入理性……使吾人走出了狹隘的自我世界，與廣大無垠的宇宙相同一」。[83]顏元叔在〈朗

81　王世德編《美學辭典》(臺北：木鐸，1987)：頁55。
82　陳師鵬翔《主題學的理論與實踐》：頁2。
83　姚一葦《美的範疇論》(臺北：開明，1981)：頁62-63。

介納斯得雄偉論〉一文中強調詩人在人格與文格之間，必須再加一個「想像力」。[84]而陳師鵬翔在〈中西文學裏的雄偉觀念〉一文更深入中西方諸多評論，進一步將「崇高」「雄偉」的觀念解釋得非常詳盡。[85]

分析了中西方對「崇高」定義的異同，我們需進一步了解西方浪漫詩人走進大自然，所產生的敬畏之情是一種「崇高」的美感；而中國的浪漫詩人走進大自然，或登高望遠，或隱居自放，寄託襟懷以求自我抒放是看山看雲的目的。道家逍遙的表現就是如郭璞的〈遊仙詩〉坎壈詠懷，高蹈遺世；儒道合一的態度就是如陶淵明、蘇東坡的瀟灑自適、曠達超脫。「達觀」與「崇高」就是中西方浪漫詩人走向大自然的兩種精神美學。

第四節　小結

分析中西方浪漫主義內在精神的異同性，使我們能清楚理解屬於中國浪漫精神的傳統和特性，隨著文學長河汩汩而流的不會只是文字語言的變革，也不是如西方浪漫主義思潮般經歷古典、中古、新古典主義時期的不同進化階段，文學的內涵隨著西方宗教文明的顛覆與重建而逐漸建構思想美學的體系。中國文學思潮傳統一向缺乏理論的嚴謹架構，文學的發展自儒教與政教合一以來，個人情思的奔騰超脫與登高懷遠的家國想像成了騷客文人的抒情浪漫，而「個人」與「家國」之間的衝突與超越，便成了中國浪漫文學的內

[84] 顏元叔《社會寫實文學及其他》。(臺北：巨流，1978)：頁 182。
[85] 收錄於陳師鵬翔《主題學的理論與實踐》：頁 1-54。

在精神根源。屈原、李白、李商隱、蘇東坡等文人的浪漫風格，呈現的是因「個人」處境的不順而被迫與「家國」遠離的鬱憤和哀怨之情；而莊子、郭璞、陶淵明、王維等則是在大環境的有限生存中，散發出個人情思的超然物外與瀟灑出眾。

到了民國初年的五四運動，中國文學思潮從西方引進，二者之間存在著時間的差異和文化的斷層；中國現代文學中的主觀主義情感的趨勢，部分源自本國，然而現代特性的靈感來自西方。[86]詩人如徐志摩等赴英國留學，魯迅、郁達夫等經由留日把浪漫主義推介到中國來，他們從西方文學的第二手英日文書籍中引進浪漫主義的概念，對理解西方文學的歷史演進常是一知半解，卻又太急於符合西方浪漫主義的思維精髓，希望能對當時的中國現代化產生急切而實用的思想變革。中國現代文學在受到多種世界文學思潮的衝擊時，常常產生排斥、模仿、消化、變異的複合現象。在接受過程中，便自然出現了對浪漫主義思潮的誤讀。

由於中國現代化與民族國家思維傳統的衝突，導致西方文學思潮與中國傳統文化的內在衝撞，演變成以西方文化的視野詮釋中國文化，以及盲目模仿以求西方的終極價值，這就導致中國現代性文學思潮的薄弱、滯後、一味西化，忽略了與中國傳統思維精神的兼容並蓄，其中尤以浪漫主義為甚。

本節以中國浪漫精神的不同特質為主線，以文學史上的經典浪漫作家、作品為例證，具體分析中國浪漫文學的內在精隨。中國浪漫文學具有歷史文化的傳統，所以有其自足性。自五四以降，對外國文學思潮也絕不是被動地接受，而是積極主動地去融合、去吸納，並在此基礎上逐漸形成了具有中國特色的浪漫主義文學。圍繞

[86] 李歐梵《中國現代作家的浪漫一代》（北京：新星，2005）：頁278。

這一觀點，從理論、作家、作品三個方面反復闡明瞭這一理論，便可打破文學史上認為中國本身沒有浪漫主義文學，後來在外國文學的影響下才出現的這種陳舊觀點，也能夠從中國浪漫文學的傳統基礎上，以西方浪漫主義的思維架構作視野的根據，進一步分析臺灣現代詩的浪漫精神。

第三章　中／臺現代詩的浪漫一代

第一節　世紀之交的思想啟蒙：從創造社到新月社

一、前言

在西方，寫實主義思潮本走在浪漫主義之前而出現於文壇，在十九世紀，大體上詩歌奉行浪漫而小說盡寫些傾向寫實之作。在中國新文學運動中情形則有些不同，浪漫主義文學思潮作為現實主義的抗衡而興盛於二十年代前期的中國文壇，因此，對二十年代出現的浪漫主義的理解，就不能緊緊扣住一般的社會背景與時代的衝突這些層面為充足，而應該更深入理解它的內在精神，才能把握此一時期的文學思潮的精髓和真諦。

分析五四浪漫主義文學思潮中，可發現當時的作家往往對藝術是清醒的，對人生則較為迷茫。在清醒和迷茫之間，多少正是表現出當時的浪漫主義作家不滿於黑暗現實，亟思突破，但又因為時代環境的詭譎多變，讓他們看不清前景，心理狀態既茫然又衝突，於是作品中就不時出現一種朦朧、幻夢式的浪漫情調和奇異色彩。這正代表了特殊的浪漫主義精神和文化的深層結構，這種情形會出現在二十年代的中國亦不足為奇，因為五四時期前後的浪漫主義大體上都是橫的移植，係由留學美、英、法的徐志摩、梁實秋、郁達夫、劉大白等人從境外移入。和西方浪漫主義的源流和發展史極為不同。M.H.艾布拉姆斯《鏡與燈》中將西方浪漫主義的源頭推至西元三世紀古羅馬時代朗吉諾斯的《論崇高》(On the Sublime),從源頭論西方浪漫主義的精神特質,可知十八世紀末至十九世紀初三、四十年間形成的西方浪漫主義運動,和中國五四時期發展的浪漫主義文學思潮,乃至於臺灣現代詩的浪漫特質極為不同。

五四時期的中國文學作家非常重視中國問題,作品多刻畫國內的黑暗與腐敗,表面看來,他們同樣重視人的精神面貌,但是從不踰越中國的範疇,以為西方國家或蘇聯思想或能挽救中國現代性問題,到了三十年代,隨著內戰和日人的入侵,知識份子的感時憂國促使寫實主義高揚,詩人小說家再也不可能僅只強調想像自我的意識高蹈,只是這樣的感時憂國未能超越對中國困蹇的關懷,若能像西方文學家把國家的病態擬為現代世界的病態,那麼中國現代作家的作品,或能在世界文學的主流中,占一席位。[1]

中國本土文化如何以自身的侷限來挪用外來文學思潮的問題,從文化傳播學的角度來看,這種情況本不足為奇。可其挪用的性質各有不同,如果接受主體燦爛博大,外來文化有可能在此得到新的改造,更加光大其生精神內涵,同時也可給本土文化加入新的滋養。但如果接受主體的時代背景和這外來文化的內涵無法相容共生,這外來文化就無法影響接受主體,甚至無法因此生根而大肆傳播起來。

---

[1] 夏志清〈現代中國文學感時憂國的精神〉,收錄於王夢鷗編選《當代中國新文學大系——文學論評集》(臺北,天視,1980):頁68-69。

其實，西方浪漫主義的內涵極為豐富，從蘇曼殊（1884-1918）翻譯拜倫的詩，魯迅書寫〈摩羅詩力說〉[2]一文開始，中國正面臨著世紀之交的思想啟蒙，在政治實體上從一個君王獨裁的封建制度轉變為亞洲第一個民主共和國，社會的新發展正需要一種鼓勵追求自由、強烈追求自我的思潮來引導新時代的中國人走向新的文明。而西方浪漫主義思潮雖然在歐洲各國文學中表現不一，但因其有共同的社會歷史背景和哲學背景作為基礎，它們之間存在著某些大致相近的特徵。其一，是強烈的個人主義色彩；其二，是對自然的新的審美態度。浪漫主義的這兩大特質，都能夠在中國新文化的萌芽和新文學的啟蒙中找到它的對應者。[3]簡單的說，它們能從不同的側面發揮了浪漫主義文學中的抒情傳統和抗拒思想（resistance）。

在中國文學的悠久傳統中，自然抒情文學和個人抒情文學同樣可以找到它們的生存土壤，幾乎不受外來文化的影響。田園鄉野式的農業自然經濟與中國文化中人與自然的和諧生存，在生理上、心理上互為感應的習慣，都使中國文學傾向於一種純樸的自然主義美學態度；而個人抒情文學源自於《詩經》，只是缺少強烈的「個人主義」色彩而已。這是一種土生土長的中國式的浪漫抒情，與西方盧梭（Jean-Jacques Rousseau, 1712-1778）、華滋華斯等人的浪漫主義並沒有直接的因果聯繫。[4]到了五四時期，中國式的浪漫精神，和學者引入的西方浪漫主義自然匯合成一股新興的中國式浪漫主義，其中的浪漫精神和時代環境的演變形成互動，從興盛到式微，爾後由象徵主義延續其浪漫精神的優點，去除口號式的濫情，成為另一種新興的文學思潮。

---

[2] 魯迅《魯迅全集 6》：頁 66。
[3] 陳思和《中國新文學整體觀》（臺北：業強，1990）：頁 117。
[4] 陳思和《中國新文學整體觀》（臺北：業強，1990）：頁 122。

二、新文學里程碑：從創造社到新月社

提到五四的白話文運動，必須理解晚清白話文運動的意義，晚清白話文從興起到蔚然成為一種運動乃是歷史的必然。[5]1917 年 1 月胡適（1891-1962）發表〈文學改良芻議〉一文，進一步提出了改革舊文學的「八不」主張，打響了文學革命的第一砲，重心在文學形式的除舊佈新上。[6]若沒有晚清白話文的進一步運用，如何能讓胡適能進一步放大「白話文學」的範圍，而五四文人如何能在白話文字的使用上逐漸成熟呢？當時中國留學生從外國回到中國，參與祖國的社會、文化與政治生活。他們這一代留學生在美國、英國、日本、法國、德國、蘇聯接受了哲學、政經制度與文化教育，回國後實際上有助於從根本上改變中國當時腐朽落伍的民風。其中除了胡適之外，就是蘇曼殊、魯迅、陳獨秀、周作人、梁實秋等人在各個領域介紹推展新文化運動。

為了聲援並補充胡適的主張，一九一七年二月陳獨秀（1879-1942）在《新青年》發表了〈文學革命論〉，旗幟鮮明的提出了文學革命的「三大主義」「曰推倒雕琢的阿諛的貴族文學，建設平易的抒情的國民文學；曰推倒陳腐的鋪張的古典文學，建設新鮮的立誠的寫實文學；曰推倒迂晦的艱澀的山林文學，建設明瞭的通俗的社會文學」[7]陳之主義的呼告精神有餘，實踐的主旨卻模糊不清，

---

5 李瑞騰《晚清文學思想論》（臺北：漢光，1992）：頁 180。

6 胡適〈文學改良芻議〉，收錄於趙家壁主編《中國新文學大系 1》（臺北：業強，1990）：頁 34。

7 收錄於趙家壁主編《中國新文學大系》（臺北：業強，1990）：頁 44。

確實有礙於執行。不過坦白而言，其所主張的國民文學、寫實文學和社會文學都和西方的寫實主義、浪漫主義精神可找到呼應。

周作人（1885-1967）則在〈人的文學〉一文提出「人的文學」的主張：「我們現在應該提倡的新文學，簡單的說一句，是『人的文學』，應該排斥的，便是反對的非人的文學」，其中還強調靈與肉並非對抗的二元，而是一物的兩面。文中還引用了英國十八世紀浪漫主義詩人布雷克（William Blake, 1757-1827）在《天堂與地獄的結婚》一詩中的三種說法加以補充，[8]說明他所說的「人道主義」，並非世間所謂「悲天憫人」、「薄施濟眾」的慈善主義，而是一種個人主義的人間本位主義。所以他覺得從儒教道教思想教導下寫出來的文章，幾乎都不及格，因為文學必須照顧這個時代和人類，以養成人的道德，實現人的生活。[9]周作人是第一批回國學生中在五四運動期間影響中國現代文學批評的人。[10]雖然他並沒有專論或翻譯相關浪漫主義的學說或文學作品，可他的文學見解，卻與浪漫主義的創作精神極為接近，為五四新文學的發展，提出了極具影響力的論點。

構成人之所以為人的個人思想，是周作人文學批評體系的基礎。他的人道主義，首先是一種個人主義，他認為沒有其他種類的人道主義存在的可能。他認為不論是中國的或外國的新文學，都必須是人性的。簡單的說，就是表現於「人的文學」所應知曉的東西；這種文學與他所謂的「非人的文學」對立。[11]對於周作人而言，個

---

[8] （一）人並非與靈魂分離的身體。因這所謂身體者，原只是五官所能見的一部分的靈魂；（二）力是唯一的生命，是從身體發生的。理就是立的外面的界；（三）力是永久的悅樂。

[9] 周作人〈人的文學〉，收錄於趙家璧主編《中國新文學大系》：頁 193。

[10] 瑪莉安・高立克著，陳聖生等譯，《中國現代文學批評發生史（1917-1930）》（北京：社科社，1997）：頁 14。

[11] 瑪莉安・高立克著，陳聖生等譯，《中國現代文學批評發生史（1917-1930）》：頁 15。

人主義的文學就是一種個人主義的人間本位主義。它可以分為兩種：一種是描寫生活中理想的或可以實現的東西；另一種是可以描寫普通的生活，或「非人的生活」。顯然，這些都是西方浪漫主義和寫實主義所積極從事和推展的東西。[12]

一九二一年七月郭沫若、張資平、成仿吾和郁達夫成立了「創造社」，在當時的中國文壇掀起一陣波瀾。郭沫若（1892-1978）的新詩，深受西方浪漫主義詩人的影響，他認為詩的本質在抒情、在自我表現。最早的評論文字是在《三葉集》中致宗白華的〈論詩通信〉（標題為編者所加）。它最初發表於一九二〇年二月一日上海《時事新報》副刊《學燈》上，這篇文章可視為郭沫若早期浪漫主義表現理論的綱領。

他在〈論詩通信〉說：「我想詩人底心境譬如一灣清澈的海水，沒有風的時候，便靜止著如一張明鏡，宇宙萬匯底印象都涵映著在裏面……這風便是所謂直覺、靈感（inspiration）等這些東西，我想來便是詩底本體，只要把它寫了出來的時候，它就體相兼備。大波大浪的洪濤便成為『雄渾』的詩，便成為屈子底《離騷》」。[13]他以為詩人的利器只有純粹的直觀，只要全憑直覺去創作就行了。所以他的詩缺乏客觀的真實性，在主觀上只是一種狂熱的發洩和幻想的渲染，多少暴露了浪漫主義的缺點。他的詩境空漠，詩意淺露，常流於叫囂和吶喊。這種缺點尤以後期的作品為甚。[14]徐志摩曾說他的詩在「女神」之後，「陳義風格詞采，皆見竭蹶」[15]

---

[12] 瑪莉安・高立克著，陳聖生等譯，《中國現代文學批評發生史（1917-1930）》：頁 16。

[13] 收錄於趙家璧主編《中國新文學大系》（臺北：業強，1990）：頁 347-349。

[14] 舒蘭《五四時代的新詩作家和作品》（臺北：成文，1980）：頁 26。

[15] 舒蘭《五四時代的新詩作家和作品》：頁 264。

創造社的主要作家受到德國浪漫主義文學影響的確表現得特別顯著，就是文學研究會的作家，也有好些人受到歌德（Johann Wolfgang von Goethe, 1749-1832）、席勒和海涅（Heinrich Heine, 1797-1856）等人的影響，[16]例如馮至的十四行詩就深受里爾克（Rainer Maria Rilke 1875-1926）的影響。

新月社成立於一九二七年，主要成員有徐志摩、聞一多、梁實秋等人，在文學評論上則有梁實秋。徐志摩（1897-1931）的一生以追求愛與美為其信仰的重心，不僅在創作中實踐，在真實的生命裏亦勇於活出自由浪漫的精神。而聞一多（1899-1946）雖然以「格律詩」見長，帶著腳鐐寫詩是他的創作風格，但是聞一多對俞平伯新詩集《冬夜》的評論，卻集中體現了浪漫主義這一方面的特徵。藝術的立場是他最基本的立場，他大體上是將文藝浪漫主義作為自己的批評尺度和依據。[17]

新月派在中國新文學史上究竟是不是一個派別，一個文學團體呢？歷來研究者看法不一，把「新月派」當作一個文學派別的，除了劉心皇和董保中之外，如周錦的《中國新文學史》、李歐梵的《中國現代作家浪漫的一代》和尹雪曼《中華民國文藝史》都把「新月」當作一個文藝派別處理。[18]梁錫華對這種觀點卻提出質疑：「若有一夥人對人生某一關係嚴重的問題看法醫治而被冠以什麼派，似乎不好責怪別人，不過我們在本論題內要問的是：創立新月月刊的諸君，是否有共同的什麼宗教，或主義，或主張？」接下來他的回答是：「宗教是沒有的，主義（也可以說是主張）到不少，胡適的實

16　王錦厚《五四新文學與外國文學》（成都：四川大學，1996）：頁 640。
17　陳子善、唐金海、張曉雲《新文學里程碑》：頁 181-182。
18　董保中，〈新月社、新月派、新月沒有了〉，《聯副三十年文學大系／評論卷2，文學史話》（臺北：聯經，1981）：頁 192。

驗主義、徐志摩的浪漫主義、梁實秋的古典主義……這些主義是碰碰撞撞的，這樣說來，何 「派」知有？」[19]

梁實秋（1903-1987）認為，從事文學活動在過了學習嘗試階段之後，都得憑靠自己，沒有太多的外來影響，所以講什麼「派」、什麼「主義」，都要特別謹慎。我們很難把一個人分成哪一派，或什麼主義者。[20]

梁實秋是新月社最著名的批評家，在其赴美以前，新文學的觀點原來是接近創造社的，但那只限於一九二三年至一九二四年之間，自從在哈佛大學與白壁德（Irving Babbitt, 1865-1933）教授學習接觸之後，其批評觀點便完全改變了，主要是受到白氏新人文主義「人性論」的影響，對浪漫主義等新文學運動施行根本否定的批判。梁實秋曾寫道：「中國人的愛自然，不是逃避現實生活，而是逃避社會，因為我們根本承認自然也是現實。」[21]梁實秋和白壁德同樣譴責浪漫主義主張的想像力，梁實秋認為我們可借助想像來理解人生中的普遍因素，但是，只能有節度有約束的想像才能創作不悖於人生中「或然律」的作品。[22]

梁氏也譴責感傷情緒，這不僅是因為浪漫主義的作品有些對感情的抒發未加以節制，而且還因為這種浪漫主義的感傷情緒有時還只是裝出來的。[23]其實他沒有進一步分析，浪漫主義的感傷也是起源於人道主義。這種感傷的情緒，其實與同情、想像有密切的關係。

---

[19] 梁錫華〈且到陰晴圓缺——新月的問題〉《聯副三十年文學大系／評論卷2，文學史話》(臺北：聯經，1981)：頁 184-185。

[20] 丘彥明整理〈中國現代文學史幾個鎖鑰問題〉《聯副三十年文學大系／評論卷 2，文學史話》(臺北：聯經，1981)：頁 207。

[21] 梁實秋〈與自然同化〉《浪漫的與古典的》(臺北：水牛，1986)：頁 45。

[22] 梁實秋〈亞理士多德《詩學》〉《浪漫的與古典的》頁 62。

[23] 梁實秋〈現代中國文學的浪漫趨勢〉《浪漫的與古典的》：頁 12。

英國浪漫主義作家清楚地意識到這點，在移情作用的引導下，想像能夠與其對象融為一體。感情就是這種同化的產物，根據英國浪漫主義者的看法，同情的對象不光是人類，還有整個自然界的生物。但是梁實秋並沒有談到同情與自然的關係問題，[24]也未提到想像力強大的鎔鑄力量，這種對浪漫主義膚淺的理解令人極為驚訝，可當時卻只有他有能力評論浪漫主義。

雖然感傷（sentimental）是浪漫主義文學的基本特徵，從浪漫文學到抒情文學，五四之後詩人的創作看似突破傳統文學的窠臼，但是五四文學思潮顯然並未深入開拓，更甭談發揚，由此可見浪漫主義在中國新文學中的發展受到種種侷限。所以陳思和認為用「浪漫主義」一詞來概括中國近現代作家如郁達夫、廢名等人的作品風格都是不適當的，因為他們各自從一個側面表現了浪漫主義文學中的抒情性特徵，而別的浪漫主義的特徵，諸如怪異、玄想、返古情趣、自然主義等，在中國新文學初期幾乎沒有得到相應的反響。所以他認為，吾人須盡可能避免引用「浪漫的」概念，而取用「抒情的」概念來代替。[25]

綜觀五四前後的新文學發展，可知新文學的里程碑，來自文人的文學實踐與文學思潮的推動。西方浪漫主義的引介，讓中國文學的抒情傳統和儒教思想得以找到新的出路，成為一種思想啟蒙與文學革新的觸媒點。從創造社到新月社，從郭沫若到梁實秋，我們看到的是西方浪漫主義在新中國的土地上開出屬於中國式的花朵。

---

[24] 瑪莉安・高立克，陳聖生等譯，《中國現代文學批評發生史（1917-1930）》（北京：社科社，1997）：頁 279。

[25] 陳思和《中國新文學整體觀》（臺北：業強，1990）：頁 124。

第二節　臺灣近現代詩人的浪漫特質

一、臺灣日治時代的新文學

日治時代（1895-1945）下的臺灣新文學孕育於日本殖民體制，因此，它的基調本來就是具有民族思想和民族意識，況且初期是在五四運動影響下以白話文為寫作工具，性格極為明顯，日當局當然是忌嫌他們的民族思想。而且又與五四的新文學發展亦步亦趨，反帝、反封建是其最大題材，至於反殖民地體制，更是隨外在局勢自然產生的特質。日治時代下的臺灣新文學發展，其實到了後期雖然在日人的政治壓迫下淪為宣傳工具，但無疑的民族意識、民族思想仍隱密在文學中，成為潛在的底流。[26]

日本自從明治維新之後，全盤西化，對於世界各種思想主義，往往照單全收，因此各種文藝思潮，常常很快的自西洋由日本而在臺灣產生影響。但是當我們體察臺灣新文學的來龍去脈，便可發現寫實文學乃是臺灣文學的主流。一直到一九三四年楊熾昌主持「風車詩社」後，西洋（法國）的超現實主義在臺灣文壇才開始產生震撼性的影響，並醞釀出這方面的作品。而他也認為以寫實主義文字正面表達對日治的不滿與反抗，容易招來日人更殘酷的文化迫害和壓制，而應選擇以超現實主義隱蔽的側面烘托手法，來紀錄描寫現實社會，以完成「隱喻」的殖民地文學。

---

[26] 王詩琅，〈日據下臺灣新文學的生成和發展〉，《聯副三十年文學大系／評論卷 2，文學史話》（臺北：聯經，1981）：頁 355。

因此，水蔭萍的詩作特色便是擅將現實狂想與夢境化，使用許多感官交相作用和衍伸意象，尤其以頻繁出現的女性形象，使其在視覺與聽覺等感官上，有更如女性敏感、深刻、細膩的表現手法。

雖然風車詩社前後只出辦三期詩刊，同仁只有七位，由於戰火的波及，局勢的轉變，讓這朵「超現實主義」的花朵才正札根萌芽，不久即枯萎凋零，但其在詩刊的發行宗旨中標明「主張主知的『現代詩』的敘情，以及詩必須超越時間、空間，思想是大地的飛躍。」其首先提出的「現代詩」名詞，[27]其創作詩的宗旨成為當時寫實主義的反動，還有其主張詩不只是表面的描寫、心中的感慨的抒發而已，而是需要注重意象的經營，在在給予了臺灣詩壇注入了新血液，使現代詩的創作更接近藝術性的追求，這可說是一大貢獻。[28]

不論是日治時代的寫實主義或是現代主義，研究者的焦點自然強調其中的時代背景。其實，寫實主義裏的浪漫精神正是容易被忽略的一環，而臺灣在日治時代的新文學運動，是在日本的殖民地體制下，隨著當時如火如荼的臺灣新文化運動，成為抗日民族運動的一部分而展開的，有論者謂，臺灣新文學運動與臺灣民族解放運動是分不開的，因為反日民族解放鬥爭是適應全部臺胞的要求，臺灣文學歷史的發展就是由這樣的鬥爭而來的，它適應全部臺灣同胞的要求而創造，反映了社會的真實的新內容新形式新風格。[29]

此時文學工作者藉著思想啟蒙的文學活動，與民眾相結合，來延續其抗爭意識，其根本的精神就是「反帝、反封建」，而當時的

---

[27] 羊子喬〈移植的花朵〉《聯副三十年文學大系／評論卷 2，文學史話》（臺北：聯經，1981）：頁 355。

[28] 羊子喬〈移植的花朵〉《聯副三十年文學大系／評論卷 2，文學史話》：頁 381-382。

[29] 歐陽明〈論臺灣新文學運動〉《南方周報》創刊號（1947.12）。引自彭瑞金《臺灣新文學運動四十年》（臺北：自立報社，1991）：頁 11。

文學菁英自一九二〇年代「非武裝抗日」之後，多從事文化抗日活動，成立讀書會、舉辦演說，以啟迪民智為目的，即使是文學亦深受社會和政治運動的影響，何來具抒情性的浪漫作品呢？

二、臺灣戰後現代詩的浪漫特質

1. 忽略了現代詩的「浪漫空隙」

光復初期（1945-1949 年）的臺灣社會正值歷史板塊的劇烈移動，文學場域的變化自然影響文學創作者，當時主要由以下幾種人構成：經歷了日本殖民統治的臺籍作家、曾經寓居大陸，光復後回到故鄉的臺籍作家和移居臺灣的大陸作家。當時的文學思潮所關懷的層面主要有三：如何評價日治時代的臺灣文學、如何看待「臺灣文學」和「中國文學」的關係、「臺灣文學」的特殊性以及如何建設臺灣新文學？[30]不但作品跨越國家與國家、土地與土地、政權與政權，而且還跨越語言、家族等權力的經驗移動。

總而言之，這一時期臺灣作家雖然因為語言和社會的變動，使得作品數量不多，質量也不高，但是它們的意義在於這一時期臺灣文學的發展完成了一次巨大的改變，也奠定了未來臺灣文學發展的基礎特質。它不但反映了文學的變遷，更反映了時代與社會的意義，使得臺灣戰後新文學的題材多元而深厚，從國族的變遷、異國的想像、鄉愁的抒懷、政治的抵抗到自我心靈的苦悶等，逐漸豐富臺灣這塊新文學場域。

---

[30] 東海中文系編，《戰後初期臺灣文學與思潮論文集》（臺北：文津，2005）：頁 20-22。

同日治時代時期，屬於浪漫主義的想像性、奇異性、個人性其實並不適合發展於臺灣戰後初期的社會。由紀弦成立的現代詩社，正式把「現代主義」正式引介入臺，在臺灣的四、五十年代能夠讓詩人暫時避免碰觸現實層面，直接訴諸心靈，探討現代人存在的價值；接著成立的「創世紀詩社」，所標榜的「超現實主義」的創作方式，將現代詩進一步推向晦澀難解的風格，西化的語法和充滿象徵性的意象，讓現代詩人對現實世界的關注更有理由加以逃避。而「藍星詩社」強調的抒情風格，「笠」詩社以寫實精神為創作宗旨，都讓我們不自覺地忽略了中國文學的浪漫傳統以至於五四時期的浪漫精神，如此源源不絕的涓涓細流，為何臺灣現代詩壇就不曾重視，更不曾在幾次重要的文學論戰中被提及呢？[31]是臺灣詩壇沒有承繼這樣的「浪漫精神」，還是研究臺灣現代詩史的專家學者們，在忙於思考存在的價值和國族的認同，忽略了現代詩的「浪漫空隙」？筆者以為這不是臺灣現代詩人沒有承繼中國／臺灣的浪漫傳統，也不是忽略了西方浪漫主義的移植，而是對「浪漫精神」不瞭解和誤謬的看法所造成的隔閡和忽略，這是臺灣現代詩壇非常值得探討的問題。

和「現代主義」、「超現實主義」、「寫實主義」不同的是，不論是中國文學的「浪漫精神」或是西方「浪漫主義」，都沒有單一的宗旨或寫作手法，它不能成為流派，也無法標示特定的主張以為學習的標準，它必須靠作家以作品來一一實踐不同的「浪漫精神」，且可以不同的創作手法來加以呈現。所以，一般專家學者在評介一

---

[31] 例如何欣〈三十年來臺灣的文藝論爭〉《現代文學》9 期，1979.1；文訊主編《臺灣現代詩史論》，臺北：文訊，1996.3；陳政彥《戰後臺灣現代詩論戰史研究》，中央大學中國文學研究所博士論文，2007.6 等都不曾提及中西「浪漫主義」對臺灣文學的影響，亦未探討臺灣現代詩壇對「浪漫主義」的漠視。

首詩時，談到具有熱情的、想像的、或是具理想性的「浪漫精神」時，就會運用概念式的形容詞而已，例如：張我軍《亂都之戀》、楊華《黑潮集》代表了「少年臺灣」的「浪漫」舊夢、[32]白萩第一本詩集《蛾之死》屬於「浪漫主義時期」[33]之類，卻忽略了分析這些作品具有什麼樣的「浪漫特質」。這樣的忽略，造成研究臺灣現代詩壇的眾多成果中，至今沒有一本或甚至一篇有系統的研究臺灣現代詩的浪漫特質論文。真正的原因應是對「浪漫主義」只具有籠統的觀念，甚至因為時代背景的敏感性和詭譎性，以為浪漫接近頹廢、幻想、不切實際，使得詩人少有被界定為具有「浪漫精神」的浪漫詩人。

2. 臺灣現代詩的「田園模式」

張漢良曾在「八十年代詩選」的序文中將八十年代臺灣現代詩的田園模式略分為兩種：一為現實的、文化的層次；一為心理的、形而上的層次。其分別則在於時空的特定與否，前者屬於特定的、現實的時空，如臺灣、大陸、二十世紀與唐朝；後者屬於不定的、普遍的時空，如城市人對田園，成年人對童年。事實上，這是一體的兩面，因為田園模式逆時間之流而上，任何變奏都蘊含著現實與心理的兩種時間，乃至空間。所以筆者在以下探討余光中在香港懷念大陸，楊牧在美國遙想花蓮，香港、大陸與花蓮都是現實的空間，特定的地理名詞。[34]這種與家鄉土地的對話，其實隱含著來自中國傳統浪漫精神的特質「登高懷遠」，與大自然產生看似西方浪漫主

---

32 王德威《臺灣：從文學看歷史》（臺北：麥田，2009）：頁 109。

33 李魁賢〈白萩論〉收錄於何聃生編《孤岩的存在——有關白萩作品評論的結集》：頁 24。

34 張漢良，《現代詩論衡》（臺北：幼獅，1981）：頁 162。

義的人文超越精神，其實和西方不同，在臺灣的浪漫特質裏是一種母體的回歸，當時局的變化或個人的遠遊流放，讓詩人必須離鄉遠走，這母體就成了詩人對家鄉的依戀；當詩人孺慕故國文化，尋找屬於自己血緣的文化臍帶時，這母體又成了時間文化上的相連。

對故國的田園式鄉愁，大陸飄落來臺的作家表現最為強烈。當然以鄉愁為主題，表現手法和內在精神因詩人而異，同樣是鄉愁，就有以現實主義為創作手法的作品，也有以超現實主義為思考模式的成果。所呈現出浪漫精神的詩作，其特色和前兩者最大的不同是，浪漫主義文學在表現方式上具有大膽幻想、構思奇特、手法誇張的特點。浪漫主義在藝術表現上不求「形似」，不像現實主義那樣追求細節的真實，而是依據主觀感情的邏輯和表現理想的需要，致力於理想的藝術世界的創造。現實主義創作的冷靜刻畫和細節真實在浪漫主義作品中是極少見的，即使是寫實的場面，浪漫主義也把筆墨用在對奇異新鮮事物的表現上，盡力表現主觀感覺和思想感情。

至於和現實空間衝突，希望追尋昔日田園瑰麗的另一種方式是回歸文化傳統，我將在討論楊牧與楊澤時詳述之，在此暫不贅言。

3. 抒情傳統和抵抗（resistance）思想

臺灣研究現代詩者習於將現代詩發展以塊狀方式加以區分，甚至將某個時期或某個詩社簡略的以單一主義為其特色，以作為明顯的區隔。例如阮美慧在研究論文中提及《笠》的「現實詩學」，認為隨著歷史時空的更迭與轉移，從六十年代到七十年代，不斷擴大加深「現實詩學」的意涵，使「現實詩學」的意涵不僅只是描寫現實生活的雜感點滴，或是表現鄉土民情的恬靜風貌，它更進一步的是，具有能動力的詩學，化靜態文字為一種有力的象徵，能夠直接批判政治的威權體制，或建立起臺灣的歷史意識等。[35]但是，筆者認為吾輩對於臺灣詩社或詩作的詩學界定，不能只是以一種主義或一種主義的某一種精神特質來作片面的界定，這不但對文學理論或主義太過簡略，且不夠客觀而全面。難道《笠》詩人的作品所重視的現實精神，就只是「扛起時代的重責大任，必須反映外在的現實人生，必須強調要有民族的精神」[36]嗎？吾人不應該只是總攏統的認為《笠》詩人的作品就是和「現實詩學」畫上等號，而所謂現實詩學，就必和「感性」、「懷舊」、「浪漫」的表徵畫清界線，不會挖掘詩人內在潛意識的世界，或是一個想像、遙遠的國度，而只能呈現「理性」、「現實」、「知性」的一面，雖然其目的是反映這個時代，寫出「屬於這個時代的詩」。[37]

當然《笠》詩人的作品各有不同的寫實精神，他們大多是屬於「跨越語言的一代」和戰後出生的詩人，他們所要思索的核心和內蘊，會隨著局勢的演變而各自表述，但是我們不能忽略的是，其中一些具有積極批判寫實色彩和抗拒思想的作品，其表現的手法是寫實的，而其創作的精神卻是積極浪漫的。

如前章所述，在綜合中西方浪漫精神的特質時，我們已發現不同於中國近現代浪漫文學的特色，屬於臺灣戰後的浪漫文學特質可先以抒情傳統和抗拒思想兩部分概述之，據此即能勾勒出臺灣現代詩的浪漫風貌。余光中跨越時空限制，以思鄉為題創作許多代表性

---

[35] 阮美慧〈詩的力學——七〇年代《笠》的詩作精神及語言表現〉收錄於東海中文系編，《苦悶與蛻變——六〇七〇年代臺灣文學與社會》（臺北：文津，2007）：頁250。

[36] 阮美慧，〈詩的力學——七〇年代《笠》的詩作精神及語言表現〉，收錄於東海中文系編，《苦悶與蛻變——六〇、七〇年代臺灣文學與社會》：頁251。

[37] 〈本社啟示〉，《笠》第1期（1964.6）：頁5。

的詩作，多位前輩學者已完成許多表性著作，[38]本人則特以余光中的「香港情懷」為例，探索期往往被忽略的「浪漫特質」。

第三節　臺灣現代詩的浪漫抒情：以余光中為例

一、前言

對於浪漫主義者而言，活著就是要有所為，而有所為就要表達自己的天性。表達人的天性就是表達人與世界的關係。雖然人與世界的關係不容易表達清楚，可還得嘗試著去表達。這就是苦惱，無止盡的嚮往。為此有些文學創作者不得不遠走他鄉，去尋求異國情調，欣賞遙遠的風景、以創作追憶過往、並且思念家鄉。這就是典型的浪漫主義的思鄉情結。[39]

「家」，一定是所有語言世界裡意義最深遠的字眼之一，在形式上，它代表了一個「現實」寓居的所在；在內在意義上，家乃是人與物達成精神統一之關鍵位置。一個人如何視一個地方為一處可以安身立命的所在，端賴家的「現實」所在和精神認同是否能結合起來。在不同的社會，人們以不同的方式建構出屬於自己的家園，

---

[38] 例如黃維樑《火浴的鳳凰》（臺北：純文學，1979）、黃編的《璀璨的五采筆》（臺北：九歌，1994）和黃著《新詩的藝術》（南昌：江西高校，2006）。

[39] 以賽亞・柏林著，亨利・哈代編，呂梁等譯，《浪漫主義的根源》（南京，譯林，2008）：頁107。

不同的人們，更是以不同的情懷、不同的居住方式，建構出屬於自己的家園。

詩人余光中著作等身，以「鄉愁」為題是詩人創作最重要的一個主題，戀母鄉常州，自命為江南人，又曾自謂大陸是母親，臺灣是妻子，香港是情人，歐洲是外遇，所以詩人的鄉愁橫跨四大區域。身為一位文學創作者，他總是習慣用文字來訴說自己生命的故事，而經年的寄居、移居、旅居、定居、安居，對一位創作者而言，其搖盪情性、感懷萬端的影響力，一定是鋪文摛采的滾滾源頭。對每一處居住的家園記憶，詩人必是充滿感情，其創生的文字自然值得吾人加以品味研究。

就量而計，詩人在「香港時期」間共作詩近兩百首，分別結集為《與永恆拔河》、《隔水觀音》、《紫荊賦》三書。自處女詩集《舟子的悲歌》以降，詩人十四本詩集共收錄了五百九十八首作品，而「香港時期」就佔了三分之一，比例不可謂不大。以品質而論，詩人於文革末期抵達香港這「借來的時間，租來的土地」，[40]於此矛盾對立之處時時北望而東顧，因為香港地理上和大陸的母體似相連又似隔絕，和臺灣似遠阻又似近鄰，同時和世界各國的交流又十分頻繁，而新環境對於一位作家恆是挑戰，其詩其實就是不斷應戰的內心記錄。面對時局與環境的改易，詩人感慨自深，加上沙田麗景的江山之助，詩風與題材遂得見變易。[41]

四川詩人、詩評家流沙河在〈詩人余光中的香港時期〉中更大膽斷言：「余光中是在九龍半島上最後完成龍門一躍，成為中國當代大詩人的」。[42]十一年歲月，分別結集為《與永恆拔河》、《隔水

[40] 余光中《與永恆拔河》（臺北：洪範，1979）：頁 202。
[41] 楊宗翰〈與余光中拔河〉（《創世紀》第 142 期，2005.3）：頁 137-151。
[42] 收入黃維樑編《璀璨的五采筆》（臺北：九歌，1994）：頁 134。

觀音》、《紫荊賦》三書。這對一個大詩人成就詩業、成就自己生命而言，當值得細細研究。余光中本人就曾說：「沙田山居，那是生命中最安穩、最舒服、最愉快的日子」，[43]藉著仔細分析詩人「香港時期」的作品，當可了解詩人對「香港」這一情人的情懷內涵，並能由十一年的香港時期窺見詩人富於時空懷想的浪漫精神，有別於詩人其他詩作中的新古典抒情與身分認同的問題。本節從余光中初入香港詩期的《與永恆拔河》與離開香港後出版的《紫荊賦》兩本詩集文本，分析余光中從「寄居」到「安居」香港的內心變易。

二、「家園」（home）和「離散」（diaspora）

「家園」（home）和「離散」（diaspora）始終是後殖民文學與論述的主題。吾人應當說，在當代世界，家園已經不是一間終身廝守的暖室，而是變動不居的驛站。我們也可以說，家園只是一綑隨身攜帶的文化資產，而不是居住的有形空間。

「離散」是指一種「離鄉客居」的處境，它最早來自希伯來語，意指猶太人在「巴比倫囚禁」之後散落異邦、不得返鄉的狀態，自中世紀以來，離散被用來指稱大規模的民族遷徙，它往往與戰爭或災難相聯繫。離散不是指個人式的流浪，而是一種從整體走向零亂、文化碎片化、種族稀落化的狀態。對離散最貼切的描繪就是「花落離枝」，是一種破碎之苦、離土之痛，也是一種扞格不入，一種「居家的無家感」。一個道地的移民者總會遭遇三重的破碎之——失去自己的身分地位，開始接觸一種陌生的的語言，發現周遭人的社會行為和語意符碼與自己的大異其趣，有時甚至令人感到憤怒與

[43] 余光中〈沙田山居〉，收錄於陳義芝編《新世紀散文家余光中》（臺北：九歌，2002）：頁163。

不安。然而，對離散最刻骨的體驗，應該不只是飄泊，也不只是陌生而已，而是「你永遠不能再回家了」。離散不是有家歸不得，而是無家可歸去。

依黃維樑的界定，離散有幾種情形，及其寬狹不同的意義。離開故鄉、祖國、原居地到遠赴他鄉異國，可有底下四種情形：

旅行：短暫的數天至幾個月，是自願他往的。

旅居：一年半載或稍長的時間，也是自願他往的。

移居：赴他鄉異國長期居住。這有兩種情形：一是逃難，二是移民。移民再某些人而言，這也可能是一種「自我放逐」（self-exile）。

被放逐：在國外他鄉的時間長短不確定，不知能歸國回鄉否。[44]

以上四種情況之中，逃難和被放逐是原始的意義、嚴格意義的離散，如前文所說，是源於猶太人的；主要是戰爭和迫害的結果，其經驗大抵都是悲苦的。旅行、旅居、移民，是引申意義、寬鬆意義的離散，增廣見聞、體驗異國情調、追求理想生活等目標，導致這樣的離散；這經驗有其異質、多元、混雜特性，但不應有什麼悲苦。因為理論上，人是不會主動努力自討苦吃的。原始、嚴格意義的離散，是指人們在他鄉異國居留，這他鄉異國與本土故國的民族、語言、典章制度都不同。情形如此，則離散所引起的文化衝擊、文化認同等問題，必然存在。

余光中旅居香港十一年，應屬於第二類「旅居」，雖是自願前往，但其當初居住香港的心情，必然是未能安定「家園」前的「離散」情懷。扣除其中一年回臺擔任師大英語系客座教授，整整十年

---

44 黃維樑着〈「眺不到長安」：余光中的離散懷鄉《逍遙遊》〉2006.12.24 論文初稿，頁 1-2。

的光陰，詩人對香港這一處「生活空間」的情懷，必然是逐漸加溫，逐漸視為與一己休戚與共、安身立命的「地方」。

空間有別於地方，被視為缺乏意義的領域——是「生活事實」，跟時間一樣，構成人類生活的基本座標。在人們將意義投注於局部空間上，然後以某種方式依附其上，空間就成了地方。[45]對法國理論家巴舍拉（Gaston Bachelard）而言，寓居和家都是人類發展出歸屬某個地方的感受的關鍵元素。他說：

> 一切真正為人類棲居的地方，都有家這個觀念的本質。記憶和想像彼此相關，相互深化。在價值層面，它們一起構成了記憶和意向的共同體。因此，房舍不只是每日的經驗，是敘事裡的一條線索或是在你訴說的自己故事裡。透過夢想，我們生活中的寓居場所共同穿透且維繫了先前歲月的珍寶。因此，房舍是整合人類思想記憶和夢想的最偉大力量之一……。
>
> 沒有了它，人只不過是個離散的存在。[46]

既然余光中不是短暫的「寄居」，他與香港之間，就會有了記憶與想像的彼此關聯，相互深化。香港不但建構了詩人的記憶，詩人更可以藉著「香港」 創造屬於自己的「家園夢想」。

這裡有個例子，是海德格（Martin Heidegger, 1889-1976） 對於黑森林農舍（他理想的家）的詩意描述：

---

45 Cresswell, Tim，徐苔玲、王志弘譯《地方：記憶、想像與認同》（臺北：群學，2006）：頁 19。

46 節錄自 McDowell, L.著，徐苔玲、王志弘譯《性別、認同與地方》（臺北：群學，2006）：頁 72。

> 力量的自足令大地和穹蒼、神性與凡人融為一體（oneness）而進入了事物，讓房屋有了秩序。它將農舍安置於南向的背風山坡，鄰近泉水的草地上。它賦予房舍寬闊低垂的木屋頂，合宜的斜度可以承載積雪的重量，屋沿深深下探，庇護廳室，可以抵擋漫漫冬夜的暴雨。它也沒有忘記大桌後頭的角落聖壇，它在房間裡替神聖的兒童床和「王者之樹」（這是她們對棺材的稱呼）留了位置，如此，它在同一個屋簷下替不同世代設計各自生命旅程的特質。這是從寓居中現形的技藝，依然將工具和框架當作物品來使用，建造了農舍。[47]

這和余光中以詩作來描述香港這一處讓他可以東望和西眄的理想之地，不也有幾分神似嗎？

三、《與永恆拔河》與《紫荊賦》的成書背景

下列為余光中 1974-1985 年期間的詩作分期：

(1) 依黃維樑為余光中詩作的分期，此為香港時期（1974-1985）：觀兩岸三地、懷古今六合、現千彙萬狀。[48]
(2) 依劉裘蒂的分期，此為歷史文化的探索時期（1974-1981）。[49]
(3) 依黃坤堯的分期，此為藉香港經驗擺脫傳統文化，重塑自我的階段（1974-1985）。[50]

---

[47] 同上。
[48] 黃維樑《新詩的藝術》：頁 203。
[49] 〈劉裘帝論余光中詩風的演變〉收錄於黃維樑編《璀璨的五采筆》（臺北：九歌，1994）：頁 77。
[50] 楊宗翰〈與余光中拔河〉，收錄於《創世紀》第 142 期，2005 年 3 月，頁 137-151。

七十年代重大的事件接踵而來：保釣運動（1969）、退出聯合國（1971）、中日斷交、尼克森訪平並發表〈上海公報〉（1972），這些國難感是一股激發新詩社崛起的力量。在臺灣新詩史上，七十年代是一重要的分水嶺，在這段期間，基於前二十年現代詩的發展出現了前所未有的危機，因而激發當時新生代詩人的反省，組織新詩社，尋找新方向。其中自然兼有現代詩理論的重新檢討與探索，也在實際的創作活動中嘗試加以實踐。這些新興詩社崛起的運動與前此所發生的數次析詩論戰，具有本質上的差異，是因著政治、經濟、社會等錯綜複雜的變因，與文學內在發展的不得不變的變局下，所激發而成的文學運動。一九七四年余光中離開臺灣時，也正是臺灣現代詩面臨回歸中國古典抒情、超現實主義、現代主義與本土化論戰的重要階段，「新環境對於一位作家恆是挑戰，詩其實是不斷應戰的內心紀錄。」[51]在《與永恆拔河》後記裡，余光中如是說。到了香港的余光中，遙望大陸，關懷臺灣，身處香港的時空情懷，其作品正可以呈現詩人身處異地，卻可登高懷遠的浪漫精神。

四、初入香港之情懷——以《與永恆拔河》為例

> 其實我當年貿貿然自臺赴港，正如劉紹銘警告過我的，不無「冒險」。說國語的外江佬投入粵語的世界，是一險也。「右派文人」落在「左傾地區」，是二險。外文系濫竽中文系教席，是三險。結果幸皆有驚無險，令紹銘的幸災樂禍落了個空。[52]

---

[51] 余光中《與永恆拔河》（臺北：洪範，1979）：頁202。
[52] 余光中《日不落家》（臺北：九歌，1998）：頁181

從這段文字讓吾人可以略為理解余光中初來香港沙田時的心情，因為他的身分特殊，一是學外文的卻任教中文系，二來臺灣學者的身分落入左傾地區，其心情上既興奮又疏離的忐忑心情在香港初期的作品中隨處可見。

另在〈春來半島〉一文中，吾人可以看到詩人初到香港時隔海想念臺灣的情懷：

> 沙田這一帶，也偶見鳳凰木、夾竹桃之類，令人隔海想念臺灣。不過最使人觸目動心，甚至於落入言詮的，卻是掩映路旁蔽翳坡側的相思樹，本地人稱臺灣相思。以前在臺灣初識相思樹，是在東海大學的山上，校門進去，柏油路兩側，枝接椏連，翠葉翳天的就是此樹。葉珊說：「這就是相思」，給我的印象很深。當時覺得此樹不但名字取得浪漫，便於入詩，樹的本身也夠俊美，非獨枝幹依依，色調在粉黃之中帶着灰褐，很是低柔，而且纖葉細長，頭尾尖秀，狀如眉月，在枝上左右平行地抽發如篦，緊密的梳齒，梳暗了遠遠的天色，卻又不像鳳凰木的排葉那麼嚴整不苟。[53]

〈沙田山居〉寫於一九七六年二月，余光中除了遙想隔海的臺灣，還思念著出生的鄉土——中國大陸：

> 海潮與風聲，即使撼天震地，也不過為無邊的靜加註荒情與野趣罷了。最令人心動而神往的，却是人為的騷音。從清早到午夜，一天四十多班，在山和海之門，敲軌而來，鳴笛而去的，是九廣鐵路的客車，貨車，豬車。曳着黑煙的飄髮，蟠蜿着十三節車廂的修長之軀，這些工業時代的元老級交通

[53] 余光中〈春來半島〉《春來半島（沙田文叢之一）》（香港：香港出版公司，1985）：頁125。

工具，仍有舊世界迷人的情調，非協和的超音速飛機所能比擬。山下的鐵軌向北延伸，延伸着我的心弦。我的中樞神經，一日四十多次，任南下又北上的千隻鐵輪輪番敲打，用綱鐵火花的壯烈節奏，提醒我，藏在谷底的並不是洞裏桃源，住在山上，我亦非桓景，即使王粲，也不能不下樓去：

欄干三面壓人眉睫是青山
碧螺黛迤邐的邊愁欲連環
叠嶂之後是重巒，一層淡似一層
湘雲之後是楚煙，山長水遠
五千載與八萬萬，全在那裏面……

（頁 63）

文章最後一段寫道：「海嘯與風聲，即使撼天動地，也不過為無邊的靜加注荒情與野趣罷了。最令人心動神往的，卻是人為的騷音。」這句話的意思是作者身居山上，但心懷人世間，他魂牽夢繞的是邊愁鄉愁，是祖國、民族。因此讓他心動神往的是來自大陸的聲音。

以下將《與永恆拔河》分為五大主題加以分析，可了解詩人初居香港時期的情懷與心境：

1. 藝術、生命之不死

〈與永恆拔河〉一詩作於一九七二年，詩裏可以清楚看出詩人堅持的是一種明知「輸是最後總歸要輸的／連人帶繩都跌過界去」，卻不在乎對手如何、跟未知對抗到底的不服輸精神。對岸的力量恆在，「緊而不斷，久而愈強」，也早就了然於這是「又一場不公平的競爭」，仍積極試圖掌握那「但對岸的力量一分神／也會失手，會踏過界來／一隻半隻留下／ 腳印的奇蹟，愕然天機」的永恆。詩的最後「不休剩我／與永恆拔河」，也許是緊張於「文章之大業，不朽之盛事」的自勵自強，也許是詩人不屈於「向晚意識」的精神戰鬥，這「我」仍「不休」，且有著悲壯孤高，「踽踽獨行」的「唯我」獨尊和「捨我」其誰。至於以何力量、有何能力來「與永恆的對手拔河」，詩人未明言，但「風吹星光顫」，在眾人皆睡的深夜，詩人仍未眠，抓緊生命的繩索，與永恆繼續一場永恆的「遊戲」。

流沙河〈詩人余光中的香港時期〉寫道：「如果沒有政治刺戟，他會寫〈獨白〉、〈菊頌〉、〈石胎〉、〈不寐之犬〉、〈別門前群松〉等等政治表態之作嗎？」，[54]如果《與永恆拔河》中的〈獨白〉一詩只視為「政治表態之作」，只怕是「窄化」了此詩的藝術內涵了。「等星都溺海，天上和地下／鬼窺神覬只最後一盞燈／最後燈熄，只一個不寐的人／一頭獨白對四周的全黑／不共夜色同黯的本色／也不管多久才曙色」，[55]詩人因空間上與故鄉只鄰一條深圳河，心中的歷史興替感油然而生。近，卻非已少年身；遠，卻心繫故國，終夜不寐。「獨白」，獨一頭的白髮對四周的黑暗；「獨白」，亦是獨自一人借一支詩筆守最後一盞燈共萬古之長夜，以詩人之志業。

另外在〈燈下〉（1975），詩人曰：

……

只留下一盞燈給一個人

一窗黑邃長夜為背景

天地之大對一杯苦茶

---

[54] 收入黃維樑編《璀璨的五采筆》（臺北：九歌，1994）：頁134。

[55] 余光中《與永恆拔河》（臺北：洪範，1979）：頁36-37。

倘那人夜深還在讀書
燈啊你就靜靜陪他讀書
倘那人老去還不忘寫詩
燈就陪他低誦又沉吟
身後事付亂草與繁星
倘那人無端端朝北凝望
__燈就給他一點點童年
而倘若倦了呢？伏案欲眠
就用，燈，你古老而溫柔的手
輕輕安慰他垂下的額頭

（頁 14-15）

香港時期的余光中住在沙田，房子位於半山腰，白天儘管風光明媚，深夜山居寥落靜謐不免有點淒涼的景象，此時的香港對余光中而言還只是暫時「定居」的所在，可以想像歷史的過往，也可以任憑自己的思緒跳離現實，來到已垂垂老矣的未來。燈像一個不老的智者，撫慰詩人來到異鄉時的孤寂，陪著詩人詩思遨遊今古，穿越四方。

2. 現實之關注

〈公無渡河〉寫於一九七六年，詩人在《與永恆拔河》後記說：「以前在臺灣寫大陸，也像遠些，從香港寫來就切膚得多」，詩人巧妙的以樂府詩「公無渡河」為題，並將原詩的主題擴大為對大陸文革後期的抨擊。當時大陸偷渡來香港的難民成為嚴重的問題，[56]

[56] 當時，這些人都是冒著生命危險逃到香港去的。在深圳和香港接壤的 27 公里長的界線上，建國以來有過兩次外逃高潮：一次是在 60 年代初經濟嚴

原詩是無奈，余光中除了「歌亦無奈」，更多了一份隔岸「冷峻」的批判和對同胞「溫暖」的同情。整齊的句型、排比、類疊句的形式，不但保留了《詩經》的歌謠傳統，更保留了《詩經》「興、觀、群、怨」的諷喻精神。

3. 中國之批判與建構

「中國之建構」是余光中生命與詩永恆的關心主題，地理空間的虛與實，古今時間的中斷、救贖與鍛接，這些都構成了詩人時而崩裂、時而批判、時而追尋、時而懷想的複雜心境。古代中國認同與追尋的情懷，來自於詩人對自我與故鄉的認同，〈菊頌〉和〈漂給屈原〉寫的就是這些題旨。

〈菊頌〉一詩其實並非如流沙河所言「宣傳味明顯的政治表態」的詩，而是以「菊」之清香、晚節，言其在「西風壓東風倒了華裔」所顯現的傲骨。詩人自稱是「茱萸的孩子」，在重陽登高日詩人「受你感召」，「九九流芳在飲者的唇上」，充分展現詩人自我對古代中國文化精神的追尋與認同。

而〈漂給屈原〉一詩，則是詩人回溯中國歷史文化，認同屈原是詩人是江神亦是中華民族的魂。流浪漂泊的詩人，不論身在何方，對於古中國的詩歌傳統，詩人已時時念茲在茲。

至於在古代中國文化與現實中國文化的矛盾方面，如一九七七年完成的〈唐馬〉，詩人在筆法上，運用時間上的今昔交錯，縱向

重困難的時候，主要原因是饑餓；另一次是在 1978 年，主要原因是「兩個凡是」把人們粉碎「四人幫」時的希望變成了失望。對這種外逃，多少年來，嚴密的邊防巡邏沒有防住，高大的鐵絲網沒有擋住，深圳灣的驚濤駭浪也沒有嚇住。開發蛇口工業區清理地基時，只是在這個海灣的一個地方，就發現了 400 多具被淹死的偷渡者的屍體。（新華社日電 1984 年 10 月 4 日）

幾番推拉，筆鋒一轉，橫向至今日香港跑馬場。空間上居庸關外、寂寞古神州、博物館玻璃櫃裡、黑龍江岸到香港跑馬道。主題呈現出振奮中國傳統精神，嚮往大唐雄風，暗諷子孫「不諳騎術，只誦馬經」的不肖。[57]

4. 生活之情思

詩人在後記中提到：「《與永恆拔河》所以按主題分輯，也有意顯示，我在憂國懷鄉之外，也嘗試了一些新的主題：例如第二、第四、第五、第六諸輯所處理的事物，便不限於鄉國之思的時空格局。」

《貼耳書》一詩，雖然沒有說明在耳邊悄悄說了些什麼，整首詩的氣氛卻充滿了親昵感，想像得出必是讓人喜悅的。詩人在追求戰勝未來（永恆）和精神上承接古典的同時，「現代」的事物比較薄弱，詩中物品名目有陌生化的企圖，如手錶稱作「水晶牢」、通電話稱作「貼耳書」、摩托車稱作「超馬」，反而給現代事物渲染了古典情緒，隨著嫻熟的格律習套，變得精緻化和工藝化起來。如果我們不滿足於未來（永恆）的追求與過去（古典）的眷戀，也許，只有跳出文字用典用字的習套，才可以從習套中作出取捨，從而建立起自己與身處的現代世界的語言新秩序。

---

57 「窮邊上熊覬狼覦早換了新敵……」這句詩人應是指中蘇邊界衝突：1969年3月2日和3月15日，中蘇雙方的邊防部隊在烏蘇里江的珍寶島發生武裝衝突。雙方都聲稱是對方蓄意挑釁，這次戰鬥稱為「珍寶島保衛戰」。戰鬥之後中蘇雙方都在江岸集結大量軍隊。在邊境衝突上，中蘇邊境地區的武裝衝突從東段擴大到西段。同年8月13日，中蘇在西部邊界鐵列克提地區再次發生武裝衝突。蘇軍出動直升機掩護坦克裝甲部隊，在炮火支援下襲擊在鐵列克提地區巡邏的中國邊防軍巡邏分隊。中國邊防軍幾十人（一說38人，一說78人）被圍全部陣亡。

5. 香港的情懷與現實中國的遙遙相對

如〈九廣鐵路〉一詩所言，昔日遙遠的鄉愁，如今都變成了鄰近的可以聆聽的節奏，敲擊在詩人的末梢神經，可以稍解濃烈的鄉愁。但詩人「淒然笑了」，那只是香港的滋味，「香港」成了詩人心底鄉愁的鏗然節奏，因著如臍帶又如特別敏感的神經末梢的「九廣鐵路」，詩人得以與中國的母體相連，連接熟悉的搖籃記憶與陌生的現實中國，在在讓詩人反反覆覆的剪不斷斬不絕，連鐵路承載而來的車種，詩人閉起眼睛都能分辨。到底是「這條鐵路是特別敏感的」呢？還是生活在香港的詩人的神經末梢特別敏感呢？

又如〈九廣路上〉一詩所寫的，「回頭莫看香港，燈火正淒涼」「多少暗處起伏著刀光／長街短巷斜斜把月色／一回頭把月下驟變的臉色／一塊塊，戳成明早依樣的頭條」，[58]其中充滿著一種對香港陌生的恐懼，在遠方的安全距離下，詩人觀察著的香港，是刀光、是淒涼的燈火，還沒有創作屬於詩人生命的故事，有的只是報紙上驟變的頭條新聞。另外，〈沙田之夜〉一詩裡，詩人還未能與寄居之地產生安定之感，「天地之大為何只賸下／伶仃一隻蟋蟀，輕，輕輕」「無邊的曠寂你小小的旁白／幽幽不似向人的耳際」，[59]詩人離鄉思鄉的孤寂之感，讓陌生的香港的夜晚挑起了他的繆思。香港，這一「租來的土地，借來的時間」的半島上，詩人說：「——姑且叫它做家吧」。畢竟，故事還正長著呢！

---

[58] 余光中《與永恆拔河》：頁 18。

[59] 余光中《與永恆拔河》：頁 6。

五、《紫荊賦》時期的香港情懷

《紫荊賦》一書記載余光中一九八二——一九八五年的詩作，出版此書時詩人已回到臺灣的家，詩人從沙田山上登高遠望中國大陸與臺灣，「從西子灣頭，倒過來，常西顧而懷香港。從中山大學文學院的紅磚樓上西顧，我辦公室的一排長窗正對著香港，說不出那一片水藍的汪洋究竟是阻隔了還是連接了我的今昔。」[60]同樣的登高懷遠，在《與永恆拔河》中，詩人在山居的沙田登高，懷的是遙遠的大陸和臺灣； 而今回到臺灣，在西子灣頭登高望遠，懷的卻是當時的香港，今昔兩地的心情，都在時空的遙想與懷念中呈現細緻幽微的抒情風格，詩人暱稱「香港是情人」，[61]浪漫的思想在余光中散文可以互相對應：

> 在香港，我的樓下是山，山下正是九廣鐵路的中途。從黎明到深夜，在陽臺下滾滾輾過的客車、貨車，至少有一百班。初來的時候，幾乎每次聽見車過，都不禁要想起鐵軌另一頭的那一片土地，簡直像十指連心。十年下來，那樣的節拍也已聽慣，早成大寂靜裏的背景音樂，與山風海潮合成渾然一片的天籟了。那輪軌交磨的聲音，遠時哀沉，近時壯烈，清晨將我喚醒，深宵把我搖睡。已經潛入了我的脈搏，與我的呼吸相通。[62]

---

60 余光中《紫荊賦》（臺北：洪範，1986）：頁 5。

61 余光中〈從母親到外遇〉，收錄於《日不落家》（臺北：九歌，1998）：頁 235。

62 余光中《記憶像鐵軌一樣長》（臺北：洪範，2006）：頁 119-121。

余光中在《紫荊賦》序言裡寫下十一年來定居在香港的深厚情懷：

> 沙田山居日久，紅塵與市聲，和各種政治的噪音，到我門前，都化成一片無心的松濤。在松濤的淨化之下，此心一片明徹，不再像四十多歲時那樣自擾於「我是誰」的問題，而漸趨於『松下無人』的悠然自在。但是最後兩年，在九七壓力之下，松下又有人了，這個人已然是半個香港人，對於他，紫荊花的開謝不再僅僅是換季。[63]

在這本《紫荊賦》裡，以香港為主題的詩最多，共為十六首，以臺灣為主題的詩只有六首，而懷想故國山河的詩更是比《與永恆拔河》時期大量減少。由此當是可以看出詩人歷經十一年的定居香港，已由當初視香港為遠眺故國的「空間」，漸漸轉變為印證其眷眷之情的「安居之地」了。今即以〈紫荊賦〉、〈過獅子山隧道〉、〈別門前群松〉、〈東京上空的心情〉、〈十年看山〉、〈老來無情〉、〈別香港〉為例，以為說明。

在序言裡，詩人寫道：「但是〈紫荊賦〉、〈過獅子山隧道〉、〈別門前群松〉以後的各首，就加速地噴吐出行期日近的惜別知情。」[64]〈過獅子山隧道〉一詩完成於一九八三年七月二十日，其中可以看到詩人擔心香港的「九七大限」，如命運共同體一般，「伸過去，伸過去——向一九九七／銀面而來的默默車燈呀／那一頭，是什麼景色？」；而〈紫荊賦〉裡的詩句，更是深情不捨：「而在未來的訣別／在隔海回望的島上，那時／紫荊花呀紫荊花／你霧裡的紅顏就成了我的——香港相思」。〈別門前群松〉一詩，

---

[63] 余光中《紫荊賦》：頁 2-3。
[64] 余光中《紫荊賦》：頁 3。

真是能印證詩人所說：「沙田山居，那是生命中最安穩、最舒服、最愉快的日子」。詩有云：「屈指十年，驚覺下山的期限／來時螺盤髻轉的山路／要接我回去下面的人煙／上面這一片天長地久／留給門外的眾尊者去鎮守／我走後，風向會大變」，其不捨之情，可以想見一斑。

今再以〈東京上空的心情〉、〈十年看山〉、〈老來無情〉和〈別香港〉四詩為例，加以說明詩人對香港的深厚情懷。

他在《紫荊賦》序文中提到：

> 從〈東京上空的心情〉到〈別香港〉四首，最能表現當時激動而悲壯的感覺，簡直等於病人的放血作用。……誦詩接近尾聲，讀到「老來無情」，卻不驚五內震動，語音忽然哽阻，難以終篇。[65]

看前提這四首詩，由於時間的迫近，詩人「在最貼近血的要害／仍奔著，跳著，香港的時間」，其私心是多麼的希望「我還是留住香港的下午」，想與永恆拔河的，不再是初到香港時的抓緊生命的繩索，與永恆繼續一場永恆的「遊戲」。

直到〈別香港〉一詩，詩人寧願讓離別「是一把快刀」，剖成「從此」與「從前」，「斷不了的一條絲在中間／就牽成渺渺的水平線」，一種依依不捨的情懷，讓詩人的「眼」和「愁」，和香港的「山」和「樓」緊密的牽繫在一起。這麼樣的強烈抒情感傷，當然可以把它們列為具「浪漫特質」的抒情詩。

---

[65] 余光中《紫荊賦》：頁 3-4。

六、小結

檢視詩人香港十一年間的詩創作，我們會發現這是一趟由「寄居」到「安居」的逐步認同過程。相較於《與永恆拔河》時期對此地明顯的譏諷批判與邊緣定位（如收錄的〈唐馬〉及〈九廣鐵路〉、〈北望〉），詩人離開香港前所寫的收於《紫荊賦》諸篇，卻滿溢著與香港不忍惜別的眷眷之心，讀來令人動容。[66]由此更可以發現余光中的「香港情懷」可視為臺灣現代詩浪漫特質的縮影。一樣的登高望遠，可分為有形的登高望遠與無形的登高望遠。

有形的登高望遠是一種「思鄉情懷」，思念家鄉，或思念故國，對於寫實主義的創作者而言，便呈現一種對土地社會的抒情關懷；對余光中而言，「香港時期」的作品正呈現了詩人對兩岸三地（臺灣、大陸、香港）的多元卻深刻的眷眷深情，也因身於異地，詩人才更能體會登高望遠的浪漫情懷；至於無形的登高望遠，詩人在「香港時期」的早期作品中最為常見，初至香港的他，對香港自然還未建立歸屬當地的感情，心靈上的孤獨與陌生，自然給予詩人一個心靈上登高望遠的絕佳視野，不論是思考古代中國文化與現實中國文化的矛盾、古代中國文化的認同或是藝術生命的永恆追尋，這些作品讓我們了解余光中因為所處環境的衝擊和矛盾，更讓他思考身為一個「臺灣詩人」或是「中國詩人」的文化認同與身分歸屬。這樣的「登高望遠」，這樣的浪漫情懷，不也正和「臺灣詩人」所思考的文化衝擊和矛盾的抒情懷想類似嗎？

---

[66] 楊宗翰〈與余光中拔河〉《創世紀》第 142 期，2005 年 3 月，頁 137-151。

第四節　臺灣現代詩的抗拒思想：以白萩[67]為例

一、前言

抗拒思想和文學牽扯在一起，這其中有一個重要的聯結不可或缺，就是「權力」的機制。對權力的解釋，米歇爾・福柯（Michel Foucault）下了一個精簡定義：「權力就是各種力量的關係」，[68]誰擁有權力，誰就是支配者。然而被支配者並非束手無策，在文學的作品中，作者借助文學表徵的虛構性、含混性、象徵性、寓言性等，微妙的累積反擊力量去化解支配者的宰制，這就是文學作品的抗拒思想。[69]

---

[67] 白萩(1937-)，本名何錦榮，臺中市人。1953 年開始接觸新詩，1955 年獲中國文藝協會第一屆新詩獎、1995 年獲榮后臺灣詩獎、1996 年獲吳三連文學獎、1999 年獲臺中市大墩文學貢獻獎。初為「藍星詩社」主幹，後為「現代派」成員、《創世紀》詩刊編委，及《笠》詩刊發起人之一。曾四度擔任《笠》詩刊主編。現為亞洲國際詩刊《亞洲現代詩集》編輯委員之執行編輯。作品廣被譯為各國文字，為在國際間享有盛譽的臺灣現代詩人。現任臺灣現代詩人協會理事長。著有詩集《香頌》、《詩廣場》、《觀測意象》及評論集《現代詩散論》。

[68] 傅柯強調 generative power：力量關係本身的不平等，會持續生產一些權力狀態，但是這些狀態很局部、很不穩。權力看起來無處不在，不是因為它籠罩一切，統一一切，而是因為它是每時每刻、在每個關係中不斷被生產出來，也因此它是來自四面八方每個角落的。這麼說來，權力「看起來」恆常不變、固定不動、自我再生產，其實只是從這些變動而產生的整體化效應（effect）。傅柯主張做個唯名主義者（nominalist）：也就是說，「權力」只是人們用來描述一個特定社會中的複雜策略狀態的名詞。（參考何春蕤（九十學年度第一學期課程）——傅柯專題）

[69] 許文榮《馬華文學的政治抵抗詩學研究》：頁 4。

臺灣現代詩的抗拒思想在日治時代即為主要表徵，在本章第二節已有詳述，在此不必贅言。這種反帝、反封建，揭露階級剝削與反抗日本殖民統治的心聲，隨著日本投降，國民黨來到臺灣之後，文學作品中的抗拒思想也隨著權力支配者的改變而產生質變。可由於臺灣文學日治以來的抗拒傳統，所以臺灣現代詩中的抗拒思想自然和政治扯上關係。

政治詩不但是中國傳統文學極重要的一部分，臺灣現代詩中更是一種廣為探討的類型，除了延續中國仕宦文化的傳統外，臺灣歷史環境的多元變遷，讓政治詩的發展不但多元而敏感，詩人可以各自表述，運用不同的創作手法，對政治詩的定義更是百家爭鳴。本論文中的「政治」採取廣義解釋，因此「抗拒」和「離散」等即可納入「政治」的範疇之中。筆者從政治詩的角度切入「臺灣現代詩的抗拒思想」，乃認為臺灣現代詩浪漫精神中的抗拒思想因這塊土地在歷史地理上的複雜性，不但和西方浪漫精神的抗拒思想有所不同，和五四時期的激進浪漫精神更展現出相異的特質。

日治之後臺灣現代詩浪漫精神中的抗拒思想，隨著權力宰治者的多元化而不同，狹義地說，權力宰治者是指實質的掌權者；廣義來說，可指語言、身體、性別、家庭、命運等的宰治者。所以有時是指個人主體性的呈現，有時是為社會原屬階層（subalter）被宰治而發聲的社會詩，皆可視為廣義的政治詩。孟樊在〈當代臺灣政治詩學〉中為政治詩中的抗拒詩作分類，即抗議詩（protest poetry）、異議詩 （dissident poetry）及抗拒詩（resistance poetry），其界定可算清楚，[70]細看其內容，政治詩中的抗拒精神其實和浪漫精神中的抗拒思想多所雷同。不同的是政治詩中的抗拒詩，著重在針對特定

---

[70] 孟樊《當代臺灣新詩理論》（臺北：揚智，1995）：頁183。

的反抗對象，而浪漫精神中的抗拒思想不需要以明確的抗拒對象為反抗的主題，只要是為全人類發聲，具批判、指涉、抗議的精神，暴露政治社會的殘酷現實，或是反抗人類的宿命悲劇，都可算是浪漫精神的抗拒思想。

另一種的抗拒思想則是屬於消極的浪漫精神，這種田園模式反映了詩人的回歸原始狀態，但它絕非逃避文學（escapist literature）；相反的，正可以清晰的映照出詩人存在的危機。因此任何對現實的消極批判，都是對田園理想積極追求的初步。就這層意義而言，除了歌功頌德的作品之外，任何描寫科技文明殘害人類與自然界的詩，都可是中西田園模式的雛型。[71]

二、白萩的抗拒精神

筆者之所以選擇白萩作為臺灣現代詩反抗精神的例證，乃因白萩的批判不是針對任何一個政權或族群，而是批判現實背後的真相，[72]以冷凝觀照不斷自我超越。他早期作品中抒發自我、浪漫，後期作品探討生命，充滿睿智，語言回歸口語，淺顯自然。以詩歌成就他抒發內心的抑鬱之外，詩歌也是他用以反抗現實的手段。[73]他的詩文本在遣辭句構上十分簡扼，卻可以精準地展開畫面和思維。「簡扼」卻「精準」，他是一個擁有多種樣貌的詩人。

白萩時而浪漫，時而在自我個性的表現中蘊含著濃郁芳香的情感；他時而孤獨，深沉黑暗的悲劇性在作品中重複上演；時而真實，

---

[71] 張漢良《現代詩論衡》（臺北：幼獅，1981）：頁 174。

[72] 蔡珠兒記錄〈白萩詩集《詩廣場》討論會記實〉，收錄於白萩《風吹才感到樹的存在》（臺北，春暉：1989）：頁 255。

[73] 張芬齡《現代詩啟示錄》（臺北，書林：1992）：頁 55。

擅長以創新而富想像力的文字，掌握語言斷與連的技巧，挖掘現代人的內心世界與存在價值，為生死議題帶來不同的省思。白萩能從現實生活的層面中擷取素材，對現實議題的批判不會受限於直陳的議論或悲情的吶喊，對現實中生命的悲劇性和現實的缺憾不是虛無主義式的主觀感慨，而是能以強烈的自我呈現，產生抗拒的思維。是故以白萩作為浪漫精神的抗拒思想代表，再適合也不過了。

白萩最初加入《藍星周刊》，後參與《現代詩》與《創世紀》，一九六四年與陳千武等人發起創刊《笠詩刊》，成為臺灣四大詩刊不折不扣的見證人和參與者。[74]第一本詩集名為《蛾之死》(1959)，它前半部具有浪漫主義的色彩，後半部則實驗性極高，其形式的思考與創新對臺灣現代詩壇造成極大的衝擊；後白萩的《風的薔薇》（1965）大部分已脫離《蛾之死》時期浪漫主義的想像基調，不但加入主知的成分，還保有對存在的思考與批判。其實早在第一首得獎作品〈羅盤〉即已呈現浪漫精神中的抗拒思想，[75]只是從《天空象徵》(1969）開始，白萩的抗拒思想更為強烈。

今選白萩詩作為文本討論，可一窺其具抗拒與批判精神的浪漫特質，這位生長於臺灣的現代詩人，其批判的思想和五四時期的浪漫特質，甚至和寫實主義的批判精神有何不同？這些都是值得深入探討的課題。臺灣研究白萩的詩作，多著眼於其現實主義的表現手法，或是專對其語言技巧作深入分析，[76]雖然他本人曾說過：「我的文學生活是現實生活的紀錄」，[77]可是他的現實生活只是文本的

---

[74] 金尚浩《戰後臺灣現代詩研究論集》(臺北：晨星，2005）頁 113。

[75] 下文將對〈羅盤〉一詩加以分析，在此將不再細論。

[76] 可參考陳芳明〈雁的白萩〉，何聃生《孤岩的存在——有關白萩作品評論的結集》(臺中：熱點文化，1984)：頁 101-122。

[77] 〈白萩詩集《詩廣場》討論會記實〉收錄於《風吹才感到樹的存在》(臺北：光復，1989) 頁 275。

素材，不是文本的全部，經過詩人藝術化的處理，將現實生活層出並綴接提昇後，詩人強烈的自我加上素材才是詩文本。批判的思維和感性的訴求讓白萩的詩即使具有現實性，也和現實產生距離的美感，批判中帶有克制後的嘲諷，悲憫卻不濫情。

如果我們想較深刻地了解白萩的詩，這就不能不重視白萩的「抗拒精神」。[78]雖然研究者談論白萩的詩，以為只有第一本「蛾之死」的前半部具有浪漫主義的精神，其餘的不是具現代主義就是寫實主義的精神。[79]筆者以為白萩的作品創作手法和語言風格儘管時有更迭，其文本所呈現的抗拒精神實具有積極浪漫主義的特質。以下分就三項加以說明：

1. 對命運的嘲諷

人類雖然有生存的權力，卻無法避免死亡的宿命，命運的安排看起來是一連串巧合與偶然的排列組合，一點都不在吾人掌握之中，但是白萩的作品提醒我們，人類總有嘲諷命運之神的權力吧。命運之神看似掌握了人類生命的無上權力，渺小的人類只能任由它擺佈，可白萩在一貫的冷靜與哲理式的生命思維背後，卻勇敢地向命運之神挑戰，以「自我」努力生存的權力向命運之神的權力下戰帖。以下這首〈我知道〉就是戰書的第一章：

外邊有一座獨木橋

　　　　　　我知道

---

[78] 鄭炯明〈談白萩的詩〉收錄於何聃生《孤岩的存在——有關白萩作品評論的結集》：頁 65

[79] 可參考柳文哲〈詩壇散步：風的薔薇〉（《笠》十期，1965.12.15）、李魁賢〈白萩論〉（收錄於何聃生《孤岩的存在——有關白萩作品評論的結集》）、張芬齡《現代詩啟示錄》、金尚浩《戰後臺灣現代詩研究論集》等。

有人正血熱地對峙

　　　　　　　他們在爭先

橋的彼端是路

　　　　　路的彼端是城鎮

　　　　　　　　　　　城鎮的彼端是繁華

在小小的硬殼之內

寄居著一點赤裸的靈肉

　　　　　　　　我知道

我祇是曠野上

一隻失群的蝸牛

　　　　　　讓我小歇一會兒

等他們的足聲遠了

　　　　　　再上路

堅定地走完長長的一生

（《詩廣場》：頁 8）

這首詩以一隻失群的蝸牛為主角，當牠出現時，可已經到了文本的第三段。世界何其大，獨木橋上正演著爭先恐後的戲碼，橋之外是道路，道路之外聯接的是城鎮，城鎮彼端是忙碌熱鬧的繁華世界，詩人在第一段運用中國文字圖像特色，將一行行的文字排列成一串接著一串的詩句，讀來彷彿有令人目不暇給的感覺。在繁華世界的橋上，卻有一隻小小的蝸牛和群體走失了，牠也許誤走進了陌生的繁華世界，可是牠仍然繼續走下去，牠告訴自己說，累了就小歇一下吧，無須埋怨命運的安排，也不必和繁華的世界爭先恐後，只要堅定自己的信念，「走完長長的一生」。這不就是對命運之神的無上權力最好的嘲諷嗎？

白萩善於運用心靈「抗拒」的思維，讓強烈的生命尊嚴予以提昇到差點可以和「命運之神」抗衡，「自我」的力量看起來是多麼的值得尊敬，但是也因此而益發顯得生命的悲壯性。我們底下另引〈叫喊〉來說明抗拒之意義：

不要輕易地探觸我的主題
生存或死亡，
太平間裏漏出一聲叫
太平間空無一人
死去千百萬次的房間
卻仍有一聲叫喊

陽光在窗口察看
太平間的面孔分外清楚
在死絕的世界裏
留有一聲活生生的叫喊

一滴血漬仍在掙扎
在蒼蠅緊吸不放的嘴下

（《白萩詩選》：頁 193）

以「叫喊」為題，如同挪威畫家孟克的名作「吶喊」，像是人類對命運無盡的控訴，亦像是對命運兇狠的挑戰。面對死亡雖然是人類的宿命，到死神面前人人都是平等，沒有人可以倖免，但是白萩仍然不放棄對命運的嘲諷，連一隻蒼蠅嘴下緊吸不放的一滴血漬都不放棄生存的權力，在還未被蒼蠅吞下之前，仍然盡力地叫喊。

這種堅持到最後一刻的生命呼喊，不就是詩人讓生命活出最後尊嚴的抗拒精神嗎？

2. 對現實世界的控訴

我們若觀察白萩的創作，「阿火世界」確實是一個重要的轉捩點，接下來的詩集無論是寫夫妻日常生活的《香頌》，或是涉入現實政治的《詩廣場》，都是從自我的存在所作的轉向，大量貼近現實世界的細節，都從其客觀的白描細節呈現出詩人內在思維與關切所在。他對政治的批判不適合貼上哪個年代的標籤，他沒有特定的意識形態，也沒有絕對的政治觀點。他常常作的是將觀察「政治」事件的所得結合強烈的自我以產生辯證性對話。

白萩的〈火雞——庭院事〉[80]寫到：「輪到他登場／火雞在地球上闊步／自吹負擔一個使命／抬頭向天空激昂作勢／天老爺高在他的頭上／其他／都低在爪下」，題目從現實場景著眼，大世界自然縮影成一方庭院，火雞在地球上闊步，空間的忽大忽小產生了視覺微妙的矛盾，也暗示了火雞雄霸一方的假象。然後這隻火雞「駕著他的坦克／威風凌凌地輾過街道／而螞蟻沉默在牆角／就讓他們賣力的建設吧／『只要不咬我一口』」。至此吾人看到詩中的火雞應是「好戰者」，牠以武力威脅庭院裏的弱小生靈，而且這顯然就是國際間大國欺負小國的縮影。大國不但以武力威脅小國，而且還口口聲聲呼喊這是為了維護「自由！自由！」，「如果你質問他他更理直：／『自由！自由！』／自由是可口的食物／他吃一口自由叫一聲自由」，至此我們才了解，原來第一段詩句提到「負擔一個使命」，就是吃一口他人的自由，叫一叫自由，「然後嘔一口酸汙的自

---

[80] 白萩《風吹才感到樹的存在》(臺北：光復，1989)：頁 193。

由／見給那些螞蟻們領受」。白萩寫的僅僅只是現實政治，不是政治立場，更不是意識形態的認同與否。

白萩的「政治詩」應屬於廣義的 「政治詩」，[81]不以政治詩為政治論述的一種，也不是以政治人的身分作一種表達；他關心政治，但不限於 「以政治處理詩」而是「以詩處理政治」。[82]像在〈暗夜事件〉這一文本中詩人以平淡的語氣寫著：「為了保障，貓兒／還是走著斑馬線，詩人／只瞇眼觀察／帶著一本空白的詩集／這是安全的這是保障／貓兒走著斑馬線過街」。斑馬線的設置就是為了保障用路人的安全，這是連貓兒都知道的事。詩人為了安全為了保障，除走斑馬線外，還特別帶著一本空白詩集，沒有文字總沒有問題吧，「突然／可沒啥道理／轉角處／闖出一部警車兇猛／輾過了斑馬線」，明明是最具保障的地方，輾過去的居然是保障人民的警察，「揚長而去／去而又回／詩人睜眼觀察／卻發現／一首詩肢體破碎／片片語言滴滴血／散在斑馬線上」，語言從冷靜而平順的敘述中，衝出了血跡斑斑的事實，這是詩人對現實政治戕害文學的控訴，藉著生活中的貓兒寫出一個嚴酷而不講道理、令人恐懼的政治環境。

我們另引一首〈總之〉來看詩人對現實（政治）世界的反應。詩人文本如下：

總之一切所為只是風
你怔著，一粒沙似的
奔波在無常裡

---

81 對政治詩定義的探討，可參考游喚〈80 年代臺灣政治詩調查報告〉，收錄於鄭明娳《當代臺灣政治文學論》：頁 359-360。

82 李魁賢《一九八四臺灣詩選》（臺北：前衛，1985）：頁 10。

現在
午夜的新美街已入定
唯獨你對著詩箋
自審

越南照樣被戰火燒灼
國聯聯合國又如何
東巴還是在屠殺
雞鳴了又如何
仍是不新鮮的老太陽一個

於是你在黎明前寫下一行
自我存在才是存在

（見白萩《風吹才感到樹的存在》：頁 32）

這首〈總之〉是白萩寫於臺灣退出聯合國之夜。以「總之」為題，且詩的開頭就是「總之」，在必須面對世界局勢的事實中，詩人除了無奈還多了一份歷史的無常感。但是詩人仍是一貫的跳脫激情，與現實世界保持距離的觀察，退出聯合國本對臺灣是極重要的事件，詩人不流於吶喊，也不以批判現實時局為目的像一名智者般，讓世界局勢的風起雲湧，歸結為「總之一切所為只是風／你怔著，一粒沙似的／奔波在無常裡」，該入眠的新美街還是依時入定。然而詩人畢竟並非智者，一顆熾熱敏感的心讓他在午夜仍為臺灣局勢牽掛，「午夜的新美街已入定／唯獨你對著詩箋／自審」，他終究還是顯露了他強烈的自我：「自我存在才是存在」。這個「自我」可以定義為詩人的自我，也可以是「臺灣」立足於世界局勢中立穩腳跟自我認同的「自我」。

另外請看看底下這首〈夜〉：

所有的嘴閉上了
　　　　因為　結束爭辯

所有的眼闔上了
　　　　因為　生命疲厭

所有的耳關上了
　　　　因為　爭辯結束

祇有一條野狗
在長街不屈地搜查著門戶
走走又
看看
看看又
走走

最後
在長街的盡頭
不知嗅到了什麼
而　淒　厲　了　一　聲

（白萩《風吹才感到樹的存在》：頁 196）

詩人句句犀利，直指無孔不入的思想箝制，讓人不覺地有吶喊的激情或政治的悲情演出。在所有人的嘴巴、眼睛、耳朵都已閉上之後，爭辯看似已結束，其實那是因為爭辯最終仍無成效，而生命已經疲厭，因此只好假裝看不見、聽不到、說不出口。即使是這樣，一隻野狗在長街仍然不屈地搜查著門戶，來來去去，走走又看看，充滿著肅殺之氣，最後還是讓牠嗅到了什麼，「淒 厲 了 一聲」，詩人讓這一聲淒厲迴盪在暗夜的長巷盡頭，對比於長巷的空寂噤聲，這聲淒厲顯得格外恐怖而刺耳，這就是詩人對現實世界的強烈控訴。

3. 對人類存在的抵抗

自我存在的孤絕是白萩詩裏常見的主題，年輕時的白萩曾榮獲中國文藝協會新詩獎的〈羅盤〉，在第一節中這樣描寫著：

> 握一個宇宙，握一顆星，在這寂寞的海上
> 我們的船破浪前進，前進！像脫弓的流矢
> 穿過海鷗悲啼的死神的梟嚎
> 穿過晨霧籠罩的茫茫的遠方
> 前進啊，兄弟們，握一個宇宙，握一顆星
> 　　　我們是海上新處女地的開拓

（《白萩詩選》：頁 3）

在這充滿浪漫精神的文本中，白萩已經開始關心著人類存在的真相，「握一個宇宙，握一顆星」，對一艘破浪前進的船而言是多麼不可能的事；詩的開頭詩人曾想征服宇宙，是這樣的氣勢恢宏，雄心萬丈，其實卻更襯托出人類存在的悲哀、人類的渺小及人類存在於宇宙間的寂寞。生命的存在像脫弓的流矢一去不回，沒有任何回頭的可能，必須穿過死神的梟嚎，穿過茫茫的遠方，像一個「新處女地的開拓者」。白萩的文本句句讀來卻像一個向人類宿命存在挑戰的悲劇英雄。年輕時的白萩浪漫的情懷中已展現其思考人類存在的真相。

在下列這首名作〈雁〉裏，詩人更進一步闡發人類存在宿命下的抗拒精神：

我們仍然活著。仍然要飛行
在無邊際的天空
地平線長久在遠處退縮地逗引著我們
活著。不斷地追逐
感覺它已接近而抬眼還是那麼遠離

天空還是我們祖先飛過的天空
廣大虛無如一句不變的叮嚀
我們還是如祖先的翅膀。鼓在風上
繼續著一個意志陷入一個不完的魘夢

在黑色的大地與
湛藍而沒有底部的天空之間
前途只是一條地平線
逗引著我們
我們將緩緩地在追逐中死去，死去如
夕陽不知覺的冷去。仍然要飛行
繼續懸空在無際涯的中間孤獨如風中的一葉

而冷冷的雲翳
冷冷地注視著我們

（《白萩詩選》：頁 141）

這首〈雁〉和前面的〈羅盤〉作一比較，詩人已將人類生存的宿命擴大為對理想追求的悲劇性，「前途只是一條地平線／逗引著我們」，理想如地平線，死亡仍然是人類無法逃避的宿命。在無際涯的天空中不停地飛行，人類孤獨的宿命如風中的一葉，既然活著，就要意志堅定地不停飛行，「繼續著一個意志陷入一個不完的魘夢」。一隻雁或是一個人的存在，在整個宇宙的運轉中，只能算是運轉的一部分，曾經存在的事實，只能用「冷冷」的情懷來對待。

這樣的宿命，詩人寫來悲劇感強烈，卻不淪為悲觀的虛無。他常常寫出自我強烈生存的意志，即使是在面對生存的宿命，他清醒地了解，人類不能退縮，這就是一種對「對人類宿命的抵抗」。〈有人〉[83]一詩則是藉著小小的「蟬」表現出這種孤枝高鳴的不敗鬥志：「眾蟬鼓嘈／而一蟬沉默／眾蟬沉默／而一蟬高鳴」，雖然孤獨地存在，終能得到一聲回應，「有人／對著天空深處／點叫自己／自己大聲的回應」，人類存在如何證明自己的存在呢？在詩中詩人藉著一隻蟬告訴我們，認真地活出自己，只要自我存在就是存在。

第五節　總結：臺灣現代詩的浪漫主題——神話書寫的再生、新生與跨界

日後研究者欲以臺灣現代詩的「浪漫特質」來建構臺灣文學的創作美學理論，筆者以為須以「浪漫精神」的分析為基礎，再從文學起源與發生論探討現代詩創作的原始思維。而創作的原始思維絕對不能忽略「神話」原型和主題的演變，這確是西方「浪漫主義」與中國浪漫精神傳統中不能輕忽的一環。

德國哲學家恩斯特・卡西勒（Ernst Cassirer, 1874-1948）認為抒情詩肇基於神話，甚至最上乘最純粹的作品，都和神話生產有密

[83] 白萩《風吹才感到樹的存在》：頁 27。

切關聯。卡氏認為神話和詩都善於運用「隱喻」，都以幻想力聯繫一切、穿透一切、洞悉一切生命的力量。[84]因限於篇幅，筆者僅以「浪漫主題的再生、新生與跨界——以「山鬼」為例」為題，藉用「主題學」的理論，以中國神話與詩歌藝術中「山鬼」主題的傳承與變遷，檢視在臺灣現代詩歌藝術中如何發揮其「浪漫主題」和「抒情傳統」。

「神話」是西方浪漫主義的一個重要象徵，相對於中國古典詩的浪漫精神而言，「神話」的重要性就遠不如西方，因為在中國儒教精神的支配下，「神話」的想像力會輕易超越了人類的道德性和現實性，這可與文學的「載道精神」和「實用價值」牴觸，所以「神話」主題多停留在先民的啟蒙價值上。屈原《九歌》是一套祭祀神鬼的組詩，源於楚地的神話，具有濃郁的文人浪漫色彩，後人除如宋朝朱熹、清末馬其昶等寄予屈原忠君愛國的政治處境外，[85]一般多認為屈原運用當地的神話為再生性的題材；而浪漫詩人如李白、李商隱等偶見採用神話題材入詩，民間小說如西遊記、紅樓夢等也以神話傳說成為說故事的基本架構，五四時期的文人如郭沫若與臺灣現代詩人楊牧等也偶爾採用神話為主題以發揮其想像力。

簡言之，東西方都會採用神話入詩，用以表達各種情愫與主題。今檢視臺灣現代詩以「神話」為主題，不但和西方「神話」象徵的精神不同，在中國「神話」的古典浪漫精神基礎上更多了時代性和內在想像的深化，得以為「神話主題」再生、新生與跨界。本節作為未來持續研究臺灣現代詩「浪漫精神」的主題性，亦具有開展模式的意義。主題學研究是比較文學的一部門，它集中在對個別主題、母題，尤其是神話（廣義）人物主題做追溯探源的工作，並

---

[84] 卡西勒《語言與神話》（臺北：桂冠，1990）：頁 84。

[85] 可參考陳煒舜編著《楚辭練要》（宜蘭：佛光大學，2006）：頁 45-47。

對不同時代作家（包括無名氏作家）如何利用同一主題或母題來抒發積愫以及反映時代，做深入的探討。[86]

一、神話的界說

神話是古老神奇事件的象徵講述，也是有關人與自然古老關係的「奇思麗想」。做為原始部落社會的一種文學樣式，它重在「講」與 「述」，重在演繹「話語」或「故事」。但它與一般的民間故事、民間傳說不同，因為它是「象徵性」講述，是「幻想」故事，也是「神」的「話」。卡希勒認為，神話像詩和藝術一樣，是一種「象徵符號形式」（symbolic form），而「符號形式的共同特徵就是可適用於任何客體。」[87]

另一種神話界說認為神話是原始部落的象徵性講述：索緒爾曾說，象徵的特點是，它永遠不是完全任意的；它在能指和所指之間有一點自然聯繫的根基。[88]如果是「故事化」的原始性象徵講述，例如水仙花變成仙子，那就是神話。象徵較比喻多一層集體的、公認的性質；特別是神話裡或集體無意識中那種原型性的象徵，情況就更複雜得多。而神話的「話」或「言語」，也是很廣義的，帶著「泛詩歌」和詩性故事的意思。

至於什麼是原始神話的意象，埃里克.達戴爾認為：

> 「言語」，也是人從世界得到回答所憑藉的東西，是山脈、森林、月亮、大海波濤、樹葉沙沙聲響所要告訴他的東西……

[86] 陳師鵬翔編《主題學研究論文集》（臺北：東大，2004）：頁 16。

[87] 卡西勒《語言與神話》：頁 195。

[88] 羅伯特・司格勒斯著、譚一明譯《符號學與文學》（臺北：結構出版群，1989）：頁 32。

這正是當我們站在世界面前所感受到的那種原始神話的意象：萬物皆有靈，動植物都會『說話』，處處都能聽到世界的聲音，種種呼喚在人的心中迴響，從各個地方的精靈那裡傳來訊號命令和禁令。[89]

在這段話裏，達氏已清楚地說明大自然的種種現象，經過人類的「言語」呼喚與詮釋，便形成「原始神話的意象」了。

二、神話的分類

蕭兵在《神話學引論》一書中將神話分為二類，其第二類的「時態性」又再細分為原生神話、次生神話、再生神話與新生神話。[90]

原生神話就是典型的的神話即是原始神話；而次生神話意即集體／口傳的非原始神話；再生神話實是人為性與假定性更大的概念，依然稱之為「神話」實由於它還能勉強說明某種事實：它標識作家個人介入『集體／口頭創作的神話型態』。至於新生神話（近世孳生的準神話），則是文學家運用了神話素材或原典為創作題材，用此即保存了神話『意義層次』中的哲理，並加以變形與孳生，但創作的主體已無太多原／次生神話，幾乎已與神話的分類無涉，是謂之『準神話』。[91]後面即依據此種角度來探討屈原《九歌》對「山鬼」的書寫，以作為討論鄭愁予之〈山鬼〉及夏宇的〈太初有字〉預為暖身，其背後理論架構即為浪漫詩人／藝術家如何「建構」與「解構」上頭所說的「準神話」書寫。

---

89 埃里克・達戴爾〈神話〉，收於鄧迪思編，朝戈金譯《西方神話學論文選》（上海：上海文藝，1994）：頁 88。

90 蕭兵《神話學引論》（臺北：文津，2001）：頁 92。

91 蕭兵《神話學引論》：頁 92。

三、神話主題的再生——《九歌・山鬼》

在屈原的《離騷》之中，《九歌・山鬼》以其浪漫又淒迷隱約的特性，有別於其他的文學作品，其篇幅雖然短小，但內容卻十分豐富。在《九歌》中所祭祀的鬼神可將其分為三類：即天神、自然神與人鬼。[92]其中〈山鬼〉一章裡所描寫的山鬼，浪漫如仙，堅貞如神，卻也哀怨迷惑如紅塵中人。究竟牠是人，是神，還是鬼，歷來研究學者各有精闢見解，當不在本文研究的主題範疇。茲將《九歌・山鬼》臚列於後：

九歌　山鬼

若有人兮山之阿，被薜荔兮帶女蘿。
既含睇兮又宜笑，子慕予兮善窈窕。
乘赤豹兮從文狸，辛夷車兮結桂旗。
被石蘭兮帶杜衡，折芳馨兮遺所思。

餘處幽篁兮終不見天，路險難兮獨後來。
表獨立兮山之上，雲容容兮而在下。
杳冥冥兮羌晝晦，東風飄兮神靈雨。
留靈修兮憺忘歸，歲既晏兮孰華予？

采三秀兮於山間，石磊磊兮葛曼曼。
怨公子兮悵忘歸，君思我兮不得閒。
山中人兮芳杜若，飲石泉兮蔭松柏。
君思我兮然疑作。

[92] 王岫林〈論九歌中的神話意象〉《孔孟月刊》2005.12：頁38。

雷填填兮雨冥冥，猨啾啾兮又夜鳴。

風颯颯兮木蕭蕭，思公子兮徒離憂。[93]

《九歌》中有不少篇章描述了鬼神的愛情生活，如《湘君》《湘夫人》《大司命》《少司命》等，上引《山鬼》也是如此。舊的詩評家往往斷言這些作品寄託了屈原忠君愛國之意，如朱熹在《楚辭集注》即言：「以其託意君臣之間者言之，則言其被服之芳者，自明其志行之節也」，[94]現代學者多不認同這種說法，一般人對「山鬼」的說法有三：

（1）夔、梟陽、山魈說

此說首見於洪興祖《楚辭補注》：「莊子曰：山有夔。淮南曰：山出梟陽。楚人所祠，豈此類乎？」[95]「夔」是什麼？根據《山海經．大荒東經》所言，「夔」的形體為狀如牛，蒼身而無角，一足。出入水必風雨，其光如明，其聲如雷。[96]而「梟陽」又是什麼呢？《淮南子．高誘注》說：「梟陽，山精也，人形，長大，面黑色，身有毛，足反踵，見人而笑。」[97]

清・王夫之於《楚辭通釋》中有較詳細的說明：舊說以為夔、梟陽之類，是也。孔子曰：木之怪夔罔兩。蓋依木以蔽形，或謂之木客，或謂之魈，讀如霄。今楚人有所謂魈者，抑謂之五顯神。[98]

---

[93] 楊家駱主編《楚辭注八種》（臺北：世界書局，1981）：頁 29-49。
[94] 朱熹集注《楚辭集注》（臺北，文津，1987）：頁 45。
[95] 洪興祖《楚辭補注》（臺北，長安出版社，1987）：頁 82。
[96] 佚名《山海經校注》（臺北：金楓，1995）：頁 186。
[97] 高誘注《淮南子注釋》（臺北：華聯，1973）：頁 231。
[98] 王夫之《楚辭通釋》（臺北：里仁，1981）：頁 43。

而林雲銘在《楚辭燈》亦言：按山鬼即莊子所云山有夔之類，如俗所謂山魈是也。[99]

從以上諸條資料中，我們可以看出，除「夔」這個神話形象產生較早，後來有各種變異外，其餘不論其名稱叫什麼，大都是以靈長類動物狒狒為原形，增入若干想像成分而演變出來的怪異故事。

（2）山鬼為巫山神女

自清顧天成在《九歌解》中主張「山鬼」即巫山神女之後，山鬼為巫山神女說，是較為文學欣賞者所接受的說法。[100]愛情中的女神形象，即源於此說。「山鬼」若是巫山神女，則其「被薜荔兮帶女蘿，既含睇兮又宜笑」之形象，則能與人間美麗女子相合，所以今人所作〈山鬼〉篇之欣賞時，多從此說而轉化，生動地刻畫了一位傾倒在纏綿悱惻的愛情中的女神形象。而茅盾在《茅盾說神話》則有如下的推敲：「我以為這所謂『山鬼』，大概相當於希臘神話中的『新婦』，是山林水泉的女神。」[101]

（3）山鬼即西方酒神

蘇雪林用比較神話學的方法，主張山鬼就是西方神話中的酒神，而且是男性神，自成一家之言。蘇雪林一家之言是如此說的：

> 〈九歌‧山鬼〉的歌主，舊謂山中木石精怪如「夔」、「梟羊」、「罔兩」，容貌是奇醜的，近代楚辭學者又指為巫山神女，其實這位歌主含睇宜笑，是個美少年，披蘿帶荔，乘豹從狸，

---

[99] 林雲銘《楚辭燈》卷之二（臺北：廣文書局，1963）：頁 26。
[100] 顧天成。《九歌解》上海圖書館藏清乾隆六年刻本。收於《四庫全書存目叢書》（臺南：莊嚴，1997）：頁 291。
[101] 茅盾《茅盾說神話》（上海：上海古籍，1999）：頁 82。

則與希臘酒神狄亞儀蘇士有非常相似處。那個酒神原是年輕美貌的神道，他頭戴葡萄枝葉編成的冠冕，身上及其武器車乘等也纏滿了長春藤及葡萄藤。長春藤即是薜荔，至於葡萄則西漢張騫通西域始入中國，屈原無法描寫只好以同屬藤科植物「女蘿」代。豹子與山貓乃酒神愛獸。希臘神話從來未言酒神豹子作何顏色，山鬼乘車之豹竟成『赤豹』，我們知道豹色其如虎，亦有純黑色者，卻未聞有赤色之豹，然則這赤豹定是神話之豹而非實際之豹了。屈原說話句句有根據，從來不作鑿空之談，他這赤豹當亦是從域外轉來的，這不是可以補希臘酒神故事的缺典嗎？[102]

蘇氏舉出許多希臘神話和〈九歌・山鬼〉的相同之處，將楚辭學的研究拓展至比較神話學的領域，但此「山鬼即酒神說」卻缺乏實證，說法雖新鮮，可確無法服人，終究無法取得學者的首肯。

筆者認為，〈山鬼〉係以內心獨白的方式，塑造了一位美麗、率真、癡情的少女形象。全詩有著簡單的情節：女主人公跟她的情人約定某天在一個地方相會，儘管道路艱難，她還是滿懷喜悅地趕到了，可是她的情人卻沒有如約前來；風雨來了，她癡心地等待著情人，忘記了回家，但情人終於沒有來；天色晚了，她回到住所，在風雨交加、猿狖齊鳴中，倍感傷心、哀怨。

這首詩情感線索清晰，與此相應的是，詩人善於借助景物描寫來烘托、渲染女主人公的情感變化，這在第二、三節中表現得尤其明顯。第二節中，看到愛人並沒有如約前來，山鬼愉快的心情蒙上了陰影，而天氣也是「杳冥冥兮羌晝晦，東風飄兮神靈雨」；第三

[102] 蘇雪林《屈原與九歌——屈賦新探之一》（臺北：文津，1992）：頁492。

節，在愛人終於不至，山鬼無限傷心、哀怨之時，風雨也更猛烈起來，並夾雜著猿狖的哀鳴。

《九歌‧山鬼》對山鬼外形美好的描述很多，有的是直接描寫，大多數則屬間接描寫。如「既含睇兮又宜笑，子慕予兮善窈窕」、「山之人兮芳杜若」等是直接描寫，而像「被薜荔兮帶女羅」、「乘赤豹兮從文狸」等描寫山鬼的穿戴和侍從的句子是間接描寫。直接或間接的揉雜更能托出山鬼之形象。

而直接反映山鬼心理變化的詩句有「怨公子兮悵忘歸，君思我兮不得閒」、「君思我兮然疑作」，這些都表現了山鬼由強自安慰愛人仍然繫念著自己，到對愛人產生懷疑的心理變化。結合第一節中「既含睇兮又宜笑，子慕予兮善窈窕」透露出山鬼美好、興奮心情的兩句詩，我們可以較完整地看到山鬼心理上發生的變化。

宋朱熹認為：

> 此篇文義最為明白，而說者自汩之。今既章解而句釋之矣，又以其托意君臣之間者言之，則言其被服之芳者，自明其志行之潔也；言其容色之美者，自見其才能之高也。子慕予之善窈窕者，言懷王之始珍己也。折芳馨而遺所思者，言持善道而效之君也。處幽篁而不見天，路險艱又晝晦者，言見棄遠而遭障蔽也。欲留靈修而卒不至者，言未有以致君之寤而俗之改也。知公子之思我而然疑作者，又知君之初未忘我，而卒困於讒也。至於思公子而徒離憂，則窮極愁怨，而終不能忘君臣之義也。以是讀之，則其他之碎義曲說，無足言矣。[103]

[103] 朱熹集注《楚辭集注》（臺北，文津，1987）：頁45-46。

朱熹實際上是將王逸說的「見己之冤結，托之以風諫」[104]具體化，用「君臣之義」給此篇作了一個相當完整的解釋。對以史實附會的解釋方法，王夫之早就表示過反對的意見，他說：「此章（指《山鬼》）纏綿依戀，自然為情至之語，見忠厚篤悱之音焉。然非必以山鬼自擬，巫覡（男巫）比君，為每況愈下之言也。」[105]近人贊成此說的頗多，而且不限於《山鬼》一篇，就《九歌》的整體來說，大部分是情歌，也有個別祭歌，可卻非忠君之賦。

其實沅湘間的各個民族，都有形形色色的山鬼傳說，在這些傳說中，山鬼的形象基本上都是些醜陋、貪婪、愛捉弄人又容易被人捉弄的形象，當山鬼作祟時才請巫師來祭祀安撫。[106]山鬼事實上只是山中的精靈、神明，其形象還帶有原始神話的意味，由《山鬼》中可看出遠古時代或是邊鄙地區的初民對山中精靈的崇敬，也可了解楚人祭祀山鬼的宗教作用，更可以反映楚人「好鬼信巫」的習俗。至於後人將其比附為巫山神女，畫家徐悲鴻筆下的「山鬼」，是一美麗女子騎乘赤豹之形象，[107]此無疑是受「巫山神女」說的影響。而忠臣思慕國君的想像，則是已經加入了很多後代典故的儒教觀念，這一來，「山鬼」不但具有貴婦人的打扮和儀態，還具有忠臣不二的執著情操。

上述各家之言，正反映了歷代對山鬼研究的成果。筆者以為《九歌》中之神祇皆是楚人祭祀之神，正如天神（東皇太一）、雲神（雲中君）、配偶神（湘君、湘夫人）、命運神（大司命、少司命）、太陽神（東君）與河神（河伯）等，山鬼當然也應是楚地山川之女神。

---

[104] 楊家駱主編《楚辭注八種》（臺北：世界書局，1981）：頁48。

[105] 王夫之《楚辭通釋》：頁43。

[106] 林河《《九歌》與湘沅民俗》（上海：新華，1990）：頁244。

[107] 參諸陳煒舜編著《楚辭練要》：頁7。

《九歌》中諸神基本上反映了楚族先民原始的自然崇拜，帶有濃厚的神話色彩，所以聞一多先生稱之為「神話的九歌」。[108]

魯迅《中國小說史略》〈神話與傳說〉有云：「唯神話雖生文章，而詩人則為神話之仇敵，蓋當歌頌記敍之際，每不免有所粉飾，失其本來，是以神話雖托詩歌以光大，以存留，然亦因之而改易，而銷歇也。」[109]這種說法雖然正確，當然正表現上個世紀初年學者對「神話」此一學科較為傳統的說法。可許多神話主題在現今都在繁衍之中，也有被挪用而受到顛覆的。

四、神話主題的新生──臺灣現代詩中的山鬼主題

1. 以鄭愁予〈山鬼〉為例

鄭愁予的〈山鬼〉即是從楚地的神話、祭祀頌歌中，將「山鬼」新生為現代詩的意象，賦予現代性的主題。今臚列於下：

山中有一女　日間在一商業會議擔任秘書
晚間便是鬼　著一襲白紗衣游行在小徑上
想遇見一知心的少年　好透露致富的秘密給他
也好獻了身子　因為是鬼
便不落什麼痕跡

山中有一男　日間在學校做美術教員
晚間便是鬼　著一身法蘭絨固坐在小溪岸

[108] 聞一多《神話與詩》（上海：人民出版社，2006）：頁201。
[109] 魯迅《中國小說史略》（臺北：風雲時代，1996）：頁20。

因為是鬼　他不想做什麼

也不要碰到誰

兩個異樣心思的山鬼我每晚都看見

所以我高遠的窗口有燈火而不便燃

我知道他們不會成親這是自然的規矩

可是，要是他們相戀了……

一夕的恩愛不就正是那游行的霧與不動的岩石[110]

〈山鬼〉一詩運用神話式的幻想，將屈原九歌裡的山鬼浪漫形象，與現代男女的飄忽不定，作一巧妙的結合。可以說是將「山鬼」的神話「再造」，予以「新生」，成為具有「象徵」意義的一首現代詩。

兩千年前九歌裡的山鬼，究竟是神、是鬼，還是美人，雖未有定論，但可以肯定的是，不論「他」來自何方，都是一位充滿情性與詩性的個體，令人彷彿看到一位宜笑宜嗔、忽隱忽現的居住於山林水澤間的女神／仙女（nymph），他思念君子的鍾情令人動容，從等待時的喜悅心情，到未見君子時的失望傷痛，仍不忘為其解釋不見蹤影的理由；山鬼情感的專一，癡心的等待，已使他成為千年山鬼神話裏的浪漫典型。

而鄭愁予的〈山鬼〉，究竟是人，是鬼，還是原始自然的山與霧呢？鄭氏在文本中的男人女人都已著上現代裝扮；詩人思考的是現今情，這些男女到了晚上便成了山鬼，成為游離飄忽、孤獨悲涼的遊魂。在詩人神話性意象之運用下，其「山鬼」已遠離遠古巫覡神話而賦與現代性意義，他訴說的是這些現代人即使活在現世的文明裏，早已遠離了浪漫虛無的神話想像，可其情愛精神的表徵仍如

[110] 鄭愁予〈山鬼〉，收錄於《雪的可能》（臺北：洪範，1985）：頁97。

神話性一般的不穩定，他們脫離了現實與靈魂的著根，只能求一夕的速食情愛。

中國自古常神、鬼不分，同樣以山中之鬼為題材，不能不提及瘂弦的名作〈山神〉，詩中的山神形象溫柔而慈藹，與屈原《九歌・山鬼》的浪漫山鬼、鄭愁予〈山鬼〉裏失了靈魂的文明山鬼極為不同。

獵角震落了去年的松果
棧道因進香者的驢蹄而低吟
當融雪像紡織女紡車上的銀絲披垂下來
牧羊童在石佛的腳趾上磨他的新鐮
春天，呵春天
我在菩提樹下為一個流浪客餵馬

礦苗們在石層下喘氣
太陽在森林中點火
當瘴癘婆拐到雞毛店裏兜售她的苦蘋果
生命便從山鼬子的紅眼眶中漏掉
夏天，呵夏天
我在敲一家病人的鏽門環

俚曲嬉戲在村姑們的背簍裏
雁子哭著喊雲兒等等他
當衰老的夕陽掀開金鬍子吮吸林中的柿子
紅葉也大得可以寫滿一首四行詩了
秋天，呵秋天
我在煙雨的小河裏幫一個漁漢撒網

樵夫的斧子在深谷裏唱著
怯冷的狸花貓躲在荒村老嫗的衣袖間
當北風在煙囪上吹口哨
穿烏拉的人在冰潭上打陀螺
冬天，呵冬天
我在古寺的裂鐘下同一個乞丐烤火
讀濟慈，何其芳後臨摹作[111]

瘂弦的山神詩分四段，歷經春、夏、秋、冬，像一位口誦民間歌謠的智者，悲憫的語氣娓娓訴說著山野村民辛苦的生活，巧妙的是這會兒山神已不是一個癡情或是孤單的擬人描寫了，而是還原為一個「山神」無所不知、無所不在的神祇形象，有時化身在樹下，有時又棲息於河邊，隨時保護垂顧著純樸的山民，看盡山民的生老病死。

2. 以夏宇的〈太初有字〉為例

夏宇曾說過要一些下意識地經營一首詩，起先是一些不相干的字，有一天突然就變成一首詩。她認為詩是誠心誠意為自己寫的，一些美好強壯的日子裡靈感充沛而密佈，只要有一個人沒有醒來大家就都全部活在她的夢裡。[112]那樣如巫術般的創作經驗，讓人覺得詩人與文字的相遇，像是祭神儀式中祭祝與鬼神之間充滿可知與未知的想像空間。夏宇的〈太初有字〉一詩，詩人所欲表現的就是這種文字創生了萬物的意義，詩人捕捉了文字以產生意義，而文字的安排又以等待詩人成為詩篇的神祕過程。

[111] 瘂弦《瘂弦詩集》（臺北：洪範，1982）：頁 45。
[112] 引自鯨向海〈耳朵的手風琴地窖裡有神祕共鳴——夏宇詩歌觀點拼盤〉《文訊》2004.6：頁 57。

在詩的開頭詩人引用《莊子‧達生》的一段文字，當可視為這首現代詩的序言。該篇先提及齊桓公外出田獵見了鬼，便對世間是否有鬼產生好奇，齊國賢人皇子告敖便說了夏宇詩前所引的這段話。他向齊桓公解釋，每一個有形的環境中都有一種無形的鬼，且有一種以上的文字賦與他們名字，產生意義，其中便提及「山有夔」。

> 桓公曰　然則有鬼乎　曰有　沈有履　有髻　戶內之煩壤　雷霆處之　東北方下者倍阿　鮭蠪躍之　西北方之下者　則泆陽處之　水有罔象　丘有辛　山有夔　野有彷徨　澤有委蛇
>
> 《莊子達生第十九》

1

想像從來沒有什麼過般地愛你
而且很想向你顯示軟弱
所愛上的你包括所沒有愛上的你
而奇怪的是也只不過更加
「回到自己」甚至也懂得了
你還不懂得的我的那一面所
懂得的你

2

也曾用書寫的虛無引誘過你
那些鬼影幢幢的字五千年
掀不完一層又一層轉世的靈魂
來到筆尖
等待一個新的意志附身

3

那些字

其實它們早就先到

又不著痕跡地回來

讓人領它們前去

4

「我喚他

他回答　是　怎麼樣

我說　沒事　只是想確定你在

他並不常存在

我也是　不常

有些稀有時刻

剛好都在

就慎重地稱之為愛」

5

我們是被這些字所發生的嗎

此事如果又指向另一些事：

我們暱稱的萬物萬事→

有時候我贊成用我崇拜的睡眠代表憐憫

6

當然有另外一些字

從來沒有等到過任何

可以嵌入的情況

也無以理解它們是不是在等待

等待像我這樣的人
強制它們變成一首詩的開頭

7
那些詩
我發現它們會隨著光線變化
像貓眼

8
那些貓
牠們一再藏匿
牠們也會挨近
當牠們確實樂意[113]

在《聖經・約翰福音》裏有如下記載，開頭便提及「太初有道（字）」，神就是道，道就是神的話語，道藉著文字語言承載神的話語：

1：1 太初有道〈字〉、道與　神同在、道就是　神。

1：2 這道太初與　神同在。

1：3 萬物是藉著他造的・凡被造的、沒有一樣不是藉著他造的。

1：4 生命在他裏頭・這生命就是人的光。

1：5 光照在黑暗裏、黑暗卻不接受光。

（臺中：國際基甸會，2004：頁 273）

[113] 夏宇《Salsa》（臺北：現代詩，1999）：頁 95。

《聖經・約翰福音》首先提到「主是道」。道是什麼？英文翻譯就是「話」(Word)，就是「神的話語」，中文翻譯者選擇高明的教義，多翻為「道」，因為中文裏 「道」比「話」意義深遠。[114]神創生了宇宙，同時創生了文字，神與字同在，字就是神，可見太初自有字始，神即將祂的話語藉著文字的創生而得以與人類溝通。只是這些字必須要透過書寫方能串連成有意義的語句，或具備表情達意的作用。文字的創造來自神，而人類運用文字為每一種事物冠上名字，「水有罔象，丘有崒，山有夔，野有徬徨，澤有委蛇」，這種冠名過程使得人類能掌握萬物。而當文字與文字產生碰撞，產生新的意義，這就是文學創作者的創作過程。這就如同杜甫在〈寄李十二白二十韻〉中以「筆落驚風雨，詩成泣鬼神」來表現李白的藝術創作魅力，亦如同巫師以巫術祈求與鬼神相遇般得不可預知：「也曾用書寫的虛無引誘過你／那些鬼影幢幢的字五千年／掀不完一層又一層轉世的靈魂／來到筆尖／等待一個新的意志附身」

太初有字，在遠古或是原始部落的巫師必須學習認識一切的真名，便能編織咒術，差遣鳥獸魚蟲、風雷火林，也可以移山倒海、轉形換影，因為宇宙之間一切的秘密，都存在名字裡。因此法力強大的巫師，必須學習記憶大海裡每一滴水每一條河川的名字，山林間每一片葉子每一隻禽鳥的名字，才能供其使喚。這令人想到倉頡造字後，「天雨粟，鬼夜哭」，同樣也是記載著這樣一個魔幻時刻，一個知識、閱讀與力量連結的隱喻。在人們開始使用言語捕捉召喚萬物時，空氣中隱而未現的萬靈，用命名以代替手指去指稱這個嶄新的世界，他們便已跨入另一個奇幻世界，而一切遂都產生新的意義。

---

[114] 黃六點《新約福音》(臺北：大光，2004)：頁 120。

詩人用書寫賦與文字以新的意象，超越遺忘，賦生命以新的靈魂。這就如同上帝創造文字賦與萬物意義，也像遠古或原始部落的巫師為萬物命名以供召喚，「那些字／其實它們早就先到／又不著痕跡地回來／讓人領它們前去」。詩人創作的過程就是不停地召喚文字，只有用文字訴說，只有書寫，用書寫頂住遺忘。然而這樣的魔幻時刻並不是全然美妙如凡人所想像。差遣萬物，甚至改變事物的本質，都會無意間破壞萬物間的平衡，都可能導致萬物間平衡的崩解。甚至無意間召喚出無法命名的東西，尚未命名，或不應存在此界的異形，巫師法力所不能掌控的詭異卑賤物（uncanny abject），從此，即成為恐懼的一切來源。

「我喚他／他回答　是　怎麼樣／我說　沒事　只是想確定你在／他並不常存在／我也是　不常／有些稀有時刻／剛好都在／就慎重地稱之為愛」當然，反過來說，如果詩人恰好使用了一些已具有美好意義的文字來詮釋一些本無意義的抽象時刻，那麼便又神奇的為無意義的東西催生了新的意義。像巫師般的詩人並不代表從此就可以超凡入聖，若是對自己書寫的力量不心存敬重與節制，很可能就此喪失書寫的能力，不但不能控制文字，還可能被文字的力量所左右，活在修辭與意象的堆砌裏，忘了自己的靈魂。「我們是被這些字所發生的嗎／此事如果又指向另一些事：／我們暱稱的萬物萬事→／有時候我贊成用我崇拜的睡眠代表憐憫」。

怎麼樣的藝術是壓抑穩固乃至可以昇華、能指向象徵界的缺失？怎麼樣的藝術是變態的乃至瘋狂的？是否兩者只有一線之隔？或者，這兩者甚至是一體之兩面：「那些詩／我發現它們會隨著光線變化／像貓眼」「那些貓／牠們一再藏匿／牠們也會挨近／當牠們確實樂意」 在人類心靈域外的地方，當能量超越自身能負荷時，便會脫韁而召喚出最深沉的不可名之「物」(too good to be good)。

莊子一書中的「山有夔」神話傳說，到了夏宇的現代詩文本，便成為中華民族遠史的「太初有字」；詩人反思在「太初有字」的遠古時代，藉著文字的創造，召喚出一個個原本只存在於傳說中的神鬼。他們有了名字，於是也有了更多更多人類所想像的附會與穿鑿。詩人思考著當詩人假詩之名，召喚文字的神秘，所賦予文字的意義究竟是新生，還是變形與扭曲呢？

五、小結

陳師鵬翔在〈從神話的觀點看現代詩〉一文中，已精闢的分析中國人的詩觀，從孔子以來，作詩都以敦厚教化為主，中國的詩人向來就很少有以處理超自然的境界或現象為己任的。[115]而檢視自由中國的現代詩在神話素材上的運用，從發軔期的魑魅魍魎、鬼影幢幢，以神話素材的現代語言形式為依歸，到歷經詩人們長期的努力經營，不僅語言上超越古老神話素材的「再模仿」，以各種新穎的譬喻、象徵等書寫手法，將原始先民的神話傳說一一點鐵成金，賦予現代人追求流浪、探尋個人生命意義，或是文明所帶給人們的疏離恐懼等抽象的時代精神，甚至改寫神話、創造神話已不絕如縷，不一而足。[116]

做為人類精神性文化形象的神話，不可能永遠超越一般的時空而保持它固定的型態；神話是呈現著一種不斷流動變化的現象。研究古代神話，固然必須掌握神話的原始內容與意義，但是神話的流

---

[115] 陳師鵬翔《主題學理論與實踐》(臺北：萬卷樓，2001)：頁 73。
[116] 前引注：頁 79。

動變化，也是神話研究者所不可忽略的一個重要課題。[117]在屈原《九歌・山鬼》中，我們看到的是一個形象鮮明，感情變化豐富浪漫的「山鬼」，他／她雖然無法讓後世學者驗明其身，究竟為人、獸、神或是鬼，可以確定的是，屈原當初書寫「山鬼」的靈感來源，應是來自於個人生命境遇的投射，與楚地的神話傳說加以綜合創造而成的。

自屈原書寫「山鬼」的基本原型成形之後，「山鬼」代表的已是一種浪漫、淒美、遺世獨立的感知形象。他／她隨著時序的遞嬗，繼續延展，複雜其既有的感知概念，抽象其固有的精神意涵。在現今的社會文明裏，「山鬼」的雛形自然催生了現代詩人鄭愁予的〈山鬼〉、夏宇的〈太初有字〉，甚至雲門舞集「九歌」裡對「山鬼」所發展出來的不同詮釋。[118]這種神話原型的創造與孳乳都極具浪漫特質。

屈原《九歌》裡出現的「山鬼」，還只是模糊曖昧的主體形象，符合詩人心中對美、對人、對宇宙自然的概念，無人可卻無法清楚地歸類為人神獸或是鬼。到了後代學者，試圖為「山鬼」從一個簡單的概念加以分裂為不同的指涉，欲在明確的分類中找出屈原對人物主題的不同指涉；到了現代，不論是鄭愁予，夏宇或是舞蹈家林懷民的作品，更是對個別山鬼產生特定的認知印象。鄭愁予的「山鬼」成了現代都市人的隱喻；夏宇的「夔」則充滿了詩人對語言文

---

[117] 王孝廉〈神話與詩〉，收錄於瘂弦編《詩學第一輯》（臺北：巨人，1976）：頁 293。

[118] 林懷民雲門舞集創作的現代舞「九歌」中的「山鬼」，卻是一面目猙獰的男性怪獸形象。他曾說，舞臺上山鬼的形象源自於伊根席勒（Egon Schiele）與孟克的畫作，他也說：「這段舞蹈呈現一個非常寂寞、孤絕、沒有憤怒，已然放棄了掙扎、渴望的世界，山鬼幾乎就像個影子，像詩人瘂弦的名句『站起來的詩灰』」（林懷民・徐開塵・紀慧玲《喧蟬鬧荷說九歌》（臺北：聯經，1993）：頁 81）。

字演變的哲理性思維；而在林懷民的舞蹈語言裏，「山鬼」的男性主體在在陳述了一個舞者對跨越性別的掙扎與矛盾。[119]

神話是一種無意識的精神創造，是原始初民對世界的無意識解釋，具有無限的想像、奇幻與神秘的幻想。隨著先民文字的創生，神話思維便逐漸成為文學發生的重要起源。而神話的人物主題或抽象主題，更提供了浪漫主義者極為重要的想像與幻想的根源。

希德尼（Sir Philip Sidney, 1554-1586）在其雄辯滔滔的《詩辯》（Apology for Poetry, 1595）一文中，他發揮了亞里斯多德的想法，主張詩人可以改造自然以使其更臻完善：

> 詩人……為其自身的創造活利所擢升，在造出比自然所化育者更精良之物，或自然中從未出現的新形象之際，如英雄、神人、獨眼巨人、怪物、復仇女神之屬，實如培育了另一個自然。如此他與自然攜手同行，卻不受制於自然天賦的狹隘權限，而能在他一己才情的天地間自由馳騁。[120]

由此可見，我們一直都生活在神話中。神話除了引導我們進入人類的內心世界外，也同時讓我們接觸到「終極的真實」。坎柏（Joseph Campbell, 1904-1987）認為，終極的真實就是超越一切思想、概念，超越語言、時空的範疇，與超越所有二元對立的境界。

---

[119] 舞者林文隆說：「我只知道『山鬼』在肢體上是虛的，是個孤獨的鬼或人」林懷民沒有表現獨自瀟灑出入山中、乘著赤豹、有野狸追隨的「山鬼」，卻把與「山鬼」對話的不在場詩人主體放入，而將「山鬼」轉化為虛無與絕望的符號；山鬼的肢體沒有陽剛的奔放，沒有剛硬的曲線，有的只是如繞指柔的重重內轉力量，無言的吶喊，呈現詩人內心孤絕的狀態。（林懷民・徐開塵・紀慧玲《喧蟬鬧荷說九歌》：頁 83）。

[120] 海若・亞當斯著，傅士珍譯《西方文學理論四講》：頁 53。

就像詩歌無法為你解釋生活的經驗，只能提示經驗，迂迴指點出有這麼一個朦朧的境界，埋藏在表面光怪突離的現實之下。[121]

詩人運用神話為文創造意象，在多數民族的美學的觀念裏，意象的製造者就是一個巫師或巫術家，而詩人則是一個受靈感所迷，一個心神迷亂，一個能生產作品的瘋狂者，他們所採取之意象，即是文字裏的意象性巫術。[122]從屈原的「山鬼」開始，詩人如同巫師，寫詩召喚神祇亦如同召喚自我內裏的靈魂；鄭愁予寫「山鬼」以召喚現代人失落的靈魂；而夏宇則巧妙地將中國「山有夔」神話、西方宗教的「太初有字」與詩人如巫師般的藝術召喚結合一契，引領我們思考神話的哲學性與象徵性根源；神話原型跨界至林懷民則將「山鬼」歸結到人類終極的宿命與心靈狀態：孤獨的悲劇。

歷經兩千餘年的「山鬼」，不論他／她究竟是神、是鬼、還是人，藉著「山鬼」人物主題的再生、新生與跨界，我們更深入地理解臺灣現代詩的浪漫特質，它不只是抒情詩的傳統或是想像的無盡發揮，更如英國浪漫主義者（如柯立芝等人）所強調的，「神話像詩一樣，是一種真理，或相等於真理」。[123]神話不但超越歷史性或科學性的真理，而且能直搗人心，成為補充性的真理。

---

[121] 坎柏着，李子寧譯《神話的智慧》（臺北：立緒，2002）：頁21。
[122] 韋勒克《文學理論》：頁316。
[123] 韋勒克《文學理論》：頁286。

第四章　知識份子的浪漫革命

——以楊牧、楊澤為例

第一節　理論探微

> ——閱讀文本時的歡悅感，使他辭退一切知識、文化教養，戒絕另一種眼光。在「療養院智障病人」中，只看到小男孩的但敦式寬邊大翻領及女孩手指上的繃帶。他只願做一名文化的野蠻人。[1]

楊牧和楊澤，兩個具有師承關係的詩人，作品中充分呈現浪漫主義的特質，同樣具有知識份子的入世情懷。這種入世情懷，身為知識分子的角色所展現的特質，有積極主動的投入和改革，也有消極懷疑的感同身受或憂心忡忡。同樣來自於對社會國家甚至整個人類的關懷，楊牧和楊澤詩作的內容極為豐富，主題亦具多元性、多層次性，早已受到文學界與學界的重視與肯定，而二人作品所呈現的浪漫特質恰好正是同中見異，異中有同的，可卻鮮少有人就其浪漫特質的角度加以比較研究。

今以「知識份子的浪漫革命」為本章的題目，一方面是鑒於本論文前三章所研究歸納的中西方浪漫主義的特質，其中屬於革命情懷的、向權威挑戰，反抗苛政和反暴力精神的部分，[2]以楊牧、楊

1　羅蘭巴特著，許綺玲譯《明室》（臺北：臺灣攝影，1997）：頁 60。
2　楊牧《葉珊散文集》自序（臺北：洪範，1977）：頁 8。

澤為代表的臺灣知識份子的浪漫革命可就不同於西方，不但不積極涉入現實權威，亦不欲藉著話語論述（discourse）的掌控加以宰制文字媒體。

在中國傳統文人的敘述中，「士」代表著知識分子，也代表著階級。這是從儒家階級意識以降對「士」身為保衛貴族的責任開始，逐漸形成的「士族文化」。余英時曾分析道：「中國『士』代表『道』，和西方教士代表上帝在精神上確有其相通之處。『道』與上帝都不可見，但西方上帝的尊嚴可以通過教會制度而樹立起來，中國的『道』則自始即是懸空的。以「道」自任的知識分子只有盡量守住個人的人格尊嚴才能抗禮王候。」[3]更明白一點說就是：「由於『道』缺乏具體的形式，知識分子只有通過個人的自愛、自重，才能尊顯他們所代表的『道』，此外便別無可靠的保證。中國知識分子自始即注重個人的內心修養，這是主要原因之一。他們不但在出處辭受之際絲毫輕忽不得，即使向當政者建言也必須掌握住一定的分寸。」[4]正由於這個「別無可靠的保證」，才使得士大夫一旦「現實牽涉，則理想每受減損」。[5]

如錢穆所言：「兩千四百年，士之一階層，進於上，則干濟政治。退於下，則主持教育，鼓舞風氣。在上為士大夫，在下為士君子，於人倫修養中產出學術，再由學術領導政治。」[6]吾人可以看到，作為士君子而言，其最大作用是堅持教育，鼓舞風氣，再以人倫修養中所產生的學術風氣來影響眾人，乃至於領導政治，也意味著最終仍然要回到以道統領導政統的道路上來。

---

[3] 余英時《士與中國文化》（上海：上海人民出版社，1987）：頁102。
[4] 余英時《士與中國文化》：頁107。
[5] 錢穆《國史新論》（北京：三聯書店，2001）：頁192。
[6] 錢穆《國史新論》：頁51。

至於現代知識份子的定義究竟又是什麼呢？脫離了屬於傳統儒家「不仕無義」、「寧退不仕」的社會背景，現代知識分子不再只是追求傳統士君子的忠君與愛國的理念而已。他們追求「道統」的終極目標仍在這「道統」二字，可已不再侷限於儒家之「道統」，而是廣義的捍衛人類道德，強調維護普世的公理和正義，懷疑任何寡頭政治與極權。

愛德華・薩依德在《知識份子論》所引用的兩段敘述，對二十世紀的知識份子有兩段最著名的描述。他引用義大利馬克思主義者葛蘭西在《獄中札記》的一段話，來說明一種積極參與社會改革的知識份子，他說：「因此我們可以說所有的人都是知識份子，但並不是所有的人在社會中都具有知識分子的作用。」葛蘭西自己的生涯就是犯了他所認定的知識份子的角色，他的目標不只要造成社會運動，而且要塑造與此運動相關的整個文化形塑（cultural formation）。愛德華・薩依德並認為知識份子的另一極端，則是班達對於知識份子著名的定義：知識分子是一小群才智出眾、道德高超的哲學王（philosopher-kings），他們形塑人類的良心。他們支持、維護的是超越這個現實世界的永恆真理與正義。班達說，「真正知識份子的活動本質上不是追求實用的目的，而是在藝術、科學或形而上的思索中尋求樂趣，簡言之，就是樂於尋求擁有非物質方面的利益，因此以某種方式說：『我的國度不屬於這世界』」[7]

薩依德本人則認為，「知識份子的表徵在行動本身；他們依賴的是一種意識，一種懷疑、投注。由於獻身於理性探究和道德判斷的意識，他們個人紀錄在案並無所遁形。知道如何善用話語，知道何時以語言介入，這就是知識份子行動的兩個必要特色。」[8]

---

[7] 愛德華・薩依德著，單德興譯《知識份子論》（臺北：麥田，2004）：頁 46-47。

[8] 愛德華・薩依德，單德興譯《知識份子論》：頁 57。

現實畢竟是有缺陷的。一個知識份子在面對現實的世界時，究竟是冷靜面對殘酷的現象還是浪漫地規劃理想的未來，這都涉及每位知識份子的選擇和身處的大環境。選擇以寫實主義揭露現實殘酷面的詩人，會認為逃避主義表現在文本上就形成了逃避文學。逃避文學者認為，文學作品的完成不只是因為作者不願意正視現實的缺陷，儘寫些異國情調的流浪生活、夢囈自瀆的浪漫、艱澀難解的恍惚境界或是睜眼瞎說的歌功頌德。[9]

今以薩依德對知識份子的詮釋，以及其「再現論」(representation)的觀點，來看楊牧與楊澤身為當代知識份子的角色，以及其以文本呈現對於知識份子的懷疑和不滿，我們當會發現，他們二人對知識份子與文學家的角色，其實是充滿矛盾與不安的。

薩依德極為強調「再現論」與知識份子的關係。一方面知識份子本著自己的見解及良知，堅定立場，擔任眾人喉舌，作為公理正義及弱勢者／受迫害者的代表，即使在面對權威與險阻時，也要向大眾及有權勢者表明立場及見解；另一方面，知識份子的一言一行也在在體現了他們自己的人格、關懷、學識與見地。

基本上，楊牧和楊澤所代表的知識份子的角色，其目的不是如薩依德所論述的，以知識宰制權威，甚至是藉由知識的力量來促進人類自由所產生的非強制性的知識，[10]而是一種屬於知識份子的基本精神：忠於知識和道德良心，藉著語言文字「再現」自己的工具。例如楊牧，在大自然的啟示下，投身於虛構／象徵的文字世界，以書寫來抗拒、超越現實來建造一個真、善、美的世界；楊澤則以遙遠的中國／西方文化為理想，虛擬時空以再現自己身為知識份子的天堂樂園。

---

[9] 李勤岸《一等國民三字經》(臺北：前衛，1987)：頁218。

[10] 愛德華・薩依德著，單德興譯《知識份子論》(臺北：麥田，2004)：頁229。

整體而言，楊牧和楊澤的文本應屬於知識份子的「浪漫革命」。楊牧著重以自然意象為抒情的呈現，而楊澤則是藉由中世紀的薔薇騎士以推展精神革命。藉由楊牧在《有人》一書中所陳述，我們發覺其人文關懷深具干預現實的意涵，視角的選擇仍是以文學的呈現為依歸：

> 因為漁人有漁人的辦法，不容你越俎代庖，更不屑你為他們抒情，除非你衹寫他們的憂傷，不痛不癢地關心他們的安全，然而不容你和他們分享收穫的快樂。[11]

> 沒有雄心的雄心，沒有抱負的抱負，面對譴責和埋怨而懦弱——沒有勇氣的勇氣。世界向你挑戰，你避開它，轉向別一個世界。詩人有許多世界。[12]

而楊澤在其《人生不值得活的》一書後序有如下一段對抒情詩的服膺宣言：

> 帶著中年的軀體，行走在瀰天蓋地的消費文明風景裡，除了認識到自我的有限，除了那股一然湧動、抑制不住的不甘心的鬥志，我依然樂於去服膺一首抒情詩的召喚——反抗現實，抵制惡俗的人生。[13]

知識分子基本上關切的是知識和自由。知識和自由之所以深具意義，並不是建立在其抽象論述，而是藉由體驗展現出來。[14]革命家和知識份子最大的不同，就在於同樣關切和體驗人類的自由和革命，可革命家卻能進一步付諸行動，讓行動來實踐他們的理想，完

---

[11] 楊牧《葉珊散文集》〈自序〉（臺北：洪範，1977）：頁4。
[12] 葉珊〈寒雨〉《葉珊散文集》（臺北：洪範，1977）：頁103。
[13] 楊澤《人生不值得活的》（臺北：元尊文化，1997年）：頁143。
[14] 愛德華・薩依德著，單德興譯《知識份子論》（臺北：麥田，2004）：頁97。

成改革的目的。身為知識份子的楊牧和楊澤，其詩作文本充分展現了知識分子對人類生命的關切和體悟，其抒情與浪漫的想像遠大於對現實界的揭露和控訴，其呈現雖然迥異於西方浪漫主義的精神，可卻能承續來自中國傳統浪漫精神的「士君子」特質。

第二節　楊牧：右外野的抒情意象

一、中西抒情的右外野手

中國文學的抒情特質，在詩歌之中往往表現得最為徹底。[15]詩人運用自然意象來呈現與傳達內心的情感，他們往往不以純客觀性的自然敘述為已足，而是具有將詩人的情愫投入自然界，伴隨著這些自然景象而來的鎔鑄就有了極為個人化的特性，構成一個個奇特的感情世界。這個感情世界，實際也就是詩人特殊的生命世界，同時也是他的生命本體。透過古典詩詞的形式和途徑，中國詩人把他的感情本質化、本體化、從而大到一種極為特異的「感情本體世界觀」。[16]

這種情感本體化、本質化的傾向，就是中國抒情傳統的重大特色之所在，也就是王國維的「境界」二字。[17]中國抒情傳統的「境界說」在本文的第二章「中西方浪漫主義思想探微」中的第二節「中國浪漫精神之源流與主題」已有相當深入的解釋，此處就不再贅

[15] 呂正惠《抒情傳統與政治現實》（臺北：大安，1989）：頁 167。
[16] 呂正惠《抒情傳統與政治現實》：頁 167。
[17] 呂正惠《抒情傳統與政治現實》：頁 177。

言。本章進一步討論的是，既然中國文學的抒情特質在詩歌之中表現得最為徹底，那麼，到了現今臺灣的現代詩，這種抒情傳統是否有了本質的改變？以「右外野的浪漫主義者」自居的楊牧，其抒情的特質是否同時具有中西方傳統抒情詩的特質？

我們先來看看楊牧以「抒情詩」為名的詩作，是否傳達出詩人對「抒情詩」的觀點：

「心事太多了反而就好像……」
鋼琴聲跌宕抒情……「好像什麼
都沒有。」我倉惶走越
起火的草原
記憶是飛舞的烈焰
燒壞我的翅膀　腐蝕
我璀璨的眼神　我的
憧憬　洞識
而我是如此安穩地安於那平靜與虛無
寧可在你細緻的顫抖在你摸索的
十指下脆弱地向過去和未來沉寂

過去
和未來
現在我們將它關在門外
滿天稀薄的浮雲過濾盛夏成一張涼蓆
如山谷當中的溪在叢生的水薑邊緣
逶行　如一一辨認過的花
從小時候開到現在 如正午

靜擁濃蔭的寺廟廊廡

正對你點好插上一枝香

（《時光命題》：頁 62-63）

這首詩名為〈抒情詩〉，其中所提起的平靜與虛無，讓人不禁想起王維〈鹿柴〉:「空山不見人，但聞人語響。返景入深林，復照青苔上。」[18]作者以其詩人、畫家兼音樂家對色彩、聲音的特殊敏感，對「情」「景」關係的深刻體驗，加上對自然現象的細緻觀察、對自然理趣的潛心領悟，把握住空山人語和深林返照這一平常現象中所顯示出的幽深境界和自然理趣，並以極其自然平淡的語言、看似漫不經心的口氣，寫出這微妙素樸的美感，為歷史留下了這一奇絕的詩篇。

楊牧一開始即用對話的方式直接呈現，「『心事太多了反而就好像……』」／鋼琴聲跌宕抒情『好像什麼／都沒有』。」其中文字承載感情的部分大於說理或敘事的企圖，其意象的運用往往充滿著前段所言的作者感情本體化的「感情本體世界觀」。然而，人們閱讀此詩時當會發現，楊牧不以大自然的花花草草為抒情的工具，其中詩人以「你」與「我」此一辯證架構貫串全詩，其意欲表現情感內在與外在世界的合而為一，平靜、虛無，卻不過度強調個人的情思，過去與未來都如溪流般圍繞在生命的記憶之外。

「靜擁濃蔭的寺廟廊廡／正對你點好插上一枝香」，最後，詩人以近似宗教的情懷作結，令人感受到詩人心目中理想的抒情，那絕不是濫情，更不是詩人主觀或一己情感的無病呻吟，而是一種能觀照天下，超越個人情感的回歸自然，如溪流，似一柱清香，讓抒情的過程迴繞成大自然的一部分。

---

[18] 高文主編《全唐詩簡編》（上海：上海古籍，1998）：頁 198。

在《有人》的後記裡，楊牧曾做了清楚的告白：「我對於詩的抒情功能絕不懷疑。我對於一個人的心緒和思想之主觀宣洩－透過冷靜嚴謹的方法——是絕對擁護的。……我對於詩的抒情功能，即使書的是小我之情，因其心思極小而映現宇宙之大何嘗不可於精微中把握理解，對於這些，我絕不懷疑。」[19]在這段話中，詩人已明言，他雖以「小我之情」為靈感的來源或主題之呈現，可其抒情的目的絕不以抒小我之情為滿足，而是為了映現宇宙的廣大，還原於人類在自然之情裡的原貌和真實面。

對楊牧而言，中國古典詩的養分融入作品中的重要指標，就是抒情，他的目的不是為中國古典的抒情賦與嶄新的生命，也不是顛覆古典詩的抒情特質，而是如江海匯百川一般，將中國古典詩詞的抒情性融入現代詩的抒情意象與節奏之中，達到自然和諧的抒情詩境。古典詩情如彩蝶，翩翩起舞於歷史的一點，經楊牧的詩句以為導航，自然而然的飛進詩人所苦心經營的詩境之中，完成具有古今浪漫特質的作品。

楊牧於一九七五年回望臺灣歷史，寫下了〈熱蘭遮城〉。[20]熱蘭遮城指的是臺南安平，為十七世紀荷蘭人登陸臺灣之地。十七世紀中葉，鄭成功趕走荷蘭人，本詩即是以此段歷史為背景，故事以第一人稱，借荷蘭軍官之口敘述，楊牧透過一些性愛的意象，將入侵者荷蘭和被殖民者臺灣的關係，定位為強暴者與被強暴者的關係，「巨礮生銹。而我不知如何於／煙硝疾走的歷史中冷靜蹂躪／她那一襲藍花的新衣服」。

殖民的歷史對於臺灣而言，可說是一頁頁複雜但滄桑的剝削史，但楊牧選擇以抒情的敘事角度賦予此詩更繁複的意象，自然吐

---

[19] 楊牧《有人》後記（臺北：洪範，1986）：頁179。

[20] 楊牧《楊牧詩集II：1974-1985》（臺北：洪範，1999）：頁92-96。

露出歷史憂傷與陰性柔弱的交叉吶喊：男性宰制的聲音背後，我們彷彿聽到了女性受辱時強韌的呼吸。壓迫者「不知如何於／硝煙疾走的歷史中冷靜蹂躪」被壓迫者，在尋找「香料群島」的快感之中，他看到的是「嗜血的有著一種／薄荷氣味的乳房」的挫敗感，自遠方前來殖民的荷蘭人，向被殖民者傳遞出「我已屈服」的訊息。在這首回望臺灣歷史的詩作中，仍可看出楊牧對詩歌抒情功能的執著。他將暴力與溫柔、戰爭與愛、悲涼與美感融合為一體，用柔性的姿態、浪漫的性愛象徵，平靜復異常冷靜的語調，表達出對充滿傷痕的土地的無限憐愛。在他筆下，荷蘭軍官是富有人性的，福爾摩沙是有個性的，以抒情的角度書寫，讓歷史傷痕有了隱喻的裝飾，得以避開善與惡的二分法，使得全詩更具戲劇張力。

> 每天下午四點就帶著一本書——有時是史賓塞，有時是李義山——到那路上去看楝花落；但我心中念的卻是你的夜鶯，你的古瓶，你的憂鬱，睡眠，和慵懶。[21]

在楊牧的創作過程中，中國和西方的浪漫抒情傳統深深影響著他，其中影響他最大的有兩個人，一位是中國的徐志摩，另一位是十九世紀英國的浪漫詩人濟慈，而他所強調的「真」和「美」，無疑是徐志摩與濟慈的延續。從以上這段文字進一步可以理解，即使他大量閱讀中西方文學作品，他最傾羨的還是濟慈，濟慈的〈詠睡眠〉（To Sleep）、〈睡與詩〉（Sleep and Poetry）、〈夜鶯頌〉（Ode to a Nightingale）、〈希臘古甕頌〉（Ode on a Grecian Urn）和〈憂鬱頌〉（Ode on Melancholy）等[22]可是他心中念茲在念的作品。其中〈希臘古甕頌〉有句詩最能代表楊牧詩作中的浪漫精神：

---

[21] 葉珊《葉珊散文集》〈楝花落〉（臺北：洪範，1977）：頁 93。

[22] 查良錚譯《濟慈詩集》（臺北：洪範，2006），頁碼依序為 83.97.134.144.177。

"Beauty is truth, truth Beauty," ——that is all

Ye know on earth, and all ye need to know

三十七歲的楊牧在洪範版《葉珊散文集》增加了一篇自序〈右外野的浪漫主義者〉，一本十二年前的作品，在十二年後再版時，詩人增加了一篇自序。歷經十二年變遷的詩人他究竟在想什麼呢？相信這一篇增加的自序可以讓我們一窺詩人心智成長與創作的端倪。

一個棒球場上的右外野手到底需要做什麼呢？右外野手（Right Fielder，通常簡寫成 RF），顧名思義即於棒球比賽中防守右外野的選手，主要負責接捕打向右外野及右邊界外區的飛球、處理右外野方向的安打球，盡可能減少攻擊方所推進的壘包數，必要時也需要協防中外野。由於攻擊方在壘上有跑者時，擊出安打便可能一舉進佔好幾個壘包，外野手必須積極處理並回傳內野，以防跑者進佔更多的壘包，因為右外野手距離三壘與本壘都很遠，故右外野手通常是由球隊中臂力最佳的外野手擔任，有助於長傳阻殺（刺殺的一種）（或與內野手搭配轉傳完成助殺）或威嚇跑者使跑者不敢再進佔壘包。[23]

「比同學們不快樂些，笑聲低一些，功課比較不在乎些。那是有些無聊，而這種無聊大概只有棒球場上的右外野手最能體會。」[24]一九七七年，楊牧視自己為「右外野的浪漫主義者」，「看內野那些傢伙又跑又叫，好不熱鬧，……偏就不招手叫你去開會，你只好站得遠遠的，拔一根青草梗，放在嘴巴裡嚼著，有一種寂寞的甜味。」[25]那樣的敘述雖然真是對現代棒球最嚴重的誤讀，真的可能會引起現代棒

---

[23] 參考自維基百科，「右外野手」詞條。

[24] 葉珊《葉珊散文集》（臺北：洪範，1977）：頁 1。

[25] 葉珊《葉珊散文集》：頁 1。

球某些偉大的右外野手的抗議：「右外野哪能浪漫？這兒，根本是地獄！」[26]

二十五歲的詩人在他的《葉珊散文集》裡寫道：「從十六歲開始我就已經決定，我表現本質的路是詩。」[27]詩人楊牧有時同那神秘的靈魂說話，喃喃地叩問生命和詩篇的意義。他幾乎不認識自己，只知道在人世間至美的就是詩，就是偉大的心靈，就是追求「美」的精神。[28]

在《葉珊散文集》一書中詩人有十五篇散文收錄在同一輯裡，其輯定名為「給濟慈的信」，從詩人花如此多的篇幅以書信文字傳達內心對創作的思考，可見當時的詩人是以濟慈為其創作的標竿或追尋的對象。

對歐洲中世紀浪漫文學的嚮往，葉珊曾說：「我的心靈不能適應這塵世，我所夢想的，我所遨遊的是中世紀的風景。我隨著一首長詩進入了古典的天地，我的旅程甚遠，所以我很疲乏。」[29]

古典的驚悸，自然的悸動，童稚眼中雲的倒影，葉珊反覆地向濟慈傾訴著這些「美」的事物。美是無上的，它克制、湮滅一

---

[26] 詹偉雄《球手之美學》(臺北：遠流，2006)：頁 60。

[27] 在〈兩片瓊瓦〉一文裡，葉珊寫道：近十年來寫的詩從強生博士所謂「不得已的田園風」到思維的紀錄，都收在「水之湄」和「花季」兩本詩集裡，從花蓮到臺北到臺中到金門到美國，無時不以最初的恐懼和悲哀作血脈。大學畢業後一年內，我真正感覺到實際人生的衝擊，對童年感受的貧窮山地忽然興起莫大的關懷，我問自己：「文學是不是也應該服役於社會？甚麼瓊瓦的文學最便於服役社會？」我在金門一年，陸續寫了二十餘篇散文，從「我的航行」開始，寫到「綠湖的風暴」的時候，我已經不能自己，花蓮山地裡的陰暗和美麗恰如魅魎縈繞，伴我戰地的馬燈。我失去了「田園風」，失去了「異國情調」，卻重新捉住了宿命式的原始面貌。我似乎並不懊惱，又似乎非常懊惱。此文收錄於葉珊《葉珊散文集》(臺北：洪範，1977)：頁 223。

[28] 葉珊《葉珊散文集》〈寒雨〉：頁 102。

[29] 葉珊《葉珊散文集》〈寒雨〉：頁 103。

切其他的應考慮的事物（一八一七年十二月的信）。葉珊始終是這個「無上的美」的服膺者：古典的驚悸，自然的悸動，童稚眼中的倒影。[30]

雖然楊牧曾說花蓮是「我的秘密武器」，但是他並不把題材侷限於自己熟悉的家鄉，他以象徵或抽象手法使特定事物或事件更具普遍性，如此其價值和力量方能更久更強，文學更具有潛移默化的功能。因此他超越本土，將思考觸角伸得更遠更廣，擁抱與人情、人性有關的一切課題，無論中西，不限古今，譬如政治、宗教、人文，譬如歷史、自然、生活。在〈喇嘛轉世〉一詩，他以第一人稱——轉世喇嘛西班牙男童的口吻，敘述西藏喇嘛分兩波自印度出發尋找轉世喇嘛，在搜尋的過程中，他們接觸到從未見過或聽過的景象或事件，在惶惑之中一步步擴大了對世界的認知：在這首詩中，楊牧感興趣的不是喇嘛轉世的方式，更不是宗教信仰，而是知識份子的抒情感懷：對未知世界的探索。而在〈伯力〉一詩，他選擇了一個從未到過的黑龍江和烏蘇里江交會的伯力為故事背景；詩中的「我」不是詩人，而是詩人情感與想像投射的對象。他駕船順流而下，在卡巴若夫斯克上岸，感覺自己曾經來過，氣味熟悉，山崗上的小女孩也似曾相識，他擬想自己前世可能是白軍，因為遭到紅軍追捕而到過這裡，他深情凝望所見到的景色，彷彿為履行前世之約而來，最後一個詩節是第一個詩節的再現，呈現一種前世今生輪迴之感。

楊牧寫作此詩的目的不是著重在異國情調的描述，並沒有將中國或西方「異國風味化」（exoticize）的企圖，而是藉著手邊的材料來寫作，材料有時是東方，有時是西方，文字的運用其實已然超越

---

[30] 葉維廉跋，收錄於葉珊《傳說》（臺北：志文，1971）：頁119。

了中西文化的藩籬，達到藝術性和歷史感的追求，以傳遞人與人之間微妙的抒情鎖鏈為寫作目的。

另一首令人印象深刻的散文詩是〈紀念愛因斯坦〉，[31]在詩裏，詩人說：

> 你的信心和智慧刻在演講廳的壁爐牆上。我在木蘭花影和茱萸的光輝下沉吟，我相信真理可以追求，民主和科學也可以。相對論與我無關，可是我能為以色列的奮鬥感動。猶太聖人，偉大的物理學家，你能為我的臺灣感動嗎？

楊牧以散文詩的形式和俏皮的語調，和愛因斯坦展開十分有趣的對話，賦予相對論新的抒情視野。他對歷史的奮鬥感動，不論是愛因斯坦的祖國——以色列或是自己的土地——臺灣，因為相信對真理的追求以及對家國的情感，可以讓截然不同的學術領域（科學與文學）有所交集，已然將以色列與臺灣的奮鬥歷史交疊在一起，超越科學與文學，國家與國家，在一心追求真理的信念下，詩人在兩個距離遙遠的學術與國度之間，架起一道抒情精神的橋樑。

整體而言，楊牧透過與中西方世界的性靈交通，開闢詩的永恆價值，超越西方與中國文化的分歧，因為他的文學基調來自浪漫主義與抒情精神，任何關於生命的課題，以浪漫與抒情精神出發的主題，都是中西方共通的語言。所以，我們在研究楊牧相關詩作時，無須檢示中西方文化的個別影響和起源，不妨站在詩人抒情精神的處理角度審視詩人作品，當會發現詩人在處理主題的基調，始於抒情，終於抒情。

---

[31] 楊牧《楊牧詩集 II：1974-1985》：頁 223。

二、山海浪跡的自然人文

在《完整的寓言》的後記裡，楊牧寫道：「天地之大，無物無事不可為我們的象徵。」[32]而大自然無疑是他作品最常借用的的隱喻來源。然而，若大自然只是詩人隱喻或象徵的來源，老實說，這樣的作品不過是一堆譬喻與轉喻的運用堆砌而已。正如前人所研究的成果，[33]楊牧的自然書寫已成為他的創作美學之一，但大自然不只是他創作的媒材，更不僅是他建構美學王國的元素之一，在《一首詩的完成》裡，詩人寫著對「大自然」的思考脈絡，仔細觀看，那是詩人生命中一種對大自然堅定和美的崇尚，一種追求大自然永恆的能量。「我們膜拜大自然，豈不是因為它那堅定的實質存在嗎？」詩人對大自然的追慕，藉著藝術的創作，孳孳勤勉以生命的全部去模仿它，期望能企及大自然堅定的實質，「說不定就可以同意東坡所說的，『我』竟然也是無盡的，常存於藝術的整體完成之中。」大自然使詩人相信的不是神只有唯一的名字，大自然使詩人相信：宇宙時空處處是神，而詩人充沛活潑的性靈，因為與大自然密集有效的接觸，得以提升，並在大自然的肅穆和靜謐中創造超自然的信仰。「大凡是信仰，就帶著一些恐懼不安」[34]。

---

32 楊牧《完整的寓言》(臺北：洪範，1995)：頁386-387。

33 如羅任玲的碩論《臺灣現代詩自然美學》(臺北，爾雅，2005)，何雅雯的碩論《創作實踐與主體追尋的融攝——楊牧詩文研究》(臺北：臺灣大學中國文學系碩士論文，2001)，簡文志：《楊牧詩研究》(臺北：東吳大學中國文學系碩士論文，2001)，徐培晃：《楊牧詩風的遞變過程》(臺中：逢甲大學中國文學系碩士論文，2006)，賴芳伶《新詩典範的追求——以陳黎、路寒袖、楊牧為中心》(臺北：大安，2002年)。

34 楊牧《一首詩的完成》(臺北：洪範，1989)：頁16-17。

詩人也感覺到面對的大自然，雖然教誨了他，也使他的心靈動盪在恐懼、自慚、愚昧與委瑣之間，其主題也因詩人的體悟而須細分如下：

1. 以我觀物，以物觀我：比喻和象徵

如前所言，楊牧喜歡自大自然擷取意象，或渲染想像，或捕捉情緒，或營造氣氛，或寓情於物，或營造象徵。大自然往往是他沉澱情感的手段，掩飾濃烈情感的面具，在他的許多詩中，自然的描寫扮演著類似西方戲劇裡歌詠隊的角色，有時帶動全首詩的氣氛，有時烘托主題，為詩中意念作註腳的工作，有時藉以提昇個人情思，使之與自然的律動合一，而更具普遍性。[35]其中，楊牧有多首以樹為題材的詩，樹的形貌和充滿生滅的生命姿態，讓詩人承載著諸多深刻的比喻與象徵，值得特別提出加以細讀分析，以一窺詩人「心靈年輪」的刻度。其中如〈大的針葉林〉、〈不知名的落葉喬木〉、〈苦苓樹下〉、〈行過一座桃花林〉、〈樹聲〉、〈夢寐梧桐〉、〈秋天的樹〉、〈松村〉、〈學院之樹〉，這些樹都是詩人的情感投射，記載著他的人生歷程，也刻記了詩人的「心靈年輪」。

其中收錄於《有人》的〈學院之樹〉，當最能代表詩人浸潤中西方知識殿堂的思維肌理，這詩首段開始詩人這麼寫著：

在一道長廊的盡頭，冬陽傾斜
溫暖，寧靜，許多半開的窗
擁進一片曲綣兇猛的綠
我探身端詳那樹，形狀

---

[35] 張芬齡、陳黎〈楊牧詩藝備忘錄〉，收錄於林明德編《臺灣現代詩經緯》（臺北：聯合文學，2001）：頁22。

介乎暴力和同情之間
一組持續生長的隱喻
劇痛的葉蔭以英雄起霸的姿態
穩重地覆蓋在牧歌和小令的草地上

（《有人》：頁 19，第 1-8 行）

楊牧的學術背景使他的作品能巧妙的將中國古典傳統融入現代詩歌，亦能將西方的文學素材成為他創作的源頭。他有時自《詩經》、漢賦、唐詩、宋詞汲取靈感；有時自西方傳說、神話、文學或寓言，尋找素材和思考的方向，試著以現代語言捕捉其神韻，甚至賦予它們新的意義，開創中國與西方，古典與現代的對話空間。這棵「學院之樹」寫的是臺大文學院中庭的一棵老黃檀木，楊牧曾執教於臺大，這一棵學院之樹「穩重地覆蓋在牧歌和小令的草地上」，讓我們自然的將詩人和樹的身影重疊一契。這樹的模樣，看來就是一個生長在學院殿堂裡的英雄姿態。弔詭的是，英雄生長在學院，而不是進出鮮血淋漓的戰場，或是投身革命的場域中，這棵學院之樹生長成「介乎暴力和同情之間」的形狀，那就是一種學院英雄和社會英雄不同的生命姿態。

詩人接著說：

不疼，可是它會死
留下失去靈魂的一襲乾燥的彩衣
在書頁的擁抱裏，緊靠著文字
不見得就活在我們追求的
同情和智慧裏。我低頭看那小女孩
淡淡的黑髮淺淺的眉，有一天
她將成長在書裡，並且倚窗

注意到一棵奮起拔高的樹，驚奇
以無數垂落的手勢訴說同情和
智慧，鳳眼仍然仰望天上的雲——

（《有人》：頁 21，第三段 1-10 行）

這時有個小女孩看見了彩色蝴蝶，詩人說這小女孩肯定是教授的女兒，「我想要這隻彩色的蝴蝶」，「兩翅疊合在夢裡：『我想／把它捉到，我想然後我想／輕輕將它夾在書裡。不疼的」，詩人追求美，但更追求靈魂的不朽，蝴蝶夾在承載知識和文字的書裡，雖然留住了美，但是蝴蝶畢竟會死，詩人吶喊著：「留下失去靈魂的一襲乾燥的彩衣／在書頁的擁抱裏，緊靠著文字／不見得就活在我們追求的／同情和智慧裏」，這裏寫的雖是小女孩的成長，可不也是詩人在知識殿堂的成長嗎？

身為知識份子活在文字與知識建構的世界裏，人生的終極理想就是追求同情與智慧，然而詩人的衝突與矛盾也在詩的末段最清晰可見：

在一道長廊的盡頭，冬陽傾斜
溫暖，寧靜。那小女孩
勾起一串斑斕的泡沫
吹向虛無。薄薄的幻影逸入
罩滿猛綠的庭院，如剎那的美目
瞬息眨過交錯的日光
消逝在風裡

那棵樹正悲壯地脫落高舉的葉子
這時我們都是老人了——

失去了乾燥的彩衣，只有甦醒的靈魂
在書頁裡擁抱，緊靠著文字並且
活在我們所追求的同情和智慧裡

（《有人》：頁 22，第五段 1-14 行）

美麗的事物如蝴蝶如大自然的生滅，最後生命都將失去乾燥的彩衣，一如小女孩口中「勾起一串斑斕的泡沫／吹向虛無」，都是薄薄的幻影逸入罩滿猛綠的庭院，樹葉紛紛脫落，那是大自然生生不息的定律，也是「學院之樹」 再生的定律。與樹相比，詩人畢竟覺得渺小和有限，唯詩人以靈魂擁抱的文字書頁，那和樹一般猛綠的生命力，那介乎暴力和同情之間的英雄靈魂，讓詩人得以接近大自然的永恆，超越肉體的生死，活在詩人所追求的同情和智慧裡。

這首詩完成於一九八三年，其時臺灣政局一直不甚穩定，意識形態讓政治團體壁雷分明，身為學院裡的知識人愈發難以議論時事，最安全的辦法就是潛居學院，討論一些無涉社會時事、卻可涵蓋個人心情與人類命運的情思問題。

「學院派」一語在臺灣文學的使用上似乎總帶有負面評價，除了指稱一種較富知性與智性、較為高雅典重的文學風格，還隱約指向流派中人的封閉、冷漠、怯於面對社會現實。然而，學院中人是否全然符應了這樣標籤化的指責？考慮到臺灣的社會背景，政治讓知識分子儘量避免談論，因為只要涉及政治，就必須表態支持某一種認同，一種意識形態。知識份子若選擇正面衝突，其命運不外死亡與漫長的禁錮。知識份子如楊牧，便會思考是否還有其他的選擇，可以純然以一個知識分子的角色自居，傳承思辯、反省、教育的重任？

在《禁忌的遊戲》的後記〈詩的自由與限制〉中，詩人說：「一首詩如一棵樹，和別的樹同樣是樹，可是又和別的任何樹都不同，在形狀枝葉的結構上自成體系，萌芽剎那已經透露了梗概，惟風雨陽光在它成長的過程中捏塑它，有它獨立的性格，但它還是樹，枝葉花果有其固定的限制。每一首詩都和樹一樣，肯定它自己的格律，這是詩的限制，但每一首詩也都和樹一樣，有它筆直或彎曲的生長意志，這是詩的自由。」[36]

學院出身的楊牧，文字構築了知識的殿堂，卻仍讓詩人強烈感受到知式的虛無。詩是既具限制性又富於自由性的文字，詩人藉著詩的象徵與比喻，將文字從知識的殿堂裏釋放出來，與大自然的永恆結合，解決了知識文字所帶來的虛無感，他寫道：

> 我騎過一個村落又一個村落，熟悉的氣味是從幼小就遭遇到的，一直保存在感官的記憶深處，縱使到那時為止我還不知道如何具體描寫那氣味，但我能辨別它，指認那氣味，每當他對我顯現的時候，無論時間是白晝，黑夜，也無論我是亢奮或疲憊。但我終於找到一個捕捉它並且敘述它的方式，又過了三十年以後，使用比喻和象徵。[37]

楊牧在處理抒情詩時，並非明目張膽地把愛情暴露無已，他往往利用「移情」技巧，藉大自然的景物來暗喻自己的感情，[38]隨著年齡的增長，大自然會以不同的方是召喚他，讓他在捕捉大自然的形象時，漸漸懂得運用不同的策略敘述，呈現無限延展的比喻和象徵。

---

36 楊牧《禁忌的遊戲》（臺北：洪範，1980）：頁 165。
37 楊牧《昔我往矣》〈秘密〉（臺北：洪範，1999）：頁 178。
38 陳芳明《鏡子和影子》（臺北：志文，1978）：頁 95。

這首〈昨天的雪的歌〉，即可讓我們管窺詩人如何藉大自然作為隱喻的最佳詮釋方法：

雪還在快樂地下，它已經低過被單
低過枕頭之類的山巒和谷壑
比我們的肩膀還低——在快樂地下著
下著，雪可能也將在一些夢中堆高
自從昨天它在我完整的意識裏
以快樂的型態籠罩了我的精神
並且主動證明即使它覆滿了
各種紡織物的山巒和谷壑，它也是柔軟
和我們的肉身一樣保持恆常的體溫
所以我這樣隨意想像，當它剛剛觸及
遠方的針葉樹林，我可以聽見血液
洶湧的聲音，愛和美的氣息以及
一把明快的電鋸持續自下一條街
大聲傳來——未完成的秋天奏鳴曲
當我深入這山巒和谷壑的地帶，高過雪線
那旋律彷彿是我們期待的新歌的主題
將針葉樹殺戮摧毀：宇宙之欲

（《楊牧詩集 II：1974-1985》：頁 386-387）

一開始詩人便敘述雪還在「快樂」的下著，不但「可能也將在一些夢中堆高」，還在詩人「自從昨天它在我完整的意識裏／以快樂的型態籠罩了我的精神」，大自然的雪，已經因著「夢」、「意識」、「精神」世界的安排，成為詩人思考宇宙與生命的意象媒材。雪的形態本是柔軟卻寒冷，在大自然的種種現象中屬於讓萬物冰封，停止生長的冷酷物質，可是，詩人以擬人化筆觸，便巧妙的改變了雪之為雪的原貌，「以快樂的形態」呈現超越大自然物象的現實意義。「和我們的肉身一樣保持恆常的體溫」，那不但是雪之為雪的必要物質條件，更是詩人之為詩人的恆溫追求。

「所以我這樣隨意想像，當它剛剛觸及／遠方的針葉樹林，我可以聽見血液／洶湧的聲音，愛和美的氣息以及／一把明快的電鋸持續自下一條街」詩人繼續以針葉林的尖銳意象和柔軟的雪作一對比，雪終於在對針葉林的碰觸中，「將針葉樹殺戮摧毀：宇宙之欲」，可是我們千萬不要忽略了詩人還寫著：「所以我這樣隨意想像」，原來詩人想像昨日在夢中堆高的雪，快樂的下著的雪，對針葉林如一把明快的電鋸的殺戮摧毀，其實都仍只是活在詩人心中的「隨意想像」。如雪般完整的意識，如雪般恆常體溫的詩人的肉身，和雪一樣，具備快樂的形態，但我們不禁要問，昨天的雪為何只下在「我」的完整的意識裡，以快樂的形態籠罩著「我」的精神呢？對於遠方針葉林的殺戮摧毀的主題，何以詩人卻處理成「隨意想像」的聽覺旋律呢？柔軟卻堅韌如電鋸的雪，詩人終究必須承認自己追求如雪般的浪漫心性，卻缺乏了積極實踐的行動力，那麼，雪畢竟不全是詩人的精神意識和生命形態。

2. 疑神：始於本體的思考

> 我真嚮往那種深山谷寺的寧靜，那種荒谷草莽的純樸……回到「恩迪密昂」（Endymion）[39]的時代吧，否則回到高山去。[40]

---

[39] 1817 年濟慈的第一本詩集出版。這本詩集受到一些好評，但也有一些極為苛刻的攻擊性評論刊登在當時很有影響力的雜誌（Blackwood's Magazine）上。濟慈沒有被嚇倒，他在來年的春天付印了新詩集《恩底彌翁》（"Endymion"）。

[40] 葉珊《葉珊散文集》〈山中書〉：頁 81。

始於本體的思考，這是西方浪漫主義的一大特色，但需注意的是，因為文化背景的不同，對本體的思考，中國文化著重的是儒家倫理制度下人與大自然的關係，而在探討宇宙的本體時，中國文化思考的層面並沒有「神」的位置，從孔子的「天人合一」到宋明理學的「太極說」，以人為本位的宇宙觀，讓大自然的詩歌書寫充滿了「擬人化」的自然意象。人在大自然中不需要懷疑主宰這大自然的主人是 「神」還是「人」，不需加入宗教的情懷，試圖提昇人在大自然的地位，甚至企圖將人的地位提昇到與神平起平坐。所以如本論文第二章所言，中國對大自然的書寫，有許多來自以人為本體的登高與寄託，那是屬於中國文化獨有的浪漫特質。本論文緒論亦已提及，朱光潛在總結西方浪漫主義流派的傳統時，其中有一個特徵即是：回到自然。而楊牧在洪範版《葉珊散文集》序文中，以華茨華斯、柯立芝、濟慈、拜倫、雪萊、葉慈這些浪漫派詩人的作品為例，思考浪漫的四層意義。他認為，浪漫的意義，其中有一則就是「山海浪跡上下求索的抒情精神」，我們需注意的是，朱光潛和楊牧在為浪漫主義作歸納分類時，其實是以西方浪漫主義的角度和內涵為依歸，其實非常含糊籠統，如何才算是回到自然？而山海浪跡上下求索的抒情精神中，浪漫詩人渴望求索的問題究竟是什麼呢？我們再參考楊牧的文字以為推論的佐證：「然則雪萊如何？我想雪萊所代表的是浪漫主義的第四層意思，而這層意思的重要，更可能凌駕其餘。這是雪萊向權威挑戰，反抗苛政和暴力的精神。」[41]

---

[41] 楊牧《葉珊散文集》自序：頁8。

接著他又總結說：

> 客觀的說，葉慈比華茲華斯和柯律治偉大，因為他能於中年後擴充深入，提升他的浪漫精神，進入神人關係的探討，並且評判現實社會的是非，而華柯二人無此能耐，中年以後竟自枯竭以終。……要之，葉慈得到十九世紀初葉所有浪漫詩人的神髓。承其衣缽，終生鍥而不捨，他所做的是那份神髓的擴充和發揚。[42]

葉慈是楊牧衷心推崇與學習的對象，楊牧認為，葉慈之所以比華茲華斯和柯立芝偉大，是因為他能提升浪漫精神，得到其中的神髓，不但能進入神人關係的探討，並且能評判現實社會的是非。據此，我們在回頭分析楊牧作品在實踐浪漫精神中「山海浪跡上下求索的抒情精神」的部分，便可以掌握住其進入對「神人關係」的主題探討。

在散文集《疑神》的卷頭語，楊牧引用屈原〈離騷〉的一段話：「心猶豫而狐疑兮，欲自適而不可」，[43]詩人究竟在懷疑什麼？又意欲證明什麼呢？楊牧覺得屈原心中的猶豫與狐疑，正與自己的心情戚戚焉然。接下來的〈前記〉，詩人直接寫出了他的懷疑，可以作為詩人詩作的註解：「這是一本探索真與美的書。」[44]他所懷疑的不是來自對宗教的質疑，「而我應該是在思考某種比較屬於本體的事，例如人的幻想和經驗如何激盪，勾畫出一形而上的符號，無以名之，竟稱它為神」，「我關注的畢竟是真與美。」

---

[42] 楊牧《葉珊散文集》自序：頁 10。
[43] 洪興祖《楚辭補注》（臺北：漢京，1983）：頁 46。
[44] 楊牧《疑神》（臺北：洪範，1977）：頁 1。

楊牧在散文集《疑神》裡說：「對我而言，文學史裡最令人動容的主義，是浪漫主義。疑神，無神，泛神，有神。最後還是回到疑神。」[45]

這種疑神的知識辯證，楊牧以雪萊為例，雪萊受喬治・戈登・拜倫（george gordon byron, 1788-1824）之業，竟作《普羅米修斯被釋》（Prometheus Unbound）以反之，擅自將人類救主普羅米修斯釋放了，其離經叛道的魄力與斗膽，堪稱浪漫主義詩人之奇穎高絕。[46]

對於創造宇宙的大神，向來不容許平庸無知的人類無端加以任何的懷疑，這便是屬於西方的古典或新古典主義精神，這些當然都餵養了受西方文化薰陶的楊牧，並且為他的宇宙本體思考開了一扇西方的窗。這不似中國的儒家本體論思考，「就是這樣一種共通的原始面貌，這樣一種分裂的迷信掌握住我們這種捕捉鄉情，餐食比野的人的心。」[47]所以我們可以這樣斷言，不論楊牧或為詩或撰文，其中不停上下追索的抒情精神就是對造物主的質疑和重構。這個造物主沒有名字，不是耶穌更不是佛陀，他是宇宙的起源或道，那是知識分子上下求索自我辯證與懷疑的源頭。它可能始於虛無，也可能歸於虛無。

這種虛無的宇宙本體，不是一無所有，而是一種生命的最初型態，也是詩人一生所追求的真與美的極致，反璞而透明的本質。

一九八五年，楊牧寫下了〈樹〉：「我知道你正在年輪的漩渦／解衣，扭動，沒頂迅速／沉默狂歡和疼痛的磁場／——植物本能的試探，支離／破碎，猶英勇相信心神與肉身／不滅……／……我們就這樣神秘地／彷彿太初造化所遵循的玄虛／暗中向彼此移動，靠

---

[45] 楊牧《疑神》：頁 168。
[46] 楊牧《疑神》：頁 168。
[47] 葉珊《葉珊散文集》〈兩片瓊瓦〉：頁 222。

近」。[48]在詩中，由於詩人因為具有「以透明的本質，和美麗——／一對急躁的染色體」，而得以和這棵樹彼此靠近，同樣負載著生存的焦慮和宇宙的原始慾望，記憶與憧憬，慈悲與冷酷，中年的詩人在夢境中竟找到了孿生的影像，自我的象徵：這棵透明而美麗的「綠色的纖維樹」。

這樣的主題發展不僅是對宇宙起源的追索過程，是楊牧對社會公理正義，對知識文明，對人類政治情感種種發展的追索脈絡。如果研究楊牧不能從詩人最本源的主題意識加以掌握，便無法理解他的浪漫、他的抒情、他的虛無，其實都一直是圍繞著「本體論」加以辯證與重構的。這本體可以是宇宙的本體，更可以是愛和慾望的本體。〈人間飛行〉便訴說著詩人對愛慾本體的思索：「我回顧來時的道路，體驗著臨行的／言語和手勢：生命如何起源？／……超越自然的約束，超越神諭和道德／直接進入愛情和欲望的本體……。」[49]

在散文〈紐約日記〉裡，詩人告訴我們他的愛慾本體思索，那是一種超越愛與恨的個人情緒，從外在出發，湧動於內心的創造的意志：

> 高山，大海，明湖，森林固然不能左右我的格調，廟堂祭祀和政治號召又何嘗能夠決定我的思考層次？環繞著我們的外在因素錯綜複雜，而湧動於我們內心的，比那些更澎湃，浩瀚，而且好像永遠不會停止，激發出一種超越愛與恨的情緒，決定了我們創造的意志。
>
> 窗外又是一陣馬蹄聲，清脆，悠遠，虛幻。[50]

---

48 楊牧《楊牧詩集II：1974-1985》：頁401-403。
49 楊牧《有人》（臺北：洪範出版，1995）：頁37-43。
50 楊牧《亭午之鷹》（臺北：洪範出版，1995）：頁64。

請看〈狼〉其中處理的即是詩人感受到的永恆孤獨的宿命：

這時站在巨大的青槐樹前，我是
猶疑年代裏最不安的信徒
我聽到我族類的聲音傳來
陌生的調子如玉石碰撞肌膚
搖擺的旋律在兩極之間拉長
遂覺悟那些不是
那一群匆匆的螻蟻不是
不是我們前生的形象。那是他們
從乾涸的河床爬高
幽幽繞過我潮濕的雙足
進入青槐樹裏，黃鐘和禮炮齊鳴
他們正嚴肅地分配著有限的坐席
當我聽到我的族類的聲音
傳來，如森林長大於遠山
如蘆葦蔓延過無涯的沼澤
如埋沒宮殿的青苔
那些才是我們的我們
我回頭問你，看見春風裏
壯麗的，婉約的，立著
一匹雪白的狼

（《楊牧詩集II：1974-1985》：頁394）

詩人回頭殷殷詢問這立在春風裡既壯麗又婉約，既有溫柔的聲音又具殺伐意念的白狼為我久違的族類，「我聽到我族類的聲音傳來」，詩人在牠的身上找到了和他一樣的特質，那即是同樣活在「猶疑年代裏最不安的信徒」；狼的前世不是來自殺戮的爭逐場域，而是黃鐘和禮炮齊鳴的禮樂世界，以及已被青苔埋沒的宮殿裡。知性與感性交融，野性與儒性並生的理想形象，「搖擺的旋律在兩極之間拉長」，詩人和狼仍然活得猶疑與不安，那是族類們永遠擺盪與懷疑的宿命。於是，在疑神的一貫信仰中，詩人活在大自然無所不在的知識隱喻與生命本體之間，追求復等候，擺盪復拉長文學命脈的深度與廣度。

三、社會關懷的浪漫堅持

楊牧寫詩追求美和善，這美和善的本體，來自於浪漫的精神根源，其主題可以是對自然歷史的讚嘆、對抒情對象的感發，更可以擴大為對人類社會的觀察與關懷，因為美的本體毅然包含社會的意識。人的良心自由且不為依附權勢的時候，詩成為一種最終的堅持。[51]

從前一節的分析，我們可以了解楊牧追求大自然的象徵意義，依華滋華斯的理論，所謂自然、單純或好奇，乃是一切創作的動力，生而有之，也隨著我們心智之成長而展開，和宇宙山川的遞嬗變化離合交接，註定就會產生無窮的力量，直到肉身衰朽為止。但是，隨著詩人面對人生現實的開展，詩人自已有一天也會發現，他半生警覺最依恃的自然，他的單純和好奇，忽忽焉已對他終止啟迪，草木鳥獸的系統象徵也為之潰散陵夷，而他以詩追求嘗試通過童年記憶以接近永恆之榮光的努力證明是空虛，並且失去了意義。[52]

---

[51] 石計生〈光影疊錯中的雪季身影——楊牧現代詩藝術論〉http://www.cstone.idv.tw/entry/Untitled370，2008.4.10。

[52] 楊牧《介殼蟲》(臺北：洪範，2006)：頁 150。

所以當楊牧以知識份子的關懷投入對人類社會現象的檢視，其中文明或非文明，公理和暴力等等，對他而言仍是一貫對美善的一心欽慕，可他卻不是一位追求美善的耽美主義者，更不是一心為追求美善而付諸革命的狂熱分子。他以生命或是文字追求永恆之榮光，建構理想和正義的容貌，這對他而言都將是指向虛無和衰朽，所以，他的社會關懷來自對美善的追求，可他革命的熱情不是屬於一個革命家的那種全身投入，他熱情的關懷，基本上仍是在文學創作的處理思考下，維持生命理性的智慧和抒情的同情。如此屬於知識分子的浪漫革命，是以「社會的普世關懷」為基點，其內涵卻值得我們仔細分析，以下分為數點來進行：

1. 無政府主義

楊牧的自傳體散文《山風海雨》、《方向歸零》、《昔我往矣》奇萊三書，是進入楊牧文學世界的重要門戶，也是楊牧對於散文如何在現實與虛構之間謀求契合點的實驗之作。[53]在《方向歸零》一書中，詩人是這麼自我剖白的：「基本上是個安那其，一個無政府主義者。」[54]

安那其主義（anarchism）一詞最早的詞源可追溯到希臘文anarchia——意指沒有領袖的狀態。而 anarchy 這個詞在英文出現時，主要是指任何形式的失序（disorder）或混亂（chaos）[55]在歷經時代的變遷之後，安那其主義於是承載了不同的意義。對一個以文學創作為職志的楊牧而言，在《方向歸零》裡以〈大虛構時代〉

---

[53] 郝譽翔〈浪漫主義的交響詩——論楊牧《山風海雨》、《方向歸零》、《昔我往矣》〉《臺大中文學報》第十三期， 2000.12：頁 163。

[54] 楊牧《方向歸零》：頁 173。

[55] 雷蒙．威廉斯著，劉建基譯，《關鍵詞——文化與社會的詞匯》，（北京：三聯，2005），頁 10-11。

一文陳述自己為「安那其」(無政府主義者),文中不但探討「安那其」,更回顧了自己養成的過程。「安那其」代表的不是一心追求瓦解任何政治實體,也不是為革命的積極情懷背書,他說自己不是天生的安那其主義的,作為一名安那其,其實是詩人追尋愛與美的過程,[56]因為曾經為這些現實痛心疾首,曾經介入對抗,然後廢然退出,才可能轉變為一個真正、完整、良好的安那其,一個無政府主義者。[57]

一九九〇年十月,楊牧從一個右外野的浪漫主義者,更進一步邁向《疑神》的安那其主義者。值得玩味的是,從三十七歲的楊牧在洪範版《葉珊散文集》增加了一篇自序〈右外野的浪漫主義者〉之後,到 1990 年底出版了《疑神》一書,這期間,詩人出版了第十本詩集《有人》,「詩為人而作」是這本詩集後序的題目,據此我們即可以勾勒出這位浪漫主義詩人創作的思維理路:呈現在《疑神》裡的形而上思維,對宇宙間無所不在的神的懷疑和追尋,其實並不是詩人創作的唯一來源,那是經過了「浪漫主義」不同主題思維的浸潤,然後隨著生命受到環境和外在現實的直接衝擊之後,當然也是為了解決詩人內心對公理正義的疑惑和不安,是以詩人以詩實踐,「詩是堅持,不是妥協」。[58]可見《有人》一書實已完成了詩人與現實對抗的精神革命,詩人已成長為一個真正、完整、良好的安那其,一個無政府主義者。這樣的無政府主義者,一但訴諸於詩作,要如何以詩的純淨意象來印證詩人的終極關懷呢?

詩的創作首重意象,詩人藉著意象表現情感,傳遞思維。楊牧的詩充滿人文抒情與關懷,對於現實層面的關懷,總見其以懷疑代

---

[56] 張蕙菁《楊牧》(臺北:聯合文學,2002):頁 217。
[57] 楊牧《方向歸零》:頁 174-175。
[58] 楊牧,《有人》:頁 174。

替控訴，以再現自己的心情代替明確直接的呼告。藉由對他詩文本的解讀，讀者對楊牧的思想應能有較明確的了解。

既然以安那其自居，身為詩人的楊牧他在詩裡所呈現的浪漫革命，其實也已不經意地透露其走向「虛無」本體訊息的一面。請看這首〈有人問我公理與正義的問題〉最後數句：

> 他不是先知，是失去嚮導的使徒——
>
> 他單薄的胸膛鼓脹如風爐
>
> 一顆心在高溫裡熔化
>
> 透明，流動，虛無
>
> （《有人》：頁 3-11）

這是一首虛擬了諸多現實角色與環境的詩，段與段之間充滿著對公理與正義的質疑與追求，詩人仍以一貫抒情感性的語調，沉穩重疊的節奏，藉著一個年輕人對社會的質疑，對歸屬認同問題的迷惘，對生活的狂熱與絕望，勾勒出詩人對內在思考與外在現實的平衡過程。「沒有收到過這樣一封充滿體驗和幻想／於冷肅尖銳的語氣中流露狂熱和絕望／徹底把狂熱和絕望完全平衡的信／禮貌地，問我公理和正義的問題」，懷疑和吶喊在字裡行間呼之欲出，公理和正義的問題在詩人的作品中提出不是為了尋求答案，而是一種浪漫的知識追問，一種不容增刪的真理判斷。

整首詩呈現的是問題本身以及思索問題的內在過程，面對這樣真實、尖銳的問題，詩人呈現給讀者的，不是問題的答案，而是呈現事實真相的悲憫與無奈。詩人在用「簷下倒掛著一隻／詭異的蜘蛛，在虛假的陽光理／翻轉反覆，結網」，以及「天地也哭過，為一個重要的／超越季節和方向問題，哭過／復以虛假的陽光掩飾窘態」這兩組外在的意象時，即已暗示出問題的無解，而且任何語言的安慰或解答的企圖都是虛假且無意義的姿態。

這種虛無，不是空虛前後的虛無，而是看透萬事萬物，終歸沒有一定形象一定答案的虛無：

> 沒有收到過這樣一封充滿體驗和幻想
> 於冷肅尖銳的語氣中流露狂熱和絕望
> 徹底把狂熱和絕望完全平衡的信
> 禮貌地，問我公理和正義的問題

這就有如老子般的「虛靜」哲理，道生一，一生二，二生三，三生萬物，可道卻是無跡可循的無所不在。對應於「安那其」主義的無政府狀態，公理正義的虛無本質，其實和政治理想實體的不存在其實是詩人一體多面的思維結果，那不是無，而是生命現象無法定於一尊的結果。如果你不能從詩人長期以詩文思惟的創作痕跡加以分析，就可能會誤以為那些指向虛無的詩句，都是詩人海市蜃樓般的消極厭世。

一九七六年十一月楊牧寫下〈西班牙・一九三六〉，一開始即以「霧」為場景，「再一次疾奔於霧中／難以想像，然而再一次疾奔於霧中：／這是事實。再一次是事實／疾奔也是，霧中也是事實」，詩中提及西班牙小說家米結爾・德・烏納穆諾，其名著《霧》寫戰爭籠罩下的西班牙人內心的扭曲掙扎。作者以幻異的手法在作品中表述了對如霧一般無法看透的現實、無法駕馭的人生所感到的無限迷惘，以及對人類存在的真實性所產生的懷疑。從霧開始，文字中即已透露其面對事實主動追尋的掙扎不安，「我以為我在追尋著甚麼／當我發覺我長久是在守候——／從霧的道路來，坐在／陽光溢滿的觀念裡／正面一片湖水」，但楊牧畢竟不是一個以追尋「中世紀風格」為目標的浪漫主義者，所以，他雖說，「這時我們停止思想詩和音樂／詩和愛情，詩和死亡的問題／開始摹仿沉悶的僧院派文體／摹仿緊湊艱深的中世紀風格／並且談論存在和存在主義」，看似說服自己，將安然活在「難以想像的現實」裡，「我想躲避，所以再一次疾奔於／霧中，難以想像的事實」[59]

詩人面對生命的生滅難免感到迷惘虛妄，即使是一個堅持詩的純淨，企求藝術的美與善能和宇宙的永恆接近的詩人，仍難免會問：「一個國度如何體認／詩人和哲學家的死滅呢？」生命的表象看似浮華卓絕，內在即使充滿愛恨情仇、快樂痛苦、驚世駭俗，天堂地獄等，其實對詩人而言，最終的一切都將回到霧般的虛無，喪失了根，那無從追憶的意念之根。

詩人如果真的只是感嘆人生終究虛幻如霧，那麼詩人孜孜思考生命的存在和對詩的堅持，那究竟又有何意義呢？所以，在我們對詩人服膺的「安那其主義」有了深一層的了解後，就必然會體認到詩人對生命存在的質疑和不安。一經如此理解之後，我們才恍然了解，原來那個完整的良好的安那其者，其實是經過多少的懷疑和抗爭呀。

詩人銘刻於散文的字裡行間的，其實正時時開成了虛無本體的果實。詩人曾如是說：

> 我彷彿睡著了，終於，彷彿夢見我回到遙遠遙遠的家園故鄉，在曩昔的群山俯視之下，曩昔的海水在那裏，不停湧動，一波連一波，一波一波互相勾絡著，……而它終於在自己忙忙的方向，某一未知之一點，孤獨地解散了，融進虛無。[60]

---

[59] 楊牧《禁忌的遊戲》（臺北：洪範，1995）：頁394。

[60] 楊牧《方向歸零》：頁179。

> 啊大海，我永遠的夢想，它每一方寸都反照著我童稚以來與日俱增的幻覺，搖盪著，浮沉著，純粹的虛構融化在充沛恆久的質量裡，不可置疑的現實，牽引我，提示我，無論我怎麼強制以內斂和外放去追求光與熱，我的思想與想像，真與美，以及愛的給出和確定，終將無可避免地以她為我一生一世工作的最後之顯影，在她不可分解的浩瀚，深沉，神秘的檢驗下，我的是非是絕對的透明：我或許將通過人間橫逆的鞭箠而智慧些許，並因此體會至大的快樂，在老去的時光，或者將發現，我原來一無所有。[61]

詩人之走向現實的虛無，其實正是一位追求生命與宇宙本體者的必經道路。

2.憂心悄悄，慍於群小

楊牧秉持著對浪漫主義的服膺，他認為詩人應該對外在環境殷切關懷，懷著這樣理想知識份子的形象，楊牧在詩作中所伸展的觸角既廣且深。雖然服膺於浪漫主義，但可不是風花雪月，更不是出世消極的自然無為：

> 怎麼把自己從人間隔離開來，然後用自己的血液將這面牆突破，重新去接觸世人，這大約正是某一種人的野心——等到他用自己的血液穿牆而出的時候，他便不再是順遂成長帶著孩提愚騃的了，因為他投入世界的時候，隨身攜帶著許多文字，他自己的文字，原始而真確的情緒，他自己定義的美。[62]

---

61 楊牧《昔我往矣》：頁 181。
62 葉珊〈兩片瓊瓦〉《葉珊散文集》：頁 222。

對抒情功能的執著，使他的人文關懷多一份同情與節制；對鄉土的眷戀情懷，使他以家鄉花蓮為出發，不但鍾情家鄉的山水人情，更使鄉土題材不侷限於一隅。他對政治和宗教，對一切關乎人性和人情的事物都有既深且廣的關切，他尊重詩人如白居易能針對時勢、遭遇而直抒懷抱，針砭時事或疾呼抗議，但是他始終堅持「詩的思維必須經過冷靜沉澱，慢慢發酵，提煉，加工」[63]，才不致因過度應用直接露骨的情緒性文字而顯露太多的怨懟。所以他一切仍以純詩為服膺，用心錘鍊語言，讓語言掩去激情，讓筆下的詩質純淨。[64]

一九七七年，楊牧再訪高雄，寫下〈高雄・一九七七〉，[65]詩中表達出他與這個港的主動接近，「這時你覺得比甚麼時候都接近，接近著一個偉大的港。你在燥熱的空氣中醒轉。你，你何嘗不就是我？我也從燥熱的空氣裡轉醒：我親眼看到的，在豪雨的夢中……」，因為詩人對高雄這塊土地有著生命一體的強烈認同，所以，火車切過的重巒和疊嶂是他的骨結，越過的河流和急湍是他的血管；因為我已經與高雄合而為一了，所以，每一陣打在高雄的風雨，都正打過他的重巒疊嶂；每一處夏天的泛濫，都氾濫過詩人夏天的血管，「我停電，你沉入黑暗；你停電，我關閉所有輕重工業的廠房。」

在〈悲歌為林義雄作〉，[66]他以淒冷的宜蘭風雨烘托事件的悲劇基調，「逝去，逝去的是人和野獸／光明和黑暗，紀律和小刀／協調和爆破間可憐的／差距。風雨在宜蘭外海嚎啕／掃過我們淺淺的夢和毅力」，詩人仍是一貫的抒情語調，雖不見詩人對血腥暴力

---

[63] 楊牧《有人》：頁 56。

[64] 張芬齡、陳黎：〈楊牧詩藝備忘錄〉，林明德編：《臺灣現代詩經緯》（臺北：聯合文學，2001）。

[65] 楊牧《楊牧詩集 II：1974-1985》：頁 17-18。

[66] 楊牧《楊牧詩集 II：1974-1985》：頁 478-481。

或黑暗政治的強烈譴責，但透過詩人客觀而抒情的感傷文字，讓驚濤駭浪的不公不義節制成為一種如大自然無私的風雨現象，「逝去的是夢，不是毅力／在風雨驚濤中沖激翻騰／不能面對飛揚的愚昧狂妄／和殘酷，乃省視惶惶扭曲的／街市，掩面飲泣的鄉土」，我們仍感到深沉至極的傷痛。文字、語言和知識的累進，此時對詩人而言，都是同樣的脆弱，都會在暴力和黑暗的現實中粉碎殆盡。詩人對深沉的悲痛訴諸於大自然的悲憫情懷，卻少了複雜政治背後的怨懟，轉而反思人類知識文明是如此的不堪一擊。此時，詩人未將此一事件定位為個人的悲劇，而賦予其普遍性的象徵意義——人間需要「請子夜的寒星拭乾眼淚／搭建一座堅固的橋樑，讓／憂慮的母親和害怕的女兒／離開城市和塵埃，接引／她們（母親和女兒）回歸／多水澤和稻米的平原故鄉……回歸她們永遠的／平原故鄉。」不要再逝去許多比生命更珍貴的事物：大地的祥和、歲月的承諾、愛、慈善、期待。

在佔領阿富汗的俄軍發動春季攻勢時，為紀念一位昔日阿富汗友人，他寫下了〈班吉夏山谷〉，這位阿富汗朋友對他說：「班吉夏山谷美得像中國女子的眼睛」，詩人不曾去過班吉夏山谷，對於此處自然無法以懷鄉的心情體會離鄉的撕裂，但是詩人以這位阿富汗朋友的口吻為敘寫的立場：「或許是煙硝和毒氣的／滋養，戰爭的緣故——／而我還聽得見族人游走的足音／零星的槍聲不斷，狙擊於／正午，黃昏，黎明」，對戰爭現象的敘述，對戰爭傷害人類的恐懼和反感，詩人已從班吉夏山谷的單獨事件，轉化為人類對戰爭的普世經驗，如果人類再不警覺，今天是班吉夏山谷的戰爭，明天就將是全人類的自相滅絕，「機關槍掃射我們放牧的草原如豪雨打過夢境，然而／春天將屬於我們，夏天也屬於／我們，當草木越長越茂盛／羊群還要和我們的孩子一樣的／在哭聲中長大，充滿這屬於／我們的，完全屬於我們的／班吉夏山谷」，[67]詩人藉著班吉夏山谷堅決的告訴我們，只要夢境不滅，生命如山谷的草木，生生不息。

楊牧在第十本詩集《有人》[68]，他以「詩為人而作」為名作了一篇後記，從題目可知，此時創作的詩人，思考的主題近於大我的關懷，自我情懷向現實投射與不斷的懷疑。這在詩人自葉珊為名以來，即不間斷的對抒情主題、中西浪漫風格的自我淬勵與匯集共融的創作行路中，呈現出不同的路徑。詩人說，他向來很少以這種方式創作，因為他不相信詩是強烈刺激下的反應，詩的思維必須經過冷靜沉澱，慢慢發酵，提鍊，加工。所以，同樣是一種來自大我的關懷，楊牧的社會關懷從自我的疑問出發，以詩句「把自己從人間隔離開來，然後用自己的血液將這面牆突破，重新去接觸世人」，隨詩句一聲聲的探問，詩人仍會將詩粹煉純淨的境界，主觀地為任何一個平凡的現代人勾畫出時代的形象，那個現代人，必是像詩人一樣，關心甚於吶喊，悲憫強過怨懟。詩是壓縮的語言，但人不能永遠寫壓縮的語言，尤其當你想到要直接而迅速地服役社會的時候，壓縮的語言較不容易奏效。[69]

詩人說，他為事而作和為文而作其實是完全不衝突的。我們從他並不耽溺於創作那種為時事遭遇即刻表白的感懷之作，對白居易所謂的諷諭詩並不熱衷的自述中，可以進一步理解到，為什麼楊牧的「詩為人而作」和白居易的「文章合為時而著，歌詩合為事而作」的文學風格是有不同的。

---

[67] 楊牧《有人》：頁 150。

[68] 此書為楊牧自 1960 年以來持續問世之原刊詩集第十本，其中作品寫於 1980 年秋天至 1985 年秋天之間，前後歷五寒暑。

[69] 葉珊〈兩片瓊瓦〉《葉珊散文集》：頁 224

在《山風海雨》裡，楊牧憶及大地震景象對他的啟蒙，以為「詩的端倪」:「那追趕的呼嘯令人顫慄，證明天地間是有種形而上的威嚴。在那年的末尾，如此猜測緬懷著，如今坐想其中奧義，覺得那領悟何嘗不就等於古典神話的起源和成熟呢？……這神話發生的動力顯然是一種恐怖感，人們對形而上威嚴的懼怕。我覺得我微小的生命正步入一個新的意義階段，在恐怖驚怕中，在那呼嘯和震動之中，孕育了一組神話的結構……詩是神話的解說。」[70]

我們看到了詩人受到了大自然的召喚，以致於當詩人成為詩人之後，為執著的文學生命溯源追本時，發現那可貴的「詩的端倪」，其實不是開始於一種大自然素樸的美，而是一種令人戰慄驚怕的、形而上的威嚴。這種震懾，不但對比出人類的渺小，更可讓詩人體會到人在大自然的威嚇驚怖下，沒有任何人可以大膽自信地說自己是偉大的神或無所不能的人。如此的謙卑，讓詩人擁有悲憫眾生的情懷，懂得在江湖游走時，留一塊可以側身觀察的視角，讓自己的悲憫不至於狹隘道僅僅只關懷自己的族類以及鄉土。他了解到「天地不仁，以萬物為芻狗」，在大自然「大公無私」的對待之下，人類只有藉著彼此的關愛和扶持，才能「還缺憾於天地」，才能找到屬於人類的生存之道。所以，楊牧可以為不同的族類表達他的深切關懷，他不需要真的認識他們，更不需要生活在他們的土地上，「詩人，你不知道嗎？我血液裡奔流的是阿眉族人的狂暴和憂鬱。」[71]他如此的「憂心悄悄，溫於群小」，不是濫情，而是根植於他心中的「詩的端倪」，愛大自然，更疼愛人類的渺小。

---

[70] 楊牧《山風海雨》(臺北：洪範，1996)：頁 154-155

[71] 葉珊《葉珊散文集》〈劫〉：頁 84

譬如在〈傳說〉這首長詩裡，楊牧即假借昆蟲採集隊在佛里蒙山區的活動，以蕭瑟的秋天為背景，托出他對凋零、殘破、滅絕的部落的悲憫：

他無意在昆蟲採集隊的旗子邊
靦腆地生長。那種倉皇撤退的民族
月光照著成熟的身體，一把銹劍插著
從膝蓋升高到了肩膀，久久便是
雙星歇足的橋梁——直到不勝焚燒
在他們腳掌下斷裂，像圖騰的偶然
你們為什麼驚怖逃亡，黥面的惆悵

（《楊牧詩集》：頁 428）

詩人並沒有寫出這個驚怖逃亡民族的確切名字，可見在詩人的筆下，這個民族可以代表任何即將面臨遷徙、凋零、滅絕的少數民族，從他自小生長的花蓮開始，他對原住民的關心就形諸於字裡行間了，山水人文不只是詩人耽美寄情的對象，也是詩人觀察族類關懷眾生的出發點。阿眉族文化在強勢漢族文化下的式微，如同這首詩的憂心悄悄：

懦弱的手勢竟成勇猛的心，死守一座橋
我匍伏著顫抖，想起
　　開花的楊桃樹，新沐的娘子，以及
　　下一個光辰，他們就要戳殺我
　　如戳殺戰前常有的午後的寂寞

（《楊牧詩集》：頁 423-431）

雖是詩人一貫抒情的筆觸，寫來不慍不火，孤獨卻堅毅的死守，讓整首詩充滿了悲壯無奈的情懷：

> 帶著腐味的溫情從風沙和樹頂間
> 漫開。我也曾對你說過
> 　　我不解那份不變的迤邐
> 　　屬於誰的部落

（《楊牧詩集》：頁 432 ）

寫這首詩時楊牧初至柏克萊，浪遊異國的漂泊心事和倉皇撤退的族人的悲涼在詩中平行並置，個人的經驗和群體的經驗結合，楊牧逐漸脫離唯美浪漫的耽愛，蛻變成一個「社會意識逐漸成型的中國留學生」。[72]在〈柏克萊精神〉一文中，楊牧曾提及，在這個全美對政治最敏感的校區求學經驗可是他生命中一個重要的轉捩點，這促使他走出自我的沉思默想，「睜開眼睛，更迫切地觀察社會和體認社會……介入社會而不為社會所埋葬。」[73]如此的社會關懷，來自一個詩人敏銳觀察的視角，表達出來就使詩人的文本充滿動容的抒情感悟。

第三節　楊澤：薔薇騎士的精神革命

楊澤本名楊憲卿，臺灣嘉義人，一九五四年生。國立臺灣大學外文系畢業、外文研究所碩士、美國普林斯頓大學博士。得到博士

---

[72] 楊牧《年輪》：頁 178。
[73] 楊牧《柏克萊精神》（臺北：洪範，1977）：頁 88。

學位後，他曾任教於美國布朗大學，回國後也曾經在大學擔任教職。除了教書之外，楊澤也是資深的文學編輯，曾在《中外文學》擔任執行編輯，目前主編《中國時報》「人間」副刊。

楊澤的求學過程極為順遂，在文學道路上也起步極早，大學時代就開始嶄露頭角，一九七六年，他和同學羅智成、廖咸浩、詹宏志等人合組了臺大的「詩文學社」。一九七七年，二十三歲的楊澤出版了他的第一本詩集——《薔薇學派的誕生》。在這本收錄了五十多首詩的集子中，「愛」是最重要的主題，其中，有寬廣的家國情感，有寫父母情誼的親情之愛，年輕的楊澤也用了很多篇章書寫男女之間的感情，其真摯浪漫的詩句，確曾感動了許多當時的文學青年。

一九八〇年，楊澤出版了第二本詩集——《彷彿在君父的城邦》，這本詩集除了延續前一本詩浪漫炙熱的情感氛圍之外，寫作視野的向度更加擴大，屢屢描寫異國風情的想像場景，並不時的遙望祖國與古典文明，在虛擬與真實的形象之間，勾畫出詩人的愛欲革命。他並藉對於歷史及個人的存在作出批判性的凝視，突顯了敏銳孤絕的個人意識，並形成革命浪漫的詩風。

《彷彿在君父的城邦》出版十七年之後，楊澤才在一九九七年出版了他的第三本詩集《人生不值得活的》，這本詩集兼錄了他的新舊作品，除了傳達詩人一如少年般敏銳的詩心，歌頌愛情與生命的永恆意義之外，也同時記錄了他多年以來對於愛與死的思索。由於詩集中新舊作品並陳，可以清楚地展現楊澤創作生命的思考脈絡，也能夠為他激進的浪漫風格及對於現實世界的探問、辯駁，予以完整的呈現與紀錄。

在三十多年的創作生涯中，楊澤只出版了三本詩集，在臺灣詩人中，作品數量並不多。可是，作品的品質卻不容質疑。楊澤的詩，語言生動清新，節奏輕快，抒情深入，著名詩人楊牧認為楊澤的詩同時肯定了中國的古典和西方的古典傳統。在語言的抒情之外，更有著蒼茫的歷史意識。楊澤早期的詩，有沉重的歷史感和家國之思，後期則著重於人生命題的觀照和思索。他在一些詩作中，以比較冷凝的筆觸寫出人生的際遇，十分引人入勝。

一般說來，楊澤的詩具有學院派的矜持，並不易讓一般讀者能夠的接受。因此，也有人認為楊澤詩的特色之一就是玄奧艱澀，即使抒情情詩也不那麼耽溺甜美，所以在原本就屬於小眾文化的現代新詩中，他的讀者應該更是小眾中的小眾了。不過，僅管楊澤的詩並不太大眾化，在純文學領域中，他的作品一直具有不容忽視的重要性。除了《薔薇學派的誕生》、《彷彿在君父的城邦》和《人生不值得活的》三本詩集外，楊澤也主編過多種文學選集，是臺灣文壇上相當活躍的文化人。

一、無政府主義

作為二戰之後出生未經戰火洗禮的一代，楊澤的「安那其」信念和戰前出生的楊牧當然絕對不同，他說：

> 作為戰後出生，未經戰火且得享經濟繁榮的一代，我對今天眾人因過度揮霍過眼雲煙的繁華，而不知不覺地陷入世紀末的無聊、沮喪，感到莫名的不解與憤怒。[74]

他成長於沒有戰火蹂躪卻充滿政經變異與動盪的臺灣，這是一個封建價值開始剝落，新的資本體系尚未開始建立的年代，也是開始一個傳統的大中國文化和臺灣本土文化產生重整與斷裂的關鍵

---

[74] 楊澤《人生不值得活的》(臺北：元尊文化，1997)：頁142。

年代。楊澤說：「我和我的同輩朋友沒什麼好揮霍的、可揮霍的，除了純真。」[75]這其中的意思得要和時代的底蘊互相對照，才能懂得楊澤的詩人情懷，進而能真的進入他的作品，了解他無所不在的愛、慾與死。

純真本是一個藝術家，更是詩人必須具有的生命特質。純真的心靈最接近真善美的本質，也最傾心於追求真善美的理想。藝術家是體驗現實，也是實踐真善美，更是真善美的闡釋者。如果說作為一個體驗闡釋者的藝術家和非藝術家有所區別，首先要考慮的就是藝術家以什麼樣的心靈方式去觀察、解釋、感受和領悟，來把握這個世界。[76]也就是說，這個世界呈現什麼樣的狀態時，身為一個觀察敏銳，感受強烈的詩人，他所體驗的角度也就是他闡釋的內容。

生長於五、六十年代那樣的年輕人，在介於封建的傳統和自由的摸索之間，往往抓不到揮霍現在社會成熟的成本，卻又想抓住悠久傳統的價值陰影好好回暖一下，所以對自我的挖掘成了最佳的題材，純真成了楊澤最自然不過的生命情懷，抒情詩的想像便是寄寓的空間，浪漫的革命也就成了熱血的沃土。加上年輕楊澤求學的歷程極為順利，學外文的背景，出國念的是美國的名校，回國又繼續在文化文學相關產業執牛耳，保持詩人的純真與愛對他而言，比改變自己成為世故的普通人要順理成章些。

出版第三本詩集《人生不值得活的》時楊澤已進入哀樂中年，在過去十七年中他只得詩作八首，這八首到底是見證了他生命的斷裂，還是詩的斷裂？是否也記錄了詩人對詩還信仰著無政府主義，從充滿愛的追求到充滿詩的虛無與無力？還是他用一首首詩的生命以換取個體生命中的詩呢？

---

[75] 楊澤《人生不值得活的》：頁 128-129。

[76] 黎玲、張小元等著《藝術心理學》（臺北：新文京，2004）：頁 203。

楊氏年輕時呼叫的對象「瑪麗安」，曾經在現實與想像之間建構的城市「臺北」、「里奧」、「馬賽」、「畢加島」，在十七年後的新作裡已不再出現。那些屬於無政府形態的烏托邦世界，那個讓詩人傾訴愛的瑪莉安，到底去了哪裡？是消失成為灰燼，還是隨時間的變遷，漸漸成為詩人生命的安那其呢？我們看看他在《人生不值得活的》的同名新作如下：

人生不值得活的。
稍早，也許
我就有了不祥的預感。
稍早，早於你幼獸般
動人動人的花紋，早於
暗中的木瓜樹
高度完美的陽臺與星
早於夜晚——屬於所有情人的
魔笛和獨角獸底夜晚；
當魔笛吹徹
魔笛終因吹徹小樓而轉涼
號角重返那最後
與最初的草原黎明……

人生不值得活的。
稍早，我便有了如此預感。
稍早，早於我的相對
你的絕對——野兔般
誠實勇敢底愛欲本能
還有那（讓人在在難以釋懷）

駁雜不純的氣質
傾向感傷，傾向速度
也傾向，因夢幻而來的
一點點耽溺與瘋狂

人生並不值得活的。
更早，早於書本
音樂及繪畫——一開始
我就有了暗暗的預感。
綠光和藍薔薇
大麻煙捲與禪
我夢見你：電單車的女子
模仿圖畫裡的無頭騎士
拎著一頭黑濃長髮，朝
草原黎明疾馳離去……
當魔笛再度吹徹
魔笛終因吹徹而轉寒
愛與死的迷藥無非是
大海落日般——
一種永恒的暴力
與瘋狂……

　　　人生不值得活的。
在岸上奔跑的象群
大海及遠天相偕老去前：
暗舔傷口的幼獸哪
只為了維護

你最早和最終的感傷主義
我願意持柄為鋒
作一名不懈的
千敗劍客
土撥鼠般，我將
努力去生活
雖然，早於你的夢幻
我的虛無；早於
你的洞穴，我的光明——
雖然，人生並不值得活的

（《人生不值得活的》：頁 11）

「綠光和藍薔薇／大麻煙捲與禪」、「大海及遠天相偕老去前：／暗舔傷口的幼獸哪」「你最早和最終的感傷主義」、「雖然，早於你的夢幻／我的虛無；早於／你的洞穴，我的光明—」，一連串二元對立的意象，自然營造出人生的弔詭和矛盾，「人生是不值得活的」的相對就是「人生是值得活的」，是以「反筆」寫成的詩，在否定背後，真正的用意是肯定人生是值得活的。詩中舉出獨角獸、魔笛的夢幻想像，運用禪、綠光、土撥鼠、藍薔薇、大海落日、千敗劍客、等繁複且華麗的意象，都無非都是藉著看似相反且矛盾的意象，用來肯定人在如此的宿命矛盾中努力生活的幽微亮光。我們也可以藉此推想，楊澤寫出了生命的矛盾、消極感傷和虛無主義，這些詩意的「反筆」，不就是堅持對真實生命版圖的「安那其」主義嗎？他說：「每個少年都是一個無神論者，一名安那其；在他心中，隱隱約約又有一種『英雄主義』的憧憬。」[77]，那種「安那其」主義對楊澤而言，時時便話為對遙遠歷史的懷古寄情：

---

[77] 楊澤《人生不值得活的》：頁 131。

宗廟相繼傾頹，朝代陸續誕生。

我坐在被遺忘的河邊，目睹

另一個自己在長夜裡牽馬徘徊；

我坐在水涯，夢想河的

上游有不朽的智慧和愛

（那是，啊，我們長久失去了的君父的城邦）

我背坐水涯，觀望猶疑：

沉痛感慨的詩行啊，莫非你就是我在詩人額上見證到的

一種顛沛困頓的愛……

（《彷彿在君父的城邦》：頁 18）

只是這個「安那其」詩人，他並不是天生的「安那其」主義者，他所追慕的理想政治版圖是虛擬古代的「君父的城邦」。這個城邦裏，有不朽的智慧和愛，這愛不是只有虛無，而是經過顛沛困頓後的沉鬱感慨。很可惜的是，那只是詩人的想像建構，他獨自一人回溯歷史的河流，「彷彿」回到「君父的城邦」！現代的文明以不允許詩人去實現這樣的城邦，「昨夜我夢見胸前插著菊花的一群無政府主義者在一間淒涼破敗的山神廟裏集會秘密／決議攻取奪回淪陷的南山」〈漁父・一九七七・之 5〉，[78]所以，詩人只好繼續崇尚「安那其」主義　。

崇尚無政府主義的楊澤，耽溺肉體的美也是他另一種情感安那其的國度：

優雅的天空我們忽而看見

　　　　一千隻潔白得沒有任何寓意的海鳥從昔日

[78] 楊澤《薔薇學派的誕生》（臺北，洪範，1977）：頁 141。

我們眺望的燈塔飛航出去
飛航出去。一切事物
皆從我們肉體混亂的港口出發[79]

白鳥的純潔象徵昔日初戀情愛的無暇以及茫然的自由，那是一個屬於期待燈塔指引的生命形態，出發的港口卻是「肉體的混亂」，一種面對情欲的耽溺和掙扎。

他另一首〈在畢加島〉的詩中，一面寫殖民與暴政的反動，一面卻以追求情愛以及肉體的「無政府主義」來襯托詩人對革命的怯懦和無力：

在畢加島，瑪麗安，我看見他們
用新建的機場、市政大樓掩去
殖民地暴政的記憶。我看見他們
用鴿子與藍縷者裝飾
昔日血戰的方場吸引外國來的觀光客……

在畢加島，瑪麗安，我在酒店的陽臺邂逅了
安塞斯卡來的一位政治流亡者，溫和的種族主義
激烈的愛國主義。「為了
祖國與和平，……」他向我舉杯
「為了愛……」我囁嚅的
回答，感覺自己有如一位昏庸懦弱的越戰逃兵
（瑪麗安，我仍然依戀
依戀月亮以及你美麗的，無政府主義者的肉體……）

（《人生不值得活的》：頁 61，第 1-13 行）

---

[79] 楊澤〈1976 記事 3〉《薔薇學派的誕生》：頁 115。

只是對楊澤而言，光是愛，光是耽溺於美麗肉體的無政府主義，並不能解決他對人類苦難宿命的感傷，他自慚于自己的昏庸懦弱，又耽溺於愛與肉體，於是他說：「我的詩如何將無意義的苦難化為有意義的犧牲？／我的詩是否只能預言苦難的陰影／並且說，愛……」，這些詩行清楚的告訴我們詩人想在詩的無政府主義裏找到答案，可是他心中卻充滿矛盾與懷疑，這麼說來，他是矛盾的，因為他不是一位行動家，像雪萊、拜倫那樣，說到做到。

二、愛、欲與死：抒情的底蘊

自年輕以來，楊澤就是一個抒情主義者，他的抒情即是詩文本也是武器，用以對抗現實的一種秘密武器，而這武器底層絕大部分是「母親幻想」的延伸。[80]

楊澤詩創作的起點來自於對自我人生的面對。這和楊牧自述其「詩的端倪」如此的不同，雖然二人源頭相關同樣擁有著類似的抒情傳統，可其風格、基調與主題的依歸卻極不相同。例如他在《人生不值得活的》的後記說到：「離開母親，被迫去孤獨面對七情六慾及不確定的人生，這是『自我傳奇』，也是詩的啟程點。」[81]吾人發現他面對的正是身為一位藝術家的生命特質，藝術家如果沒有節制欲望，甚至突出欲望、描繪感官本身，那就可能導致《紅樓夢》所說的「意淫」。當然這不是所有藝術家都會遇到的生命狀態，也不是說好的藝術家才會遇到這樣無法節制欲望的特質。但是楊澤在自己的文字中自我解剖，如同「懺情錄」一般，可見這會是他創作

---

[80] 楊澤《人生不值得活的》：頁 132。
[81] 楊澤《人生不值得活的》：頁 132。

時無法逃避的生命主題。但是別忘了，詩人在面對自己的七情六慾及不確定的人生前，孤獨己身的必要，以及離開「母親」的必要。

以「母親」為名的角色在楊澤的作品中其實並不多，如〈家族篇第二〉、〈家族篇第三〉、〈1976 斷想〉、〈秋之電話亭〉和〈母親〉等。與母體的割裂是詩人成為完整自由個體的開始，來自母親的血液，那是自己生命的源起，是生命足以依賴的港灣，詩的母親，對詩人而言，既是依戀仰賴的對象，又是急切想要遠離的主體：

> 那時，在巷子的拐角，我牽住小慧的右手感覺著一種嚴重的不安，當母親一個人遠遠的走來。舉起左手的我的微笑隨後僵住，母親的容顏突然顯出一種我陌生的蒼老，且不斷的漂浮過來。「媽」我囁嚅著，感覺困難的張開嘴。
>
> 記得母親笑了笑告訴我說要去買些東西，然後就走了。剩下我站在那裏想著，像一株風中的樹。
>
> 〈家族篇第二〉[82]

母親像是詩人前世的情人，在生命巷子的拐角，詩人看到母親一個人遠遠的走來，手卻正握著另一個女人的手，心中強烈感受到的不安，不是因為母親強加在他身上的束縛或牽絆，而是一種自身想脫離母體又不願脫離母體的心情，那是屬於「母親（溺愛）的小孩」（mother's boy）[83]的心情，極度依賴母親的溫暖拒絕長大的大男孩，隨著成長的腳步，因為外在環境和內在生理的種種因素，迫使著他必須改變自己的身分，遠離母親獨立成為一個男人，但是，內在的他卻仍是一個想留在純真世界裏的大男孩。望著母親的主動

[82] 楊澤《薔薇學派的誕生》：頁 91。
[83] 楊澤《人生不值得活的》：頁 132。

遠離，詩人的孤獨，像一株風中的樹，搖搖晃晃的生命姿態，不知所措的成長心靈，即使手握著另一個女人。

十七年後的《人生不值得活的》裏收錄了一篇以〈母親〉為名的詩作，對照於年輕時的作品，其中轉折不已的心情充滿著一個詩人對純真母親、純真自己的追想。請看：

經過長久的思念
母親終於橫越
澎湃的墨色海洋
來到夢裡和我見面

由於長久的思念
輾轉，時間驀然變成
清淺可涉的淺溪
赤足入水，我捧飲
逝去的歲月：
黑衣母親站立鏡中，拭
流淚的左眼，我的右眼，無邪地
探落其上；
奔跑於童年曲折的長巷，意識到
那中年婦女的眼神始終
尾隨著我……
時間化為一道河流
我溯流而上，通過
那白色襁褓的歲月
目睹母親，我的母親
在觸目蕭條的冬之晨

母親，那麼年輕美麗的母親
假藉一間人生嗡然，且
有許多窗鏡的陌生廂房
輾轉啼生了我——與我
終告分離

（《人生不值得活的》：頁 27-28）

「母親」在詩人的詩作裡向來充滿著真實身分與母體意象的聯結，這首詩亦不例外，詩人用時間溯源的方式，讓思念來到夢哩，輾轉涉足在如海、又如淺溪的時間之流中，一步步的向母親靠近。初時是深著黑衣流淚的母親，然後是中年的婦人，最終是那麼年輕美麗的母親，一步步如夢的回憶讓母親愈來愈年輕美麗，也讓詩人從夢裡回到無邪的童年，回到始終尾隨著自己的母親的眼神，回到白色的純真歲月，最終，回到必須和母體分離的出生。

如果詩依時間的順敘開始寫起，詩人對母親的思念過程，便只是一個成長必經的從生到死的歷程，那是大自然的定律，也是詩人無法掙脫的宿命。然而，經詩人用倒敘的手法完成，我們會發現，一個思念母親的歷程，也是一個詩人思念白色的純真的自己的歷程。只是當初生的那一刻，也就是宣告和母體分離，和純真如赤子分離的時刻。

純真浪漫的情懷也是楊澤寫詩的啟航點，像春天，像薔薇，像春泉的競奔。有詩為証，請看〈1976 斷想〉：「太太複雜的一種動機埋伏在心的暗處／可能就引發了春天，第一株／薔薇開放，泉水競奔／可能就導致了我們的／第一首詩。」埋伏在心裡的動機來自「世俗的愛」，來自「美豔的女子秉燭走過我們夢中」，是一樁美麗的陰謀，卻足以引發了春天。而春天又引發第一株薔薇的開放，泉水的競奔，導致詩人第一首詩的誕生。春天是一種宇宙穿越冬眠初生的喜悅，而薔薇如美豔女子的嬌嫩鮮豔，給予詩人無比的情愛想像，春泉的競奔如同洶湧無比的熱情。這些和詩人尋詩寫詩的心情過程極為近似，追求真善美的極致是寫詩的開始，看似單純，其實也是極為複雜的衝動，也正是抒情詩人憂慮敏感的開始。接下來的轉折令人震撼復心驚：「可能／啊可能就導致了花瓶濺裂，書畫毀焚／浪子散髮焚琴，無意義的／戰死沙場」，他已預言了身為一個充滿了詩的純真的詩人，無所不在的「愛」其實背面極可能是必須毀掉古典傳統，放逐自己，以至於為革命而戰，終究沒有為任何實質目的與意義的「死」去。什麼是詩人之死呢？在詩裏，詩人總說著說著就會從愛走入死亡，但是詩人畢竟不是革命的實踐家，死亡的歸宿不是詩人的生命終站，倒像是詩人完美靈魂的家，「幻滅——幻滅是跟死亡跟春天同樣流行的／一種頹廢（我們陷落在一樁美麗的陰謀裏）／殉美，殉美則是／幻滅的孿生兄弟／來自同一個美麗的母親」。[84]那麼對詩人而言，如果追求殉美就是靈魂的歸宿，什麼會是他靈魂真正的救贖呢？

> 「純真」的命運也正是愛欲的命運。對我而言「真我」可能一時沉淪，誠實的愛欲才能引導被現實囚禁的詩人，去重新發現思想與熱情的軌跡，追尋自我與他人的連結，試探命運，狂舞憂鬱。[85]

因為純真，因為愛，人事的感傷或苦難讓詩人憂愁，想像自己會為了理想為了愛而殉身。但詩人也是矛盾的，那樣為愛為美而殉

---

[84] 楊澤《薔薇學派的誕生》：頁 29-30。

[85] 楊澤《人生不值得活的》：頁 142。

身，其實是一種「無上的虛構」，[86]一種頹廢，「髣髴，啊，我是一個歷經變遷，歷經死美文華服，耽樂頹廢的末世詩人」。[87]

如果只是靠著詩人堅持著自己的愛與美，吶喊著愛與美的絕對性，自知人性的缺憾，最終必將走向如此的死亡，那詩人豈不只是一個擁有愛的溫度，卻極度缺乏生命力度的虛無主義者嗎？畢竟在楊澤的詩裏，我們看到的是一個享有十九世紀浪漫詩人餘溫的抒情主義者，[88]他的感傷或苦難必須有一個靠岸，在「瑪麗安」的「愛」中詩人得到了歸宿：「我的詩如何將無意義的苦難化為有意義的犧牲？／我的詩是否只能預言苦難的陰影／並且說，愛……」[89]

藝術的產生與價值，往往來自對人類自身宿命的超越。尤其是浪漫主義的精神，來自於人的選擇，選擇失落了神，也失落了精神的支柱，卻自然的發揮了人特有的「屬性」——創造。在追求創造的過程中，追求本身即為一種精神表現，不論其結果是以什麼形式、物質，無一不是神性的轉化。這種轉化代表了一種揚棄，同時也是一種收穫。[90]身為一個詩人，詩的本身就是得以超越人類自身宿命的藝術媒材。

從行為主義的角度分析，人類的行為動機極為複雜，[91]因為動機的形成是這麼複雜，所以藝術的創造啟動當然更形複雜，無法作

---

[86] 楊澤〈拜月〉：「月照著這一切，月解釋了這一切／而我們的年代，我們的愛情——我敢說／我們的年代純屬虛構／我們的愛情，無上，啊，無上的虛構」，《薔薇學派的誕生》：頁 31-32。

[87] 楊澤〈拜月〉《薔薇學派的誕生》：頁 31-32。

[88] 簡政珍〈楊澤論〉《臺灣新世代詩人大系上》（臺北：書林，1990 年）：頁 359。

[89] 楊澤《人生不值得活的》：頁 62。

[90] 劉思量《藝術心理學》（臺北：藝術家，1992 年）：頁 9。

[91] 行為主義論者認為動機是個體行為的原動力，人類行為的過程中有三個基本要素，也稱為行為的三個基本變項（variable）：刺激——個體——反應。行為主義學這對於各變項的研究，曾有不同學說，可參閱普通心理學有關

精確的分析說明。但是，楊澤在這首〈1976 斷想〉詩中他卻為我們做了最真實最直接的示範，一首詩的創生動機，可能就是這麼單純，單純的只為了一朵薔薇的美豔，刺激——個體——反應，刺激了詩人的敏銳心靈，產生了情感的反應。如果只是如此，並不足以構成創作詩的動機，詩人為了這世間的生命美而撼動，和所有人不一樣的是，他更「憂傷」於美的容易幻滅和殉美的虛無本質，但他並沒有在這裏憂傷而死，藝術的追尋於他就像生命的追尋。

「活下去」似乎是人類行為動機的最簡單解釋，要怎樣活下去？為什麼要活下去？這是是心理學研究動機的出發點，藝術創作行為本身，自然脫離不了這幾個問題，因為藝術是個體延續生命，在為有限的生命突破無限時空的創作過程。[92]我們看到了楊澤在創作中思辨愛與美的過程：

在風中獨立的人都已化成風。

在風中，在落日的風中
我思索：一個詩人如何證實自已
依靠著風，他如何向大風歌唱?
除了——啊，通過愛
通過他的愛人，他的民族
他的年代，他如何在風中把握自己
有如琴弦在樂音中顫慄、發聲
與歌唱……

在風中獨立思索的人都已化成風。

書籍，此處不贅述。

92 劉思量《藝術心理學》(臺北：藝術家，1992 年)：頁 291。

在風中，在落日的風中
我思索：個人如何免於焦慮或渺茫
他的愛，他的愛如何得到一種崇高的表達?
除了——通過陽光
比大理石更堅實的光輝，通過季節通過群星
啊，遠比命運更莊嚴的運行，他如何在
風中獨立、思索，當
落日在風中，蒼茫墜落無聲……

（《人生不值得活的》：頁 59-60）

通篇以「在風中獨立的人都已化成風」為思索的主線句，站在前不見古人後不見來者的歷史一點，站在宇宙無邊的黑暗與空虛裏，所有的一切都將逝去，前人的思索曾是如此的撼動文明，都將像風一般的逝去。他該如何證實自己？如何把握自己？如何免於焦慮與渺茫呢？他將繼續前人的思索，在風中記敘以思索來確定自己的存在，思索著繼續歌唱光明，歌唱愛，以承先啟後，捨我其誰的期許來喚回所有逝去的歌。即使必須逆風而行，成為違逆歷史的人，如果有愛與光明，他就不會感到孤獨，因為到處都有大自然的啟示與他並行，為他拭去所有的淚。淡淡的歷史感懷如風輕輕吹拂詩人思索的歷程，是他對自己的追尋，也是對歷史、對宇宙的永恆追尋，即使未來他這個獨立思風的人也即將化成了風。然而，他還會是繼續吹拂下一個獨立思索風的歌者嗎？

楊澤作品中常見的主題就是歷史的感懷。他並沒有特定為某一位古人或某一段歷史書寫感懷，「歷史」只是一個思維的面向，只是他抒情的源頭活水，他更在意的是時間之所以終成為歷史的宿命和意義。自〈漁父・一九七七〉迄《彷彿在君父的城邦》一集中〈彷彿在君父的城邦〉三章，楊澤確定了他抒情史詩（lyrical epic）的系統，[93]其中〈漁父・一九七七〉共有十二章，以屈原為永恆的詩人象徵，對照今日的楊澤，彷彿一個是佩玉戴蘭的古典楊澤，一個是觀望猶疑的現代楊澤，讓兩人在詩中有了既虛擬卻又真實的對話：

> 撈沙石的機器轟轟作響，沒有
> 可供詢問的漁父。一雙鞋
> 一雙疲憊的鞋從武昌街步下漢口街復在
> 長沙、衡陽一代徘徊、猶疑
> 天空是古代的雲夢大澤
> 在夢與現實間選擇了——
> 兩千年後繼續流放的命運
> 撈沙石的機器轟轟作響，沒有
> 沒有可供尋問的漁父。（之一）
>
> （《薔薇學派的誕生》：頁 137-138）

漁父的角色在屈原的〈漁父〉中是屈原詢問的對象，極有可能是屈原心中消極避世以求苟全的另一個自己。漁父發現無法勸得動獨自行吟的屈原，便離開江畔，留下孤獨依舊的屈原。兩千年後的屈原，即使來到了繁華熱鬧的臺北街頭，仍然還是會堅持著自己的抉擇，繼續兩千年前流放的命運。屈原與楊澤，這是詩人創造的一個對照組，「我只是岸上一株嚴重自語的落葉木／我甚至，甚至不敢／啊，向不遠處的大海探問」，對應於屈原的堅持作為，詩中的「我」生命只是葉落葉生的無根飄零，活著卻沒有真正文化歷史的

---

[93] 林燿德《一九四九以後》（臺北：爾雅，1986）：頁 70。

根。有時只能做著詩人的夢，「關於我的夢，詩人啊，我的憂懼是一群黑色的禿鷹已用他們腐敗的腥紅的死汙染了城市的水源」，有時又想像自己在意識的忠誠中反抗革命，「在虛偽的白色中間為了顯示我的忠誠我是否必須啊反抗流血」，矛盾的詩心，向著歷史的河流和永恆的大海，代替屈原也是自己追問著「千古的良苦詩心是否祇意味著／一種無效的抗辯」？

楊澤也以這首〈漁父・一九七七〉寫成了現代版的〈漁父〉。另一個現代的屈原，一心私慕屈原，一樣想著「眾人皆醉我獨醒，舉世皆濁我獨清」的高蹈情操，只是屈原在兩千年前的堅持「是以見放」，終至自沉於江，求仁而得仁，可現代的詩人呢？歷史的河水繼續無私的流著，「火在火中憤怒燃燒著／愛者如何能在愛中靜逝／流放者在流放中找到意義」，多少的熱情忠誠都只是自己燃燒自己的一種無言的完成，一種無效的抗辯：「而兩千年後，我仍然在此——／觀望，猶疑；／啊，一株無言的落葉木」（收入《薔薇學派的誕生》：頁 145）

三、中西城市的浪漫想像：家園與離散

「家」，一定是所有語言世界裡意義最深遠的一個字眼，在形式上，它代表了一個「現實」寓居的所在；在內在意義上，家乃是人與物達成精神統一之關鍵位置。一個人如何視一個地方為一處可以安身立命的所在，端賴家的「現實」所在和精神認同是否能結合起來。在不同的社會，人們以不同的方式建構出屬於自己的家園。不同的人們，更是以不同的情懷、不同的居住方式，建構出屬於自己的家園。這家園有時是寓居、休憩、傳宗接代的所在，有時則是精神所繫之處所。

身為一位文學創作者，總是習慣用文字來訴說自己生命的故事，楊澤雖出生於臺灣嘉義，但其作品從不曾以嘉義為題，不曾懷念其真實身分上的家鄉，而是寄託於心靈的祖國、文化的故土，尤以年輕時的作品為甚。之後有許多以城市為名的詩作，有時寫西方，有時寫東方，有時位於 X 星球，寫來皆屬於城市的時空情調，那些城市是詩人感傷浪漫的心靈居所。

楊澤自嘉義中學畢業後，即進入臺灣大學就讀，大學畢業後出國留學多年，經年的寄居、旅居、定居、安居，對一位創作者而言，其搖盪性情、感懷萬端的影響力，一定是鋪文摛采的滾滾源頭。照理來說，對每一處居住的家園的記憶，詩人必是充滿感情，其創生的文字必然是值得品味研究的，但是在楊澤的作品中，我們看不到詩人對現實「家園」（home）這一情人的情懷表達，實值得我們玩味深究。永遠沒有落腳的漂泊和流浪，是楊澤無法將現實家園訴諸於詩作底層的浪漫情懷。

空間有別於地域，被視為缺乏意義的領域——是「生活事實」，跟時間一樣，是構成人類生活的基本座標。當人將意義投注於局部空間，然後以某種方式依附其上，空間就成了地方。[94]楊澤作品中有許多虛擬的空間，有的來自想像，然後詩人賦其以意義；有的在地球上是真有其名，詩人賜與的意義卻和這地名的文化社群無關，真實地名反而變成了一個意象符號而已，他曾說：「當時我寫的有關政治的詩，也只能在一種內在放逐的空間……去模擬、想像「革命」的可能。」[95]，以「內在放逐的空間」去解讀楊澤的文本，當會挖掘出詩人空間的真正意涵：

---

[94] Cresswell, Tim，徐苔玲、王志弘譯《地方：記憶、想像與認同》（臺北，群學，2006）：頁 19。

[95] 楊澤《人生不值得活的》：頁 134。

在里奧，我所愛的女子，她並不愛我。我開車繞過鬱金香的花塢、晨光的方場，搖落的秋天去追蹤，河的上游，我死後的聲名與愛。我開車繞過，隱密的戚樹林，彷彿看見地上鋪滿的落葉，一對戀人作愛留下的痕跡。我開車繞過，荒涼的菊花墳場，河流在左，在右，彷彿聽見一女子的傷心，不知為誰……

在里奧，我所愛的女子，她並不愛我。我涉水走過河中的沙洲，驚起去夏的水禽，終於在對岸蘆叢，找到她遺落的一只耳環，鬱鬱的光澤，我死後的聲名與愛。

（《人生不值得活的》：頁 42）

一個讀者知不知道里奧在地圖那一方，其實無涉這首詩內容的理解，一種穿越時空的情懷，古今皆宜，中外同調，倒像是回到了詩經先民的蒹葭水岸，讀到了一個男子為思慕伊人所寫下的愛戀心情。「蒹葭蒼蒼，白露為霜。所謂伊人，在水一方。溯游從之，道阻且長。溯洄從之，宛在水中央。」[96]古典詩經的抒情源頭，現代男女的生活場景，一個沒有國籍無須身分的男子，為了一個不愛他的愛人，開車行過愛戀者的行跡，其實是一一省視自己思念的過往，他看得到自己死後的聲名和愛，卻看不到心愛的女子的完整身影，徒留一只耳環，鬱鬱光環如他思慕的戀情。

地名的虛擬並不是詩人無意義的虛擬，若以離散的角度理解文本，當會更進一步進入詩人的心靈，理解一個無根的愛與憂鬱往往來自於詩人心靈的漂泊，漂泊在沒有真實地名的「家園」與「異鄉」之間。

[96] 《古注十三經：毛詩鄭箋》（臺北：第一書局，1980）：頁 47-48。

楊澤在臺北求學、至今仍工作在此，他對臺北的熟悉，讓他大可以以臺北為其生命的重要路標。但看他寫出來的意象臺北，卻成為另一個想像中的「畢加島」、「格拉那達」、「馬賽」或「里奧」：

> 下午六點鐘的時候，在臺北，在八億國人的重圍裡，
> 瑪麗安，我們的散步已變成不可能。
> 一張張陌生的臉，我們的國人橫阻了你我的去路，
> 緊閉著嘴唇，匆匆而行。
> 瑪麗安，我幾次想帶你切斷噪音，
> 抄我們過去常走的僻徑到達寧靜地帶，
> 可是一切顯得多麼無助，我再也找不到那些小路的入口。
> 我自認的無辜，讓我覺得我們已錯入了最敏感的政治地帶：
> 叛變、行刺、暴動埋伏四周——以及
> 最大量的生死最大量的流離，以及，
> 革命與反革命的名下，
> 一切都帶著血腥，血淋淋的，血的感覺……
>
> 但是瑪麗安，這只是我一時的幻覺；
> 我們並非在大陸的核心，而是在它邊緣的廣大海面。
> 下午九點鐘的時候，
> 假如我們像城裡其他的人從一場好萊塢的新片出來，
> 愛與和平仍然佔領西門町……
>
> （《人生不值得活的》：頁 63）

在臺北這個地方，承載著詩人對於國族的追尋與想像，還原於寫作此詩的年代——1977 年，那是一個政治氛圍詭譎不安的年代，現實的臺北當然是楊澤居住的所在，他卻說錯過了最敏感的政

治地帶——其中該有的叛變、行刺、暴動、生死、流離，以及革命與反革命的名下，一切都帶著血腥，血淋淋的，血的感覺。這些原來都是幻覺，幻生了詩人想像中的臺北。一直以為臺北該是大中國政治的核心地帶，在臺北為革命登高一呼必然百諾，然而他其實仍然活在想像中，臺北位處邊陲，革命只是詩人愛祖國的情懷，愛與和平仍然佔領這座城市，而他：「在畢加島……我祇是一個不會功夫的中國人／在畢加島，我獨力對抗整座陌生的城市」「承認我是一個來自過去世界，來自君父之城邦／充滿復辟思想的詩人與間諜」（在畢加島 2）。[97]

如果詩人視一處地方為可以安居的心靈家園，那麼每一處空間所在都會讓詩人有了秩序感，它可以讓詩人漂泊流浪的情感得到庇護，生命的旅程在此也充滿了意義。但是，這些以地名為詩的情懷，是一種心靈上的離散，使得楊澤在不同的城市間流浪，有時是虛幻的場景，有時又彷彿真實得令人不寒而慄，他無法落腳於現實家鄉，更沒有一處地方他視為唯一真相，為愛漂泊，為無政府主義繼續作夢，「只要我們向前奔跑穿過所有的年代一直向前奔跑／我們必能到達——／到達一座在空中明滅出現的美麗城堡／啊！在西班牙」〈在格拉那達 cafe'〉[98]

一個革命家投身革命其動機多來自現實與理想的衝突，以推翻舊有的現況，走向再生為標的。楊澤的革命現場常常出現在楊澤想像的城邦，這些城市有時叫里奧，有時名喚畢加島，有時有個和臺北一樣的名字，一個個中西城市穿越時空的限制，有時成為詩人心中的烏托邦，有時充滿政變與暴力，詩人時而步入南山的籬徑，時而又同時走向義國的大街：

---

[97] 楊澤《彷彿在君父的城邦》：頁 9-10。
[98] 楊澤《彷彿在君父的城邦》：頁 17。

> 昨夜我看見那人眼中的晚雲在異國的樯桅間悲哀的航行，我看見他走下哈德遜河像走下唐人街像，走下一條開滿動亂的雛菊苦難的雛菊猶疑的雛菊憔悴的雛菊的籬徑，且默默的像南山打了個招呼。
>
> 〈漁父・之四〉（《薔薇學派的誕生》：頁 140）

雛菊來自於陶淵明的隱逸世界，那是年輕詩人對中原古國的歷史憧憬，西方的知識殿堂是他理性的寶庫，但是，沒有家國可以革命，沒有政府可以抗議，什麼才是詩人信美的故土，永遠的家鄉呢？[99]

而詩人所追求的信美的故土，永遠的家鄉如果沒有任何實質的名字時，詩人便在想像的國度如鳥一般自由的飛翔：

> 在鳥店，語言的巴貝爾塔；我發現自己對著一隻古巴山區特有的 blackbird 囈語。它的沉默，它令人難忍的沉默眼神：迅速地，我追溯到另一個動亂年代，革命的年代——在蔚藍天空下，詩人首倡一種飛翔的，偉大的政府。在蔚藍天空下，詩人與他被放逐在天空深處的流亡政府。迅速地漂泊。漂泊。飛逝在空中。
>
> 像他流落海外的手稿，孤獨沉默的 blackbird 說的話：
>
> 我將以流亡、沉默來對抗暴政和腐敗。
>
> 流亡。沉默。
>
> 再革命。
>
> 〈《人生不值得活的》：頁 64〉

[99] 楊澤《薔薇學派的誕生》：頁 140。

鳥象徵著自由，鳥店是一處禁錮自由的所在，在鳥店的鳥卻在語言的巴貝爾塔裏選擇沉默以對，如同詩人選擇以沉默、流亡來對抗暴政與腐敗。永遠的家鄉不在，而蔚藍天空下，只有詩人首倡一種飛翔的偉大政府，只有詩人與他被放逐在天空深處的流亡政府。他只有迅速地漂泊復漂泊，以如此方式再次搞革命。

畢竟革命之於詩人仍是無解的政治公式，歷經歲月的歷練，詩人在第三本詩集裏有了反復的思辨，在〈婚前曲（一九八一）〉寫著詩人放棄革命的原因：

意念的兒子，音樂的
孩童：我在古老的大地
暗覓你們，放棄了
遠赴佛朗基參加革命的機會
我陷入一樁由成人組成的
日常之陰謀。意念的
兒子，音樂的孩童：
在海石消磨的時光裡，我
不知我們能否使——
循環的日夜再度結胎……

（《人生不值得活的》：頁 37）

婚前詩人譜下了放棄革命的樂曲，陷入一樁由成人組成的日常之陰謀——婚姻，他仍然沒有一處永恆的家鄉，但是詩人卻有了「意念的兒子，音樂的孩童」，鎮日與海石消磨時光，遙想的不再是夢境中虛擬的地名，而是在海枯石爛的時光前瞥見「一座遠比我們疲倦／無有依賴之地球／靜止無盡延綿的太空」。於是我們看到詩人在一九八一年，這個可能是記憶記述的年代裏，將年輕時中西城市的浪漫想像，延伸為無邊無際的地球和太空，一個人類永恆的家園。

第四節　楊牧與楊澤

楊牧與楊澤，同樣是臺灣現代詩壇浪漫主義的代表，同樣學的是外國文學，眼光同時遠望中國古典的傳統，然而由於師承的關係、社會背景的不同、個人學養方式的差異，這就讓彼此之間自然呈現浪漫精神的不同樣貌。今藉著研究的過程回歸文本一一細讀，正可以整理出屬於臺灣詩壇浪漫精神的藝術特質。

一、意象運用：以薔薇為例

楊牧的文學成就，主要在詩與散文的書寫，而無論詩或散文，在意象的建構上，他不僅以文學語言的修飾為目的，還進一步通過大自然與語言符號的多重指涉重整歷史和時代的意象；在聲籟的調製上，他也不以文本節奏韻律的豐繁為已足，而更深一層展現文學創作者對他所處時空和社會感知的不平則鳴。從表象上看，他一貫維持抒情風格與浪漫主義的書寫調子，在深層結構中，則流動著他的知性思慮與現實主義的批判參與情懷。

而楊澤從第一本詩集《薔薇學派的誕生》開始，他的詩路風格即是浪漫婉約派的典型，學院派的修辭素養、現代知識份子的淑世襟懷，以及詩中透露出來的文化鄉愁與歷史意識，[100]這三大特色構成楊

---

[100] 林燿德《一九四九以後》：頁 59。

澤鮮明的詩風。我們若仔細分析楊牧和楊澤兩人的浪漫詩風，當會發現即使他們追求浪漫情懷的終極目標看似相近，其內在肌理卻極不相同。今以兩人的「薔薇」意象為例，以一探兩人的浪漫思維。

為什麼以「薔薇」為例來審視兩人的浪漫特質呢？主要是因為不論在中西方的詩歌傳統裏，「薔薇」的意象運用都頗具歷史性，而值得細思的是，同樣是薔薇，中西方詩人對薔薇的感情投射亦有所不同。在西方的文化裏，薔薇本來是和平與友愛的象徵，[101]而英國的國花正是薔薇，[102]其理由是因為一二七二年，英王艾德華一世把薔薇圖案鑄在王室的徽章上，從此薔薇成了英王室的標記。可是在英國歷史上卻有一場有名的「薔薇戰爭」（the Wars of the Roses）。一四五五年，英國最有勢力的二家封建貴族，以紅薔薇為族徽的蘭加斯特（Lancaster）家族和以白薔薇為族徽的約克（York）家族，為爭奪王位展開大戰。經過三十年的戰爭，出身於蘭加斯特家族的亨利・都鐸於一四八五年獲勝，成為英國歷史上都鐸王朝的第一個國王，史稱亨利七世。亨利七世登基後，娶約克家族艾德華四世的女兒伊麗莎白為王后，以這種政治性婚姻來彌合二個家族的矛盾，使「紅、白薔薇」成為一個家族。

而在中國傳統抒情詩中，「以人擬物」或「以物擬人」的表現手法，其中「薔薇」常常被運用於「詠物詩」上。不管是「漢有游女」的《詩經》時代，還是金粉味濃厚的六朝，或是號稱開放的唐宋時期，詩詞中所出現的女人都是「物」是可以用「愛妾換馬」的「物」。於是詩人藉著詠物的技巧，把女人物化了。

---

[101] 請參考 Robert Hendrickson, The Facts On File encyclopedia of word and phrase origins, New York, N.Y., 1997, p578

[102] 「rose」可中譯為薔薇或玫瑰，請參考顏元叔主編《時代英英 英漢雙解大辭典》（臺北：萬人，1997）：頁 1516-1517。

周邦彥，有首〈六醜〉詞，[103]標明「薔薇謝後作」，上片有「夜來風雨，葬楚宮傾國。釵鈿墮處遺香澤，亂點桃蹊，輕翻柳陌。多情為誰追惜？但蜂媒蝶使，時叩窗槅。」下片道：「長條故惹行客，似牽衣待話，別情無極。」乍看之下，似乎寫的是柔情萬種的青樓女子，實際上，作者詠的是已謝之薔薇。類似的詠物詩，在古詩詞中多得不勝枚舉。把薔薇塑造成美人，正合詞香豔的本來面目。「長條故惹行客，似牽衣待話，別情無極」三句寫薔薇多情，細長的枝枒似牽衣欲訴別情。而薔薇多刺，花謝枝存，濃情依舊，正切合「別離」題意。薔薇多枝多蕊似多情，和玫瑰的獨枝獨蕊極不相同，周詞楚楚動人，成為刻劃薔薇的點睛之筆。接下來寫詞人多情，連殘存小花也可惜。最後三句是對落花的關切，由落花聯想到紅葉題詩：落花已可惋惜，上有相思字便更可惋惜。拓展一步，便有無限纏綿情意。

而黃庭堅〈清平樂〉有兩句：「百囀無人能解，因風吹過薔薇。」[104]這句寫的是黃鶯兒千唱百囀的聲音，無人能懂，只見牠隨著風飛過了薔薇。薔薇花開，暗示夏天已經來臨，代表明媚的春天確實是不會再回來了，而風中搖曳的薔薇其枝枒柔軟，配合黃鶯婉轉的啼聲輕輕滑過，更能感受到時光易逝的無奈。

如此中西各異的薔薇意象，生長在楊牧和楊澤的詩花園裏，開出怎麼樣的詩之花呢？先看看楊牧這首以「薔薇」比喻為欲望的詩如下：

> 隨我來，薔薇笑靨的愛
> 雲彩雕在幻中，幻是皇皇的火

---

[103] 周邦彥《周邦彥集》（南昌：百花洲文藝，1993）：頁22。
[104] 黃庭堅，譚錦家校著《山谷詞校注》。（臺北：學海，1984）：頁227。

照你的長髮，照你榴花的雙眸
薔薇在愛中開放，愛是溫暖的衣

依舊，依舊是輕輕的雷鳴，宣示著
一則山中的傳奇，水湄的神話
日暖時，隨我來，讓我們去坐船
小小的江面罩著煙霧
短牆上湧動著一片等待的春意

林中有條小路，一段綠陰的獨木橋
日暖時，讓我們去，帶著石蘭和薜荔
走入霧中，走入雲中
在軟軟的陽光下，隨我來
讓我們低聲叩問
偉大的翠綠，偉大的神秘
偉大的翠綠，偉大的神秘
風如何吹來？

為何風吹你紅緞輕系的
長髮，以神話的姿態
掀撩你繡花的裙角？
隨我來，日暖時，水湄是林，林外是山
山中無端橫著待過的獨木橋

〈日暖〉（《楊牧詩集》：頁 243-244）

這是一首溫暖的情詩，藉著對大自然貼近的情感，表現出詩人內心情感的明朗豁達。這首詩中，年輕的楊牧充滿了如薔薇般的愛情，「薔薇在愛中開放，愛是溫暖的衣」，卻又不泛柔情風格，如：

「掀撩你繡花的裙角」，以薔薇的開放象徵情愛的逐漸升溫，「在軟軟的陽光下，隨我來讓我們低聲叩問」，於是，薔薇是愛，成為一片綠意的自然山林裏最溫暖的意象。

再看另一首〈冰涼的小手〉：「就從此，山嶽向東方推湧／一浪一浪薔薇的潮／讓我輕握你冰涼的小手／在雨地裏，讓我輕握你／薔薇的，冰涼的小手」(《楊牧詩集Ⅰ：1956-1974》：頁115），那柔軟的冰冷小手如薔薇般，薔薇成為女子的象徵，這和中國「詠物詩」以薔薇代表女子的傳統極為類似，可見楊牧在這首詩中有意傳承中國傳統詩中的薔薇意象。但是，在以下這首題作〈心動〉的文本中，「薔薇」所代表的意義自又不同：

或許是心動也未可知，苔蘚
從石階背面領先憂鬱
而繁殖，蛇莓盤行穿過廢井
轆轤的地基，聚生在曩昔溼熱擁抱的
杜梨樹蔭裡

在熱帶離海不遠的山區
比夢更深邃，長年高溫
隨月暈開闔的地層多次陷落的
弧狀地帶，在果核屆時爆裂聲中
啟示地流血

昨夜微雨一說是殘餘的記憶
霎時領悟，隨即透過沉沉垂落的
薔薇形象意識到慾望在雙唇間
膨脹，料峭晨寒擋不住
求救的眼光

看見未來搖盪著燈籠盡皆絳紅
迢迢水中央逝者躺下遂獲取完美的
角度，且仰望弦月小船上亮著此生熄滅
再度點起的光，烘照一張戀愛的臉
訴說著從前

〈心動〉(《介殼蟲》，頁 20)

詩一開始即叩緊主題：「或許是心動也未可知，苔蘚／從石階背面領先憂鬱」，此刻生命的陰霾原本如同聚生在曩昔溼熱擁抱的杜梨樹蔭裡，其中暗暗的有一顆果核在爆裂聲中正啟示地流血，如心動的感覺，那是生命也是欲望的蠢動，「隨即透過沉沉垂落的／薔薇形象意識到慾望在雙唇間／膨脹」，薔薇的形象是美麗欲滴的，多枝多花的飽滿讓詩人意識到欲望正在雙唇間膨脹，這裏可以看出「薔薇」的色澤形象近似雙唇的粉嫩欲滴，隱隱暗喻著詩人心裏的欲望正在開放，「再度點起的光，烘照一張戀愛的臉」，那不就是源自如「薔薇」般愛戀的欲望嗎？

下一段所引的〈驚異〉，其中「薔薇」意象可又象徵著美好的愛與生命：

像凋盡秋葉的大樹偶然想起昨日疑疑得意
暖風冷雨在千萬隻發亮的眼睛當中迭代珍惜
然後我們假裝道別，嘴唇微啟或許，緊閉
淚輕輕滾動順兩頰滑落終於掉下是春泥

驚異的是那造訪者如何往返卻屢次與我相違
祇是足跡留下了在如霜的月光裡逡巡告退

像心血滴在人人擁有的，熙攘的無人地帶，為誰？
用它點點灌溉我們的薔薇並揚言此生無悔

（〈驚異〉，《楊牧詩集 I ：1956-1974》：頁 58）

大自然的造物主如同造訪者，屢屢依時往返生滅，總在詩人不經意間偷偷更替，雖然是「天地不仁，以萬物為芻狗」，時而逡巡，時而告退；但是，它仍然「用它點點灌溉我們的薔薇並揚言此生無悔」，造物主成為詩裡灌溉生命的主動力量，周而復始，此生無悔。「薔薇」代表著美好的愛與生命，無涉中西意象傳統，一如楊牧詩中的大自然意象，永遠符合詩人美與愛的生命象徵。

從以上列舉的三首詩，我們可略觀楊牧詩中「薔薇」意象可包含著不同的意涵，有時是欲望的象徵，有時代表著愛與美的生命形態，有時可以銜接古典，藉詠物以寄情，呈現女性美的一面，端看楊牧以「薔薇」入詩時它能如何為主題服務。整體而言，楊牧藉著「薔薇」的意象在浪漫精神的表現上，主要是傳達出愛、美與大自然生生不息的特質。

對比於楊牧，楊澤的「薔薇意象」就確定而具象得多了。請看這一首與詩集同名的作品：

黃昏的一半。
陰鬱的注視在空氣中燃著
彷彿有人（彷彿沒有）
走進來，說「昨日……」
溫柔的聲音迅速凋落。而
手上的薔薇，飄散
一地。

黃昏的一半。
一朵朵薔薇的幻影在空氣中漂著
「為了向人們肯定一朵薔薇幻影的存在，
我們必須援引古代、援引象徵
甚至辯論一朵薔薇的存在？」

黃昏無限延長。
一朵朵薔薇的幻影在空氣中燃著
很多人走進來，說：「薔薇
開了，薔薇……」

黃昏無限延長。
一朵朵薔薇的幻影在空氣中亮著
「昨日以及今日
以及今日的幻影，以及
明日的幻影必然是
屬於薔薇學派的」

〈薔薇學派的誕生〉(《薔薇學派的誕生》：頁 35-36)

學派不是主義也不是定義，乃是指學術上的派別。這首詩像是一種學派的誕生宣言，只是這宣言所透露的主張是什麼？所引論的又是什麼？他真已揚棄了什麼？宣揚了什麼？

既然楊澤視薔薇為一種學派名稱，且標籤了其第一本詩集，顯然是想將「薔薇」的意象成就為自己的詩觀，一路寫來能夠形成一種詩界觀看世界的（學術）觀點。回到詩文本，每一段開頭都是關於黃昏的敘述，這正代表著詩人對時間流逝的思索，時間正在更替，而薔薇花開花謝，這說明生命如同幻影，大自然的生息如何證實他的存在？

而詩人又如何證明生命的存在？「手上的薔薇，飄散／一地」，生命時有生滅，讓詩人不禁感嘆薔薇亦如幻影般存在。若從薔薇的角度來看待萬事萬物，並形成一種學派，那即是以薔薇的存在來探討生命遞嬗的意義，因此寫詩的目的不就是時時在思考著「為了向人們肯定一朵薔薇幻影的存在，／我們必須援引古代、援引象徵／甚至辯論一朵薔薇的存在？」然而弔詭的是，薔薇既有其生滅，可詩人將視它為幻影，這一來，「薔薇」如何能成為顛撲不破的學派呢？由此可見，楊澤用象徵、古典、辯論式的詩的追求來肯定美好如薔薇生命曾經存在的事實，其實就是他對寫詩既持肯定又持懷疑的態度。

另一首以薔薇為主題的詩名為〈薔薇騎士的插圖〉，在此他結合了西方騎士的意象，以「薔薇」象徵革命與宿命的意義。其詩引錄如下：

> B
>
> 坐在花園的中心，死滅永生的
> 薔薇地帶，瑪麗安，我們祇漠然的翻閱：
> 一本薄薄的附有插圖的書
> （我們的混亂與憂鬱多麼像
> 那些紛紛向我們描述的光與暗影）
>
> 騎士就是這樣被畫好的，瑪麗安
> 憂愁，微笑，而且在手上提著劍
> 而薔薇，擊傷我們的世界的薔薇啊
> 多麼雷同於
> 我們心中的一種
> 宿命的悲傷
>
> （《薔薇學派的誕生》：頁 127-129）

被時間擊傷，被愛擊傷的薔薇騎士，來到已成廢墟的花園古堡，他曾經有過的繁華和英勇事蹟都已不再，遂苦苦追問著，意欲追求生命的來源與永生。生命如夢境，而此時騎士已自覺正活在用薔薇建築的歲月裏，逐漸凋敗，終將成為廢墟。薔薇的生命代表著愛與美的生命，也代表著會盛放會凋敗，「而薔薇，擊傷我們的世界的薔薇啊／多麼雷同於／我們心中的一種／宿命的悲傷」，詩人看到騎士終成為文字書籍的一張插圖，生命點綴在文字的花園裏，此時與瑪麗安對話，那也是與心中永恆的愛與美的對話，這不也正是西方浪漫主義追求的生命價值嗎？

〈婚前曲（一九八一）〉中一段亦寫到「薔薇騎士」，這個十七年後的「薔薇騎士」的心神姿態，其實和年輕時的強為其是已不相同了，請看其中一段：

> 意念的兒子，音樂的
> 孩童：猶如詩中
> 輾轉思服，夢寐不得的男子
> 我的手在午夜床前
> 暗自尋覓你們
>
> 是幻是真
> 當意念在自由大地飛翔
> 彷彿是古代，晴空蕩開
> 溫柔溫柔的鐘聲，薔薇騎士之白手套
> 在基督的風中飛揚

「薔薇騎士之白手套／在基督的風中飛揚」，詩人就是騎士，他彷彿回到了古代，以筆為槍桿，進行革命的預言，而非預言的革命。現在的騎士已少了對宿命的憂愁，也少了對生命來源或永恆的汲汲追問，心靈上找到了自由，因為意念，是意念的自由成為薔薇騎士的白手套，指引方向，也回到神的永恆國度裏自由飛揚。

綜上所論，可以理解同樣以中西方浪漫精神為訴求的楊牧和楊澤，楊牧的意象追慕濟慈，具有濟慈浪漫主義的詩風，而楊澤讓讀者看到十九世紀雪萊的影子。雪萊迥異於濟慈，濟慈大體上是用意象來寫詩，而不是空喚的抽象語，楊澤也重複使用其意象，例如薔薇和騎士等，但這些意象的意涵和楊牧，以及其他一些新世代詩人的詩意象相比，顯得骨質薄弱。[105]楊澤傾向於藉著薔薇意象來傳達抽象的哲理或思辨的過程，就像薔薇真的是一種主張或學派的代表，而不是來自大自然的一種活脫脫的生命，不從她的外表特徵或物種特質加以著手。可見兩人在展現浪漫精神的過程中，就因為運用意象的方式不同，其間的差異就讓我們了然於胸。楊牧的「薔薇」生命是愛與美的抒情呈現，而楊澤的「薔薇」如同徽章，代表愛與美的學派，它有助於思辨過程的開展。

二、地誌詩與空間詩

中國傳統文化是在東方式的自給自足的自然經濟和宗族血緣關係的土壤上結出的精神果實，它的每一個傾向、每一個特點都可以在這一土壤中找到潛伏的原因。在這古老的國度中，千百年來家庭是基本生產單位，家長制是整個社會的基石，宗族、血緣，甚至與故鄉的關係，在在有力維繫著整個社會的穩定，支撐著整個國家的政經活動。這同時也就決定了藝術實踐和審美活動不能擺脫濃重的倫理主義色彩。[106]

---

[105] 簡政珍《臺灣新世代詩人大系上》（臺北：書林，1990）頁：359
[106] 姚文放《中國戲劇美學的文化闡釋》（中國人民大學，1997）：頁216。

1. 鮭魚迴游：楊牧的地誌詩

楊牧的詩從家鄉的山水開始書寫，如同鮭魚，回游處還是孩提時代自己的家鄉。其中有些是純思鄉的作品，如〈帶你回花蓮〉、〈花蓮〉、〈海岸七疊〉等，有些則以個人觀點來看山水地理，沒有人文景觀方面的描述，即使有時間意識但非我們所說的歷史時間。如〈俯視——立霧溪一九八三〉，[107]詩人主要在於描述人看大自然，大自然對詩人產生的心靈感應。這自然既是自然（nature）又是超自然（supernature），就像十九世紀浪漫詩人般，楊牧賦予原本中性的立霧溪人類的生命及情感。大自然在人受傷、孤獨、絕望時給予人力量及支撐，一般地誌詩其實都帶有道德性的啟示（moral lesson），詩人在懂得人間苦難後再來看大自然。這首詩以對話方式開始，詩人彷彿與立霧溪之間有不言而喻的默契，「輕呼我的名字：仰望／你必然看到我正傾斜／我倖存之軀，前額因感動／泛發著微汗」。這個經歷人間苦難的軀殼，回到曾有過心靈交會的立霧溪，自然產生了感動。「你是認識我的／……我的頭髮在許多風雨和霜雪以後——／……我的兩鬢已殘，即使不比前世／邂逅分離那時候斑白」。此處「前世」有一種超越自然的力量。詩人不斷強調「你是認識我的」，把山水比擬成有生命的個體，再把人類的身體投射到宇宙萬物之上。「提醒我如何跋涉長路／穿過拂逆和排斥」，拂逆和排斥是人生難免的，但是對詩人而言，大自然正是他的精神導師，教人如何在生命旅程中面對拂逆和排斥。在詩人徬徨迷惑時，回到大自然，大自然就會帶給他力量和勇氣。然而，弔詭的是，當人們離開自然太久，背負人間苦難的軀殼不免迷失了方向，忘記了人之

[107] 楊牧《楊牧詩集 2》頁 406-410。

所以為人，身為大自然一部分的存在價值，所以，詩人與立霧溪的關係是既陌生而又熟悉，像是自己的原鄉，又像是人類的原鄉。

典型的地誌詩篇具體的描寫地方景觀，它幫助我們認識、愛護、標榜、建構一個地方的特殊風土景觀及其歷史，產生地域情感和認同，增進社區以至於族群的共同意識。地誌詩有三個特徵：一、描述對象以某個地方或區域為主，範疇大抵以敘述者放眼所及的領域為準，想像的奔馳則不在此限。二、需包含若干具體事實的描繪，點染地方的特徵，而非書寫綜合性的一般印象。三、不必純粹為寫景而寫景，可加入詩人的沈思默想，包括對風土民情和人文歷史的回顧、展望和批判。[108]就地誌詩的特徵檢視楊牧，楊牧藉著家鄉的好山好水為題材，寫詩人對自然崇高的嚮往，而他也進一步以自然萬物為意象，一心追慕生命與詩的純淨化、單純化。地方的歷史人文並非原來就存在於自然中，它等待我們去挖掘並賦予意義。鄉土的意象在楊牧的詩裏，不但從家鄉的鄉土出發，發抒思鄉的感懷，更能夠跨越狹義的鄉土觀念，讓鄉土成為永恆的大自然的象徵，人與土地關係便不再是鄉人與家鄉的關係，而是人類追求與大自然和諧共存的互生關係。

2. 華麗吉普賽：楊澤的空間詩

相對於所謂「在地詩人」，那種帶著異國眼光尋找「信美鄉土」的楊澤，就像是一個穿著華美衣服的吉普賽人。永恆的家鄉不是詩人出生的家鄉，而是愛與美的永恆歸宿，是欲望與純真的「安那其」，沒有道德，不需主權的宣示。可能在地球的任何一處，詩人不知道，也在不同的空間與空間之間尋找，也可能連地球都沒有，

---

108 吳潛誠《島嶼巡航：黑倪和臺灣作家的介入詩學》（臺北：立緒文化，1999）頁：83-84。

一直流浪至死，詩人不是說了嗎？「夜裡的每顆星子都是一面窗／我憑著敞開的窗子遙指過去／而那裡，吾愛／那裏便是沒有愛的死去已久的地球。」〈光年之外〉。[109]

有時到了格拉那達，有時是馬賽，如「那是一九七七年快結束的時候，我站在馬賽的街道上，地中海的陽光照滿我的臉龐。」，「像夏日午後的急雨，我匆匆避入的一間地下室 cafe'，妖嬈開放的燈光、音樂與人臉是一面遠遠的落地長鏡，我在其中找到我落寞的眼神」，這首〈在馬賽〉[110]就不是地誌詩，馬賽雖然是真實的地名，是法國南部的一個重要港口。但是，詩中對馬賽的描述都是詩人主觀的感情，馬賽其實可以換成地球上任何一處的地名，馬賽在此只是個空間，足以承載詩人流浪心靈的異鄉的地方。

楊澤的空間移動，不是如楊牧的動線：家鄉→異鄉→家鄉，而是家鄉→異鄉→異鄉。在愛與幸福的追尋中，瑪麗安是他永恆的愛人和鄉人，他們是兩個荒野的孩童，由於成長與智慧，讓他們一直在尋找童話裏的遠方——一個夜黑的深林與發光平原。但是童話的純真並沒有指引他們，所以他們只有學習辨認光與黑暗的象徵和寓言，學習摸黑行走，不能再像童年那樣的害怕。為了等待成長與智慧，他和馬利安必須露宿在石南花的荒野中。為了追尋一隻幸福的青鳥，他們曾經失去過一千隻青鳥；然而，他們依然等待著成長和智慧，以讓他們能繼續在大自然的荒野裏移動復移動，流浪復流浪。

於是，每一座城市，每一處荒野和每一條街道，都超越它原來的名字，還原到最初只是一個「空間」的意義。每一個空間，其實都是楊澤心靈想像的地圖，欲望的地圖，不管他用什麼名字，它都

---

[109] 楊澤《薔薇學派的誕生》：頁 97。
[110] 楊澤《人生不值得活的》：頁 55。

是詩人超越現實的「安那其」。即使詩人從狂飆耍帥的少年一路寫到哀樂的中年。

三、古典的重構：抒情傳統的承繼

中國文學重抒情、重表現，注重主觀情感的抒發，這一大抒情傳統可以在早期儒家經典中找到源頭，《樂記》曰：「凡音者，生人心者也。情動於中，故形於聲；聲成文，謂之音。」[111]《毛詩序》曰：「情動於中而形於言，言之不足故嗟嘆之，嗟嘆之不足故永歌之，永歌之不足，不知手之舞之，足之蹈之也。」[112]這種抒情傳統一直為後來的文學甚至是戲劇美學所沿用。日本學者中村元分析中國人的思維方法認為「偏重對過去事實的依戀」，接著又說：「中國人的基本心理是力圖在先例中發現統領生活的法則。這樣對於中國人來說，學問就是暗示熟知已逝歲月中的諸多先例。」[113]

我們在本章前文已探討過，楊牧和楊澤具有抒情詩的傳統，在創作時同樣思考著中國文學傳統的繼承與西方美學的移植；浪漫文學的特質又能夠在兩人的心血中展現，其對愛與美的追求主題看似相同，可是一經剖析我們就會發覺兩者有一些細微的差異。

1. 楊牧愛的依歸

> 在現實世界裡，只體會到一些累積印象，是蓄意去印證的，不是發現……，惟有當我面對一疊稿紙，將精神和感情那樣

111 《古注十三經．禮記》：頁50。
112 馬其昶《詩毛氏學》：頁7。
113 引自吳潛誠《島嶼巡航：黑倪和臺灣作家的介入詩學》，頁219。

收攏凝聚時，思索著，感覺著，彷彿禁錮在一個冷漠寂寥的，
無從辨認的空間一點……〈紐約日記〉[114]

楊牧寫詩追尋愛的主題，注重情感的收攏凝聚，每一種情感迸發，每一次心動，每一回心神的蕩漾，詩人都將之視為大自然的一種現象，屬於短暫或是永恆，都是楊牧深思熟慮的題旨。由於楊牧的抒情主義來自對生命的「興、觀、群」及對大自然的依歸，於是，中西的抒情傳統即鎔鑄成為楊牧之作為詩人的內在情懷。我們也可以說，楊牧的生命本質即接近於抒情詩的基調，充滿溫柔敦厚的人文關懷，以愛出發，以愛為依歸。可這抒情的基調仍是中情於中國的抒情傳統，請看這首擬樂府古題的〈行路難〉：

我枕著寥落的憂傷思維
想像子夜我猶在灞水橋頭

我向黑暗道別，折柳示意
微雨是天地有情的淚，淋濕了
行人的舊衣。我推窗外望
微風無雨，三月的星光
閃爍，漂浮過沉默的北地

……

悄悄的踱蹀，久久佇立在古老的
多情感而又無比堅忍的土地上[115]

楊牧的詩創作除了向西方世界汲取靈感外，也援引中國古典詩歌和散文，這首擬古體詩題完成的「行路難」，詩人想像自己在子

[114] 楊牧《亭午之鷹》（臺北：洪範，1996）：頁 63。
[115] 〈行路難〉《楊牧詩集 II：1974-1985》（臺北：洪範出版，1995）： 頁 464。

夜來到灞水橋頭折柳示意，於是詩人的情沉浸在古典的背景中，自然呈現古典溫潤的情懷。他沒有對情愛的掙扎，更沒有對自我欲望的焚燒，有的只是回應土地自然的情感和堅忍。

另外這首〈雪止〉，情感的凝練是詩人情感意識下的超越：

雪止
四處一片寒涼
我自樹林中回來
不忍踏過院子裏的
神話與詩 兀自猶豫
在沉默的橋頭站立
屋裏有燈 彷佛也有
飄零的歌在緩緩游走
一盆臘梅低頭凝視
凝視自己的疏影

我聽見像臘梅的香氣的聲音
我聽見翻書的聲音
你的夢讓我來解析
我自異鄉回來
為你印證　晨昏氣溫的差距

若是　你還覺得冷　你不如把我
放進壁爐為今年

詩中看不到一個愛字，也沒有鮮明的追尋，愛的足印看似不見，但是讀來卻字字感覺愛的寧靜，感覺逐漸升溫的愛。像詩人不忍踏過的雪地，但是，只要走過，畢竟還是會留下或深或淺的痕跡。

詩人以雪的靜止象徵愛，以愛來印證晨昏的溫差，以自己的投身壁爐，為對方取暖。

楊牧希望藉著對大自然的描述，抒發自己內心對愛的想望，轉證自己在某些階段的情緒經驗、或者進而觸及現實的某些層面，使其文本更具普遍性的哲學意涵，譬如愛情、死亡、時間等主題的挖發。

關於詩，楊牧在《有人》的後記說：「我們的表達方式和著眼點在變化，但詩的精神意圖和文化目標，詩對藝術的超越性格之執著，以及它對現實是非的關懷，寓批判和規勸於文字指涉與聲韻跌宕之中，這一切，是不太可能隨政治局面或意識型態去改變的。……詩是堅持，不是妥協。……詩，或者說我們整個有機的文化生命，若值得讓我們長久執著，就必須在實驗和突破的過程裡尋定義。」[116] 在《時光命題》的後記楊牧又說：「超越那些憂憫的時刻經驗的，還有許多其餘的具象與抽象：白髮與風雪，星星的歸宿，吳剛伐桂，葵葉滾露珠，鯖魚游泳，航向拜占庭，中斷的琴聲，一切的峰頂。就是這些是時光給我的命題；更還有許多其餘，隱藏在宇宙大文章的背面，等待我們去發現，記載，解說。」[117]

配合詩集的自序或後記的敘述，我們清楚地看到楊牧對藝術創作過程的高度自覺，以及對創作策略的用心思索。在不同的階段，楊牧對生活和文學使命有著不同的省思和認知，因此他不斷嘗試翻新詩的題材，也不斷實驗創新詩的形式，但是對於愛的命題，則是他一貫的依歸，不論是愛情、親情、家族之情、或是國族之情，楊牧的愛的詩篇因為有大自然的呼喚，得以迴流如鮭魚，回歸大自然的定靜與永恆。

---

[116] 楊牧《有人》：頁 174。

[117] 楊牧《時光命題》（臺北：洪範，1998）：頁 152。

2. 楊澤的愛與死

在中國歷經推翻帝制、創建民國的壯舉與五四運動的思想衝擊之後的今天，應該要明白體察一個事實，那就是生活在科技文明之中，我們在現實生活裡已經看不到真正的「中國風味」了！我們穿的是西裝、高跟鞋，我們住的是洋房，不但讀中國古籍，也喝喝洋墨水，要尋求中國人的根本、擁有中國人的氣質，亦即尋找所謂的「中國性」（Chineseness），我們只有從傳統文化藝術中才能去獲得嗎？

不錯，在理論上說起來，元有元曲、明有傳奇、清代發展出成熟的章回小說，那麼民國以後至今、往後，也應該有代表這個時代的文學；但是，我們要想到：藝術型式係由當代的風土民情中蘊釀出來的，雜劇演變到傳奇，戲劇型態是變了，可明代人眼中所見的山水風光依舊可能是元代的（中國的山水風光）；明代的文人下筆仍然如元代文人下筆文詞典雅，但是，至今這些造就代表中國大時代藝術的元素到底有沒有改變呢？什麼才是中國文化內在精神的根本呢？什麼才是中國文學的真正傳統元素與精神呢？要怎麼樣才算擁有「中國性」呢？

楊牧在〈我們祇擁有一個地球〉一文提及的一段話，已點明楊澤對「中國性」的承繼與思變：

> 楊澤以「薔薇學派的誕生」為第一本詩集的名字，表示他在一方面肯定了中國的古典傳統，在另一方面也肯定了西方的古典傳統。[118]

[118] 該文為《薔薇學派的誕生》的序文：頁3。

楊牧說得雖然籠統，楊澤確實積極繼承中國文學傳統，如果他個人所體會的「傳統」與楊牧的不同，這關鍵應是他與楊牧對傳統的詮釋不同。對抒情詩的鍾愛，楊澤如同鍾情母親的子宮一般，那是一種感傷，感傷美好的事物終將不再，那也是一種憂鬱的躲藏，一種徘徊在現實與理想之間的吶喊和哭泣。他對愛與詩的追尋並非一種純粹的唯美傾向，而是建立在對歷史的反思和現實的觀照上。[119]詩人在面對外在的冷酷殘破和內心的狂暴不安、憂鬱和激情、得與失時，每首抒情詩便都見證了一種內在的激越和翻騰，最終往往成為人我、內外難分，參雜暴力瘋狂與死亡的抒情過程。[120]詩人在追求愛與美的過程中，主要在呈現掙扎的過程，不在強調追尋的結果。對愛的定義和欲望的一體兩面，都是詩人試圖超越人類宿命，超越永恆大自然所思考的層面，下引楊澤這首〈蜉蝣〉便是極佳的呈現：

這是可能的：
我追索我的夢到達一個發光的城市，發現
雪在夜裡落著，在千燈寂寂的夢裡
紛紛落在我的眼上、睫上
我發現，雪在城市的夜裡落著
千隻蜉蝣的發光羽翼
重重擊打我的雙瞳且不斷
在我高聲呼痛的淚光裡不斷飛翔、死亡

（《人生不值得活的》：頁 67）

---

[119] 朱雙一《戰後臺灣新世代文學論》（臺北：揚智，2002）：頁 155。
[120] 楊澤《人生不值得活的》：頁 133。

詩人以「這是可能的」為開始的第一句，代表著是一種積極、可預知的結果，有著堅定的意念，代表著詩人要讓讀者覺得值得相信。但是，在第二句出現的「夢」卻動搖了「這是可能的」的信念，而「發光的城市」卻又馬上點明了地點，在有了地點以及光的存在，這就使這個「可能」能再前進一步確定它的真實性。

可是，「發光的城市」竟是「千燈寂寂」，在大雪紛落的夜裏，冷冽而寂寞的光映照著雪夜的城市，「千隻蜉蝣的發光羽翼」原來可就是城市發光的原因，「千隻蜉蝣」的生命只能朝生暮死，只是追逐光而勢必在光下死亡的短暫存在。牠們不斷飛翔只為追求光源，牠們愈努力可愈接近死亡。

這首詩的第二段如下：

> 因為詩的沉痛允諾
> 因為詩的沉痛允諾，這是可能的：
> 我再度追索我的耿耿不寐到達一黑暗之廣場
> 雨雪霏霏，在靈風死寂的旗下
> 雨雪霏霏，髣髴佛的千手遺忘的千手。而
> 我流淚獨坐，聽見黎明在城市的底部
> 在整個盆地的底部，那樣艱難遙遠地
> 喊我的名字……

（《人生不值得活的》：頁 67-68）

「詩的沉痛允諾」使得詩人有再度追索「可能」的勇氣，「因為詩的沉痛允諾」，他才會再度追索，即使雨雪霏霏，即使靈風死寂。只是詩人卻來到比第一段還更加闇不可測的「黑暗之廣場」，之後「髣髴佛的千手遺忘的千手」的句意彷佛與第一段「千燈寂寂」、「千隻蜉蝣」的意象相連貫，這句「髣髴佛的千手遺忘的千

手」是處於上下句意的關鍵，因此其所衍生下一句「流淚獨坐」並不突然，而且更深刻地表現出與前句相似的肢體意象。唯有一同體悟「佛的千手遺忘的千手」，體悟「千隻蜉蝣」的愛與死，才能真正擺脫生命肉體的羈絆，去聽到在城市底部的聲音，聽見黎明的渴求，並達到虛脫悲苦之境。簡言之，這首詩所描繪的過程把「愛」與「死」兼包其中，讓其中的信念與懷疑相互激盪，方能在詩末聽見詩人生命底層最深沉的苦悶。

楊澤的詩以抒情為主調，在他早期的詩中，對青春與愛情、革命與虛幻，反覆論辯，頻頻否定之後，都是再三的肯定。在他進入中年之後，他對充滿弔詭和奇幻的生命本身依舊存著熱情與期待。

得賴靈鬼指示，醫生才敢下藥。

生活中的一切事情由神作主，離開了神，就無法可想了。沈從文此時對湘西人崇神信巫不甚了了，但在寫《湘西》的 30 年代後期，他已經能從理論的高度思考這一問題了，他認為這與邊地少數民族的原始宗教信仰有關：「苗族半原人的神怪觀影響到一切人，形成一種絕大的力量。大樹、洞穴、岩石，無物不神。狐、虎、蛇、龜，神或怪在傳說中美醜善惡不一，無不賦以人性。」[121]

---

[121] 沈從文：《湘西》，《沈從文文集》9 卷，405 頁。

第五章　追尋浪漫主義的個人主體性

——以夏宇、葉紅為例

第一節　理論探微

每一個觀念，都是向外延伸的觀念，他的觀念和他本人似乎都在分裂，當他對他所謂的「細節」越執迷時，就越有這種感覺[1]

一、前言

欲分析浪漫主義的「主體性」追尋，吾人當先從西方浪漫主義的精神特質著手。西方浪漫主義的基本精神就是自我精神的呈現；在文學史上，文學的自我中心主義即是捨棄世界而強調個人。[2]不管後人如何分析浪漫主義，其基本精神即是從「自我」出發去探究生命的主體「價值」，這可不是一種如「世界大同」般的理想，而是一種為自己與生俱來的生命資產奮鬥的無止盡追尋。

吾人欲探究中國古典的浪漫精神就不得不從中國文化著眼，並進一步去分析中國文化的深層結構。中國傳統社會所追求的不是個人的獨特價值，而是個體和「群體」的和諧關係。這樣的文化結構勢必導向「天下大治」、「天下太平」、「安定團結」的群體目標上；而個人的部分，則是在「良知系統」的意向上，要求自我的「安身」或「安心」，

1　羅蘭巴特著，許綺玲譯《明室》：頁 28。

2　以賽亞．柏林著，亨利．哈代編，呂梁等譯《浪漫主義的根源》（南京：譯林，2008）：頁 22。

在恆久不衰的倫理法則之中做到個人情感的調整和平靜。吾人在分析中國古典文學的浪漫根源時發覺，浪漫詩人所表現的雖是個人的情感和想像，可卻非「強調」個人的原始情欲或獨特價值取向，而是在個人與群體和諧價值下所產生的矛盾衝突後的和諧。

中國文化對「人」的建構，不似西方文化或浪漫主義那樣重視個人主體性。傳統中國文化強調個人身分係由群體來界定，這可與西方強調的個人自由自主迥然不同。換言之，一旦這些社會群體關係抽空了，個人身分屬性也就被蒸發掉了。所以中國文化的深層結構使中國人相信群性的發展有甚於腦力，這個「群性」根本不可能表現為個人的熱情，反而是化約為社會化之「人情」。中國人不相信甚至根本沒興趣去討論人際關係之外的個體價值或個性等抽象的「人格」問題。而西方文化則因為有「個體靈魂」的觀念，它自然就會推衍出明確的「自我」疆界。[3]

這麼一來，我們會發現在中國文化裏，吾人必須將情感提升（亦即是理智化）到普遍性原理高度之後才能展現「人道主義」。中國人的「心性」無疑是抒情文學遺產的基礎，中國人的文藝容易淪為感傷主義，那不是強者的浪漫主義。[4]即使在「五四」之後「自我意識」蔚為文學的風潮之後，隨著當時環境和社會的變遷，中國文化中「自我意識」的拓展同樣遇到建構上的困難。

西方個人的自我意識在文藝復興以來漸漸形塑為時代的思潮，有別於神權思想和古典主義的理性制約下的文藝思潮。對個人主體性的無限張揚和崇拜更是浪漫美學的一種思想範疇，[5]西方浪

---

3 孫隆基《中國文化的深層結構》（廣西：廣西師範大學出版社，2004）：頁 9。
4 孫隆基《中國文化的深層結構》：頁 12。
5 寇鵬程《古典浪漫與現代——西方審美範式的演變》（上海：三聯書店，2005）：頁 179。

漫主義的精神即以追尋個人情性為一個要旨，個人主體所強調的雖是表現「自我」，可卻不是表現自我情感的失衡與理性的安置，而是一種抵制整齊劃一、抵制和諧、抵制理想互容性的追求。[6]

自十九世紀以來，西方浪漫主義逐漸發展成一種審美特質，它和古典主義所不同的是，浪漫型藝術呈現對象的精髓，此為呈現其主體美的獨特性，而非美感的一致性。吾人甚至可以這麼說，怪誕、矛盾，甚或對立的藝術特質，這些都是屬於「浪漫主義」的一些美學特質。

筆者在以下章節所研究的夏宇與葉紅，即採取西方浪漫主義對個人主體性特質的強調，用以探討二人創作生命中的「個人主體性」特質。夏宇和葉紅都是臺灣女詩人，儘管各自有不同的居住時空，社會深層的文化結構，還是會不自覺地影響她們，個人難免受到中國傳統需與群體和諧的影響，勢必和個人「主體性」的追求產生內在的衝突。夏宇在不斷的創作中得以尋索身分的認同與重構，而葉紅則是因為無法接受真實的自我，認同自我，其所呈現的詩作便充滿主體的矛盾與斷裂。從浪漫主義的角度來看，我們會發覺楊牧和楊澤是立足於浪漫主義的「回到自然」、「理想情懷」、「異國想像」與「愛與美」的書寫，而本章的立足點，則是以浪漫主義的「個人主體性」來分析夏宇與葉紅，如此一來，臺灣現代詩不同的浪漫特質便紛然並呈，這種深度挖發臺灣現代詩人的「浪漫特質」，必然有助於臺灣現代詩的內涵拼圖。

二、西方浪漫主義的主體性美學

西方研究作家的自我與「主體性」應追溯至佛洛伊德對人類意識與潛意識的探索，從佛洛伊德的原典閱讀，銜接佛洛伊德之後所

6　以賽亞・柏林著，亨利・哈代編，呂梁等譯《浪漫主義的根源》（南京：譯林，2008）：頁 71。

發展出來有關認同及主體意識之經典論著當以法國的拉康(Jacques Lacan, 1901-1981)與克莉絲特娃(Julia Kristeva, 1941-)為重心。本章主旨雖不是在探討西方「主體性」研究的衍變,可卻得汲取他們的理論精髓以補充吾人對浪漫主義的思索。

文化研究者認為,吾人欲研究主體性的問題,就得探問以下兩個問題:我們如何看待自己?他者如何看待我們?[7]所謂作為一個主體,意思是說人之所以為人,不免受制於(subject to)其所置身的社會制度,從而界定群我關係,而使我們能成為有各種內涵的自我以及與他者的相依存。在這當中,我們對自己的認識稱作「自我身分/認同」(self-identity),而他者的預期與意見則構成了我們的「社會屬性/認同」(social identity)。

承上節所言,光是談到「自我」,西方和東方的概念就極為不同,即使是東西方文化本身,也因國家民族和社會發展的內涵差異,而呈現各自的面貌。佛洛伊德認為本我是匹馬,自我是騎手。動力是馬,騎手能給馬指出方向。自我常常是「三個暴君」——外部世界、超我、和本我的僕人。也就是說,自我是外部東西與內部東西之間、本我與超我之間的過濾器。由上述可見,佛洛伊德的人格學說的基本出發點,就是把人作為自然的人、生物學上的人,作為和社會的根本對立物,極度誇大了人性與獸性的聯繫和潛意識生活的價值,完全否定了人的社會本質和有意識心理生活的主導意義,所以佛洛伊德是生物學化的、精神決定論的唯心主義理論者。[8]

然而,對法國新佛洛伊德主義精神分析學家拉康而言,「自我」(ego)並不等於「主體」(subject),嬰孩要從「想像的」階段過

---

[7] Chris Barker 著,羅世宏等譯《文化研究理論與實踐》(臺北:五南,2004):頁 200。

[8] 佛洛伊德著,汪鳳炎等譯《精神分析新論》(臺北:知書房,2000):頁 18。

渡到「語言的」階段，也就是說，如果嬰孩不脫離鏡像中的「我」這個階段，他就無法成長為一個能夠在社會立足的「主體」，他需進入社會關係中去，他的「主體性」才會建立起來。[9]他總結了社會人文科學的最新研究成果，在五〇年代敏感地指出：「想像」、「象徵」與「現實」構成了人們生活世界的三個動力因素，而這三者又各自成雙地相互扭結成三條軸線，不斷地創造出新的文化。

以上的解說畢竟是屬於理論的範疇，理論的發展不會是顛撲不破的真理，更何況當理論的觸角伸進不同的社會文化裏，其視野的著眼點和觀看的內涵自然會不同。中國以儒家為思想中心，儒家即強調「自我」是群體的一部分，「自我」來自群體，「自我」也以群體為依歸，「五倫」的內涵，不論是父子有親、君臣有義、夫婦有別、朋友有信、長幼有序，強調的都是個人與群體組成分子的倫常秩序。至於個人的認同感，那是屬於大社會的認同，須參與在大社會之中，得到社會組織與制度的認同，個人的價值方能昇華為「大我」的一部分。至於強調個人生命的獨特性價值，則是屬於莊子哲學思想的範疇，雖然也豐富了中國文化的內涵，畢竟還是無法成為中國社會思想的主流。

三、戰後臺灣文化變遷的主要方向：個體性的覺醒及其問題

在二次世界大戰後的世界史上，臺灣文化的變遷是一個值得注意的現象。戰後臺灣的思想與文化發展雖然多元而豐富，但是卻也呈現諸多思想或文化質素之間的衝突與不協調，其主要表現的特質為以下三類：

（1）傳統文化與現代文化之間的對抗。

---

[9] 梁濃剛《回歸佛洛伊德——拉康的精神分析學》（臺北：遠流，1989）：頁99-102。

（2）中原文化與臺灣文化之間的推移。
（3）西方文化與本土文化之間的緊張。[10]

在以上三項文化內部質素的衝突之中，以第一項也就是傳統文化與現代文化之間的對抗較具有本質性，因而牽動另二者的發展。其中中原文化與臺灣文化之間的緊張，基本上是由於戰後臺灣政治結構與政策所導致；而西方文化與本土文化之間的緊張，則是與戰後臺灣經濟的快速發展及其國際化趨勢有直接的關係。

回顧「臺灣意識」的發展及其特質，其實在十九世紀末年日本人的臺灣論述即已開始。日治時期臺灣知識份子的大陸經驗及對中國前途的看法，將「臺灣意識」中文化認同與政治認同的關係等問題進一步的還原到「臺灣」主體的認同。隨著日本投降，國民黨接收臺灣，殖民文化結束，「臺灣主體意識」的認同問題，又再度受到重視。這其中，不僅是政權上的轉移，更是文化上的認同問題——不論是傳統文化與現代文化之間的對抗，還是中原文化與臺灣文化之間的推移，臺灣「主體意識」的認同問題，已成為臺灣本土文化的「深層結構」的重要環節。隨著西方文化的思潮引介、臺灣退出聯合國乃至於解嚴後的社會開放，「主體性」一直是臺灣文化的思辯核心，大至社會國家，小至個人主體意識的抬頭。

所以，戰後在「臺灣主體論」和「自我肯定心態」為核心的「臺灣意識」的追求下，可見「主體性」與「自我認同」的追求，在臺灣這片多元生態與文化上，一直是深植於知識份子與文藝創作者的思維範疇。而這和「五四時期」之後的「浪漫一代」所形成的影響，也就是由中國傳統的群體意識及道德的探討，轉變為個人內心世界

---

[10] 黃俊傑《臺灣意識與臺灣文化》（臺北：臺大出版中心，2006）增訂新版。

的展現，再進而探索人生與宇宙諸種神祕關係的演化過程，可說是像大寫「Y」字相交的兩條主線。一條來自臺灣本土的「主體意識」的認同過程；另一條，則是具有「後五四時期」探討內心「個人導向」（individual-oriented）的發展。之後隨著政治實體與社會文化的變遷，在臺灣這片土地上自然匯聚成一條屬於臺灣本土的「浪漫一代」的「主體性」追求。

以下即是以中西文化主體性認同的思辯為基礎，針對夏宇和葉紅兩位女詩人追尋個人主體性（subjectivity）的昇華與對立的內涵性加以研究，以呈現二人現代詩文本中的「浪漫特質」。

第二節　後現代的浪漫抒情與主體性美學——以夏宇為例

一、浪漫看夏宇：她真的只是在玩後現代的文字遊戲嗎？

夏宇[11]一直是個詩壇主流底的疏離和異議份子，除了早期參加「現代詩社」外，詩壇的任何活動少見她的身影，甚至是代表詩壇

[11] 夏宇，原名黃慶綺，1956年出生於臺灣，祖籍廣東省五華縣，臺灣國立藝專影劇科畢業。她19歲起開始寫詩，是1980年代以來臺灣最重要的詩人（她不喜歡被貼上「後現代」的標籤），著有詩集《備忘錄》（1984）、《腹語術》（1991）、《摩擦．無以名狀》（1995）、《Salsa》（1999），《粉紅色噪音》（2008），以及音樂專輯《愈混樂隊》（2002）等。夏宇也寫過少量的散文和劇本。夏宇自1984年起以筆名童大龍、李格弟等發表歌詞，比較廣被世人傳唱的有齊秦的〈狼〉，趙傳的〈我很醜可是我很溫柔〉、〈男孩看見野玫瑰〉，陳珊妮的〈乘噴射機離去〉等。

論述權威的「年度詩選」，她亦不願意配合。即使在學者專家論述她的相關文章紛紛出籠，她仍是專心寫她的詩，用創作的成果和顛覆懷疑的創作舉動來質疑詩壇的傳統和權威。即使是別人為她貼上「後現代」的標籤，她也用不置可否的隨性態度來表達她的意見。

事實上，從 1984 年出版第一本充滿感傷情懷的《備忘錄》，歷經二十多年的創作過程，2008 年完成《粉紅色噪音》，夏宇的創作風格一直是呈現多元而彼此辯證的。一般研究者多以其反對抒情傳統的特質和後現代的寫作手法加以論述，但她的作品難道就不抒情嗎？她的「後現代」風格難道不是建基於對生命與生活的浪漫情懷嗎？她內在的情懷其實是非常感性的，羅智成就曾認為《備忘錄》這本詩集裏，夏宇的創作基調大致已奠定，這其中包括了「對生命與生活的浪漫情懷。這包括對感性的執著、對感情的關注與率直反思、內在的熱忱追索、個人與既成世界的尷尬關係、也包括波西米亞人般的生活實踐勇氣」。[12]所以，當我們回到文本去認識夏宇時，必須了解的不僅是她在詩語言創作手法的實驗與意象的顛覆外，更要回到詩的內在精神與情思上加以感受，方能真正理解夏宇所堅持的和顛覆的傳統到底是什麼？

一般論者論及夏宇的文章時，大多無法就其意象來分析文本，並加以縝密的詮釋，深入理解夏宇的創作本質，[13]論述的文字總是充滿「或許」、「可能」、「也許」、「未嘗不可作如是解」等字眼，讓人覺得究竟是夏宇迷惑了學者論述家，還是學者論述家迷惑了自己，以為夏

---

[12] 羅智成，〈詩的邊界〉，收錄於夏宇《摩擦・無以名狀》(臺北，唐山，2000)：無頁碼。

[13] 可參考蕭蕭〈談備忘錄〉(文訊雙月刊第十六期，1985.2)、萬胥亭〈日常生活的極限〉(商工日報春秋副刊，1985.11.24)、簡政珍《臺灣新世代詩人大系：夏宇詩》(臺北，書林，1990)、林燿德〈積木頑童〉，收錄於《一九四九以後》(臺北，爾雅，1986)等。

宇的全然創新，不能用任何文學批評法則加以檢視呢？林燿德曾分析夏宇的難以理解，「足見夏宇的詩作本身有一種抗拒傳統文學觀及批評法則的內在原素。」[14]夏宇的詩語言無法讓人有一眼看透的意象運用；但是，這並不代表夏宇就是抗拒傳統文學觀的詩人，也不代表就不能用傳統的批評法則加以檢視。我們在真正深入夏宇的創作本質之前，要自問的是詩的原素是什麼？什麼又是傳統的文學觀呢？如果一個詩人連基本的詩原素都予以忽略，在意的只是對詩原素與傳統文學觀的全然顛覆和否定，她還能算是一位好詩人嗎？

我們不妨拿劉勰的《文心雕龍》和夏宇的詩作一「摩擦」，看看夏宇的詩是否真有否定傳統文學觀的證據，是否真的有抗拒批評法則的內在原素？如果連劉勰的文學批評法則都無法檢驗夏宇的詩，那麼，夏宇真的就是顛覆所謂的詩傳統原素，走出屬於自己詩語言和批評法則的規範，甚至她的文本就不能稱之為「詩」了。

二人的文學活動年代相距約有一千四百多年，劉勰完成《文心雕龍》一書的文學背景，正是駢文頹廢華靡之風當道，而玄言清談的思維方式盛行的時代；而夏宇所原生的創作舞臺，則是一個西方文學創作思潮與中國傳統文化相互激盪的臺灣小島，而臺灣在地所衍生繁殖的鄉土文學，也隨著社會時代的逐步演變，已然成為文學創作者滋養與互生的新生命。劉勰所處的時代，雖然看似極不同於二十世紀末及二十一世紀初的臺灣當代詩壇，但兩個時代在文學創作、美學思潮上的風起雲湧、文學作品的百家爭鳴以及文學傳承與開創的多元性上，居然可以呈現出兩者之間互為交集的積極對話性，印證了劉勰在《文心雕龍・序志》中所預言的：「茫茫往代，既洗予聞；眇眇來世，倘塵彼觀」。[15]

---

[14] 林燿德〈積木頑童〉收錄於《一九四九以後》（臺北，爾雅，1986）：頁 129。
[15] 劉勰著，劉拱本義《文心雕龍本義》（臺北：商務，1999）：頁 1213。

恰巧的是，夏宇在她創作現代詩的過程中，所欲實驗、質疑與重構的對象，正是臺灣當代詩壇的傳統詩風與現代主義的語言形式，看她所自述的：「是不是我們處身於某一個時代，某一個關係或形式裡，只是為了表達對那個時代關係和形式的反諷呢？」[16] 當然，我們看到的是夏宇用問號的方式來傳達她的思考，而一般論者真是受到夏宇新鮮詩風的迷惑，以為她只是反對任何形式或風格上的傳統，其實她自己都招了，「反諷」對象其實可能是她所處身的某一個時代、關係或形式，但也可能是傳統文學觀。這就是夏宇，可能寫現實主義的詩：「住在小鎮／當國文老師／有一個辦公桌／道德式微的校園／用毛筆改作文：／『時代的巨輪／不停的轉動……』」〈一生〉，[17]也可以讓萬胥亭在評論夏宇的詩是「後設詩」的同時，又認為她的詩是「現代主義『窮則變』的一個掙扎努力」。[18]

她到底有沒有意圖要傳承現代詩的「抒情傳統」和「意象原素」？還是只玩顛覆「抒情傳統」和「意象原素」的遊戲呢？

二、從夏宇〈象徵派〉看抒情傳統的變與不變

夏宇是 1980 年代以來臺灣最重要的一位詩人，自第一本詩集《備忘錄》開始，其創作即多方面呈現對傳統詩歌準則的接納，並同時呈現對其進行解構、反思的後現代風格。其中〈象徵派〉一詩鮮少有人討論，其實這是一首值得縝密分析的詩，在詩人靈活多變的意象運用下，提供一個「詩」接古今，表現反思詩歌抒情傳統的重構企圖。而劉勰寫作《文心雕龍》之心意，不也正是〈序志〉所

---

[16] 夏宇《腹語術》（臺北：現代詩季刊社叢書 3，2001）：頁 118。
[17] 夏宇《備忘錄》（臺北：作者自印，2001）：頁 120。
[18] 萬胥亭〈日常生活的極限〉，《商工日報春秋副刊》，1985.11.24。

言：「同之與異，不屑古今，擘肌分理，唯務折衷。按轡文雅之場，環絡藻繪之府，亦幾乎備矣」，[19]意圖為文學發展，提供一個「思」接古今，批評反思的圭臬嗎？

本段以〈象徵派〉分析夏宇創作本質的目的，即在為夏宇梳理「曲意密源，似近而遠」[20]的文學思維。今以《文心雕龍》「六觀」法析評之：「事義」法可分析其以「象徵」法為題材的運用與嘲諷，及「文本互涉」（intertextuality）的深刻意涵；以「位體」法觀之，可趨近詩人的創作意旨；以「宮商」法可檢視此詩在音樂性的表達方式；以「置辭」法可分析作品的修辭技巧和用辭之恰當與否；以「通變」、「奇正」法分析之，可見其詩具有對詩歌抒情傳統的繼承與創新企圖。

《文心雕龍‧序志》云：「但言欲盡意，聖人所難，識在缾管，何能矩矱」，[21]不是所有現代文本皆適合以「六觀法」分析為文之優劣。而〈象徵派〉在「六觀法」的檢視下，正可以縝密分析其內在的藝術特色，衡量其藝術的主要成就及企圖。如此，不但「六觀法」提供一個實際有效的文學批評理論架構，更可以以此古今相接的「實驗」確定夏宇具備傳統批評法則的內在原素。

劉勰在《文心雕龍‧知音》寫到：「知音其難哉！音實難知，知實難逢，逢其知音，千載其一乎！夫古來知音，多賤同而思古。所謂『日進前而不御，遙聞聲而相思』也」，[22]他反對以「貴古賤今」的態度批評文藝作品；也反對以「文人相輕」、「會己則嗟諷、異我則詛棄」的單一主觀之見和個人愛好的態度評價文章。劉勰主

---

[19] 劉勰著，劉拱本義《文心雕龍本義》：頁 1213。
[20] 劉勰著，劉拱本義《文心雕龍本義》：頁 1213。
[21] 劉勰著，劉拱本義《文心雕龍本義》：頁 1213。
[22] 劉勰著，劉拱本義《文心雕龍本義》：頁 1179。

張，評論者必須「無私於輕重，不偏於憎愛，然後能平理若衡，照辭如鏡也」。為此，他提出了正確觀察和批評作品的六個方面，即〈知音〉裡的「六觀」:「一觀位體，二觀置辭，三觀通變，四觀奇正，五觀事義，六觀宮商。」[23]劉勰認為用這六觀法去析評文學作品，就能分別其高下:「斯術既形，則優劣見矣。」[24]我們可以現即以「六觀」法，與夏宇《備忘錄》裡的〈象徵派〉一詩進行審美的對話。首先，先把詩引錄如下：

我沿路灑下麵包屑
這個夢境這樣深長

騎車　吹口哨　沿著
三月　春天的牆　轉彎
過橋　下坡
放了雙手

就是七月了。
就是這裡　低低地　睡眠的
谷地　滿滿的酢漿草　金盞花
暴雨一場
有人來了，在岸邊猶疑
觀看。暴雨一場
留下
汪汪的水塘

---

23 劉勰著，劉拱本義《文心雕龍本義》：頁 1180。
24 劉勰著，劉拱本義《文心雕龍本義》：頁 1180。

在岸邊坐下　「我們常不免
是抒情的。」在岸邊思考
垂釣　可能是
虛妄的　我對著水中的倒影
叫喊　可能是糾纏
沉默的水草。

釣起第五隻鞋子　應該
是魚吧　總共
只有兩人
失足

在床褥的深處
流汗，醒來
——真的是
抒情的——
「當你不相信的時候
你就抽一根 TRUE」

TRUE 是真實
一種香菸的牌子，
不免是
象徵的。

讀廢名寫周作人：「我們常
不免是抒情的，而知堂先生
總是合禮。」兩句有感。

（夏宇《備忘錄》：頁 100）

劉勰〈知音〉裡的六觀說，即是一組論文學評價的極佳方法，但是歷來學者學者對「六觀」的解釋，頗見歧異性。今參照黃維樑對「六觀」法的現代詮釋與先後次序之調整，以為本章節寫作之依據。[25]

以下先略述經「現代化」了的六觀說：

（一）是觀位體：就是看作品體裁、結構與作品的思想、主題、敘述手法等。

（二）觀事義：就是看作品取材用典是否確切，即「據事以類義，援古以證今」，以及作品的題材、文本互涉、心理分析等之運用。

（三）是觀置辭：就是看作品的修辭技巧和用辭是否恰當。

（四）觀宮商：就是看作品的聲律是否和諧優美。

（五）觀奇正：就是看作品的佈局是否合乎規格，有無出奇制勝的地方。

（六）觀通變：就是看作品的內容、形式是否推陳出新，獨具一格，具有承先啟後的意義。

黃維樑在〈以「六觀說」為起點建構「大同詩學」——中西詩學比較的一個論題〉的文章中揭示，「六觀說」特別重視文學作品的藝術性，是一個開放性體系，可以容納古今種種其他理論。以下即以「六觀說」的六種觀察文學作品的角度，來分析夏宇的〈象徵派〉一詩。

---

[25] 黃維樑〈重新發現中國古代文化的作用——用《文心雕龍》「六觀」法析評白先勇的〈骨灰〉〉《中外文學》，第二十一卷，第六期，1992 年 11 月：頁 29-41。

1. 觀位體

觀夏宇〈象徵派〉一詩中所欲呈現的主題，我們發覺它展現了一項極為弔詭的思辯過程，一如夏宇在〈乘噴射機離去〉一詩所寫的：

> 有人讀到這裡
> 有人會問我：
> （你是鼓還是鼓錘？）
> 唉那是愚笨的問題
> 而且那不是我的意思
> 我只想說我可能遇到的一個人
> 一開始我是誠心誠意的
> 而且是悲傷的
> 但後來事情有了變化
> 事情　總有一些　變化
> 有一天　可能　　非常可能

（《備忘錄》再版：頁 111-114）

如果我們不以抒情詩的角度下手分析，夏宇透過此詩的意象欲告訴我們，詩的「主題」、「意義」可能是被讀者建構出來的，它並非「不是鼓就是鼓錘」的二元思考，因為詩的意象本來就是語言的符號，而所指涉的意旨是多元而有「變化性的」，當我們以詩的「題目」或是某論述的角度去看待夏宇時，她又因此變了；爾後她又可能在自己的詩裡否認了自己所擬的「題目」與「主旨」，如同她解構語言文字般的快速。她曾說：「是了，就是這樣，一剎那間，舉一反三，一呼百應，從此很放心，在文字和現實之間找到一種折射的關係——『每一個虛構的相關世界的可能性，以及暗中的互相抵消』」[26]

這首名為〈象徵派〉的詩，其開頭處放了看似宋、元代詞牌後所附之標題的句子：「我沿路灑下麵包屑／這個夢境這樣深長」，將此二句另置於題目之下，並低於內文的詩句三格，刻意標示出在詩題「象徵派」與內文意義之差異。這種似古似今的詩題，倒是提示了一個以古擬今，以今諷古的反諷手法。詩人取名「象徵派」這個題目具有多層的意思，讀者可以把它解讀為「現代文學」中的一個重要派別，詩的內容可能就是以分析、反應甚至質疑「象徵派」的相關精神、創作手法為主旨加以完成的；也可以把這首詩本身看作是一首以「象徵派」手法創作的現代詩。姑且先不論何者才是作者真正的創作本意，我們可以確定的是，先了解「象徵派」、「象徵」、「象徵主義」的精髓，可是深入了解夏宇這首〈象徵派〉的必要條件。

在十九世紀後半期，寫實主義與自然主義並行，勢如秋風掃落葉。此一互依互恃的運動宣稱，現實世界才是文學關注的對象。如此一來，人類行為所承受的社會、政治與心理力量，反經適度強調，有其創作上的著力之處。在此同時，浪漫詩的內省與幻想傳統，卻推展出一種新的、主觀的詩。在此種詩風之下，現實的意義不同於以往，不可用哲學式的方式加以敍寫，亦不可用科學態度予以分析，而須經由想像力的運作，轉成為一種對事物本質（essence）的關照。這種新詩用象徵語言點出文字背後的意義，故稱「象徵派」（symbolist）。[27]

---

[26] 夏宇《腹語術》：頁 105。

[27] 呂健忠、李奭學編譯《近代西洋文學》（臺北：書林，1990）：頁 135-136。

「象徵化」(symbolization)作為一種文學創作的手法，是指運用某一特定的具體形象來表現與它相近或相似的概念、思想和感情。在現代詩歌中應用「象徵」這一創作手法，可以追溯到十九世紀法國的象徵主義派詩人，他們主張在詩中應用象徵手法。法國詩人波特萊爾於一八五七年出版詩集《惡之華》後，他被認為是象徵派文學的先驅，該派的代表人物有莫雷亞斯、蘭波、魏爾蘭、馬拉梅等人。在藝術手法上，他們把自然萬物看做可以向人們發出各種信息的「象徵的森林」，強調通過暗示、烘托、對比、聯想等來表達詩人的內心世界。主要強調展示隱匿在自然世界背後的超驗的理念世界，要求詩人憑個人的敏感和想像力，運用象徵、隱喻、烘托、聯想等手法，通過豐富和撲朔迷離的意象描寫，來暗示、透露隱藏於日常經驗深處的心靈隱密和理念。前期象徵主義隨著 1898 年過去而告終。到了二十世紀初，後期象徵主義詩潮再度崛起，並從法國擴及歐美各國，主要代表人物有法國的瓦萊里，英國的葉慈，西蒙斯等。[28]

在中國古典詩歌的傳統評論中並無「象徵」這一詞，實際上中國古代詩人早已大量應用「象徵」這一創作手法來寫詩。《毛詩序》有「六義」之說：故詩有六義焉「一曰風，二曰賦，三曰比，四曰興，五曰雅，六曰頌。」[29]其中的「賦、比、興」，即指《詩經》的創作手法，在「比」和「興」中就有不少可以歸入「象徵」這一文學創作手法之內。而《文心雕龍．隱秀》篇中，劉勰說：

> 夫心術之動遠矣，文情之變深矣，源奧而派生，根盛而穎峻，是以文之英蕤，有秀有隱。隱也者，文外之重旨者也；秀也

---

[28] 朱立元主編《當代西方文藝理論》(上海：華東師範大學，2005)：頁 10。
[29] 馬其昶《詩毛氏學》：頁 7。

> 者，篇中之獨拔者也。隱以復意為工，秀以卓絕為巧。斯乃舊章之懿績，才情之嘉會也。

又曰：

> 夫隱之為體，義生文外，秘響旁通，伏采潛發，譬爻象之變互體，川瀆之韞珠玉也。故互體變爻，而化成四象；珠玉潛水，而瀾表方圓。始正而末奇，內明而外潤，使玩之者無窮，味之者不厭矣。[30]

其中所提及的「隱」，當可與「象徵」法相提並論。

綜合以上對「象徵」手法的中外發展歷史與詮釋內涵比照，相映於夏宇的〈象徵派〉裡所寫下的「在床褥的深處／流汗，醒來／——真的是／抒情的——／當你不相信的時候／你就抽一根 TRUE／TRUE 是真實／一種香菸的牌子，／不免是／象徵的。」我們似乎可以大膽地說：「象徵」是手法，在此詩；也是主題，在此詩既可以是藉著「象徵」手法來調侃中國詩詞的「抒情」傳統，又可以藉由「象徵」主義的內在哲學本質，來訴說人生既真實且象徵的弔詭真相。

且看詩人在詩末又安置了三行句子，亦低於原詩句三個字，我們可以說，這也是詩人刻意的安排，當可以視此為詩的後記或補述，「讀廢名寫周作人：『我們常／不免是抒情的，而知堂先生／總是合禮。』兩句有感。」此一後記提示了我們，詩人關心的絕不只是「象徵派」此一藝術的派別或是象徵主義、象徵手法等藝術之潮流或內容，詩人所關心的是欲藉著反思「象徵」派的反寫實精神，進一步去思考我們置身於其中的真實人生，如果過於抒情傳統，過

---

[30] 劉勰著，劉拱本義《文心雕龍本義》：頁 985。

於象徵式地浪漫幻想，總難免有如「糾纏沉沒的水草」，遭遇「暴雨一場／留下／汪汪的水塘」，有時還必須「抽一根 TRUE」並且「總是合禮」，最後詩人還不免面對人生「不免是／象徵的」。

在敘事方式上，夏宇在此詩裡表現了一些「後現代性」（postmodernity）的特色，何謂後現代性的特色呢？它強調流動、多元、邊緣、差異與曖昧含混，不再強調英雄神話、族群中心主義與歐洲中心主義，並且揚棄了二元對立。由於強調在地與小敘述的多元和無以預期，因此對於傳統的理性與權力這些客觀標準，提出了相當多的批評。[31]這也即是李歐塔（Jean-Francois Lyotard, 1924-1998）所說的：「敘事的運作分散在一團團敘事語言因子的雲霧中——有敘事、也有直指，有約定俗成式的，也有描寫性的等等。」例如〈象徵派〉中「騎車　吹口哨　沿著／三月　春天的牆　轉彎／過橋　下坡／放了雙手」的表現方式就有抒情的意象語言、有寫實的敘事，又隱然有著對約定俗成的抒情手法的「模擬」（imitation），而其快速跳接式的剪輯手法，以及與詩尾後序式的首尾銜接的架構，又呈現了一種曖昧含混的「後現代性」。如果讀者熟悉了這種種表現方式，則此詩的真正意義與精髓會逐漸明顯地浮現。

2. 觀置辭

觀看作品的修辭技巧是否恰當的部份，這也是夏宇的詩最為人所津津樂道的。像夏宇的〈備忘錄・也是情婦〉一詩，[32]拿的是鄭

---

[31] 廖炳惠編《關鍵詞 200》（臺北：麥田，2003）：頁 207-209。

[32] 《備忘錄・也是情婦》：「一九七九年夏天你也是一個情婦，很／低的窗口，窗外只有玉黍蜀。他是捲／髮，胸前有毛，一輩子／不穿什麼藍衫子。也不像候鳥／不留菊花／是一頭法蘭西的河馬／善嚼　一九七九年夏天阿洛／阿洛你已經開發／亞熱帶無可／無可置疑的肥沃　亞熱帶　無可／置疑／不適合／等候」：初版，頁 19-20。

愁予的抒情詩〈情婦〉[33]來加以諧擬，先從「模擬」語言出發，是一首反模擬諷刺體詩。由於讀者對鄭愁予是臺灣數一數二的抒情詩大家了然於心，一看即知她是藉著「反模擬」鄭愁予的代表作，質疑了整個現代詩的抒情傳統。

夏宇在 1986 年發表的〈今年最後一首情詩〉，其嘲弄臺灣女詩人情詩中的輪迴觀念很明顯。在詩中與女主角轉世重逢的「我前世的／愛人啊」，[34]竟是垃圾場的一個頭蓋骨。詩人萬胥亭即因夏宇能「透過嘲弄模擬來質疑舊成規」，能「透過對 Cliche 的模擬引述來創造新意」，即「透過 Copy 來創造 Original」，所以他把夏宇的詩劃分成「後現代」或「後設詩」。[35]毫無疑問的，在上舉的兩首詩的手法上而論，夏宇表現了後現代語言遊戲的特色。可其幽默的嘲弄語調，卻貫穿其詩作而成基調，成為個人風格性極強的一部份。她自己也曾說：

> 「如果我可以用一種填字遊戲的方式寫詩，但保證觸及高貴嚴肅的意旨，讓比較保守脆弱的人也同樣體會到閱讀的深刻樂趣……」（1984 札記）我贊成遊戲，但我不認為我的詩都是語言遊戲，相對於某一層面的人格結構，可能方法上有點傾向於「以暴制暴」[36]

就像我們在分析〈象徵派〉一詩所發現的意象運用、語言遊戲與幽默的嘲弄方式。請再看看詩裡用了些什麼樣的意象以為象徵的媒介呢？魚、水草、鞋子、三月、七月、暴語、酢醬草、金盞花、

---

[33] 鄭愁予《鄭愁予詩集》（臺北：洪範，2003）：頁 122。

[34] 夏宇《中國時報》人間版，三月十九日。

[35] 萬胥亭與夏宇〈筆談〉，原《現代詩》十二期，現收錄於夏宇《腹語術》：頁 116。

[36] 夏宇《腹語術》：頁 105-106。

岸邊垂釣、春天的牆、汪汪的水塘、水中的倒影；最後詩人在末二段裡卻加入床褥的深處、香煙的牌子等寫實的意象，如此將抒情和寫實的意象並置，用以創造錯置又怪誕的風格。詩人希望藉著中國抒情詩中傳統意象的過度模仿與堆砌，以便與末二段現代寫實意象並列，以便激盪出嶄新的象徵、多義性、曖昧含混性與諷刺性，這不僅為現代詩的抒情意象作了古今並置的示範，更為寫實的精神添加了浪漫的想像。

3. 觀通變

我們分析〈象徵派〉這文本的內容、形式是否獨具一格，是否具有承續傳統、開創新意的突破時，其實不妨將它與中國現代詩壇「象徵派」的代表詩人戴望舒的〈雨巷〉一詩來對照。[37]這是中國早期象徵派詩人的代表作品，詩中悠長又寂寥的雨巷以及一直重覆出現的主題與意象，這就與夏宇〈象徵派〉一詩的前言有所類似，「我沿路灑下麵包屑／這個夢境這樣深長」，隱隱然詩人在承接著中國現代詩「象徵派」的棒子，這遺產首由紀弦在現代派「六大信條」裡「我們是有所揚棄並發揚光大地包含了／自波特萊爾以降／一切新興詩派之精神與要素的現代派之一群」所揭櫫，而今則傳到夏宇之手。

詩人創作以文字沿路撒下意象的麵包屑，好好在潛意識裡垂釣豐富的意象。即使意象的創發是虛妄的意與真實的象之相遇，可能與詩人的靈感糾纏成沉沒的水草，但是詩人說只有兩人失足而已，或許詩人指的就是詩人自己，以及讀詩的人吧。其餘的，意象也好，水草也妙，第五隻鞋也罷，既然來自暴雨，始於低低谷地，應該還

[37] 戴望舒，瘂弦編《戴望舒卷》（臺北：洪範，1983）：頁34。

是屬於魚的——那《莊子‧外物》裡的「魚」：筌者所以在魚，得魚而忘筌。蹄者所以在兔，得兔而忘蹄。言者所以在意，得意而忘言。吾安得夫忘言之人而與之言哉？[38]——得了魚之意，就忘了筌之象吧！詩人默默接棒，心有準備，確實立圖反思與重構現代詩的抒情傳統。

4. 觀奇正

我們看看〈象徵派〉一詩中所呈現的抒情風格，是屬於詩壇的主流還是非主流呢？其寫作的抒情手法有無出奇制勝的地方？

夏宇在〈象徵派〉中大量使用了傳統的抒情標準，不管是意象的運用，或是詩句的排列，都像看到了古典詩詞的軀殼，但她卻變相地模擬此抒情傳統架構中的元素，傳遞出有別於傳統抒情靈魂的意圖。如騎車的主角沿著三月春天的牆，轉彎下坡放了雙手，就是七月了。七月的景象，是低低的、睡眠的谷地，暴雨一場，留下了汪汪的水塘，但也淹沒了谷地裡滿滿的酢醬草和金盞花。這些美麗的卻易逝的花，不免令人想到中國傳統抒情主體的感傷情調。詩句的旅程，到這裡不只是具有重要抒情意義的表述，反而是詩人思考抒情詩詞傳統置於二十世紀現代詩的虛妄性與真實性。創作的本身在於迷人的思維過程，夏宇由抒情詩的傳統敘事方式入手，欲藉著「詩的魅力正是它的歧異性」的思考結果，[39]重構了抒情詩的敘事方式本身。

雖然夏宇自己說：「寫詩十幾年，忽然有人說它就是『後現代』，反正我們活在這個時代，注定是 post-everything 的」，[40]彷彿詩人被

---

[38] 莊子《莊子讀本》：頁 201。
[39] 夏宇《腹語術》：頁 102。
[40] 萬胥亭與夏宇〈筆談〉，原《現代詩》十二期，現收錄於夏宇，《腹語術》：

文評家稱為「後現代」女詩人、具有「後現代」詩風格這種種的定位，並非詩人本身有意另闢「後現代詩」的寫作方式，以叛逆／逆反中國的傳統抒情詩、寫實詩或是西方現代主義的詩風。但是，一位詩人不願意輕易為自己的創作類型加以歸類，這不也是另一種「後現代」的思維方式嗎？

5. 觀事義

從〈象徵派〉一詩的取材用典是否確切，以及作品中文本互涉（intertextuality）等之運用角度觀察分析之，當可進一步發現這首詩內涵之豐富與耐人尋味。這可分為以下兩點加以說明：

（1）取材用典

「三月　春天的牆　轉彎」一句，讓人無法不聯想到鄭愁予的名詩〈錯誤〉:「東風不來　三月的柳絮不飛／你的心是小小的寂寞的城／恰若青石的街道向晚」，夏宇在詩裡運用「騎車」這個極具動態性及現代感的意象（注意，不是達達的馬蹄，而是鐵馬），我吹著口哨，輕快而瀟灑的沿著三月春天的牆，絲毫沒有逗留回顧的意思，下坡，輕快的進入下一個季節。詩人在此極有可能藉著與鄭愁予〈錯誤〉意象系聯，達到嘲弄模擬來質疑舊成規的目的。

夏宇經由第一段的「三月」轉彎、過橋、下坡、放了雙手，而進入第二段的「七月」，不禁令人聯想起〈詩經・豳風・七月〉。[41] 關於《詩經》〈七月〉的內容、情調、功能，臺灣的現今學者多半立足於典籍原文提出詮釋。他們以文化及民俗的角度來探討原典，指出〈豳風・七月〉的內容以敘事為主，描寫豳地農民一年四季從

頁 118。

41　《古注十三經・毛詩鄭箋》（臺北：第一，1980）：頁 55-56。

事生產勞動過程、氣候風物變化和一般百姓生活情形。詩之風格則是樂而不淫、哀而不傷，一派平和溫厚。這種「溫柔敦厚，詩之教也」，不也正是詩人要在〈象徵派〉中所欲顛覆的「抒情詩」傳統嗎？所以，當七月來臨，以「暴雨一場」淹沒「就是這裡　低低地睡眠的／谷地　滿滿的酢漿草　金盞花」，然後，留下汪汪的水塘，好供人在岸邊觀看，繼續對水中「不免是抒情的」的倒影叫喊，思考，垂釣，並仍不免失足於如此抒情的大環境中。

（2）文本互涉（intertextuality）

既然詩人在後記提到「讀廢名寫周作人：『我們常／不免是抒情的，而知堂先生／總是合禮。』兩句有感」，我們何不回到詩人最初閱讀的文本，看看她可能是因著哪些文字，衍生出創作此詩的靈感與主題的。

廢名在〈知堂先生〉一文中寫道：

> 我們常不免是抒情的，知堂先生總是合禮，這個態度在以前我尚不懂得。十年以來，他寫給我輩的信札，從未有一句教訓的調子，未有一句情熱的話，後來將今日偶然所保存者再拿起來一看，字裏行間，溫良恭儉，我是一旦豁然貫通之，其樂等於所學也。在事過情遷之後，私人信劄有如此耐觀者，此非先生之大德乎……他對於自己是這樣的寬容，對於自己外的一切都是這樣的寬容，但這其間的威儀呢，恐怕一點也叫人感覺不到，反而感覺到他的謙虛。然而文章畢竟是天下之事，中國現代的散文，從開始以迄現在，據好些人的閒談，知堂先生是最能耐讀的了。[42]

[42] 引自 http://www.bwsk.net/xd/f/feiming/index.html。

廢名在文中提到知堂先生的「總是合禮」，這可是和前句「不免是抒情的」文意扞格，和我們常說的「合於禮節／禮貌」不盡相同。原來「合禮」的周作人，其展現在散文、私人信札上的風格可是耐讀的，而其散文之字裡行間，盡是「溫良恭儉」，而非一般人常有的「抒情性」。這些廢名對周作人先生的評價，相映於夏宇的〈象徵派〉，到底會有什麼關聯性和互涉呢？

任何讀者在看了廢名的〈知堂先生〉文本後，他當會發現夏宇可是以一般人「不免於抒情」為論旨去思考生活，甚至是臺灣現代詩人創作詩過於抒情的傳統，提示知堂先生的「合禮」所給予文章事業的「耐讀性」，其實是詩人為現代詩的創作提供一個強烈思維的角度。這麼一來，廢名與知堂先生即構成詩人文本中的兩大相互文本了。

6. 觀宮商

讓我們看看〈象徵派〉一詩的「聲音」（voice）是否具有和諧優美的抒情傳統。

夏宇是個極具實驗與反叛性的詩人，她不但揚棄了臺灣大部分女詩人慣常採用的抒情傳統，並且認為男性評論者的大敘述預設（說女詩人通常婉約纖細）是毫無意義的，[43]她還說：「雖然我那麼喜歡字，喜歡音節，喜歡字與字的自行碰撞後產生的一些新的聲音。音響的極端的快樂」，[44]什麼是「音響的極端的快樂」呢？她在〈象徵派〉所運用的「聲音」不也展現出截然不同的快樂嗎？

---

[43] 萬胥亭與夏宇〈筆談〉，原《現代詩》十二期，現收錄於夏宇《腹語術》：頁 115。

[44] 夏宇《腹語術》：頁 120。

「我沿路灑下麵包屑／這個夢境這樣深長」，作為類似序言的開頭，每句剛好都是八句，整齊的詩句營造出抒情傳統中悠遠浪漫的音響。我們初讀時，當會將如此的音響吟唱納入心頭，以為接下來的語調都會是如此的「悠遠浪漫」。可是緊接下來的短小精簡之句，可卻讓詩的音響頓時跳躍了起來，「騎車　吹口哨　沿著／三月　春天的牆　轉彎／過橋　下坡／放了雙手」，那是輕快而自由的音響，詩人運用有別於日常斷句的方式，將獨立成詞的文字彼此隔開，形成一種類似「蒙太奇」的跳接效果，彷彿詩人自由跳脫的思緒，將日常生活的用詞排列成一個個的意象，彼此看似無意的碰撞，卻又互承文句本身的意思。藉著「字與字自行的碰撞」，夏宇營造出「抒情音韻」與「後現代詩」音響的「極端」碰撞，展現出「象徵派」介於抒情詩和後現代意象之間的矛盾和交集。

接下來我們可以看出夏宇採用另一種寫實的手法介入，「在床褥的深處／流汗，醒來／——真的是／抒情的——／當你不相信的時候／你就抽一根 TRUE／TRUE 是真實／一種香菸的牌子，／不免是／象徵的。」這些言詞像是日常生活的對話，又像是一齣戲中的一段對白，可和抒情詩句的悠遠浪漫不同，不但沒有想像也沒有綿延的音韻，有的只是平順的敘事話語，讓人讀來有一種屬於現實無聊的重覆和修辭的貧乏。最後夏宇又附了一段類似「後記」的文字：「讀廢名寫周作人：「我們常／不免是抒情的，而知堂先生／總是合禮。」兩句有感。讀來像是一篇讀書心得的後記，平順理性的語調讓整首詩的聲音又收縮成寫實的風格。這種時而抒情，時而寫實，時而後現代的語調安排，讓整首詩雖然名為「象徵派」，其實卻是富有浪漫風格的抒情想像與怪誕風格的。

換句話說，由以上所論夏宇詩中所呈現的後現代主義特色，可知她是個對時代精神非常敏感的詩人。臺灣文壇上對「後現代主義」

之鼓吹與關注，或根據此主義為指標所進行之創作，那是八十年代的事，而夏宇早在一九七六年就開始寫所謂「後現代主義」風格的詩了。可見她是走在時代的前頭，以冷凝嘲弄的語調，對自己及客觀世界都保持一定的距離，選擇瑣碎、偏離的素材，著意經營不同以往的文字秩序，捕捉工商都市文明的人際關係及錯置心態，於是，給自己的詩作內涵創造了一種新的「聲音」。可是另一方面，也只有像夏宇這般，先天即富有極端的反叛精神，這才能突破多重傳統的束縛，直接聽見時代脈膊的跳動。

三、後現代式浪漫抒情

綜合以上所論，夏宇的詩的確在多方面呈現了西方理論學者所列舉出的後現代主義作品特色：諸如對文字功能之反思，以遊戲顛覆為目的的態度處理意象，透過模仿成規嘲弄詩的抒情成規，以求創新的後設性、多元化而表面呈混亂的敘事方式，對傳統文學準則之採納並同時進行對其解構等等。

夏宇作品之所以成功，在於她能把浪漫主義的抒情特質、現代主義的結構及寫實主義的手法不著痕跡地鎔鑄其中。而貫穿其大部分作品的嘲諷語調及搗蛋鬼的反叛精神，這都表現了她強烈的個人風格。她在「象徵派」這首詩中，其亦中亦西的「象徵法」的運用，讓中國古典詩詞與現代詩並置，確實具有承先啟後、銜接中西的重要意義。

象徵，用某一特定的具體形象來表現與它相近或相似的概念、思想和感情，而這特定的具體形象的取材範圍在中國古典詩歌中是十分廣泛的，諸如動物、植物、某種自然現象、某一自然環境以及某一種出自詩人主觀想像的現象等等，都是象徵的廣泛運用。

由於中國詩歌的傳統講究怨而不怒、哀而不傷，講究諷喻，也就是說要委婉含蓄，而忌淺露，所以有的詩在應用象徵的手法所表達的意念、思想和感情卻頗為費解。而西方（包括中國現代詩壇）的許多象徵主義詩人，在「故意晦澀」或「過於晦澀」的創作下，這和他們聲言要加以「轉變」的世界卻是更加疏離。[45]多數以抒情式的意象和內容表達詩人情思，使得「象徵」與抒情詩的風格，自然成為一組「孟不離焦，焦不離孟」的傳統思維與意象模式，如果不能加以重構或反思，這樣的古典抒情，將會給現代詩壇帶來牽制或局限，在在都需要現代詩人用心深思。

而夏宇，以後現代式抒情顛覆古典式抒情的詩人，今以劉勰「六觀法」分析夏宇的「創作本質」與「顛覆手法」，不也是對一般人籠統評論夏宇為反傳統提出質疑嗎？我們看看在〈我們苦難的馬戲班〉裡夏宇所透露的詩心：

> 譬如花也要不停地傳遞下去
> 繞過語意的深淵，回去簡單
> 來到現在——永無休止的現在
>
> 當一切都在衰竭
> 我只有奮不顧身
> 在我們苦難的馬戲班
> 為你跳一場歇斯底里的芭蕾

（腹語術，頁 57）

---

[45] 同註 5，頁 137-138。

一個是具有美麗形式卻瞻見古今的文學理論專書，一個是具有自由語言形式，卻思接今昔的現代詩，兩者之間所涵泳的文心，是如此的相互輝映，如此的令人動容。

夏宇使用極為浪漫抒情的意象，諸如花，但是她要的不是傳承的抒情，而是讓花或單純只是一個「語意」的符號，隨著時代的延續，即使是必須面對「語意」衰竭的宿命，夏宇仍然奮不顧身的繼續以詩的實驗傳遞下去，繞過古典的抒情「語意」，讓抒情的精神與當代對話，重構成為後現代式的浪漫抒情。

四、浪漫美學的個人主體性

1. 前言

承上所言，不管我們採取的是現代主義、浪漫主義或後現代主義其實都很難釐清夏宇詩文本所欲呈現的意圖。八十年代，那個充滿不確定的年代，從初成的山林裡欲闖出一條羊腸小徑而言，她其實並不確定自己走下山的新方向是否正確。走到哪裡，就開拓到哪裡。夏宇寫詩，研究者研究她的詩，其實，只是循著她的書寫來尋著她所開闢出來的路。

實際上，當時的她並沒有什麼明確的主義或是主張以為依循，更甭談開疆拓土之事。

本段選擇「浪漫主義」美學中的「個人主體性」（individual subjectivity）以為研究的依循，這得歸諸於夏宇身為女性詩人可台灣詩壇卻很難恰確地為其定位。雖然她說，「對於身為一個女詩人這件事，簡單的說，我並不介意我必須騎女用自行車或故意喜歡穿男襯衫什麼的，但身為女人，我發現我們沒有自己專用的髒話，這是非常令人不滿的——當然並不只因為這樣，所以我寫詩」。[46] 當然，她並不在意讀者、詩壇，或是任何年度詩選對於她的評價或誤讀。[47]

吾人研究浪漫主義與女性主義的源起與流變，發現隨著時代的演進，浪漫主義精神的個人主體性逐漸形成浪漫美學的重要精髓，而女性主義的發展，從早期專注於性別對抗的議題，走到今日強調以女性的自我認同，以及朝向主體性的建構與實踐，都是有鮮明脈絡可尋。研究浪漫主義的內在意涵，我們其實在意的還是限於文學與美學的範疇。但是其中屬於個人主體性的哲學思維，可卻是研究浪漫主義的起源與演變不可忽視的範疇。而女性主義所強調的精神意涵中，個人主體性的追求亦是自我認同的重要關鍵。

人既為主體，可以創造自我，但人也是客體，受到外界種種因素所制約。因此不管怎麼說，吾人如欲較深入理解主體的建構，都得有較縝密的心理分析和文化研究的支援，才能較瞭解人們是如何建構自我和主體，也才更能深入理解人又是如何在主體的建構與客體的限制中找到生存的平衡。詩人以詩歌來追尋生存的意義，而身為詩人的夏宇，又是如何藉助書寫來表達其在探索個人主體性過程中的種種掙扎。本節的動機與目的，即試圖從浪漫美學與女性主義的主體性切入，探討其作品中所呈現的個人主體性問題。

2. 個人主體性

在本章開頭已對中西文化的「主體性」內涵略作比較，現試就李癸雲《朦朧・清明與流動——論台灣現代女性詩中的女性主體》

[46] 夏宇《腹語術》：頁 115-116

[47] 白靈〈詩的夢幻隊伍——八十四年詩選上場，收錄於辛鬱跟白靈主編《84年詩選》（台北：現代詩社，1996）：頁 6

所論，說明女性詩人「主體性」的構成。台灣現代文學批評在二十世紀八十年代解嚴之後，展開一連串「主體性」的研究風潮，吾人研究女性「主體性」的意義，在於探討女性「主體」如何被文化與社會所塑造，以及如何在外在建構與自我身份的認同。而書寫本身，在表達女性主體的過程中，可以不斷逸出常規，尋求更自由的主體性建構。藉著文字，可以傳達她們女性主體受壓抑、焦慮、覺醒、自塑等意識，以及自省外在制約又能自我開拓。李癸雲就以下幾點論述女性詩「主體性」的構成：[48]

（1）女性主體的認同

女性如欲了解「主體」的建構，她們當先得了解自身的處境，而在歷史文化的語境下，女性主體又是如何被建構，以及建構成什麼形象，李癸雲指出女性詩人藉著書寫尋求主體超越的意圖，並不斷在既有象徵中竄逃，開發出主體本身自我意義的實現。

（2）書寫的主體性

主體性是一種話語建構，因主體性是開放的，並隨著歷史、社會、文化改變而改變，所以書寫的主體性乃能經由語言和書寫來延伸展現其深層結構，並不時提供一個新的主體位置。女詩人即由作品中的「主體位置」、「性別認同」、「語言實踐」來建構主體性。

（3）臺灣現代女詩人的主體書寫

李癸雲在分析女詩人如何以詩建構主體性時，係由「自我詮釋」、「自我塑造」、「自我開啟」這三個角度進行。如此女詩人書寫

---

[48] 李癸雲《朦朧‧清明與流動——論台灣現代女性詩中的女性主體》（台北：萬卷樓，2002）：頁 1-43

的「主體性」與女性的「主體性」便有兩層意義：1.以詩對女性主體的召喚；2.因主體認知更開拓新詩境。

參考李癸雲對女性詩人「主體性」的構成分析，可知女性詩人若從主體書寫出發，應屬於具浪漫特質的詩人，因浪漫詩人都從主觀自我出發，把自己的內心世界作為整個世界，不再關心外在世界的真實摹寫，詩不是語言的藝術而是內在心靈的藝術。從諾瓦利斯（Novalis, 1772-1801）提出的浪漫三要素來看，實際上可以概括為一個，就是「個人主體性」。他提出浪漫的要素是：1.個別要素、個別情況的絕對化、普遍化、極端化等等，是浪漫化的根本特質；2.浪漫的要素是對像必須像哎奧爾斯琴一樣，不需撥動琴弦，沒有任何原因，就突然發出響聲；3.浪漫主義者研究生命，就像畫家研究顏色，音樂家研究聲音，機械師研究力一樣。細心研究生命會造就浪漫主義者。這三個要素第一條強調絕對的個人性，第二條強調主體能動性，不需外界刺激自己能主動發出聲音，只需像火山一樣，自己不斷往外噴射岩漿，第三條強調主體的生命，實際上這三條的精神特質都是強調「個人主體性」。[49]

綜上所論，「主體性」確實是浪漫美學的絕對出發點，波特萊爾曾說過：「浪漫主義恰恰既不在題材的選擇，也不在準確的真實，而在感受的方式。他們在外部尋找它，而它只有在內部才有可能找到。」[50]浪漫，是在人自身內部感受人和整個世界的一種感受方式和生存方式，把主體性的自由創造作為自己的原則，可以說浪漫美學是一種個人主體性的美學，是渴望個人主體精神自由的美學。[51]

---

49 寇鵬程《古典浪漫與現代——西方審美範式的演變》(上海：三聯書店，2005)：頁 188

50 波特萊爾，郭宏安譯《波特萊爾美學論文選》(上海：人民文學出版社，1987) 頁 218

51 寇鵬程《古典浪漫與現代——西方審美範式的演變》：頁 190

既然本章研究題目為「追尋浪漫美學的個人主體性」，即有必要先釐清主體（subject）一詞的真正意涵。當然我們必須釐清一個基本卻極為重要的問題，強調個人的主體性，是西方浪漫美學一個核心的精神，至於中國浪漫文學的精神到底有沒有強調個人的主體性呢？而主體性問題和本體論到底有何異同呢？安哲利茲（Peter A. Angeles）《哲學辭典》如此解釋「主體」（subject）：[52]

1. 它的一些事物（性質、關係、特徵、屬性、特性）可予以肯定（或否定）。
2. 可以說是它內在固有一些事物。在形上學意義上，主體可以與諸如實體（substance）、本體（substratum）、根據（ground）、存有（being）、真實（real）、實在（reality）、絕對（absolute）一類詞語交換使用。
3. 思想動因（agent）；支持心理活動和事件或為其原因的存有物。
4. 心靈（mind）。
5. 自我（ego）。

中國哲學有沒有本體論的探討，一直是哲學界的爭論話題。有人主張有，有人主張無，當然，這裏探討問題的關鍵點是「甚麼是本體論」。

中國人以前分「經、史、子、集」四部，最重視的是「經」，「經」是儒家成德之學，「史」是歷史，「子」是其他諸子的思想，「集」是文學；哲學和本體論這些名詞是由西方學術的詞語中翻譯過來。

---

52 Peter A. Angeles 著段德智、尹大貽、金常政譯《哲學辭典》（台北：貓頭鷹，2004）：頁 10

既已翻譯了科目名稱，當然便要找找有沒有與這些術語相關的內容。既然想了解甚麼是「本體論」，首先就得看看西方學術中的「哲學」和「本體論」到底說些甚麼。

本體論和宇宙論等都是形而上學的主要內容，本體論討論存有（Being）和本質等問題，不像宇宙論討論的是宇宙的生成變化，所以不要直接把凡有關宇宙生成變化的內容就叫做本體論。中國學問中當然有討論宇宙衍生變化的篇章，但這不是本體論的主要內容。本體論也不是討論世界本原的問題，討論宇宙生成變化時常需論及世界的本原，世界的本原乃由現實世界的觀察中得到的一些本原的概念，例如：火、水、空氣等物質。

但西方哲學的本體論並不是這樣的，它應包括柏拉圖探討的 noumenon 和海德格以來集中探索的 ontology。「本體」成為範疇，成為研究對象，是在亞里士多德時開始，但亞里士多德不是由現實世界的觀察中找出事物之本原，而係由語言的邏輯關係中找出來的。「存有」是由繫詞「（be）」的關係中推論出來，討論的是「存有／在」與其符旨的關係，再變成「是者的是者」的研究。亞里士多德的《形而上學》就是關於這「是者的是者」的研究著作，因此西方哲學的本體論本來就是邏輯的、對象的、知識的。康德在他的《判斷力批判》中就強調人的存在自身就是目的，他沒有什麼其他的外在目的，人不能把自身的存在作為一個手段去達到其他目的，他說：「人的存在，在其自身，就是含有最高目的的，而這個最高目的，在他能做到的最高範圍內，是他把整個自然使之從屬的，至少是在違反這個最高目的時，他是必不可認為他是從屬於自然的任何勢力的。人就是創造的最高目的。」[53]

---

[53] 康德，韋卓民譯，《判斷力批判》（下）（北京：商務印書館，1964）：頁 100

而中國古典浪漫文學的主體性不同於西方本體論，更不同於西方浪漫主義的「主體性」追求，主要係以「群體」「魏闕」為詩人追尋的主體對象，並不強調個人主體性的抒情模式。

3. 夏宇的個人主體性書寫

迷你裙、喇叭褲、連身洋裝、緊身T恤和尖頭高跟鞋，克理斯汀·迪奧（Christian Dior）說：具有挑逗力的衣服才算成功的作品。迪奧是男人，他所定義下女人之美麗，那只是女人的外在美。其實穿或不穿，如何穿衣服，忘了穿衣服的身體來自女性的內心抉擇，也自然形成女性的某一種美學。現在已是二十一世紀，女性主義的發展已相當成熟，女性所思索的課題應已非要取代「男性」的角色，擁有像「男性」一樣的能力，而是要如何實踐自我，擁有人生的真正價值。[54]

女性主義認為女性美學應該有一項更具野心及遠見的策略，那就是顛覆西方以陽具中心論（phallocentric）的思維方式，其中包括西方解構主義所揭示的二元對立邏輯（binarlogic）和相關的固定性範疇（如精神／肉體，理性／非理性，主體／客體等）。因此，女性主義藝術便湧現了大批實驗性的所謂「反面美學」（negative aesthetics）的作品，以斷裂、零碎、矛盾、不定、猶豫及不明的性質作為表達的特點。這些創作便是為要創立一種有別于傳統父權體系中以理性、和諧、連貫和完整性為主的藝術表達。

此外，女性主義藝術亦嘗試多運用眼睛以外的感官，如味覺、嗅覺和觸覺等，那是因為傳統以視覺為主的觀賞官能，促成了主體和客體的分割，其他感官則可促進主客的親近與交融。我們可以

---

[54] Kathleen Archambeau 著侯玉傑、張嫻譯《穿高跟鞋爬公司樓梯》（台中：晨星，2008）：頁 8-9

這麼說，過去在以男性思維方式所壟斷下被視之為次要和可疑的東西，現在卻成為女性主義學者和藝術家的重要材料，用以建立另類的表達模式，務求一改過去的偏見和習慣，並拓展女性主體性的表達空間。這種對另類藝術或美學的尋找，有人以「反美學」（Paraesthetics）目之。女性主義美學家海茵（H.Hein）聲稱，女性主義藝術的特點，主要並不在於它是一些關於女性的東西，而在這種藝術如何利用舊的工具去建立新的表達方式。

女詩人到底比一般女性敏感，台灣現代女性詩人在藝術上的表現，除了在「擁抱愛情」與「承擔母性」的表現最為明顯之外，還有更深一層的自我追求——主體自由的追求，這就造成了「主體掙扎」的普遍現象，這點特別值得讀者和詩評家的注意。[55]鍾玲在八十年代末期就以這樣的對比分析來歸納女性詩人文本之特色：

> 女詩人作品中自成體系的文學傳統則以承繼古典文學的婉約風格為主流，而又衍生了對這主流三種不同的反動：（一）走另一極端的豪放雄偉風格，（二）針對含蓄矜持語調而走相反路線的激情告解式文體，（三）針對甜美、寬容質而走相反路線的陰冷或戲謔風格。以上所列女詩人的婉約風格主流及其三種流變，可以稱之為台灣詩歌中的女性文體傳統。這種女性文體傳統之產生，與整個文化背景及女性生理、心理皆有密切關係。[56]

自夏宇的第一本詩集《備忘錄》出版於一九八四年起，其詩作所呈現的風格，當屬於鍾玲所言「陰冷或戲謔風格」的第三種反動。除

---

[55] 李元貞《女性詩學——台灣女詩人集體研究 1951-2000》（台北：女書文化，2000）：頁 8

[56] 鍾玲《現代中國繆司——台灣女詩人作品析論》（台北：聯經，1989）：頁 396

了語言結構極具實驗性之外，夏宇詩作最大的特點便在於處理文字時的「輕佻」態度。至於就其文本的內容來解析，《備忘錄》中抒情的作品仍佔多數，只是她慣以冷酷的語言陳述尋常之事，卻又能展現另類的風韻。[57]

值得玩味的是，夏宇自己並不認為其文字是文字遊戲：

> 「『如果我可以用一種填字遊戲的方式寫詩，但保證觸及高貴嚴肅的意旨，讓比較保守脆弱的人也同樣體會到閱讀的深刻樂趣……』（1984 札記）我贊成遊戲，但我不認為我的詩都是語言遊戲，相對於某一層面的人格結構，可能方法上有點傾向於『以暴制暴』[58]

如果從夏宇作品具「意旨的流動性」風格的表現加以分析，當可發現「我贊成遊戲，但我不認為我的詩都是語言遊戲」的夏宇，如何「觸及高貴嚴肅的意旨」。[59]而陳師鵬翔在李癸雲《朦朧、流動與清明——論台灣現代女性詩作中的女性主體》序文中寫道：「台灣現代詩的主體性探討始於八十年代社會機制的鬆動應該都沒有錯，對主體性的探討，一時風起雲湧，政治性的論述不談，文學藝術性的探討卻大都環繞著女性主義而進行。」[60]

夏宇的作品風格另類、語言創新，自然易被評論者歸類到女性主義及後現代主義中，但她本人卻對這種分類帶著質疑，對於身為一個女詩人這件事，她說：「簡單的說，我並不介意我必須騎女用自行車或故意喜歡穿男襯衫什麼的，但身為女人，我發現我們

---

[57] 林于弘《台灣新詩分類學》（台北：鷹漢文化，2004）：頁 220

[58] 夏宇《腹語術》：頁 111

[59] 李癸雲《朦朧流動與清明——論台灣現代女性詩作中的女性主體》：頁 208-209

[60] 〈台灣現代詩的詮釋與主體性（序文）〉收入前注，頁 11

沒有自己專用的髒話，這是非常令人不滿的——當然並不只因為這樣，所以我寫詩」。[61]所以，分析寫詩的夏宇，分析其個人主體性書寫，選擇從浪漫美學的個人主體性或是女性主義的主體性建構著筆，當極適合窺視夏宇如何以詩文本建構其主體性。以下就三點分別討論之：

（1）神話、古詩的主體性重建

文學是語言的實踐，而現代詩更是語言的極致表現。女詩人若能從語言層面開始顛覆詮釋成規，女性主體便能遠離父權中心體制的制約，開拓出自身豐饒的生命力與自由的視野，[62]其女性主體性的建構當更明確而有其實踐性。

主體這種理念只是語言成規所造成的。解構了語言，即解構了詮釋成規。[63]藉著神話的主體性重建，更是具有顛覆性的「文本政治」，期使自己的文本產生含有時代性胎記的創新內涵。在現代詩裡時有運用神話素材的，優秀的詩作，必定是詩人的情思恰切地融入神話素材裡，這樣即可達致批判社會、映射人性、或呈現社會道德的意義。而論者在論及夏宇最深刻的後現代主義詩作時，往往都認為他們已根植於激進的女性主義精神上。其中尤以〈姜嫄〉一詩為然。

事實上夏宇從未大張女性主義的旗幟，而是藉用遠古神話為素材，作為個人主體性的建構。詩作前頭引《詩經》的〈生民〉，[64]繼而她以獨特的方式將姜嫄神話用來鋪張其意旨。

---

[61] 夏宇《腹語術》（台北：唐山，1991）：頁 115-116

[62] 李癸雲《朦朧流動與清明——論台灣現代女性詩作中的女性主體》：頁 208

[63] 譚國根《主體建構政治與現代中國文學》（香港：牛津，2000）：頁 6。

[64] 《古注十三經・毛詩鄭箋》：頁 113：「厥初生民，時維姜嫄。生民如何？克禋克祀，以弗無子。」

本來姜嫄是一個來自遠古的女性神祇，因踩到某個大巨人的腳印而意外懷孕，懷胎十月後產下一子，是為周朝的始祖后稷。劉向《列女傳》即曾詳載其事，[65]這麼一件神話轉入夏宇的筆下，姜嫄的事蹟即與人性、獸性自然結合，所謂「童貞生子」的聖潔形象在此被顛覆一空，其旗鼓大張的反而是女性與大自然呼應貼合而產生力量，亦即女性主動想要交配繁殖子嗣，這和父權社會裏以男人主導生殖的宰制地位完全相反，而這正是父權社會所懼怕之事。由本詩可見夏宇係藉助重新詮釋神話以建構女性的主體性，表現出對女體的自覺與主導。〈姜嫄〉的文本如下：

每逢下雨天
我就有一種感覺
想要交配　繁殖
子嗣　徧佈
於世上　各隨各的
方言
宗族
立國

---

[65] 劉向《列女傳》（台北：廣文，1979）相關之片斷如下：
「棄母姜嫄者，邰侯之女也。當堯之時，行見巨人跡，好而履之，歸而有娠，浸以益大，心怪惡之，卜筮禋祀，以求無子，終生子。以為不祥而棄之隘巷，牛羊避而不踐。乃送之平林之中，後伐平林者咸薦之覆之。乃取置寒冰之上，飛鳥傴翼之。姜嫄以為異，乃收以歸。因命曰棄。姜嫄之性，清靜專一，好種稼穡。及棄長，而教之種樹桑麻。棄之性明而仁，能育其教，卒致其名。堯使棄居稷官，更國邰地，遂封棄於邰，號曰后稷。及堯崩，舜即位，乃命之曰：「棄！黎民阻飢，汝居稷，播時百穀。」其後世世居稷，至周文武而興為天子。」：頁 20-21

像一頭獸
在一個隱密的洞穴
每逢下雨天

像一頭獸
用人的方式

（《備忘錄》：頁 118）

除了〈姜嫄〉之外，〈上邪〉一詩亦可看出夏宇對漢樂府〈上邪〉[66]諧擬（parody）的企圖，以及對於愛情追求的嘲諷與顛覆：

祂乾涸了，他們是兩隻狼狽的槳。
他描述鐘，鐘塔的形狀，繪畫的，有一層華麗的幻象的窗。
垂首的女子細緻像一篇臨刑的禱文。
類似愛情的，他們是彼此的病症和痛。
他描述鐘，鐘聲暴斃在路上。
遠處是光，類似光的。類似髮的，光肯定為一千呎厚的黑暗；他描述鐘聲，鐘聲肯定鐘，鐘是扶持的長釘。肯定的銹，以及剝落。
剝落是肌膚。石器時代的粗糙，他們將以粗糙互相信賴。仍然，祂不作聲，他描述戰事，佔據的鐘塔，他朝苦修的僧袍放槍。鐘聲暴斃在路上。
祂仍然不作聲。謠言祂乾涸了。他們主動修築新的鐘塔，抄錄禱文，戰後，路上鋪滿晴朗的鴿糞。
類似笑的，他們把嘴角划開，去積蓄淚。

（《備忘錄》：頁 9-10）

[66] 楊家駱主編《宋本樂府詩集》卷十六（台北：世界，1961）：頁 596。

漢古樂府〈上邪〉是一首民間情歌，詩中的女主人公指天為誓，表示愛情的堅固和永久。這詩可以說是堅決不與情人決絕的誓辭。詩中謂長使相知之心永無衰朽斷絕，不但要與君相愛，且要使此相愛之心保持永遠。它極言除非天地間起了亙古未有的大變化，咱們的交情絕不可能斷絕，這是何等堅決深刻的情歌。

林燿德在討論這首詩時曾點出夏宇利用「文不對題」、「藏匿主題」或「剝離主題」作為操作策略，[67]可其在論及夏詩「風馬牛不相及」的看法卻有待商榷。夏宇的現代詩〈上邪〉，雖取漢樂府〈上邪〉的詩名，但漢樂府〈上邪〉的詩意是對永恆愛情的許諾，夏詩在第一句就以諧擬的互文性徹底顛覆了這種承諾。「乾涸了」的是愛情，夏宇的文雖然看似符合了題意，可卻不再是傳統的「愛情至上」，而是經由夏宇所顛覆了的「愛情」。[68]總之，夏宇在這裡不僅清楚地顛覆了漢樂府〈上邪〉詩一味永恆堅貞的愛情觀，且更深刻地挖掘出愛情中的真實與痛苦。

（2）顛覆二元劃分，走向女性主體

一九七八年夏宇的〈也是情婦〉一詩拿鄭愁予的抒情詩〈情婦〉[69]為「諧擬」對象，是一首反模擬諷刺體詩：

> 一九七九年夏天你也是一個情婦，很
> 低的窗口，窗外只有玉黍蜀。他是捲

---

[67] 林燿德《一九四九以後》（台北：爾雅，1986）：頁 136-137

[68] 洪珊慧《台灣女詩人夏宇詩作研究》：取材自網路資料 http://web.nanya.edu.tw/tcof/tcrd/word/96%E6%95%99%E5%B0%88%E7%A0%94_%E6%88%90%E6%9E%9C%E5%A0%B1%E5%91%8A/%E6%95%99%E5%B0%88%E7%A0%94096P-024%E6%88%90%E6%9E%9C%E5%A0%B1%E5%91%8A_%E6%B4%AA%E7%8F%8A%E6%85%A7.pd，頁 96-299

[69] 鄭愁予《鄭愁予詩集》（台北：洪範，1979）：頁 165

髮，胸前有毛，一輩子
不穿什麼藍衫子。也不像候鳥
不留菊花
是一頭法蘭西的河馬
善嚼

一九七九年夏天阿洛
阿洛你已經開發
亞熱帶無可
無可置疑的肥沃

亞熱帶　無可
置疑
不適合
等候

（《備忘錄》初版：頁 19-20）

鄭愁予是台灣數一數二的抒情詩大家，夏宇可說是藉著「諧擬」來與鄭愁予對話，並且質疑了整個現代詩的抒情傳統。與鄭愁予的〈情婦〉造成文本的交互指涉。此外，它亦諧擬了「男性」詩人的觀點。鄭詩的情婦是在男性觀點的語境下形成的，而夏詩的情婦乃用女性觀點來書寫成章。雙方不同的觀點與立場，卻也書寫出「主體性」的互文指涉。在此對話之下，夏宇諧擬鄭愁予〈情婦〉的作法，更能表現出其藉著書寫追求顛覆男女二元劃分的個人主體性追求。

而夏宇〈也是情婦〉藉由顛覆父權社會的二元對立，朝向突顯女性的主體角色，她重新詮釋現代詩前輩的經典作品，不正和浪漫主義企圖顛覆新古典主義有異曲同工之妙嗎？

（3）流動的女性主體認知

台灣女詩人的作品在上世紀八、九十年代之後，確能開展出一些嶄新多變的風貌，在看待自我身分的角度上亦持續在修正之中。[70]個別女詩人的主體性書寫各有其多變游移，卻同是朝向顛覆二元對立，走向彰顯女性自身之主體求索，可夏宇卻與其他女詩人有明顯的差異，我們將分三方面來探討：

A.從父權出走：

夏宇的〈野餐——給父親〉有底下這兩節：

父親在刮鬍子
唇角已經發黑了
我不忍心提醒他
他已經死了

整夜我們聽巴哈守靈
他最愛的巴哈

（《備忘錄》再版：頁 94）

這段可視為〈野餐——給父親〉的序言，因為夏宇係用不同的字體將它們與詩之主體區隔開來。這首和父親作訣別的詩，寫女兒送父遠行，有如辦一場野餐，「我不忍心提醒他」，因為「他已經死了」，在詩裏女兒扮演指引父親現實狀況的角色，這分明暗示她已從父親的權威身分陰影下走出來。詩文本並未直接提到女兒欲爭取家庭主體的地位，可卻可看成是詩人對主體位置的反思。以下所引段落便是極明確的女性主體認同：

---

[70] 李癸雲《朦朧流動與清明——論台灣現代女性詩作中的女性主體》：頁 276

送他去一個不毛的高地野餐
引聚一堆火，燒起薄薄的大悲咒
我試著告訴他、取悅他
「那並不是最壞的，」「回歸大寂
大滅，」無掛礙故
無有恐怖

（《備忘錄》：頁 95）

詩人試著訴說以取悅自己的父親，像一位媽媽安慰著「馴良而且聽話」的兒子般有耐心和愛心。然而，接下來詩人代替父親說話了，「彷彿／我聽見他說：／「我懂，可是我怕。」」感同身受的包容角色本來應該是身為長輩的父親，可此時詩人用了「彷彿」兩個字，便讓女兒的角色自然而然轉變成一個能體會、包容父親的「獨立女性」。女兒不再只是父親眼中的「女兒」身分，而父親，也不再只是「他應該比我懂」的「父親」身分了。

「身分」仍在，但是隨著父親的死去，身分的二元對立亦看似隨之瓦解。

然而，女性的主體性就真的確立了嗎？人既為主體，可以創造自我；但人也是客體，其實無法不受到死亡的威脅。詩人在最後一段寫著：「繼續一場無聲的／永遠的野餐」，在死亡的陰影下，主體與客體的關聯是模稜兩可的，只有死亡才是永遠的主導者。

對夏宇來說，書寫死亡好像是很自然的一件事，無論是展示那種冷漠抑鬱的死亡方式，抑或是誇張如特技演出般的死亡方式，詩人靠著這些書寫死亡的想像欲望，嘗試著摸索生活的存在意義和生命的象徵。如果我們參照拉康（Jacques Lacan）的鏡像理論，將眼睛視為某種欲望器官，很明顯地，夏宇在詩作中的這個敘述者清晰地講述著欲望主體與自我閹割的創傷。若從拉康的「鏡像理論」來看，一個嬰孩開始進入語言的世界，進入自我欲望的世界時，那必然會涉及一個決定性的因素，就是「異己」這個概念。拉康認為，嬰孩同自己的鏡像的雙重關係認知，是取決於第三者的介入。換句話說，家庭成員的歷史，構成了「語言」這個秩序的內容，這秩序或是通過幻想的家庭故事或是經由伊底帕斯情結這個神話般的結構而體現出來的。這套言語的匯合點正是主體的誕生處，它決定了這個主體日後成功抑或失敗的發展過程。[71]

所以，當父親活著的時候，這個家庭的主體就是「父親」，他具有權威身分，亦具有言語結構的主導權。但是，隨著父親的過世，家庭之主體似乎突然間崩塌了，這時家人在主體認同上遇到空窗期，就好像去趕一場非正式的郊外「野餐」一般。而弔詭的是，只有死亡的狀態才是真正的絕對狀態，真正具備被「認同」的恆定性。反而是每一個活著的人，他們只能活在不停的自我認同與外在世界的矛盾之中，繼續苦苦思索著自己的創痛。米蘭昆德拉曾經巧妙將這種尷尬的境遇說了出來：

> 既然人是一種總是要解釋自我的存在，只有當他從「不再存於這個世界」的視角中才能把握自身，死亡的狀態是真正的局外人。然而人無法作到這一點，死亡的人無法觀察到活著的人，所以人只能陷入苦苦的思索，給上帝提供足夠的笑料。[72]

71　梁濃剛《回歸佛洛伊德——拉康的精神分析學》（臺北：遠流，1989）：頁105-106

72　仵從巨編，《叩問存在——米蘭昆德拉的世界》（北京，華夏出版社，2005）：頁 243

B.進入以女人為主體的自覺意識：

夏宇多數的詩篇寫來像是一則則故事，她一篇〈南瓜載我來的〉便很巧妙地顛覆了童話故事中辛德瑞拉的角色，以展開整篇的描寫。這首詩共分成九段，其第一段的楔子是這麼寫的：

「根據童話，」他說
「你不應該是一個如此
敏於辯駁的女子。」
涉水
我們正走過暴雨中的城市
城牆轟然
塌毀
「可是我已經
前所未有的溫柔了。」
我說
遠處似乎有橡皮艇出沒

（《備忘錄》再版：頁 49）

詩人一出手便帶給全詩一種哀傷無奈的氣氛。之後的八段，便承接這段的氣氛，做出精彩的情節描寫，如第一段的結尾：

午夜　夢的邊界
我依依不捨，裝睡
十二響的鐘聲
最後一響，他的眼裡輝煌驟滅
由興奮高處跌落的聲音：
「12 點了，根據童話，」他說
「你該走了。」

「當然，」我說，驚慌，力求
鎮定：
「我應該逃走，然後，
遺失我的鞋。」
「隨便你，老實說
那對我並沒有什麼分別。」
「不，根據童話，你應該
愛上我的鞋，終於找到我，
然後我們過著快樂的生活。」
「不，我改變主意了
——我疲倦了。」
「對我？」
「對童話。」

（《備忘錄》再版：頁 54-55）

題目既定為〈南瓜載我來的〉，其實就已經說明來自童話故事的女主角，在這首詩中的角色其實是「被童話傳統載來」的「被動角色」。男主角「根據童話」說「你不應該是一個如此敏於辯駁的女子」看來男主角對女主角敏於辯駁的自主個性極為不滿。詩中童話的世界可不是像傳統童話一般的美好浪漫，而是「涉水／我們正走過暴雨中的城市／城牆轟然／塌毀」，這裏描寫的不僅僅是傳統童話世界中的崩毀，其實也是朝向顛覆童話世界的二元對立，走向女性主體者所追尋的定位。

「我還偷偷／穿了一雙過大的鞋」，傳統童話裡的辛德瑞拉的命運維繫在一雙美麗卻沒有生命的玻璃鞋上，詩人書寫完成的「辛德瑞拉」，不但擁有自己的決定，還擁有屬於女性自己對愛情的矛盾和期盼。「我仍然決定蹲身到童話裡去／我吻了他／終於，吻醒了他」，「在後院／我偷偷種了一些南瓜」，詩人畢竟不是大張「女性主義」旗幟的革命大將，她是誠實的創作者，藉著顛覆傳統童話人物的書寫過程，誠實地剖析身為女性的主體意識。

另一首描寫月經的〈一般見識〉，可顯現詩人進入以女人為主體的自覺意識：

一個女人
每個月
流一次血
懂得蛇的語言
適於突擊
不宜守約

（《備忘錄》再版：頁 68）

女性身體的力量既神秘又不可捉摸，月經代表的可不是不潔之物，而是具有對外在世界採取攻擊行為的一個象徵。我們可以明確地在夏宇的詩中見證到西蘇所說的「陰性書寫」的力量。

C.反抗社會所規範的男女關係

而除了對於女性身體的自覺外，夏宇在詩中反抗社會規定的男女關係，對婚姻制度的反抗更是表現她獨有的女性個體性意旨的流動性，如〈魚罐頭——給朋友的婚禮〉中，將婚姻的隔閡以魚、蕃茄醬、海來說明，不僅具有新意，更因蕃茄醬的形象讓我們深切的感受到婚姻制度可能帶來不適與困頓：

魚躺在蕃茄醬裡
魚可能不大愉快

海並不知道
海太深了
海岸也不知道

這個故事是猩紅色的
而且這麼通俗
所以其實是關於蕃茄醬的

（《備忘錄》再版：頁 150）

從前上四首詩我們可以見到，在「父與女」、「童話與真實」、「月經與蛇」、「魚與蕃茄醬和海」，他們在既矛盾又相容的比較之下呈現出具矛盾性的關係，這其間充斥著戲劇性的張力，以及女性個體性意旨的流動性。

4. 小結

詩人究竟有異於一般人，還是「偶開天眼覷紅塵，可憐身是眼中人」，[73]終究只是多一支筆可以說話而已呢？詩人既是芸芸眾生的一員，對自我的追尋與價值定位是一輩子的課題；亦因為詩人，可以藉著對詩語言的創作、實驗、變異與愛戀，透過和語言一層層的對話，為個人／詩人的角色作自我追尋與價值定位。詩的語言於是成就了自己，也成為最佳的導航雷達。簡政珍的一段話正可以詮釋夏宇看似在創作顛覆文字的後現代詩，其實是一次次不斷自我追尋與顛覆既成傳統的過程，他說：

---

[73] 〈浣溪沙〉：山寺微茫背夕曛，鳥飛不到半山昏。上方孤磬定行雲。試上高峰窺皓月，偶開天眼覷紅塵，可憐身是眼中人。——王國維

> 詩人的文字因直逼真言，他的人生和人生觀總醞釀了某些層次的悲劇感。但悲劇使人提升而趨近智慧。詩人透過和語言的對話感悟，雖然是悲劇的感悟，竟是自我的狂喜[74]

本文藉著探討夏宇詩語言創作與實踐，使我們能更進一步了解其個人／詩人的角色自我的追尋與定位。綜合以上所論，在開拓新詩境方面，夏宇的詩的確在多方面呈現了西方理論學者所列舉出的後現代主義作品特色：諸如對文字功能之反思，以遊戲顛覆為目的的態度處理意象，透過模仿成規嘲弄詩的抒情成規，以求創新的後設性、多元化而表面呈混亂的敘事方式，對古典文學準則之採納，並同時進行對其解構等等。

但另一方面來說，她作品之所以容許人們從不同的主義加以透視，在於除了能把現代主義的結構及其它手法不著痕跡地鎔鑄其中，而貫穿其大部分作品的嘲諷語調及搗蛋鬼的反叛精神，還有偶出現的浪漫抒情精神，在在表現了她強烈的個人風格。其個人主體性的突顯，正為浪漫美學的「個人主體性」精神作了極適切的呈現。

文學書寫，即在破除同一性別化的各種努力，在新詩自一開始發展所標示的「新精神」、「新形式」的探索中，女詩人從經驗出發，反省女性位置與各種問題，並發展出自己的書寫精神與風格。或許可以從夏宇的創作歷程及創作文本提供檢驗台灣女性詩人，藉著文學書寫的範本，對於自我意識的追尋、現代詩傳統的繼承與重構，以及台灣社會現象的反映和影響究竟走到何種狀態。

但是，詩人畢竟不是哲學家。藉著詩語言表現屬於感性與情操方面的層面，而非屬於哲學思想史上的觀點或問題。身為一個文學批評者，吾人可以藉著浪漫主義的美學作為審美的判斷，更可成就

---

[74] 簡政珍《詩的瞬間狂喜》：頁 119

文學作品解釋、批評與評價的視野。藉著研究夏宇的字質肌理，吾人抽絲剝繭，看見浪漫美學「個人主體性」的思想延伸，成為夏宇作品的藝術養分。更可以看到它們不再是西方藝術或哲學上的普遍觀念，而變成了作品中的象徵或神話的重構。

詩，畢竟不是哲學的替身，詩有其本身的辯白和目的。詩人若能將詩和哲學產生巧妙的結合，加以藝術的表現，讓意象充滿語言的實驗與創新，題材還能具有思想觀念的啟示性，這才是詩人的首要理想。其整合渾然的程度和藝術的耐人尋味，就是夏宇值得讀者細細感動，亦值得研究者費心研究的主因。

於是，夏宇不自覺的走在詩世代的前端，成為人們口中的後現代女詩人。而今，她還是堅持走在詩的本質的遊樂園裡，繼續創作，繼續完成她嘖嘖稱奇的「語言的完全解放」，卻堅持使用了一本書的古典形式，儘管材質是透明的瘋狂。[75]

第三節　個人主體性的昇華與對立：以葉紅為例

一、前言

儘管我的友誼和我那不確實的愛情，我仍然覺得十分孤單，沒有一個人因為我的緣故，而完全瞭解我和喜歡我。從來沒有過一個人，我想，對我來說永遠不可能有「某些確定的、完整的東西」。[76]

---

[75] 夏宇《粉紅色噪音》（台北：田園城市文化，2007）：詩人將頁碼隱了形

[76] Simone de Beauvoir 著，楊翠屏譯《西蒙波娃回憶錄》（臺北：志文，1994）：

上面這段文字節錄自法國女作家西蒙・波娃（Simone de Beauvoir）的回憶錄。她是當代法國最不平凡的一個女性，年輕時不僅美麗出眾，而且具有新銳的開放思想。回憶錄裡寫出了她大膽誠實的自白，充分證明女性可以憑藉自己的意志和選擇來體現充實的人生。以上所節錄的這一段文字，不僅展現她之敏銳和感性，而對生命的觀察和感悟，她往往都是深刻而冷峻的。

葉紅，本名黃玉鳳（1953-2004），四川省渠縣人，1953 年生於臺灣臺北，2004 年卒於中國上海。文化大學舞蹈學系畢業。曾任中學教師，耕莘青年寫作會秘書長、副會長，耕莘文學劇坊藝術總監，《旦兮》雜誌主編，河童出版社社長。曾獲耕莘文學獎新詩首獎以及散文、小說獎，耕莘青年寫作會八十五（1996）年度傑出會員獎等。作品入選爾雅版《八十四年詩選》（1995）、《八十五年詩選》（1996）、《八十七年詩選》、（1998）《可愛小詩選》（1997），文史哲出版《中華新詩選》（1996）、《九十年代臺灣詩選》（1997）、《兩岸女性詩歌三十家》（1999）等。著有詩集《藏明之歌》、《廊下鋪著沉睡的夜》、《紅蝴蝶》、《瀕臨崩潰的字眼感覺有風》，散文集《慕容絮語》、與陳謙編有《卡片情詩選》等。

葉紅直到九十年代初方公開發表詩作，但她的詩人生命既已遲到卻又早夭。研究葉紅的詩集，我曾嘗試以純然客觀的文本解讀法來解讀，卻發現處處窒礙難行。那些充滿不確定性的曖昧語言以及無法連貫可又頗為完整的意象，在在困擾著欲理性客觀解析的我；寫作此節可成了理智和感情的對立。夏宇的文字具有歧異性，時而現代時而後現代，有時浪漫抒情，有時卻又具有理性批判的精神；但是，她的難解不在於作品主題的曖昧，而在於她將意象從古典的

頁 233

語意裏釋放出來，是否真的獲致嶄新的詮釋，它們的自由碰撞，端賴讀者、時代去與它們作有意義的互動。

葉紅和夏宇不同，她們同樣浪漫抒情，同樣用詩歌來追尋女性身分的「主體性」，可兩個人所呈現的詩作主體和生命主體的本質並不相同。尤其葉紅，由於從詩壇起步較晚，真正創作的生命只有十餘年，學者專家的文字多以單篇評介行世，較完整的論述不多。我不識詩人本身，從全然陌生起始，純然從一篇篇的詩作去逐漸加深對她的認識，進而理解她生命靈魂的追尋與對立。於是，在完成夏宇的浪漫抒情與主體性的研究後，發現同樣是女詩人的葉紅，她和夏宇簡直是浪漫精神的兩面，一旦互相參酌比較之後，自然就呈現了浪漫精神的積極面和消極面，連個人創作本質的革命性和感傷性都能驟然區隔開來。

同樣是浪漫主體性的追尋，夏宇像一個勇往直前的馬拉松選手，「主體性」的目標在前方，她和時代挑戰並和古典精神對話，這樣即建構了各種身分和權威；她更藉助不停的語言實驗，不停地向嶄新的語境挺進，即使周遭對她的創作有多少不解和疑惑，她仍堅持同一種身分，同一個信念，為現代的自我發聲，以期找到自我的身分認同，亦即她所謂「音響的極端的快樂」。葉紅可就不同了，透過一篇篇詩作我們可以清楚發現這位女詩人也在追尋「自我」的主體性。當充滿浪漫情懷的自由與熱情燃燒文字時，如煙霧般的迷惑告訴我們，她忠於自我的靈魂正在試圖昇華；可是葉紅的文本在呈現浪漫情懷的感傷和矛盾時，它們處處洩露出現實環境與浪漫精神的對立。這兩人的浪漫抒情特質何以會如此的不同呢？

二、女性書寫「自我認同」的特質

在語言系統、文學傳統、女性的社會位置三者交織所形成的女性書寫經驗裡，其間雖有個別女人用其不同的遭遇與敏感度而形成不同風格之外，絕大多數的女詩人所書寫的題材均以愛情為主，用以表現情感純潔、企求眷寵的心理。[77]葉紅也不例外。

就像泰瑞・伊格頓（Terry Eagleton）在《文學理論導讀》一書中說的，「在我們自己的文化裡，陳述一座大教堂的建造年代，比起對它的建築發表意見，是被認為較無偏私的。但我們也可想像，在某些情況裡，前一陳述會比後一陳述更『充滿價值意味』。」[78]

我們詮釋文學作品，在某種程度上總是依自己的關注為準，而且大體上都是說明「我們自己的關注」為主：換言之，主觀性詮釋必然會比客觀性容易做到，這就是何以在二十世紀六十年代之前的三五十年，西方的新批評何以會那麼堅持文學批評的客觀性，要把文評作得像科學研究那樣客觀可靠。

換言之，所有的文學都會被閱讀它們的社會所「改寫」，即使僅是無意識的改寫。可以說，任何作品的閱讀其實同時都是一種「改寫」。時下對文本的評估，無一可直截了當的傳給他人而在其過程中不受到「改寫」，雖然其變化可能幾近難以察覺。[79]

為了提昇女性在社會生活中的附屬地位，女性主義者五六十年代才要不斷提倡各種理念，爭取她們應有的權益地位以及她們自己

---

[77] 李元貞《女性詩學——臺灣女詩人集體研究 1951-2000》（臺北：女書文化，2000）：頁 416。

[78] Terry Eagleton 原著，吳新發譯《文學理論導讀》（臺北，書林，1998）：頁 27。

[79] Terry Eagleton 原著，吳新發譯《文學理論導讀》（臺北：書林，1998）：頁 26。

的空間。我們若從「女性主義」的角度出發來看，詩人葉紅她在生命的某個階段選擇從女兒、母親、媳婦的「角色」中出走，走上寫作這條路，就是為了批判控訴父權社會的不公、女性地位的不平等，務求解放自己的社會角色與思想所受的桎梏，這樣才能中止自己在社會生活中的附屬地位。「很想擁有自己的『名片』」，在寫作的過程中，葉紅到底在追求甚麼樣的主體與認同？「女性主義」會是她創作的唯一精神大纛嗎？我們看她陳述寫作的過程，如同看見她尋求自我認同的經歷：

> 會走上寫作這條路的確有些意外。孩子稍大些，我開始照顧起家裡同住的三個老人——母親、婆婆、還有婆婆的婆婆。三天兩頭陪她們進出這個醫院那個醫院。……老人家陪到最後越陪越少，頂多換來一塊塊墓碑，養孩子養得再好，也是他未來的老婆受益。我很想擁有自己的＝「名片」……[80]

如果葉紅真以「女性主義」的角度為架構，要求改革傳統給女性所設定的種種框架，則今日我們看見其詩作的風格將不會是她時遠時近、或離或合的反覆，更沒有對倫理血親的凝視，對欲望尺度以外的狂想，對鑑照往事的迷惑，[81]而將是屬於女性主體思維的確定。

什麼是認同或屬性（identity）？大陸學者王成兵指出，認同是指「現代人在現代社會中塑造成的、以人的自我為軸心發展和運轉的、對自我身分的確認，它圍繞著各種差異軸（譬如性別、年齡、階級、種族和國家等）展開，其中每一個差異軸都有一個力量的向度，人們通過彼此間的力量差異而獲得自我的社會差異，從而對自

---

[80] 葉紅〈迷惑的百合——葉紅自述〉收錄自《紅蝴蝶》（臺北，耕莘青年寫作會編輯出版，2004.7.17）：頁 30。

[81] 鄭慧如《瀕臨崩潰的字眼感覺有風》序，見葉紅《瀕臨崩潰的字眼感覺有風》（臺北，河童：1998 年）：頁 15。

我身分進行識別」。[82]葉紅身為女詩人，觀察力與反應等都比一般女性敏銳，在自我身分的確認上，她除了關切與現代社會的互動差異外，還有更深一層的自我追求——那即主體自由的追求，這一來其造成「主體掙扎」的痕跡即是自我認同基本問題。

對自己做為一個「個體」的尋索挖發和追問應是女性書寫最核心和最關鍵的問題，並在寫作實踐中得到了廣泛而深刻的探討。「自我」從來就不是孤立存在的，它存在於網絡式的象徵性關係之中，雖然「自我」認同必須先從對自我的認識出發，但是，自我認同的取向性卻往往正展現了「自我」與她所處的象徵性關係之間的親疏狀況。不論是追尋自我與建構自我，對「自我」的所行所思，必定表現為對她所存在於其中的文化和精神價值的取捨。[83]然而，家是一切象徵性關係的主要來源。在所有社會裡，家都不只是個實質構造而已。住屋（house）和家庭（home）是生活關係的所在，尤其是親屬關係和性慾關係，以及物質文化與社會交往的關鍵連結；住屋是社會位置與地位的具體標記。[84]

幸福快樂的生活，只存在於童話的未來式之中，婚姻世界是現在進行式裏滿佈酸澀的甘果，初涉詩文學的葉紅，在 1992 年，她寫出了傳統價值下極具宿命的判斷，詩的意圖在當時沒有絲毫顛覆的意味，有的只是對命運的屈服，她想用詩文本來探尋生命的奧秘，在下引這首「指環」曾自問：「這是愛的刑罰？」：

指讓環緊緊圈住

再沒空隙

---

[82] 王成兵，《當代認同危機的人學解讀》（中國社科，北京，2004）：頁 9。

[83] 王艷芳《女性寫作與自我認同》（中國社科，北京，2006）：頁 46-47。

[84] McDowell, L.（2006），徐苔玲、王志弘譯。《性別、認同與地方》。臺北：群學出版社。

指問
這是愛的刑罰嗎
環　笑而不語
指蜷曲
緊緊的扣住了環

（收入《藏明之歌》：頁 25）

指環是套在指上的信物，究竟是一種愛的誓言還是愛的束縛呢？從詩作中可以看出，它只讓環緊緊圈住了擁有者，沒有了空隙，即意味著它剝奪了人之自由，因此婚姻就等同於愛的刑罰。婚姻雖然帶來了身分上的滿足，可對詩人而言，婚姻也同時是一種人性上的束縛的開始。[85]

後引這首〈婚禮〉更是讓人感覺到詩人內心之矛盾，她抱持著對永恆諾言的懷疑，擔心浪漫的情懷即將因婚禮的舉行而走入噩夢中：

披上白紗
捧者羞怯等待
過期的諾言
疲倦由輕薄
漸漸變得厚重

快放開我
婚紗已成白色的夢魇

（《廊下鋪著沉睡的夜》：頁 46）

[85] 陳謙〈起舞的撒旦——葉紅詩作的女性思考〉，原載 1995 年 5 月 19 日《臺灣時報・臺時副刊》。

淺白直述的詩句顯然無法透露詩人內心深處的驚駭，只呈現出為何自己置身婚禮，可卻又充滿矛盾和沉重；但是直接的吶喊，多少讓人感受到詩人無法追尋身分自由和身分認同的痛苦。

研究成果豐碩的鄭慧如亦曾如此論評葉紅詩作，說：「〔葉紅的詩作〕『不知有漢，無論魏晉』，沒有多少時代的影子，幾乎是『國家事，管他娘』的那一型。論者或謂：偉大的詩人必是時代的歌手。葉紅就這麼唱自己的歌，似乎也不怕見笑。」[86]葉紅單純從女性的角色出發，顯然沒有寫實主義的反映時代脈動，也沒有後現代主義的解構錯置，她寫的純粹只是自己的生命，一個現代女性面對時代變動和傳統價值衝撞時的心靈狀態。浪漫的情懷讓她的詩飛揚昇華，也讓她的靈魂矛盾糾葛。

在《瀕臨崩潰的字眼感覺有風》後記中，葉紅曾有如下一番陳述：

> 在每一本詩集將要出版之際，我的『失語症』就必定發作。夜，那麼寧靜，在視野遼闊的陽臺上，不知不覺地又渡過了我整個生命中的兩小時；觸目所及的是一片燈海，由近至遠，隨著明亮度的遞減，黑夜還是威力不減地籠罩著大地。然而，她身上閃爍著的星星卻好奇地，和我珠寶箱裡的燈火，相互炫耀的同時又彼此傾慕。或許，我和夜，也在相互陪伴，卻不自知。[87]

當她和孤獨共處時，她仍然和外在的世界保持距離，遠遠的看著萬家燈火的明滅，不選擇衝撞自己的孤獨，也不選擇離開靈魂痛苦的過去，走出自由的未知。一個人單獨面對夜晚，互相陪伴，看似浪漫，看似平靜，其實充滿著多少詩人白日的矛盾和糾葛。

---

[86] 鄭慧如《瀕臨崩潰的字眼感覺有風》序：頁 25。
[87] 葉紅《瀕臨崩潰的字眼感覺有風》：頁 175。

三、浪漫精神的自我對立

從詩作中，我們依稀可以看到葉紅對自我認同（Self-identity）強弱不一的需求，如果依據社會學家對自我認同最普遍的看法是，「它實現了自我的發展和確定個人的身份，從而形成一種關於我們自己的，以及我們同周圍世界關係的獨特感覺的持續性過程。」葉紅的作品常常徘徊在自覺與現實的世界之中，由於前後並不一致，展現其質量不均的一面，例如〈瀕臨崩潰的字眼感覺有風〉這一首即最能表現其此一特色：

漂亮的圓裙在椅子上低聲哼歌感覺有風
淺黃色的布鞋繞著鞋櫃持續張望門外
肥皂在同一間浴室裡忠實地變小變瘦
需要深刻碰觸的對號密碼說熱
火爐上水沸了迷迭香需要沖泡
窗臺下深綠色的植物按時澆了雨水
喝花茶多少歡愉放些糖和鈕釦用碟子
轉動後的喜悅轉動最重要的現在
粗糙地折磨粗糙地觸及靈魂有益於
雌雄同體還原局部繼續長大轉過身體
不經意地數著一遍一遍瀕臨崩潰的字眼
好複雜好多斑點在大圓裙上泛紫變大
在幽暗中繼續　繼續

（《瀕臨崩潰的字眼感覺有風》：頁 42）

依據前文對浪漫主義的主題介紹，可以發現葉紅〈瀕臨崩潰的字眼感覺有風〉一詩極具有浪漫主義的精神如下：

詩中看似現實生活的種種意象如圓裙、布鞋、肥皂、火爐、窗檯、鈕扣和碟子等，一經詩人的詮釋，就再已經不是庸俗的物質化呈現。它們充滿了人性化的想像，詩人也賜予了它們生命的活動力：圓裙低聲哼歌感覺有風、布鞋正不安地張望、肥皂懂得忠實的面對變瘦變小的責任，而再香的迷迭香仍須要在沸水裡完成自己的芬芳。只是這些詩意化的物品，一經詩人的想像點染，就「不經意地數著一遍一遍瀕臨崩潰的字眼／好複雜好多斑點在大圓裙上泛紫變大／在幽暗中繼續　繼續」，這些都展現了現實人性裡的矛盾和對立。

在〈瀕臨崩潰的字眼感覺有風〉一詩中，詩人正是以自己的靈性來感受外界的美感與互動關係，所以，我們平日看起來井然有序的生活用品，一旦與詩人的靈魂互動便產生了獨特的美與真，「轉動後的喜悅轉動最重要的現在／粗糙地折磨粗糙地觸及靈魂有益於／雌雄同體還原局部繼續長大轉過身體」，詩人以「人的本真情感為出發點」，卻悲哀地看到了經不起折磨的現實界。

下引這首〈愛情和它的流言〉顯然在描述「愛情」：

愛情走了
我在窗前揮手
雨下得真早
時間，再不肯回頭

掛在牆上的鐘，只說
分針換了換角度
就把流言傳給門後的傘

撐開久旱不雨
直瞪著雷聲轟然落地

如果愛情還沒走遠
或許也會聽到
雨中斷斷續續的
流
言

（《瀕臨崩潰的字眼感覺有風》：頁 24）

「愛情」是女性詩人常寫的主題，對葉紅來說，「愛情」具有主導權，浪漫可卻又抽象，它必然不是真實的自我，因此她說「愛情走了／我在窗前揮手」、「如果愛情還沒走遠／或許也會聽到／雨中斷斷續續的／流／言」，看來面對愛情的來來去去，詩人只是被動的揮揮手，留在雨中傾聽因愛情而生的斷斷續續的流言。為什麼詩人不勇敢的向愛情飛奔出去呢？詩人只用抒情感傷的意象呈現心中的無奈，至於應該勇敢面對真實的自我時，她仍然選擇逃避。

西方浪漫文學的特質，也可以用「爭自由、擺脫桎梏」加以說明。它一則打破古典時期的種種桎梏、成規，一則也尋求人性束縛的解放。因為英國十八世紀這個所謂理性時代（Age of Reason）非常重視各種文學成規，最重要的是一切都要合乎時宜，講分寸，其基本意理則著重於人性的洗鍊，也就是說，他們認為人具有劣根性，需要教育來匡塑之。「理性」這個名詞，實際上代表了對人性本質的不信賴：因此他們相信，唯有理性的教育才能塑造人接近道德的完美；社會經常對性慾（sexuality）的問題訂定出嚴苛的要求，要求人們必須一一遵從，久而久之，重重的束縛將人性原始的根源活力都扼殺了。[88]

浪漫主義的精神，誠如布雷克（William Blake）在「天堂與地獄之結合」中所揭櫫的，便是要透過善惡兼容的觀點，排除理性的約束，把活力釋放開來。[89]據此觀點而言，則葉紅浪漫的靈魂底層，其實充滿著人性與道德的拉扯，一直是在欲望與真實間來回擺盪，現實與理想的秋千不斷地迴盪，使得生命裡產生了自以為是的缺憾，而這種缺口形成的張力，常常就是文學中不可或缺的人性中之衝突。

請看〈記憶悄悄自遠方走來〉一詩所提者為何？

記憶悄悄自遠方走來
清冷如失神的眸子
寂寞兀自在夜裡輝煌

再也無法玩一場不明白的遊戲
蓮藕　打了幾個支撐不了的孔
在潮濕的心裡
簷下最後的雨滴
淒淒切切地編織著
已無可能的浪漫

（《瀕臨崩潰的字眼感覺有風》：頁 102）

前文介紹提到浪漫主義之一特色為回顧過往或迷戀中世紀的風采，由於對現實不滿而把目光投向過去，或對已經被歷史所遺棄

[88] 蔡源煌《從浪漫主義到後現代主義》（雅典，臺北，1987）：頁 4。
[89] 蔡源煌《從浪漫主義到後現代主義》：頁 4。

的生活設想成為理想的境界，因此消極浪漫主義常常會流露出一種感傷的情懷。在〈記憶悄悄自遠方走來〉裡，這種自我在「現實／記憶」、「現實／浪漫」與「想像／自然」之間互相拉扯，由於彼此不肯放手而產生震盪起伏，這不就是詩人無法與現實自我妥協的感傷嗎？浪漫精神的追求，詩人求助於「回憶」而回憶卻清冷失神，此時心如蓮藕千穿百孔，癡望著迷濛中的淒淒切切，永恆的自然卻回報以「已無可能的浪漫」。

請再欣賞一下〈永無休止的現在〉一詩中所寫的寂寞、矛盾與精神的虛弱：

寂寞的時候　很虛弱
需要一點強而有力的聲音

拉開車門
鑽進更小的空間
關住自己
全心全意　聽
引擎敞開聲量噴出久積的　鬱悶
　　　劃
　　　破
海天一線的
　　　寂
　　　寥

（《瀕臨崩潰的字眼感覺有風》：頁 120）

現實的空間成了生命歷史的舞臺，每一次浪漫的前進、探險，折射回來的都不是祈求中的歡愉，到最後只有頹縮回道內心世界，回到暗香浮動的記憶裡，[90]只好以現實世界的引擎聲量，劃破自然的寂寥，強迫使自己面對「永無休止的現在」。

因為有了衝突和比較，才知道人生常有遺憾，詩人選擇文學創作，正為了填補心中的不滿，才使得生命更加完整與豐富，[91]也才有機會自我昇華。

四、自我昇華的可能性

英國浪漫詩人的生命哲學，最具深度的當屬布雷克。布雷克在「天堂與地獄之結合」中指出，理性時代所稟承的基督教義往往教人要善惡分明，要使人從善如流，避惡唯恐不及。布雷克批判說，這種觀念徒然湮沒了人的創造本能和「伊德」(id)。他認為，健全的生命哲學應該是善惡並兼的，是「理智」與「原慾」兩種力量相生相剋，互為饋補。[92]這樣看來，浪漫詩人的人生觀倒是蠻可取的。像詩人濟慈的「憂鬱賦」一詩，雖然說明憂鬱是生命中天經地義的事，詩人反而勸人們要接受這個事實，才能了解「美」和「喜悅」的珍貴。浪漫詩人雖然醉心於想像世界的追尋，可對現實世界的「實在感」卻也有深刻的認識，這可是浪漫主義積極且令人推崇的一面。

在葉紅詩作裡，她亦曾浪漫地努力將自身生命中的「理智」與「原慾」互為饋補，先忠實地呈現生命的矛盾事實，再試圖藉詩句的意象互相包容，以獲取生命的美與善，這可是她以詩歌為自我昇華的積極面。

---

[90] 鄭慧如《瀕臨崩潰的字眼感覺有風》序，收入《瀕臨崩潰的字眼感覺有風》：頁 12。

[91] 陳謙〈欲望他有一對，蝴蝶的翅膀〉，附在《瀕臨崩潰的字眼感覺有風》(臺北，河童：1998 年)：頁 219。

[92] 蔡源煌《從浪漫主義到後現代主義》：頁 9。

在詩文本裡，葉紅為矛盾的現象創造了各種自我昇華的可能。我們不得不承認的是她不是每一首詩都能臻至昇華的境界，而自我認同也往往不是唯一的結果，但是，詩人以詩作誠實地指向靈魂的昇華推展，琢磨自我認同之可能，其間當然也就展現了掙扎與衝突，這才是她真正耐人尋味之處。

我們再看看這首〈井然有序〉中詩人所呈現的靈魂真相：

放棄靈敏的聽覺
讓聲音僅止於無意義地流動
管束飄浮的注意力
意識集中　除去你
空間　仍是那麼井然有序

檸檬茶中的冰塊有缺角
急出冷汗來就等抹布擦拭
或喝掉沒有缺角的
意識集中　有點甜
空間　井然有序

魚缸裡養三種模稜兩可的姿態
色澤不想游的時候少
神秘的粗俗激動著
水草集中　加上你
空間還是井然有序

（《瀕臨崩潰的字眼感覺有風》：頁 50）

這三節詩文，最後皆以「空間還是井然有序」收尾，而整首詩在形式上亦呈現出看似井然有序的安排。藉著意象和形式空間的井然有序，作者想要表現的其實並不是井井有條的生活秩序，反而是敘述者內在靈魂和意識的不安躁動，這可就讓「時間，蕪亂脫序」，[93]並以此來刻劃浪漫的生命在現實世界的嚴謹要求下，其實她是蕪亂脫序的。

「靈敏的聽覺」需要暫時放棄，「飄浮的注意力」需要被管束被集中。在焦躁的等待中，透明的冰塊開始有了缺角，急出冷汗，想用抹布擦拭缺角，即使意識勉強集中，空間的井然有序也時時提醒著敘述者，不要忘了看護內在靈魂的激動與猶疑。可是在此井然有序的空間卻像個魚缸，可以讓敘述者在其中安全地游動著，可是這種貌似和諧卻可能是一種安全的牢籠，一個井然有序可卻無法讓慾望自由激動的牢籠。這一來，詩人讓人覺得她同意不安的欲望該受到集中管束，俾期昇華的可能。

總之，種種聲色香嗅都不是最後關鍵，因為在葉紅從「女人」變成「妻子」和「母親」之後，她便以另一種姿態出現。在〈背影——給愛兒〉、[94]〈花鹿－慶吾兒祥寶十二歲生日〉裡，[95]詩人成了痴心的媽媽；在〈遲歸〉一詩裏，她更是仁至義盡的賢妻良母：

剛按下門鈴
未經等待，門就咿呀地開了

你說邊吃茶邊等我
都喝白了兩盅小紅袍

帶回你喜愛的雜誌
這是我一路走一路念叨的

93 鄭慧如《瀕臨崩潰的字眼感覺有風》序：頁 25。
94 葉紅〈廊下鋪著沉睡的夜〉：頁 114。
95 葉紅〈廊下鋪著沉睡的夜〉：頁 116。

晚餐，青菜蘿蔔黃花魚
莫札特的歌劇蕭邦的鋼琴

咳嗽嘛，別閃了腰
鍋裡蒸著川貝沙參冰糖梨

熄了祥兒寶貝的燈
回頭再看從蓋不妥被頭的你

蟲聲唧唧唱滿一輪清月
群山拉開稜線傾臥　少不得星斗

（《瀕臨崩潰的字眼感覺有風》：頁 54）

詩中有一種從浪漫情懷中徐緩昇華的生命情調，事件和景物都羅列得有條不紊，可是離自我的認同似乎還有一段落差，感覺上她的靈魂好像少了點什麼。那些井井有條的敘述僅止於被敘述者安置於井然有序的空間中，冷眼旁觀這井然有序的世界，詩人像是已經昇華成為空間的一部份。但是，夜晚的降臨卻洩露了敘述者的秘密，浪漫仍然在其內心騷動，詩人畢竟還是在渴求浪漫的自我能獲得解放，她無法全然認同這樣受到束縛的自我，只好壓抑自我，只好和自我對立，一直生活在矛盾的氛圍之中。

浪漫主義的創作理論通常被歸納為下列兩種。第一，我們稱浪漫主義的創作理論為「表現理論」，而其根源即源自華茲華斯為其第二版的《抒情歌謠》所作的的序文。在序中他提到詩歌的創作時說：

詩是強烈情感的流露；詩源自寧靜中回憶所獲致的情緒感受；藉某種反應而對該情緒加以沉思，直到人的恬靜消失為止，而後一種近似於原來在沉思某一物或對象當時的情緒便

> 告產生，乃至存於心中。成功的詩作通常是在這種心態下開始的。

詩人自寧靜中去回憶經驗過的一事一物時，然後把他們寫入詩裏，這時詩人的情緒已得到沉澱，不再衝動，這便是浪漫詩歌創作的主要理論依據。[96]第二種理論依據，大致與康德的哲學有關。具體地說，則與德國的席勒（Friedrich von Schiller, 1759-1805）所揭櫫人的兩種慾力有關。席勒說，人固然有感官的驅促力（sensuous drive），但是人憑著它所察覺到的現象界是無常的，因此，人便藉著另一種驅促力——形式驅促力（formal drive）去創造出比自然更美好的事物。服膺這個理論的詩人認為，掌握美的形式才能夠找到永恆，媲美於理念界的絕對。[97]

從葉紅最後一本《瀕臨崩潰的字眼感覺有風》詩集裡，我們可以發現上提西方浪漫主義的兩種理論的創作實踐。我們可以確認的是，葉紅在創作詩作時並沒有自覺的依據任何文學理論來作為引導，但是身為讀者的我們，卻發覺葉紅的創作其實充滿著浪漫主義的精神：不論是自靈魂或夜晚的寧靜中，去回憶經驗到生命一事一物時的情緒，然後付諸於詩；抑是藉著另一種慾力——形式慾力（formal drive）去製造出一篇篇詩作，以美的文學形式來超越塵世的變幻，葉紅在詩的生命裡，一則以真實的尋求人性束縛的解脫，不斷擺脫理性的羈絆；一則以掌握詩歌的形式來彌補生命中的矛盾對立，以便超越塵世的變幻，促使靈魂能達到昇華，找到永恆的真理。

---

[96] 蔡源煌《從浪漫主義到後現代主義》：頁 11。
[97] 蔡源煌《從浪漫主義到後現代主義》：頁 11。

身為詩人的葉紅，她以自身的生命和遺留下來的詩集，推展了浪漫主義的幾個面相，她要說明痛苦與喜悅的相對存在當可永留人心之中。《廊下鋪著沉睡的夜》同名詩〈廊下鋪著沉睡的夜〉如此寫著她追求「美」的無力和矛盾：

廊下鋪著沉睡的夜
就像嘗過佳餚一樣
悄悄臥出了
豐腴眾神的密度
一片殘酷的美

（《廊下鋪著沉睡的夜》：頁 80）

葉紅詩中的美，不是幸福的純美，而是帶著殘缺、追悔、絕裂，甚至冷酷的美感。她的美不像楊牧那種追慕大自然循環不已又具撫慰人心的美；不像楊澤那種推崇如「薔薇」般絕對極致的生命的美；更不像夏宇那種為敗壞的生命身分重構與新生的美，她詩作中美麗而傷痛的矛盾感情，可說是她獨特的「殘酷的美」。

五、小結

西方浪漫主義的詩人認為人憑著自由意志的選擇，食了知識的禁果，方知善惡的並存。顛覆了以往神學家探討亞當和夏娃偷吃禁果時，側重的是人的「原罪」——生下來就命定的罪。詩人在自由浪漫的意志下，一心一意追求的不是理性的制約或高尚的情操，善惡本來就是被允許並存在人的生命裡的。

維金尼亞・吳爾芙在《自己的房間》有一段話，正寫出一個寫作者內心所存在的既真實又矛盾的世界：

> 我向瑪莉・卡米愷說，你得將這些都仔細的探索觀察，手中緊握住火把。最重要的是，你定得照清楚自己的靈魂，它的深奧處，它的膚淺處，它的虛榮，它的慷慨，還要自己說出你面貌的美麗或平常對你有什麼要緊。[98]

而詩人葉紅在生命的國度裡，選擇食吮了詩的禁果，成為一個詩人。詩裡呈現的她，深知人性本於自由意志，善與惡可並存，亦允許矛盾，更選擇不安。她寫下了一篇篇拖曳著人性、愛與慾望同在的詩作。毋庸諱言的，西方的浪漫主義，成功的解脫了人類長久以來的黑暗罪孽和束縛，故而也釀成了個人主義以及民主政治的趨勢，甚至美國的獨立革命及法國大革命都可以算是浪漫主義的相關現象。但是，葉紅的詩作裡，從強調原罪與理性的古典主義精神，到強調自由意志的浪漫主義精髓，除了呈現出詩人獨特的生命能力和自由意志的浪漫精神，卻也處處讀到矛盾了自己的詩句：同時，她還不忘強調著伊甸園的慾望原罪。善與惡，理性與欲望，於她而言，在詩的國度裡，毋庸諱言的，它們沒有讓詩人解脫，更沒有讓詩人走向革命——不論是自我或是外在社會。

有時，詩裡看似詩人可以擁有溝通對話的管道，其實，卻更是恐怖的採取聯手將她自對立的兩邊撕裂、甚至讓她再孤立於現實的秘密方式。

依據「讀者反應理論」，我們大可以把與文本的對話理解為一種閱讀的轉義，它同那種獨白式的話語權威（不論是文本的還是讀者的）格格不入。既不是自暴自棄，也不是「自我的無限的符咒」，閱讀以前所未有的精細與耐心延續著，因為正如德曼所說的，「作

---

[98] 維金尼亞・吳爾芙原著，張秀亞譯《自己的房間》（臺北，天培，2000）：頁 153。

品與解釋者的對話是無限的」。[99]閱讀並研究詩人葉紅的作品，我選擇依據「讀者反應理論」加以詮釋。在某種程度上是依據自己的關注為準——此一事實或許正可以說明某些文學作品的價值何以似乎世代常存。

唯有先經過生命的粗糙寫實之後，才能漸漸向外延伸，終至關涉全人類的廣大領域，進入那種超越我們自身經驗，體會靈魂中與光明難分彼此的黑暗和悲痛之中。葉紅如果選擇繼續活下去，她也許會肯定的對自己說，「在某些心情之下，人只有向世界投入——不管用什麼方法——某種原罪似的東西去撞擊那做不平衡的天平，才能秤得出這個世界的份量。」[100]她在以慕容華為筆名創作的《慕容絮語》裡留下了這麼一句話：

> 「寫作，恆定是為著閱讀的人嗎？我的喃喃自語，是否已到了該要蛻變的時刻？您的探詢是一種支持。我不知道自己將懷抱著什麼樣的悅樂，日日在文字的積木中尋覓，並因之起舞。」[101]

這段看似是詩人在讀者耳邊的私語，其實正隱然呼應這節文字研究的觀點，在浪漫主義追求自由的召喚下，詩人葉紅的寫作世界處處呈現著自我認同的懷疑、對立和渴望藝術的昇華。

---

[99] Elizabeth Freund 原著，陳燕谷譯《讀者反應理論批評》（臺北，駱駝，1994）：頁 153。

[100] 佛斯特著，李文彬譯《小說面面觀》（臺北：志文，1973）：頁 186。

[101] 慕容華《慕容絮語》（臺北：河童，2001）：頁 102。

第六章　結論

第一節　文學創作的初衷：浪漫精神

浪漫主義到底有什麼豐功偉績，可以作為筆者研究的起點呢？又到底能在臺灣現代詩壇展現何種研究價值呢？英國哲學家以賽亞・柏林（Isaiah Berlin）在其著作《浪漫主義的根源》以扼要的口吻一語道破浪漫主義的重要關鍵性：

> 管它是階級、國家或教會或其他——它都會不斷地促使你前進，永不知足，它的本質和意義在於它絕對無法實現，所以，一旦實現，它將毫無價值。就我所見而言，這就是浪漫主義的本質：意志，以及作為行動的同義詞，作為因其永遠在創造而無法被描述的人；你甚至不能說它在創造自己，因為沒有自我，只有運動。這是浪漫主義的關鍵所在。[1]

臺灣近現代詩壇不需要重現西方浪漫主義的運動場景，因為它不是發生啟蒙運動或新古典主義之後的西方社會。吾人須注意的是浪漫主義的成功處，它在於對「人」的一些價值理念產生深刻轉變，讓我們可以透過「浪漫特質」檢視臺灣現代詩壇不斷前進的創造力和意志力。就以《文訊》出版的《1999 中華民國作家作品目錄》和《2007 臺灣作家作品目錄》兩本相比較，十年之間散文、小說

---

[1] 以賽亞・柏林（Isaiah Berlin）《浪漫主義的根源》（南京：譯林，2008）：頁 138。

仍是文學創作的主流，現代詩集的出版雖然仍居於小眾，但是十年間也從 1937 本增加為 2699 本，[2]在現代詩出版更形艱困的環境下所呈現出詩集的出版被邊緣化、詩製作的詩個體戶手工藝化、詩刊面貌變動不居的後現代現象情境之下，[3]詩人仍然讓臺灣現代詩的創作不輟。更可貴的是不但年輕詩人將詩文字重組，讓詩的想像力無限延伸、繼續存活，呈現不同的樣貌，諸如詩文本為劇本、舞蹈、剪紙、魔術服務等，在最近十年間如周夢蝶、林泠和商禽等仍繼續出版詩集，前輩詩人們幾乎很少缺席，這可更讓臺灣現代詩的研究者必須更加重視詩壇蓬勃的創造力。[4]

當今臺灣詩壇標舉現代主義、超現實主義、寫實主義、女性主義、後現代主義以為創作論者大有人在，以此來作為文學批評理論之分析者亦時時大張旗幟，標示各個主義的領地，可卻鮮少有詩人稱呼自己或他人是浪漫主義者，更遑論臺灣現代詩論家專以「浪漫主義」為現代詩理論加以研究，[5]更沒有深入分析「浪漫」二字所真正標舉之意義。

縱觀目前臺灣研究西方文學理論者對「浪漫主義」的研究成果豐碩，[6]但以「西方文學理論」的視野來檢視臺灣現代詩壇的浪漫特質之論著不但付之闕如，連探討臺灣現代詩史的發展和特質者亦

---

2 請參考游文宓整理〈《2007 臺灣作家作品目錄》資料庫應用與特色〉一文，《文訊》（臺北：2009.2）：頁 80。

3 翁文嫻〈十年來詩出版行動總觀察〉《文訊》（臺北：2009.2）：頁 61。

4 翁文嫻〈十年來詩出版行動總觀察〉：頁 62。

5 孟樊的《當代臺灣新詩理論》（臺北：揚智，1998）和《臺灣後現代詩的理論與實際》（臺北：揚智，2002），簡政珍的《臺灣現代詩美學》（臺北：揚智，2004），蕭蕭《臺灣新詩美學》（臺北：爾雅，2004）等書皆試圖建構臺灣現代詩的理論或美學，可皆未觸及浪漫主義理論或分析臺灣現代詩的浪漫精神。

6 可參考吳雅鳳，《浪漫主義文學研究在臺灣》，國科會人文研究中心，臺灣地區近幾十年來外文學門研究成果報告：英美文學組。

僅僅視「浪漫」為形容詞，用以形容一些有想像力、理想性強或否定寫實主義的作品，它們都缺乏文學術語的精確性，有的只是印象式的形容。不像探討其他文學理論或主義般，一一由詩人積極地投入以形成文學社團或對文學作品加以詮釋，甚或堅守彼此對理論的解釋，產生可貴的論爭以激起火花。

臺灣現代詩壇早就應善用「浪漫主義」理論作為論述之架構，審視其回歸文學精神的基本價值，釐清其與中國古典文學的浪漫精神及西方「浪漫主義」的異同，讓文學創作者和文學評論者能在思考臺灣文學與政治社會互動影響之餘，能耐下性子來好好地回到文學創作的源頭，仔細思考浪漫精神所強調的「想像力」、「原創力」、「熱情」、「情感」、「人與大自然」之於文學創作者的內化意義。

「浪漫主義」在臺灣現代詩的康莊大道上並沒有缺席，吾人應回到臺灣的社會、歷史與語境中去審視「浪漫精神」的特質是如何讓作者與讀者對話，如何改變成為適合臺灣土壤的理論。

從本論文第二至五章之論述，吾人可以明確地認知到臺灣詩人其實曾藉著作品的深耕，早已逐漸發展出屬於臺灣現代詩壇的「浪漫特質」，其芬芳的滋味畢竟不完全同於西方橫的移植，結成的果實亦非直接來自五四運動以降的浪漫養分，只是臺灣現代詩壇向來並不太重是文學理論史的書寫，詩人們也一直只忙於學習、消化並迅速遺棄西方已過時的文學理論。而臺灣政治社會的特殊變遷，似乎只讓現代詩人的創作精神習於寫實精神的耕耘，專力模仿不同的寫作技巧或語言文字的實驗，著眼大時代的風格脈絡，卻往往輕忽於探討文學創作的初衷：浪漫精神。

筆者今以西方「浪漫主義」的精神與發展為理論架構，並以中國文學的「浪漫傳統」為研究臺灣現代詩的浪漫精神內涵，不論從橫的移植或縱的繼承著手，都發現藉由對臺灣現代詩的「浪漫特質」

研究，才是真正切入理解中國文學的浪漫抒情傳統如何跟西方浪漫主義結合、如何在臺灣社會產生對話、融合或衝突，之後才逐漸形成具有臺灣特色的現代抒情詩、寫實詩或後現代詩。

吾人必須認知「浪漫精神」可作為文學創作的起源論和表現說的根基。在臺灣既然不見詩人以理論的形式大張「浪漫主義」的旗鼓以攻城掠地，也沒有學者將「浪漫精神」視為現代詩創作的根源，用以建構「臺灣現代詩學」理論的一部分。筆者以為，仔細爬梳整理理出臺灣現代詩的浪漫特質，日後研究臺灣「現代詩」的發展史將不會只是概念性的以西方文學理論作先驗性的模糊解析，也不只會以歷史事件或現代詩之論爭為建構「臺灣現代詩史」的斷代依據，而能深入以臺灣現代詩的「浪漫特質」為研究架構，思考以文學或詩學的創作原理以作為立史的判斷。

第二節　臺灣現代詩的浪漫特質

據薩依德的分析，他認為每一個文化的發展與維繫都需要另一個與之相異且具有競爭力的另類自我（alter ego）存在著。認同的建構（不管是東方的或西方的、法國的或英國的，認同都是一種可區別的集體經驗之寶庫）終究只是一種建構，它總會牽涉到對立物和「他者」這另一個建構，而其真實性也總是受制於「我們」對他們的差異性的詮釋與再詮釋。[7]從五四時期對西方「浪漫主義」的翻譯與誤讀開始，詮釋他者的「浪漫思潮」並用以詮釋中國的「浪漫傳統」，這種中西文化的互相的撞擊，其目的不在誰具有真正的

[7] 愛德華‧薩依德著，單德興譯《東方主義》（臺北：立緒，2004）：頁497。

詮釋權，也不在評論孰勝孰劣，而在於重新建構屬於臺灣現代詩的「浪漫特質」，這才能讓我們真正「認同」異於兩者之外而屬於臺灣的「浪漫特質」。

文學詮釋是一種審美的意識形態，文學自身才是審美批判的鵠的。臺灣現代文學缺乏理論的創生和發展，所以即使美學也不易形成系統，多的是概念性的陳述和直觀性的賞析。中國古典文學的「浪漫特質」內含著文學、美學傳統與哲學系統，形成具有「抒情傳統」與「寫實精神」的兩大層面。可西方的「浪漫主義」卻進一步形成為影響西方現代政治社會非常關鍵的「文藝思潮」，[8]至少產生了浪漫美學與浪漫詩學這兩大體系。深入研究臺灣現代詩的浪漫特質，相信必能成為日後研究臺灣現代文學與美學的重要基礎。

歸納以上的研究和申論，我認為臺灣現代詩的浪漫特質可歸納出底下四點：

一、回歸自然，實踐真誠美善

屬於中國古典的藝術精神，深深影響壇臺灣現代詩壇，儒教的天人思想、道家的自然哲學與禪宗的心性頓悟，其精神與美學構築了臺灣現代詩的深厚內涵。

臺灣現代詩人看待大自然不似西方浪漫主義的「泛神論」思想，他們鍾愛大自然不似西方衷心敬畏大自然，西方的思想體系認為大自然的一切只有「奧秘」沒有「神秘」，是眾神所創造的成果。臺灣現代詩以「自然」為主題的作品極多，追求自然的「神秘」也追求自然的「象徵」，其所形成的「自然美學」也各擅其長，如周

[8] 蔡源煌《從浪漫主義到後現代主義》（臺北：雅典，1987）：頁55。

夢蝶以哲學的思維追求自然世界與人為世界的逍遙無極；鄭愁予以流浪自然的宇宙人自居，航行於生命的風景之上，而楊牧則以自然的無限為人類的宿命尋找屬於詩的端倪，臺灣現代詩人處理大自然的主題已成為「浪漫精神」的重要支柱。

這種回歸大自然的情懷，一向是中國詩人的終極鄉愁，大自然的山水鳥獸也是詩人舒放情懷的所在。但是正如第二章所言，吾人當會發現「自然詩」在中國古典詩的傳統裏，應該僅能指稱山水詩，可到了臺灣現代詩人的筆下，這種區別似乎已無必要，因為我們已沒有仕宦貶謫的背景，而現代都市化早已走向深度文明，文人即使居住在田園和山水裏，其所呈現的主題已著重在寫作的方式與文人對自然情懷的異同上。

所以著重寫實手法的臺灣現代詩人，他們描寫大自然大都以呈現自我的反璞歸真；而著重在象徵技巧的表現上，詩人則以大自然為「象徵」的森林，自然的永恆運轉成為人類宿命的永恆理想。這些就與西方「自然詩」的內在精神極為不同，所以筆者在第四章以「楊牧」為例，以為臺灣現代詩「浪漫特質」勾勒出「回歸大自然」的主題與精神，此中既具有中國自然詩的道家情懷，同時又展露了西方「天堂與地獄結合」的「人性真相」。

二、異國想像，為求現實超越

西方浪漫主義追求異國想像（exoticism），臺灣現代詩則呈現兩種相異時空的距離想像：一種是屬於余光中式的離散情懷，一種是屬於楊澤式的異國寄情。前者來自於對中國古典文化與土地的鄉愁情懷，對自小就離家的詩人而言，黃河長江成為文化母國的源頭，但是長期的漂泊在外，讓家鄉終究成為另一個陌生的家國。余光中即使到了香港，如此接近中國，對於中國的情懷在想像中得到距離的美感，得以撫慰離散的鄉愁，反而是踏在腳底的香港，也是得即將離開和離開它之後，才感受到內心對香港的懷念。

楊澤屬意於異國文化的想像，不論是寄情君父古國或是想像異邦，那樣的異國情懷，彷彿為了理想的國度詩人就必須要離開家鄉而落腳一個陌生的地名，或流浪至遠古的國度。楊澤如幻似真的畢加島、巴塞隆納和格拉那達等，讓他在那兒才得以追求情愛以及肉體的「無政府主義」；鄭愁予的斯培西阿海灣[9]和十九世紀的草原，[10]楊牧的一個印度人、班吉夏山谷等，這些都是一種臺灣社會對西方文明的追慕想像，也可算是一種脫離傳統現實疆域的時空超越。

這些都和西方浪漫主義者所追求的異國風情不同，他們喜愛各國特有的地方色彩與傳統文化。例如柯立芝憑著想像虛構出「超自然」的情節和環境的詩文本，如〈古舟子詠〉和〈克理斯特貝爾〉；或是玄想極遠的異國風情如〈忽必烈汗〉。它們都籠罩著一層神秘氣氛，卻又令人在幻覺中感到無比真實。西方浪漫主義的詩人為了表現情感和思想，他們往往在詩裡想像一個完全不帶真實的理想世界，只是臺灣現代詩人在表現家國或異國的情懷中，還多了份對文化古國的移情與鄉愁，而這種多元而複雜的時空想像，則讓臺灣現代詩的時空移動更多了「縱的繼承」的「想像力」。

9　斯培西阿海灣：雪萊失蹤處，出自鄭愁予〈歸航曲〉一詩，《鄭愁予詩選》：頁 86。

10　取材自鄭愁予〈殘堡〉一詩，《鄭愁予詩選》：頁 130。

三、反抗現實，思考人類處境

楊牧所分析浪漫主義中的第四種層次「向權威挑戰，反抗苛政和暴力的精神」，頗值得吾人玩味。浪漫主義者強調來自創作者本身的熱情和激情，所以我們可以把浪漫主義分為消極和積極這兩種。臺灣現代詩承續日治時代與五四時期以來的寫實精神，其中對「外在現實」的極度關注，讓不同時期的詩人面對不同的對象產生不同的吶喊。

日治時代詩人被殖民者所壓迫而發出聲音，他們在覺悟下喚起民智，準備犧牲小我；而五四時期的知識分子對舊社會舊文化的革新思潮，則是隨著日治時代知識份子與一九四九年國民黨政府播遷來臺的影響，逐漸重構臺灣的抗議精神與道德思維。到了國民黨執政的戒嚴時期，詩人在對抗專制政權的威嚇而為低階層人民發出怒吼，並重構本土文化的重要性，這些在在呈現出臺灣現代詩積極的浪漫精神。即使是解嚴之後社會呈現多元價值的發展，詩人對現實小我和大我世界的悲憫情懷仍未稍減。

運用寫實技巧進行創作的詩人，以其積極的「浪漫精神」，反抗社會的權威不公，以針砭現實真相為目的；而另一種知識份子的浪漫革命，如楊牧、楊澤和白萩等人，將公理、正義和宿命的問題處理成人類的普世價值，以「現代主義」的寫作技巧，化激情的吶喊為意象的哲思，即使運用了寫實技巧也能對「真善美」作內在的追尋。如此多元的「反抗現實」，是透過思考人類終極處境的視野，讓寫實的世界不只限於「臺灣」或某一社會階層，而是直指世間永恆的真理，為人類找到心靈的淨土。

上提之種種都成為在臺灣現代詩壇非常重要的「浪漫特質」。詩人透過對人類宿命與現實社會的終極關懷，才讓這塊土地的浪漫精神不致流於太過虛渺，也才不會成為激情式的抗爭與吶喊，他們化情緒的文字為情思的論辯，促使浪漫詩思臻至哲思的領域。

四、追尋主體，拼貼身分認同

強調個人的主體性是西方浪漫主義的一種重要精神，這在中國古典的浪漫文學中較少出現，儒教注重群體倫常的觀念，強調個人與群體互動的關係，人的價值定位不是來自個人對自我的認同，而是視個人在群體所扮演的角色而定。

這種忽略個人的主體性價值，讓傳統的儒教價值機制得以運作數千年，而道家的哲學遂成為文人追尋主體自我解脫的一個精神世界。群體與自我的矛盾、對立與昇華一直是文人心靈的競技項目。到了五四時期，知識分子對西方浪漫主義的熱衷引介，浪漫詩人對個人主體性的極度重視，確是吸引中國文人作家的一個原因。第三章介紹梁實秋強調「人文主義」的浪漫精神，主要即為針對五四浪漫主義的極度「個人化」所造成的過度感傷和頹廢作某些阻遏。

姑且不論梁氏忽略西方浪漫主義的同理心，臺灣現代詩壇在處理個人「主體性」的問題已去除五四時期的頹廢，亦不強調西方浪漫主義的個人唯美想像，日治時代的「風車詩社」在倡導現代主義時，注重的是主體生存的狀況，認為世界是荒謬無序的，存在是不可認識的，這種作為即已種下現代主義文學之萌芽。到了一九五〇年代紀弦提倡「現代派」時，臺灣現代詩壇結合的是超現實主義、象徵主義、寫實主義等的技巧，「個人」情感的強化與寫實主義的冷靜批判已構成臺灣現代詩壇的兩大風格。

從國家認同到國族、身分、性別等認同問題，一直是臺灣社會價值層面的重要關鍵。隨著臺灣政治社會的多元開放，認同的重要性更形強化，個人價值的定位受到社會價值解構的強烈震撼，刺激詩人追尋主體，拼貼身分認同。例如，夏宇即以文字風格作種種實驗性演出，藉著語言與意象的重構，呈現「後現代」的浪漫抒情與主體性美學；而葉紅則是從個人價值出發，追尋個人「主體性」與群體身分認同之間的定位，矛盾和對立的個人情感，呈現了激烈的情感與身分認同的不協調。

第三節　臺灣現代詩的浪漫關鍵

總結以上臺灣現代詩壇的浪漫特質，有以下諸點值得我們研究者注意：

1. 臺灣現代詩大致上是以「Y」形的發展逐漸成長，一端來自日治時期的現代文學傳統，一端則延續五四時期以來中西思想文化的消融與繼承。屬於臺灣現代詩的「浪漫特質」自然不例外。

   當我們提到臺灣現代詩的「抒情傳統」時，我們不能只提到中國古典文學的「抒情傳統」，還必須審視五四時期挪自西方「浪漫主義」的迅速移植，那種對藝術美的永恆追求，對個人情感意識的重視都是重要的遺產。當我們分析臺灣現代詩的「抗拒思想」時，它不僅包含著日治時期的「抗議精神」與「民族認同」，同時亦含融著五四時期的「自我創新」與「革命情感」。
2. 臺灣現代詩的發展不單單是西方諸文學理論的實踐，不可能全然移植西方的思維體系，臺灣政治社會的敏感與禁錮，讓西方

「浪漫主義」裏某些精神因為創作心靈的需要得以發揚光大，例如文學「主體性」的追尋、「美」與「真」的探究與「抗拒思想」的抬頭等等。至於對宗教神祇的探討、「天堂」與「地獄」的結合、科學的「真」與人性的「真」之間的爭辯，或是大自然「崇高」與「壯美」的比較等等，這因與臺灣社會文化的思維類型不同，在臺灣現代詩領域裏都較少碰觸到。

3. 至於中國古典詩的抒情傳統，也不能全然涵蓋整個臺灣現代詩的抒情風格。雖然余光中、楊牧、楊澤等詩人都苦苦追尋文化中國的「認同」，試圖回到「彷彿是君父的城邦」，效法浪漫詩人屈原式的江畔行吟，但是我們必須清楚理解，他們的抒情方式雖然頻頻回顧古典抒情，可其抒情的精神已不是屈原的忠君愛國，回歸大自然也不是為了放下自我以求大我的道德歸宿，而是以「傳統文化」為現代抒情的質素與象徵，讓臺灣現代詩在橫的移植之際，藉著中國抒情傳統的傳承與再生，創造出屬於這塊土地的「象徵」與「語言」。
4. 臺灣現代詩對詩學體系的建立一直興趣缺缺，論述的方式不是傳承中國詩學的概念式評析，就是全面移植西方的理論架構，徒有中國詩學的「意境說」或是西方詩學的「悲劇傳統」都不足以詮釋臺灣現代詩的獨特精神。筆者並非以哲學性的探討為主，也不是以比較中西詩學的異同性為依歸，而是進一步反思：藉著臺灣現代詩浪漫特質的探討，回到文學發生的源頭，為臺灣現代詩作成扼要的分析。「艱難文論」不是臺灣詩壇的興趣，臺灣詩壇真正需要的是進一步消化沉澱各來源，找到屬於自己的「文學發生論」。

所以筆者在第三章以臺灣現代詩的「抒情精神」與「抗拒思想」為「浪漫特質」需要界定的兩大方向，先以余光中的香港情懷為例分析臺灣現代詩獨特的「國族認同」與「家國想像」；再以白萩的「抗拒思想」，探討有別於中西浪漫傳統的對「人性命運嘲諷」和「現實政治」的吶喊；最後一節以「主題學」為研究角度，以中國神話中的「山鬼」為例，分析臺灣現代詩如何將「神話」這一浪漫的象徵元素予以再生、新生與跨界，讓「浪漫精神」不是中西古典浪漫的餘溫，而是時時創生於臺灣現代詩的源頭活水。

5. 第四、五章分別以楊牧、楊澤、夏宇、葉紅為例，為臺灣現代詩的浪漫特質深入勾勒出明確類型。同樣是「抒情精神」和「抗拒思想」，楊牧和楊澤呈現的浪漫特質是「知識份子的浪漫革命」，而女詩人夏宇和葉紅則呈現了「浪漫主義的主體追尋與對立」。

　　有意思的是，楊牧和楊澤的浪漫革命亦不相同，前者追慕濟慈亦無法忘情李商隱，詩作中呈現大自然與詩人的對話，具有西方對自然景物的孺慕之情，亦有中國道家回歸原始情懷的理想；楊澤不同於他的老師楊牧，身為「薔薇學派」的教主，讓楊澤的「浪漫革命」缺乏對「大自然」的原始呼喚，卻充滿對愛與死的追尋、異國情懷的想像與安那其主義的靈肉奉行。

　　而兩位女詩人夏宇和葉紅的浪漫特質更是不同，夏宇的意象與文字總是讓研究者迷惑，以為她為顛覆而顛覆，所有的抒情傳統和古典直素都是她一概唾棄的對象。其實以其創作的「浪漫特質」加以分析，當會真正進入夏宇創作的初衷，她對語言意象權威的「反抗」來自臺灣 70 年代對「傳統權威」的質疑，包含文化霸權、男性意識、主體性認同等問題，所以她善用「後現代」的創作技巧來呈現她的抗拒思維，尋求真正的抒情精神與詩學價值，找到屬於臺灣現代詩的嶄新風貌。

而葉紅詩作雖然也呈現了濃厚的浪漫精神，試圖為一己的主體性找到真實身分與心靈身分上的定位和平衡，但是，她的浪漫精神畢竟不是定位為人生哲理的闡發，也並非為解決人生問題的方法，這也是西方「浪漫主義」走向沒落，終至被現代主義和激情革命行動所取代的原因之一。葉紅詩作從個人的浪漫情懷出發，創作主題多呈現內在靈魂的抗拒與矛盾，不像夏宇詩作，同是女性意識的「主體性」追尋，夏宇的藝術多了份理性的反思，讓個人生命的情懷歸納為芸芸眾生的命運，藉著「女性身分認同」與「顛覆價值傳統」的主題發揮，讓「浪漫精神」不只是矛盾的激情對立，而能昇化為「個人主義」的哲學價值。

綜上所言，吾人當能理解臺灣現代詩的浪漫特質具有共時性和歷時性的意義，古今中外的浪漫精神如何能在臺灣現代詩壇形成屬於自己的浪漫特質，又能呈現如此多元的風格，實在是極為重要而且難能可貴收穫。

第四節　「浪漫特質」的研究意義

一、浪漫主義作為批評方法的可能性

至於以「浪漫主義」作為臺灣現代詩的批評方法，其可能性究竟如何呢？筆者在研究的過程中試從臺灣現代詩的批評方法之建立，以「浪漫特質」來建構屬於臺灣現代詩壇的創作理論架構，探討「浪漫主義」作為文學批評方法的可能性。畢竟文學理論的出現

後於文學作品，必須先有創作的成果，而後文學理論從反省中浮現。文學理論指引讀者或批評家，從事文學批評的工作。[11]

艾布拉姆斯在《鏡與燈》中把「鏡」與「燈」兩個意象並置，其意義原在於「鏡」與「燈」的常相對立用來形容心靈的隱喻。一個把心靈比作外界事物的反映者，另一個則把心靈比作一種發光體，認為心靈也是它所感知的事物一部分。前者概括了從柏粒圖到十八世紀的主導觀念。這「鏡」與「燈」的兩個意象，在「隱喻」的運用之下，不僅能夠初步的表述，從新古典主義批評到浪漫主義批評的典型隱喻的根本變化，更能夠揭示文學（尤其是詩歌創作）的變遷。

1. 「鏡」揭示了藝術猶如鏡子，表述了詩歌發展自柏拉圖以降至十八世紀的「模仿說」「古典主義」和「新古典主義」的主要思維特徵，作為文學發展的途徑，這也是以艾布拉姆斯所說的以「世界」為主要的座標中心。而對於拉康的「鏡像理論」的闡述以至於強調文學作出本身的「第二自然」，以「鏡」來揭示詩歌創作乃「世界」的再現與模仿，對於後來「主體性」的文化批評，自然還是有深遠的影響。
2. 「燈」乃揭示艾布拉姆斯所言的以「作者」作為主要的座標中心，代表了浪漫主義關於詩人心靈為主導的觀念。而浪漫主義的詩歌，也多以象徵、比喻為表現方式。浪漫主義理論另一特徵是其還具有另一套比方，這些比方暗示詩歌是內在與外在、心靈與物體的各種情思和感知之間的相互作用，於是善用比喻以作為詩歌主題的表現方法。

[11] 顏元叔〈文學理論的功用〉，收入柯慶明編《中國文學批評年鑑》：頁 5-6。

「鏡」與「燈」兩個意象並置，不但明顯表現出詩歌創作本身的美學特質，且將詩歌的「真實性」，以隱喻的精簡性表現多元的想像和指涉空間，作為文學批評理論的意義，乃是確立了某些創作原則，並能藉此證實、整理和澄清我們對文學藝術的審美事實本身所作的闡述和評價。

至於浪漫主義是否能進一步成為批評方法或批評理論呢？

浪漫主義主要發生於18世紀末至19世紀初，其源起、發展、影響和變革，一直以來都充滿著多元且不確定性。並不是因為浪漫主義本身的弊病或缺乏養份，而是浪漫主義向來不似其他的思想或文化運動，是藉著運動而發展，成為改革的推手立輔，以至於成為「主義」的。

浪漫主義至今在文學理論的領域上，主要以浪漫精神、浪漫美學、浪漫詩學為其重點，它可以是主觀性的，獨創性的、自律性的，分別代表了藝術的本質論、生成論和功能論；它的主題型態，可以是野蠻與文明、鄉村與都市、童心與世俗、自然與人文的對立。但是浪漫主義作為批評方法（或理論）之前，必須先能確立完整而一致的批評方法，具客觀闡述標準和審美價值判斷的依據，這在浪漫主義本身所具有的不確定性特質及主義本身的生成特質都無法與文學批評方法的嚴謹特質相提並論。

二、浪漫精神的追尋與救贖

自《詩經》《楚辭》以降，中國古典詩的寫實精神和抒情傳統如涓涓細流隱然成形，歷史如推手，文學作品記錄了庶民的生活，也讓常民的情感和文學的語言互相映照，彼此影響、累積、消化復顛覆彼此的思維習慣，逐漸形成文學、哲學與美學的體系，或成為一個時代的流派，或匯流成思潮，繼續自覺或不自覺地推動著下一代的庶民和文人。「浪漫精神」一直是其中重要的創作力量，只是在以實用為取向的「仕宦文學」傳統中，詩教不言浪漫，只言溫柔敦厚；而在以抒情為傳統的「言志文學」系統裏，文人抒情詩的道德內化和人性昇華亦忽略了「浪漫精神」的個人價值與意義。

現代中國研究中西「浪漫主義」或「浪漫精神」的學者專家，其資料的累積與用功程度值得肯定，然而仔細探究，當會發現習於「意識形態」的研究方式，讓他們對「浪漫主義」的研究，多半著重在對「歷史」思潮的演進和對「主義」本身的原則性詮釋。因為中國近現代文學的發展和五四運動的關係較臺灣為直接而敏感，五四時期對浪漫主義的倉促消化與實用取向，使得研究者在面對中國近現代「浪漫主義」發展主題時，總與喚起人民的「革命」情感牽扯不清，以階級意識的角度詮釋中國「浪漫精神」的革命價值，讓「浪漫精神」的終極價值變成了喚起「無產階級」意識和革命情感，對於「文學起源論」與「創作精神論」的真正意義，顯然缺乏深入全面的探討與發皇。

至於研究臺灣現代詩方面，「外緣研究」與「文本研究」一直是兩條重要的方向，而臺灣現代詩創作成果的多元豐碩，也有諸多值得研究者挖掘的寶藏。但不同於中國現代詩壇對浪漫主義的重視，視其為「寫實主義」之外另一個支配現代詩壇的重要主義，臺灣現代詩研究領域以「寫實精神」與「抒情傳統」牢牢掌握著詩人跳動的經脈，那是臺灣研究者不同於中國的另一種「意識形態」，像臺灣社會習於「二分法」的思維模式，不是臺獨那肯定是親共，不是本土那就是媚外，研究者習慣以概念式的評論截然劃分創作者的創作意圖和創作技巧，把作品輕易歸屬於兩個涇渭分明的領域之內，反而讓創作者的心血更加血肉模糊。研究者須回到理論的源頭，真正耐下心來釐清「寫實精神」與「抒情傳統」的核心價值到底是什麼，讓臺灣現代詩懂得什麼是創作的初衷與最初的感動。

「浪漫精神」統攝文學思想與文學創作發生的源頭，不論是西方世界的思潮發展架構，或是中國文學的浪漫傳統，中西文學的「浪漫精神」超越創作技巧的實用性，也不是為任何主義界定固定不移的思想規範。不論是運用寫實主義、現代主義、後現代主義、抒情傳統等文學專有術語作為作品的標籤，創作者若不是善於發揮自己創作時的熱情、想像力、同理心、自由意志等創作源頭，那麼他的作品即使具有某某主義的風格，也無法感動自己，更遑論感動他人。

研究臺灣現代詩的「浪漫特質」本是眾多現代詩研究的一個角度，起因於筆者對現代詩創作的熱情與初衷，每一個意象的創造都是一次次與心靈最單純的碰撞。其實能留住創作的單純感動以形成為文學作品，和文學主義內涵的偉大並無直接關係，主義往往都是創作後設的歸納。但是今日身為一名研究者，對「浪漫主義」的理論研究必須懷有如創作般的執著和興趣，更需具備客觀理性的研究精神，才不會流於情感式的批評話語，也才能真正理解「浪漫精神」之於文學創作的真正意義。

臺灣現代詩至今仍是小眾文學，網路時代的來臨讓臺灣出版事業逐漸萎縮或轉型，詩刊與詩社的轉型或消聲匿跡，讓更多的詩人寧可隱身於部落格和文學獎的背後。以部落格寫作像是生活的樸實記錄，以文學獎的大量參與讓文學創作走入「獎項」評定「文學價值」的實用路徑，文學原則的「嚴謹性」和文學創作的「初衷」實應成為現今創作者值得深思的重點。

「浪漫主義」不是創作的技巧，在西方攻訐其缺失的論點都針對「浪漫主義」的抽象思維、濫情和強調激情的革命性，才導致浪漫主義的沒落。其實「浪漫主義」雖然沒落，但浪漫主義的精神，從神話的原型開始，強調真誠的原創力皆從「人」出發，身為文學創作者若能回到「浪漫精神」的源頭，當會發現浪漫精神對文學創作發展的救贖意義。浪漫精神並非一種主義的明確宣示，其特質呈現在不同的文學題材與體裁中，且浪漫精神之成為文學的源頭，而非文學技巧或批評方法才是正確的文學思考。

筆者研究臺灣現代詩的浪漫特質，為臺灣現代詩人追溯創作的主題內涵，歸納出臺灣現代詩成熟技巧背後相當純粹的「浪漫精神」。小心翼翼地碰撞這些屬於詩文本的初衷，如寂寞長夜的熠熠星光，來自獨特敏銳的情感，經過詩人的苦心經營，行吟沉思復蒐羅乍現的靈光，追尋詩的主題，亦在詩中尋找「自我」的答案。原來創作的感動，仍是需要創作者在走出康莊大道的同時，不時的回頭拂拭，還原成透明的原貌。

走筆至此，浪漫精神所揭示的創作初衷一直縈繞不去，詩人吳晟在 2008 年時報文學獎新詩組評審外記有一段話，相信懂得找回創作最初的感動，作品面臨「感動從缺」的現象，將不會發生在臺灣現代詩壇：

> 我們讀到很多詩作，意象過於繁複、近乎龐雜，「企圖心」太大，在一首詩中承載過多意涵，又流於「支離破碎」的拼湊，密密麻麻堆疊，無比擁擠的並列一起，各個句子、各個意象，只著重把「自己」精心打扮，披掛上一堆炫奇的裝飾品（形容詞），卻彼此疏離。這種詩，乍看之下，也許會讓人覺得「很厲害」，卻形同「佳句集錦」（佳句大雜燴），無法建立完整的組織架構。一連串看似「豐富」，實則「零碎」的意象，反而顯露出創作者欠缺邏輯思維的能力。這不應該是詩的「常態」。也許，透過這次的「從缺」，坦白把問題攤

> 開來，能引發一些討論，最重要的是，希望能重新找回，詩最初讓人感動的本質。[12]

不論是余光中、白萩、鄭愁予、楊牧、楊澤、夏宇或葉紅，只要回到創作的初衷，從個人真誠的情思提筆為詩，一一追尋詩的靈感如蘇東坡的「作詩火急追亡逋，清景一失難再得」，為覓得適合的文字意象如杜甫「吟成一字句，撚斷數莖鬚」，或是懂得曹操「但為君故，沉吟至今」的孤獨與執著，古往今來創作者的創作精神持續著人類精神文明的重要發展，只是詩作多如恒河之沙粒，得以留傳下來，且為世人牢記心中、反復吟詠者幾稀！臺灣現代詩真正的價值不在模仿中國古典詩詞的傳統，也不僅僅只是西方文學技巧的實驗場，而是在於能吸收中西方詩歌的創作技巧與精神，用現代的語言，表現臺灣文學特有的風格，顯示臺灣現代詩特有的精神，如此的現代詩方能代表各家及各時代的特色，為臺灣現代詩帶來嶄新的價值。[13]

---

[12] 吳晟〈2008 時報文學獎新詩組評審外記～找回最初的感動〉《中國時報人間副刊》2008.11.21。

[13] 邱燮友〈戰鬥詩與現代詩〉收於皮述民、邱燮友、馬森等著《二十世紀中國新文學史》（臺北：駱駝，1997）：頁 296。

參考書目

一、個人作品

白萩（1971）。《白萩詩選》。臺北：三民書局。
白萩（1984）。《詩廣場》。臺中：熱點文化。
白萩（1989）。《風吹才感到樹的存在》。臺北：春暉出版社。
白萩（1991）。《觀測意象》。臺中，臺中市立文化中心。
白萩（1994）。《香頌》。臺北：石頭出版社。
朱自清，郭沫若，葉聖陶等編輯（2000）。《聞一多全集》。臺北：里仁書局。
余光中（1979）。《與永恆拔河》。臺北：洪範書店。
余光中（1985）。《春來半島（沙田文叢之一）》。香港：香港出版公司。
余光中（1986）。《紫荊賦》。臺北：洪範書店。
余光中（1998）。《日不落家》。臺北：九歌出版社。
余光中（2002），收於陳義芝編。《新世紀散文家余光中》。臺北：九歌出版社。
余光中（2006）。《記憶像鐵軌一樣長》。臺北：九歌出版社。
夏宇（1984）。《備忘錄》。作者自印。
夏宇（1984）。《Salsa》。臺北：唐山書店。
夏宇（1991）。《腹語術》。臺北：唐山書店。
夏宇（1995）。《摩擦・無以名狀》。臺北：唐山書店。
夏宇（2007）。《粉紅色噪音》。臺北：田園城市文化。
徐志摩（1993）。《徐志摩全集》。臺北：商務印書館。
徐志摩（1993）。《徐志摩全集補編》。臺北：商印書館。
郭沫若（2006）。《郭沫若集》。北京：花城出版社。
楊牧（1977）。《柏克萊精神》。臺北：洪範書店。
楊牧（1977）。《葉珊散文集》。臺北：洪範書店。
楊牧（1978）。《北斗行》。臺北：洪範書店。

楊牧（1980）。《海岸七疊》。臺北：洪範書店。
楊牧（1980）。《禁忌的遊戲》。臺北：洪範書店。
楊牧（1982）。《年輪》。臺北：洪範書店。
楊牧（1982）。《搜索者》。臺北：洪範書店。
楊牧（1986）。《有人》。臺北：洪範書店。
楊牧（1989）。《一首詩的完成》。臺北：洪範書店。
楊牧（1991）。《完整的寓言》。臺北：洪範書店。
楊牧（1993）。《疑神》。臺北：洪範書店。
楊牧（1995）。《星圖》。臺北：洪範書店。
楊牧（1995）。《楊牧詩集 1950-1974》。臺北：洪範書店。
楊牧（1996）。《亭午之鷹》。臺北：洪範書店。
楊牧（1999）。《楊牧詩集 1974-1985》。臺北：洪範書店。
楊牧（2001）。《涉事》。臺北：洪範書店。
楊牧（2001）。《隱喻與現實》。臺北：洪範書店。
楊牧（2002）。《山風海雨》。臺北：洪範書店。
楊牧（2002）。《方向歸零》。臺北：洪範書店。
楊牧（2002）。《昔我往矣》。臺北：洪範書局。
楊牧（2006）。《介殼蟲》。臺北：洪範書店。
楊澤（1977）。《薔薇學派的誕生》。臺北：洪範書店。
楊澤（1980）。《彷彿在君父的城邦》。臺北：時報文化。
楊澤（1997）。《人生是不值得活的》。臺北：元尊文化。
瘂弦（1982）。《瘂弦詩集》。臺北：洪範書店。
瘂弦（1983）。《戴望舒卷》。臺北：洪範書店。
鄭愁予（1979）。《鄭愁予詩集 I：1951-1968》。臺北：洪範書店。
鄭愁予（2004）。《鄭愁予詩集 II：1969-1986》臺北：洪範書店。
葉紅（1995）。《藏明之歌》。臺北：鴻泰出版社。
葉紅（1998）。《廊下鋪著沉睡的夜》。臺北：河童出版社。
葉紅（2000）。《瀕臨崩潰的字眼感覺有風》。臺北：河童出版社。
聞一多（2004）。《死水》。北京：百花文藝出版社。
魯迅（2005）。《魯迅全集》。北京：人民出版社。

二、專書

丁仲祜編（1983）。《全漢三國晉南北朝詩》。臺北：藝文印書館。

上海外語（2006）。《牛津文學術語詞典》。上海：上海外語出版社。
丹青藝叢編委會（1987）。《當代美學論集》。臺北：丹青出版社。
中國郭沫若研究會編（2004）。《郭沫若與二十世紀中國文化》。福州：福建人民出版社。
方仁念選編（1993）。《新月派評論資料選》。上海：華東師大出版社。
文崇一（1995）。《歷史社會學》。臺北：三民書局。
文崇一編（1990）。《中國人：觀念與行為》。臺北：巨流出版社。
王夫之（1972）。《楚辭通釋》。臺北：里仁書局。
王充（1983）。《論衡》。臺北：宏業書局。
王珂（2004）。《百年新詩詩體建設研究》。上海：上海三聯書局。
王嘉良（2008）。《現代中國文學思潮史論》。北京：中國社科出版社。
王永生編（1984）。《中國現代文論選》。貴州：人民出版社。
王成兵（2004）。《當代認同危機的人學解讀》。北京：中國社科出版社。
王孝廉（1977）。《中國的神話與傳說》。臺北：聯經出版社。
王孝廉（1986）。《神話與小說》。臺北：時報文化。
王孝廉（1986）。《神話與小說》。臺北：時報文化。
王孝廉（2003）。《花與花神：中國的神話與人文》。臺北：洪範書店。
王建元（1988）。《現象詮釋學與中西雄渾觀》。臺北：東大出版社。
王國維著，徐調孚校注（2001）。《校注人間詞話》。臺北：頂淵出版社。
王逢振（1995）。《女性主義》，臺北：揚智出版社。
王弼、韓康伯、朱熹（1999）。《周易略例》。臺北：大安出版社。
王弼等著（1999）。《老子四種》。臺北：大安出版社。
王夢鷗（1989）。《文學概論》。臺北：藝文印書館。
王夢鷗編選（1980）。《當代中國新文學大系》十集。臺北：天視出版社。
王錦厚（1996）。《五四新文學與外國文學》。成都：四川大學出版社。
王嶽川（1992）。《後現代主義文化研究》。北京：北大出版社。
王嶽川（1992）。《後現代主義文化與美學》。北京：北大出版社。
王耀輝（2005）。《文學文本解讀》。武漢：華中師大出版社。
王艷芳（2006）。《女性寫作與自我認同》。北京：中國社科出版社。
《古注十三經》。（1980）。臺北：第一書局。
司徒衛（1979）。《五十年文學評論》。臺北：成文出版社。
石計生（2003）。《藝術與社會：閱讀班雅明的文學啟迪》。臺北：左岸出版社。

向陽（2003）。《文學現象》：〈七零年代現代詩風潮試論〉。臺北：正中書局。
朱立元編（2005）。《當代西方文藝理論》。上海：華東師大出版社。
朱光潛（1963）。《西方美學史》。北京：人民出版社。
朱光潛（1982）。《詩論新編》。臺北：洪範書店。
宗白華（1989）。《美學與意境》。臺北：淑馨出版社。
竺家寧（2005）。《語言風格與文學韻律》。臺北：五南出版社。
高友工（2004）。《中國美典與文學研究論集》。臺北：臺大出版中心。
徐復觀（1974）。《中國文學論集》。臺北：學生書局。
翁文嫻（1998）。《創作的契機——現代詩學》。臺北：唐山書店。
陳世驤（1972）。《陳世驤文存》。臺北：志文出版社。
陳芳明（1978）。《鏡子和影子：現代詩評論集》。臺北：志文出版社。
陳芳明（2003）。《陳芳明精選集》。臺北：九歌出版社。
陳啟佑（1983）。《渡也論新詩》。臺北：黎明文化。
張芬齡（1992）。《現代詩啟示錄》。臺北：書林出版社。
張惠菁（2002）。《楊牧》。臺北：聯合文學出版社。
葉維廉（1983）。《比較詩學》。臺北：東大出版社。
葉維廉（1986）。《秩序的生長》。臺北：時報文化。
葉維廉（1994）。《從現象到表現：葉維廉早期文集》。臺北：東大出版社。
朱光潛（2001）。《談文學》。臺北：文房出版社。
朱光潛（2005）。《文藝心理學》。上海：復旦大學。
朱熹集注（1987）。《楚辭集注》。臺北：文津出版社。
朱曦（2005）。《中國現代浪漫主義小說模式》。重慶：重慶出版社。
朱壽桐（2002）。《中國現代浪漫主義文學史論》。北京：文化藝術出版社。
朱雙一、張羽（2006）。《海峽兩岸新文學思潮的淵源和比較》。廈門：廈門大學。
老子（1981）。《老子白話句解》。臺北：華聯出版社。
佚名（1995）。《山海經校注》。臺北：金楓出版社。
何聃生（1984）。《孤岩的存在——有關白萩作品評論的結集》。臺中：熱點出版社。
吳定宇（2004）。《抉擇與揚棄——郭沫若與中外文化》。廣州：中山大學出版社。
吳潛誠（1994）。《感性定位：文學的想像與介入》。臺北：允晨文化。

吳潛誠（1999）。《島嶼巡航：黑倪和臺灣作家的介入詩學》。臺北：立緒文化。
吳潛誠（1999）。《靠岸航行：關於文學與文化評論》。臺北：立緒文化。
呂正惠（1989）。《抒情傳統與政治現實》。臺北：大安出版社。
呂正惠（1995）。《文學經典與文化認同》。臺北：九歌出版社。
李元貞（2000）。《女性詩學——臺灣女詩人集體研究 1951-2000》。臺北：女書店。
李亦園編（1990）。《中國人的性格》。臺北：桂冠出版社。
李明明（1992）。《形象與語言》。臺北：東大出版社。
李牧（1973）。《三十年代文藝論》。臺北：黎明文化。
李從華（2006）。《價值評判與文本細讀——新批評之文學批評理論研究》。北京：中國社科出版社。
李勤岸（1987）。《一等國民三字經》。臺北：前衛出版社。
李瑞騰（1984）。《披文入情》。臺北：蘭亭書店。
李瑞騰（1984）。《詩心與國魂》。臺北：漢光出版社。
李瑞騰（1992）。《晚清文學思想論》。臺北，漢光出版社。
李瑞騰・蔡宗陽主編（2002）。《梁實秋的春華秋實：梁實秋學術研討會論文》。臺北：九歌出版社。
李歐梵（2005）。《中國現代文學與現代性十講》。上海：復旦大學出版社。
李歐梵（2005）。《中國現代作家的浪漫一代》。北京：新星出版社。
李澤厚（1987）。《美學百題》。臺北：丹青出版社。
李澤厚（2006）。《美的歷程》。臺北：三民書局。
肖同慶（2001）。《世紀末思潮與中國現代文學》。安徽：安徽教育出版社。
肖霞（2007）。《日本近代浪漫主義文學與基督教》。山東：山東大學出版社。
周邦彥（1993）。《周邦彥集》。南昌：百花洲文藝出版社。
周策縱（1986）。《古巫醫與六詩考——中國浪漫文學探源》。臺北：聯經出版社。
周錦（1980）。《中國新文學簡史》。臺北：成文出版社。
周蕾（1995）。《婦女與中國現代性：東西方之間閱讀記》。臺北：麥田出版社。
孟樊（1998）。《當代臺灣新詩理論》。臺北：揚智出版社。
孟樊（2002）。《臺灣後現代詩的理論與實際》。臺北：揚智出版社。
林于弘（2004）。《臺灣新詩分類學》。臺北：鷹漢出版社。

林明德編（2001）。《臺灣現代詩經緯》。臺北：聯經出版社。
林河（1990）。《《九歌》與湘沅民俗》。上海：新華書店。
東海中文系編（2005）。《戰後初期臺灣文學與思潮論文集》。臺北：文津出版社。
東海中文系編（2007）。《苦悶與蛻變——六〇七〇年代臺灣文學與社會》。臺北：文津出版社。
東華大學中文系編（2004）。《文學研究的新進路——傳播與接受》。臺北：洪葉出版社。
林雲銘（1981）。《楚辭燈》。臺北：廣文書局。
林懷民・徐開塵・紀慧玲（1993）。《喧蟬鬧荷說九歌》。臺北：聯經出版社。
金元浦（1999）。《文化研究》。天津：社會科學院出版社。
金元浦編（2003）。《文藝心理學》。北京：中國人民出版社。
金尚浩（2005）。《戰後臺灣現代詩研究論集》。臺北：晨星出版社。
邱貴芬（1997）。《仲介臺灣・女人：後殖民女性觀點的臺灣閱讀》。臺北：元尊文化。
邱貴芬（1998）。《(不）同國女人聒噪——訪談臺灣當代女作家》。臺北：元尊文化。
邱燮友（1991）。《美讀與朗誦》。臺北：大安出版社。
邱燮友、皮述民、馬森等著（1997）。《二十世紀中國新文學史》。臺北：駱駝出版社。
咸立強（2006）。《尋找歸宿的流浪者：創造社研究》。上海：東方出版社。
姚一葦（1968）。《藝術的奧祕》。臺北：開明書局。
姚一葦（1978）。《美的範疇論》。臺北：開明書局。
蕭統（1975）。《昭明文選》。臺北：文化出版社。
柯慶明（2000）。《中國文學的美感》。臺北：麥田出版社。
柯慶明編（1976）。《中國文學批評年鑑》。臺北：巨人出版社。
洪淑苓（2004）。《現代詩新版圖》。臺北，秀威出版社。
洪興祖（1987）。《楚辭補注》。臺北：長安出版社。
胡和平（2005）。《模糊詩學》。北京：社會科學文獻出版社。
胡經之（2003）。《西方文藝理論名著教程》。北京：北大出版社。
茅盾（1981）。《神話研究》。天津：百花文藝出版社。
茅盾（1999）。《茅盾說神話》。上海：上海古籍出版社。
茅盾（2004）。《西洋文學通論》。上海：復旦大學出版社。

孫宜學編著（2002）。《中外浪漫主義文學導引》。上海：同濟大學出版社。
袁珂（1996）。《中國古代神話》。臺北：商務印書館。
袁聖勇（2006）。《魯迅：從復古走向啟蒙》。上海：三聯書店。
高文主編（1998）。《全唐詩簡編》。上海：上海古籍出版社。
高步瀛選注（1984）。《唐宋文舉要》。臺北：漢京出版社。
馬其昶（1982）。《詩毛氏學》。臺北：廣文出版社。
高國藩（2004）。《新月的詩神：聞一多與徐志摩》。臺北：商務印書館。
高誘注（1973）。《淮南子注釋》。臺北：華聯出版社。
寇鵬程（2005）。《古典浪漫與現代——西方審美範式的演變》。上海：三聯書店。
張京媛主編（1992）。《當代女性主義文學批評》。北京：北京大學出版社。
張法（2004）。《美學導論》。臺北：五南出版社。
張桃洲（2006）。《現代漢語的詩性空間》。北京：北大出版社。
張桃洲（2006）。《現代漢語的詩性空間——新詩話語研究》。北京：北大出版社。
張淑香（1992）。《抒情傳統的省思與探索》。臺北：大安出版社。
張漢良（1981）。《現代詩論衡》。臺北：幼獅出版社。
張漢良（1986）。《比較文學理論與實踐》。臺北：東大出版社。
張蕙菁（2002）。《楊牧》。臺北：聯經出版社。
張錯（2005）。《西洋文學術語手冊》。臺北：書林出版社。
張雙棣（1997）。《淮南子校注》。北京：北大出版社
梁宗岱（2002）。《詩與真》。臺北：商務印書館。
梁明雄（1996）。《日據時代臺灣新文學運動研究》。臺北，文史哲出版社。
梁實秋（1964）。《文學因緣》。臺北：文星出版社。
梁實秋（1986）。《浪漫的與古典的》。臺北：水牛出版社。
梁濃剛（1989）。《回歸佛洛伊德——拉康的精神分析學》。臺北：遠流出版社。
許慎（1980）。《說文解字》。臺北：漢京出版社。
陳子善、唐金海、張曉雲（1997）。《新文學里程碑》。上海：文匯出版社。
陳世驤（1972）。《陳世驤文存》。臺北：志文出版社。
陳光興（2000）。《文化研究在臺灣》。臺北：巨流出版社。
陳良遠（1992）。《中國詩學體系論》。北京，新華書店。
陶東風編（2005）。《文學理論基本問題》。北京：北大出版社。

陳芳明（1978）。《鏡子和影子》。臺北：志文出版社。
陳芳明（1994）。《典範的追求》。臺北：聯合文學出版社。
陳芳明（2002）。《後殖民臺灣》。臺北：麥田出版社。
陳芳明（2008）。《昨夜雪深幾許》。臺北：印刻出版社。
陳芳明（1977）。《詩與現實》。臺北：洪範出版社。
陳思和（1990）。《中國新文學整體觀》。臺北：業強出版社。
陳國恩（2001）。《浪漫主義與二十世紀中國文學》。安徽：安徽教育。
陳順馨（2007）。《中國當代文學的敘事與性別》。北京：北大出版社。
陳敬之（1980）。《「新月」及其重要作家》。臺北：成文出版社。
陳敬之（1980）。《文學研究會與創造社》。臺北：成文出版社。
陳煒舜編著（2006）。《楚辭練要》。宜蘭：佛光大學。
陳義芝（2006）。《聲納——臺灣現代主義詩學流變》。臺北：九歌出版社。
陳義芝編（1999）。《臺灣文學經典研討會論文集》。臺北：聯經出版社。
陳謙編（2008）。《葉紅作品及一九五〇世代女詩人》。臺北：河童出版社。。
陳慧樺（1976）。《文學創作與神思》。臺北：國家出版社。
陳慧樺、古添洪編（1993）。《從比較文學到神話》。臺北：東大出版社。
陳鵬翔（2001）。《主題學理論與實踐》。臺北：萬卷樓。
陳鵬翔、張靜二編（1992）。《從影響研究到中國文學》。臺北：書林出版社。
傅孟麗（2001）。《茱萸的孩子——余光中傳》。臺北：天下文化。
彭瑞金（1991）。《臺灣新文學運動四十年》。臺北：自立報社。
曾祖蔭（1987）。《中國古代美學範疇》。臺北：丹青出版社。
湯奇雲（2007）。《中國現代浪漫主義文學思潮史論》。廣州：廣東高等教育出版社。
程祥徽（1999）。《語言風格初探》。臺北：書林出版社。
舒蘭（1980）。《五四時代的新詩作家和作品》。臺北：成文出版社。
黃六點（2004）。《新約福音》。臺北：大光出版社。
黃庭堅，譚錦家校著（1984）。《山谷詞校注》。臺北：學海出版社。
黃瑞祺編（2003）。《現代性、後現代、全球性》。臺北：左岸出版社。
黃維樑編（1982）。《怎樣讀新詩》。香港：學津書店。
黃維樑編（1994）。《璀璨的五彩筆》。臺北：九歌出版社
黃維樑編（2004）。《文化英雄拜會記》。臺北：九歌出版社。
黃維樑編（2006）。《新詩的藝術》。南昌：江西高校。
楊家駱主編（1961）。《宋本樂府詩集》。臺北：世界書局。

楊家駱主編（1981）。《楚辭注八種》。臺北：世界書局。
楊江柱、胡正學編（1989）。《西方浪漫主義文學史》。武漢：武漢大學出版社。
楊莉馨（2005）。《異域性與本土化：女性主義詩學在中國的流變與影響》。北京：北京大學出版社。
瘂弦編（1976）。《詩學第一輯》。臺北：巨人出版社。
葉朗（1987）。《中國美學的發端》。臺北：金楓出版社。
葉維廉（1980）。《飲之太和》。臺北：時報文化。
董學文主編（2005）。《西方文學理論史》。北京：北京大學出版社。
廖炳惠編（2003）。《關鍵詞 200》。臺北：麥田出版社。
聞一多（1997）。《神話與詩》。上海：華東師大出版社。
聞一多（2002）。《神話研究》。成都：巴蜀書社。
趙家璧主編（1990）。《中國新文學大系》十冊。臺北：業強出版社。
劉向（1979）。《列女傳》。臺北：廣文出版社。
劉安（1992）。《淮南子》。臺北：東大出版社。
劉思量著（1992）。《藝術心理學》。臺北：藝術家出版社。
劉紀蕙（1994）。《文化與藝術八論：互文・對位・文化詮釋》。臺北：三民書局。
劉紀蕙（2000）。《孤兒、女神、負面書寫》。臺北：立緒出版社。
劉紀蕙（2001）。《他者之域——文化身份與再現策略》。臺北：麥田出版社。
劉紀蕙（2004）。《心的變異——現代性的精神形式》。臺北：國立編譯館。
劉康（1998）。《對話的喧聲——巴赫汀文化理論述評》。臺北：麥田出版社。
劉勰（1988）。《文心雕龍》。臺北：文史哲出版社。
劉勰著，劉拱本義。（1999）。《文心雕龍本義》。臺北：商務印書館。
劉增傑主編（1997）。《中國近代文學思潮》。臺北：文史哲出版社。
潘麗珠（1997）。《現代詩學》。臺北：五南出版社。
編輯委員會主編（1981）。《聯副三十年文學大系——文學史話》。臺北：聯經出版社。
編輯部（1980）。《新文學運動史料》。臺北：帕米爾出版社。
蔣孔陽（2007）。《美學新論》。合肥：安徽教育出版社。
蔡守湘（1999）。《中國浪漫主義文學史》。武漢：武漢出版社。
蔡源煌（1996）。《當代文化理論與實踐》。臺北：雅典出版社。
蔡源煌著（1987）。《從浪漫主義到後現代主義》。臺北：雅典出版社。

蔣驥（1987）。《山帶閣註楚辭》。臺北，長安出版社。
鄧元忠（1991）。《西洋近代文化史》。臺北：五南出版社。
鄧明宇、李介至等編（2007）。《心理學概論》。臺北：新文京出版社。
魯迅（1996）。《中國小說史略》。臺北：風雲時代出版社
黎玲、張小元等著（2004）。《藝術心理學》。臺北：新文京出版社。
蕭兵（2000）。《楚辭與美學》。臺北：文津出版社。
蕭兵（2001）。《神話學引論》。臺北：文津出版社。
蕭馳（1999）。《中國抒情傳統》。臺北：允晨出版社。
蕭蕭（1987）。《現代詩學》。臺北：東大出版社。
蕭蕭（1991）。《現代詩縱橫觀》。臺北：文史哲出版社。
蕭蕭（2003）。《臺灣新詩美學》。臺北：爾雅出版社。
蕭蕭（2004）。《臺灣現代詩美學》。臺北：爾雅出版社。
賴芳伶（2002）。《新詩典範的追求——以陳黎、路寒袖、楊牧為中心》。臺北：大安出版社。
龍協濤（1997）。《讀者反應理論》。臺北：揚智出版社。
簡政珍（1991）。《詩的瞬間狂喜》。臺北：時報文化。
簡政珍（2000）。《詩心與詩學》。臺北：書林出版社。
簡政珍（2004）。《臺灣現代詩美學》。臺北：揚智文化。
鍾玲（1989）。《現代中國繆司——臺灣女詩人作品析論》。臺北：聯經出版社。
簡瑛瑛（1998）。《何處是女兒家：女性主義與中西比較文學／文化研究》。臺北：聯合文學出版社。
顏元叔（1978）。《社會寫實文學及其他》。臺北：巨流出版社。
羅任玲（2005）。《臺灣現代詩自然美學》。臺北：爾雅出版社。
羅興典（2002）。《日本詩史》。上海：上海外語教育出版社。
羅剛、劉象愚（2000）。《文化研究讀本》。北京：中國社會科學出版社。
藝文印書館（1992）。《十三經注疏》。臺北：藝文印書館。
蘇雪林（1973）。《屈原與九歌——屈賦新探之一》。臺北：廣東出版社。
蘇雪林（1980）。《屈賦論叢》。臺北：國立編譯館。
蘇雪林（1983）。《中國二三十年代作家》。臺北：純文學出版社。
蘇軾（2000）。《蘇軾全集》。上海：上海古籍出版社。
顧天成（1997）上海圖書館藏清乾隆六年刻本。《九歌解》。收於《四庫全書存目叢書》。臺南：莊嚴出版社。

顧國柱（1995）。《新文學作家與外國文化》。上海：上海文藝出版社。
顧燕翎、鄭至慧主編（1999）。《女性主義經典》。臺北：女書文化。
顧燕翎主編（1996）。《女性主義理論與流派》。臺北：女書文化。

三、西文及翻譯專著

Adams, Hazard，傅士珍譯（2000）。《西方文學理論四講》。臺北：洪範出版社。
Aristotélēs（2001），崔延強嚴譯。《亞理士多德論詩修辭術》。臺北：慧明文化。
Aldrich, Virgil C.（1987），周浩中譯。《藝術哲學》。臺北：水牛出版社。
Agacinski, Sylviane（2005），吳靜宜譯。《性別政治》。臺北：桂冠出版社。
Barzun, Jacques，侯蓓譯（2005）。《古典的、浪漫的、現代的》。上海：江蘇教育出版社。
Barker, Chris 著、羅世宏等譯（2004）。《文化研究理論與實踐》。臺北：五南出版社。
Berger, John（2005），戴行鉞譯。《觀看之道》。桂林：廣西師大出版社。
Berlin, Isaiah（2008），呂梁等譯。《浪漫主義的根源》。南京：譯林出版社。
Brownmiller, Susan（2006），徐飆、朱萍譯。《女性特質》。南京：江蘇人民出版社。
Borges, Jorge Luis（2001），陳重仁譯。《波赫士談詩論藝》。臺北：時報文化。
Benjamin, Walter（1998），許綺玲譯。《迎向靈光乍消逝的年代》。臺北：臺灣攝影出版社。
Chevrel, Yves（1991），馮玉貞譯。《比較文學》。臺北：遠流出版社。
Clough, Partricia Ticineto（1998），夏傳位譯。《女性主義思想：欲望、權力及學術論述》。臺北：巨流出版社。
Culler, Jonathan（1998），李平譯。《文學理論》。香港：牛津大學出版社。
Cresswell, Tim（2006），王志弘、徐苔玲譯。《地方、記憶、想像與認同》。臺北：群學出版社。
Casirer, Ernst（1990），于曉等譯。《語言與神話》。臺北：桂冠出版社。
Casirer, Ernst（2005），甘陽譯。《人論：人類文化哲學導引》。臺北：桂冠出版社。
Casirer, Ernst（1983），黃曉清譯。《國家的神話》。臺北：成均出版社。
Campbell, Joseph（1996），朱侃如譯。《神話》。臺北：立緒出版社。

Campbell, Joseph（2000），朱侃如譯。《千面英雄》。臺北：立緒出版社。
Campbell, Joseph（2002），李子寧譯。《神話的智慧》。臺北：立緒出版社。
Empson, William（1998），王作虹等譯。《朦朧的七種類型》。杭州：中國美術學院。
Eagleton, Clyde（2003），《文化的觀念》。南京：南京大學出版社。
Eagleton, Terry（1998），吳新發譯。《文學理論導讀》。臺北：書林出版社。
Eagleton, Terry（2005），李尚遠譯。《理論之後》。臺北：商周出版社
Escarpit, Robert（1990），葉淑燕譯。《文學社會學》。臺北：遠流出版社。
Eliade, Mircea（2006），楊素娥譯。《聖與俗》。臺北：桂冠出版社。
Eliade, Mircea（2000），楊儒濱譯。《宇宙與歷史》。臺北：聯經出版社。
Fokkema, Douwe & Ibsch, Elrud~（1987），袁鶴翔等譯。《二十世紀文學理論》。臺北：書林出版社。
Frazer J. G（1991），汪培基譯。《金枝》臺北：桂冠出版社。
Freund, Elizabeth（1994），陳燕谷譯。《讀者反應理論批評》。臺北：駱駝出版社。
Foucault, Michel（1998）。《知識考古學》。香港：三聯書局。
Gayle, Greene & Kahn, Coppelia 編（1995），陳引馳譯。《女性主義文學批評》。臺北：駱駝出版社。
G.Johnson, Allan（1996），成令方等譯。《見樹又見林：社會學作為一種生活、實踐與承諾》。臺北：群學出版社。
Hall, John R. & Neitz, Mary Jo（2002）。《文化：社會學的視野》。北京：商務印書館。
Jump, John D.（1973），顏元叔譯。《西洋文學術語叢刊》。臺北：黎明文化。
Juno, Andrca（2002），楊久穎譯。《搖滾怒女》。臺北：商周出版社。
Levi-Syrauss, Claude（2001），《神話與意義》。臺北：麥田出版社。
Levi-Syrauss, Claude（2001），楊德睿譯。《神話與意義》。臺北：麥田出版社。
Lovejoy, Arthur O.（2002），張傳有等譯。《存在巨鏈》。南昌：江西高校出版社。
Marianne（1997），陳聖生等譯。《中國現代文學批評發生史（1917-1930）》。北京：社科社。
Morris, Jan（2006），黃芳田譯。《香港：大英帝國殖民時代的終結》。臺北：馬可孛羅出版社。

Kundera, Milan（2005），翁德明譯。《簾幕》。臺北：皇冠出版社。
McDowell, L.（2006），徐苔玲、王志弘譯。《性別、認同與地方》。臺北：群學出版社。
M.H.Abrams（2004）。《鏡與燈：浪漫主義文論及批評傳統》。北京：北大出版社。
Moi, Toril（1995），陳潔詩譯。《性別／文本政治：女性主義文學理論》。臺北：駱駝出版社。
Mannheim, Karl（1994），劉擬譯。《變革時代的人與社會》。臺北：桂冠出版社。
Nietzsche, Friedrich Wilhelm（2003），劉崎譯。《悲劇的誕生》。臺北：志文出版社。
Nochlin, Linda（2005），游惠貞譯。《女性，藝術與權力》。桂林：廣西師範大學出版社。臺灣由遠流出版。
Pollock, Griseida（2000），陳香君譯。《視線與差異——陰柔氣質、女性主義與藝術歷史》。臺北：遠流出版社。
Rabinowitz, Peter J.（1991），王金凌、廖棟樑譯。《無盡的迴旋：讀者取向的批評》。臺北：麥田出版社。
Holmes, Richard（1988），楊美惠譯。《柯立芝——想像力的奇才》。臺北：時報文化。
Barthes, Roland（1997）。《神話學——大眾文化詮釋》。臺北：桂冠出版社。
Barthes, Roland（2002）。《流行體系——符號學與服飾符碼》。上海：人民出版社。
Barthes, Roland（2004），溫晉儀譯。《批評與真實》。臺北：桂冠出版社。
Sontag, Susan（2003）。《反對闡釋》。上海：上海出版社。
Scholes, Robert（1989），譚一明譯。《符號學與文學》。臺北：結構出版群。
de Beauvoir ,Simone（1994），楊翠屏譯。《西蒙波娃回憶錄》。臺北：志文出版社。
Stevenson, Robert Louis（2001）。《認識媒介文化：社會理論與大眾傳播》。北京：商務印書館。
Santayana, George（1972），杜若洲譯。《美感》。臺北：晨鐘出版社。
Said, Edward W.（2004），單德興譯。《知識份子論》。臺北：麥田出版社。
Shelley, Percy Bysshe（2005），楊熙齡譯。《雪萊詩選》。臺北：愛詩社。
Tong, Rosemarie（1996），刁筱華譯。《女性主義思潮》，臺北：時報文化。

Turner, Earl（2004），王宇根譯。《比較詩學》。北京：中央編譯。
Vernant, Jean Pierre（2003），馬向民譯。《宇宙、諸神、人》。臺北：貓頭鷹出版社。
Van Doren, Charles（2006），郝明義譯。《如何閱讀一本書》。北京：商務出版社。
Wordsworth, William（2005），楊德豫譯。《華茲華斯詩選》。臺北：愛詩社。
Woolf, Virginia（2000），張秀亞譯。《自己的房間》。臺北：天培出版社。
Weedon, Chris（1994），白曉紅譯。《女性主義實踐與後結構主義理論》。臺北：桂冠出版社。
Williams, Raymond（2005），劉建基譯。《關鍵詞：文化與社會的詞匯》。北京：三聯書店。
Wellek, Rene（1999），張今言譯。《批評的概念》。杭州：中國美術出版社。
Wellek, Rene（2006），劉象愚等譯。《文學理論》。南京：江蘇教育出版社。
Wellek, Rene（1995），梁伯傑譯。《文學理論》。臺北：大林出版社。
Wellek, Rene（1997），楊自伍譯。《近代文學批評史》。上海：上海譯文出版社。
呂健忠、李奭學編譯（1998）。《新編西洋文學概論》。臺北：書林出版社。
呂健忠、李奭學編譯（2003）。《近代西洋文學：新古典主義迄現代》。臺北：書林出版社
國際基甸會（2004）。《新約全書》。臺中：國際基甸會。
劉若愚着，杜國清譯（1981）。《中國文學理論》。臺北：聯經出版社。
廚川白村著，陳曉南譯（1984）。《西洋近代文藝思潮》。臺北：志文出版社。
鄧迪思編，朝戈金譯（1994）。《西方神話學論文選》。上海：上海文藝出版社。
Wellek, Rene; Stephen G. Nichols Jr, ed, Concepts of Criticism, Yale UP, 1963
Shelley, P. B. The Poetical Works of Shelley ed. Newell F. Ford, Boston: Houghton Mifflin, 1974
The Poems of John Keats, ed. Jack Stillinger Cambridge, Mass. : Harvard UP, 1978
Harmon, William & Hugh Holman. A Handbook to Literature. Upper Saddle River, N. J. : Prentile Hall, 2003
Wordsworth, William ,Wordsworth's Complete Poetical Works, Cambridgeed. Boston : Houghton Mifflin Co., 19??
Zuckerkandl, Victor. Sound and Symbol. New York: Pantheon Books, 1956

四、期刊、單篇論文

王岫林（2005.12）。〈論九歌中的神話意象〉。《孔孟月刊》：頁 38-43。
王良和（2002.9）。〈三種聲音——論余光中「香港時期」的詩歌〉。《文學世紀》：頁 8-13。
石計生（2003）。〈印象空間的涉事——以班雅明的方法論楊牧〉。《中外文學》第 31 卷第 8 期：頁 234-252。
古遠清（2008.12）。〈三十年來大陸的臺灣新詩研究〉。《當代詩學》：頁 173-188。
伊瑟爾（Wolfgang Iser），單德興譯（1991.5）。〈讀者反應批評的回顧〉。《中外文學》19 卷 12 期：頁 85-100。
何春蕤（1990.5）。〈從讀者反應理論到反理論：史丹利・費許的新實用主義〉。《中外文學》第 18 卷第 12 期：頁 86-109。
吳雅鳳。《浪漫主義文學研究在臺灣》。國科會人文研究中心，臺灣地區近幾十年來外文學門研究成果報告：英美文學組。http://www.hrc.ntu.edu.tw/achievement/effort_projects/index.htm
洪珊慧（2006.12.6）《台灣女詩人夏宇詩作研究》。取材自網路資料 http://web.nanya.edu.tw/tcof/tcrd/word/96%E6%95%99%E5%B0%88%E7%A0%94_%E6%88%90%E6%9E%9C%E5%A0%B1%E5%91%8A/%E6%95%99%E5%B0%88%E7%A0%94096P-024%E6%88%90%E6%9E%9C%E5%A0%B1%E5%91%8A_%E6%B4%AA%E7%8F%8A%E6%85%A7.pd
孫瑋騂（2006.1）。〈海妖的聲音——淺談夏宇愛情小詩〉。《國文天地》：頁 13-18。
孫維民（1999.6）。〈自由詩的音樂性——以楊牧詩為例〉。《臺灣詩學季刊》第 27 期：頁 124-127。
郝譽翔（2000.12）。〈浪漫主義的交響詩——論楊牧《山風海雨》《方向歸零》《昔我往矣》〉。《臺大中文學報》：頁 163-186。
翁文嫻（2006.12）。〈新詩語言結構的傳承和變形〉。《成大中文學報》：頁 179-197。
翁文嫻（2007.9）。〈《詩經》「興」義與現代詩「對應」美學的追探〉。《中國文哲研究集刊》：頁 121-148。
翁文嫻（2009.2）〈十年來詩出版行動總觀察〉。《文訊》：頁 61

奚密（2000.10）。〈讀詩筆記・楊牧〉。《聯合文學》192 期：頁 26-31
奚密（2003）。〈抒情的雙簧管：讀楊牧近作《涉事》〉。《中外文學》第 31 卷：頁 208-216。
黃維樑（2006）〈「眺不到長安」：余光中的離散懷鄉《逍遙遊》〉。初稿。
游文宓整理（2009.2）。〈《2007 臺灣作家作品目錄》資料庫應用與特色〉《文訊》：頁 80
葉巧晶（2008）。〈讀者反應論與兒童圖畫書詮釋〉。《網路社會學通訊》第 69 期。
陳義芝（2006.9）〈夢想導遊論夏宇〉《當代詩學 2》：頁 157-169。
陳文成（1995.5.19）。〈起舞的撒旦——葉紅詩作的女性思考〉。《臺灣時報・臺時副刊。
陳國球（2008.6）。〈「抒情傳統論」以前——陳世驤早期文學論初探〉。《淡江中文學報》第十八期：頁 225-251。
張嘉惠（2004.6）。〈論夏宇詩中的修辭策略及女性書寫〉。《臺灣詩學季刊》：頁 153-188。
張芬齡、陳黎（2001）。〈楊牧詩藝備忘錄〉。林明德編：《臺灣現代詩經緯》。臺北：聯合文學，頁 121。
賀淑瑋（2006.12.30）。〈2006 開卷好書獎・十大好書（中文創作）是這樣選出來的——文學篇〉。《中國時報開卷周報》：E2 版。
須文蔚（2006.5. 29）。〈深刻與多樣的抒情聲音〉。《中國時報》開卷周報：E2 版。
曾珍珍（2003）。〈生態楊牧——析論生態意象在楊牧詩歌中的運用〉。《中外文學》第 31 卷第 8 期：頁 161-191。
劉益州（2003）。〈瘂弦「山神」與楊牧「林沖夜奔」中「山神」形象與敘事策略研究〉。《創世紀詩刊》134 期：頁 151-159。
遲鈍（2004）。〈有聲無聲〉。《臺灣詩學學刊》第 3 期：頁 63-77。
鄭愁予（2002）。〈猜想黎明的顏色〉。《聯合文學》212 期：頁 12-15。
鄭愁予（2003）。〈詩的贈達與自我尋位（一）〉。《聯合文學》230 期：頁 38-41。
鴻鴻（2007.10）〈沒有前戲，只有高潮——讀夏宇《粉紅色噪音》〉《文訊》：頁 112-113。
鯨向海（2004.6）。〈耳朵的手風琴地窖裡有神祕共鳴——夏宇詩歌觀點拼盤〉。《文訊》：頁 56-57。

鯨向海（2004）。〈我彈響自己〉。《臺灣詩學學刊》第 3 期：頁 55-61。
顧蕙倩（2006.8）。〈眇眇來世，倘塵彼觀：譬如花也要不停地傳遞下去——《文心雕龍‧知音》六觀法析評夏宇〈象徵派〉〉。長春：第十四屆世界華文文學國際學術研討會論文集抽印本。
顧蕙倩（2007.8）。〈浪漫主義的對立與昇華——評葉紅詩集《瀕臨崩潰的字眼感覺有風》〉。耕莘文教基金會「葉紅作品暨 1950 世代女詩人」學術研討會。後收錄於陳謙編《葉紅作品及一九五〇世代女詩人》（臺北：河童出版社，2008）：頁 117-155
顧蕙倩（2008.8）。〈論浪漫美學的個人主體性——以夏宇《備忘錄》為例〉。臺北：耕莘文教基金會「二〇〇八兩岸女性詩學」學術研討會抽印本。
龔鵬程（2008.12）。〈不存在的傳統：論陳世驤的抒情傳統〉。《政大中文學報》第 10 期：頁 39-51。

五、學位論文

阮美慧（2001）。《臺灣精神的回歸：六、七〇年代臺灣現代詩風的轉折》。臺南：成功大學中文系博士論文。
陳政彥（2007）。《戰後臺灣現代詩論戰史研究》。桃園：中央大學中文系博士論文。
陳全得（1998）。《臺灣《現代詩》研究》。臺北：政治大學中文系博士論文。
鄭慧如（1994）。《現代詩的古典觀照——一九四九-一九八九臺灣》。臺北：政治大學中文系博士論文
解昆樺（2008）。《臺灣七〇年代新興詩社研究——以其重估傳統、再造國族、進入公眾之特質為觀察核心》。臺北：臺灣師範大學國文系博士論文。
王慧萍（2002）。《中世紀怪誕風格的考察及其實例研究》。嘉義：南華大學環境與藝術研究所碩士論文。
王蕙萱（2001）。《臺灣現代女詩人作品主題研究》。嘉義：中正大學中文系碩士論文。
何雅雯（2001）。《創作實踐與主體追尋的融攝——楊牧詩文研究》。臺北：臺灣大學中文系碩士論文。
林婉瑜（2004）。《楊牧《時光命題》語言風格研究》。臺北：東吳大學中國文學系碩士論文。
徐培晃（2006）。《楊牧詩風的遞變過程》。臺中：逢甲大學中文系碩士論文。

陳柏伶（2003）。《據我們所不知的——夏宇詩研究》。臺南：成功大學中文系碩士論文。

陳秀貞（1993）。《余光中詩的語言風格研究》。嘉義：中正大學中文系碩士論文。

陳文成（2005）。《解嚴後詩刊選題策略之研究》。嘉義：南華大學出版所碩士論文。

邱一玄（2001）。《蘇曼殊與清末民初的浪漫主義》。政治大學中文系碩士論文。

劉維瑛（2000）。《八〇年代以降臺灣女詩人的書寫策略》。臺南：成功大學中文系碩士論文。

蔡哲仁（2004）。《白萩的詩與詩論》。臺南：成功大學臺灣文學系碩士論文。

簡文志（2001）。《楊牧詩研究》。臺北：東吳大學中文系碩士論文。

羅任玲（2005）。《臺灣現代詩自然美學——以楊牧、鄭愁予、周夢蝶為中心》。臺北：師範大學國文系在職進修碩士論文。

鄭劭清（2004）。《失卻與復歸：余光中三地二十年（1964-1985）》。臺北：華僑大學中文系碩士論文。

解昆樺（2003）。《論臺灣現代詩典律的建構與推移：以創世紀、笠詩社為觀察核心》。嘉義：中正大學中文系碩士論文。

紀錄瑣碎中的不平凡之美
——顧蕙倩　作家專訪特輯

顧蕙倩，出生於一九六五年，從小個性文靜，不擅長言的她，從高中開始，將生活點滴，包含課業或是與同學的感情糾葛，都當作手記題材，透過文字，霧面記錄下那段年少歲月。

抒發情感對顧蕙倩而言，也可以用繪畫、照相記錄，但在沉重的升學壓力下，繁忙的課業如同枷鎖扣緊著學生，教室裡最易取得的就是筆了，於是她選擇以寫作來加以描繪生活。既然是高中生，難免和同學在課堂上會偷偷傳紙條，除了以詩句激盪彼此的腦力外，偶爾也會剪下副刊文章，相互傳閱，對她而言，用筆記錄生活，是件愉快的事情，藉由這些細微的舉動，牽引著青春時期的顧蕙倩一步步走向文學創作之路。

正式踏入寫作領域，是在顧蕙倩的大學時期，就讀於師大國文系的她，開始了有意識的創作。一開始顧蕙倩嘗試加入噴泉詩社，從寫詩起步，獲得了噴泉詩獎的榮耀，接著她也向報社投稿，得到刊登的肯定。由於詩的意境過於抽象，裡頭承載的情感頗為內斂，社會大眾較無法接受、理解，讀詩的人可說是遠比寫詩的人少。但散文與詩不同，平鋪直敘的方式，能夠自然而然的陳述心情，暢所欲言，為了報刊的專欄編輯，顧蕙倩便開始著手創作散文，藉此，她從中望穿了散文的迷人樣貌，偶爾創作散文，偶爾也寫寫詩。

顧蕙倩認為自己並非專職寫作者，不需要為交作品而寫作品，這樣的方式容易造成自我要求過高，導致心靈上的疾病。在沒有稿件的壓力下，支持著她創作的動力，來自於那些同樣喜愛寫作的朋友們，及自己有意識、無意識之間依循著靈感而寫，為了求學、教學而作，是這些力量支持著她，繼續為文學耕耘。

身為創作者，顧蕙倩也有著自己喜愛的作家。談起欣賞的作家，顧蕙倩開啟了她的話匣子與我們閒話家常。寫作風格較感性但不濫情，文字清爽洗練的寫作風格，是她所喜愛的類型，如楊照、張蕙菁，這兩位作家的特點，不只是思緒理性，還摻雜了歷史觀點在文章當中，張蕙菁又較楊照感性些，卻不黏膩，帶了點俏皮。關於龍應台，顧蕙倩則從自身成長經驗反應著對其那股欣賞，龍應台於不同時期的文風不同，早期《野火集》炙熱直切的筆觸，少輕狂話中帶有刺，如一團烈火般燒進了文壇。龍應台訴人敢怒不敢言者，敲擊著許多讀書人的心情，顧蕙倩年輕時，就崇尚著那種霸氣。近期龍應台筆鋒轉為抒情溫馨，婚後育子的龍應台個性軟化、溫柔，《目送》一書正輝映著龍應台為人母且入世較深的歷程。同樣的，現在的顧蕙倩也反映著那樣的心情，由此可知人在不同的時間、地點、心情下，悅目的文類會有所不同。

問到顧蕙倩最滿意的作品，她搖搖頭表示沒有，但對於收錄於《九十二年散文選》（九歌出版）中的作品〈音樂鐘什麼時候停了〉卻很喜歡。文章的緣起，來自顧蕙倩當時任教學校一位因病過世的同仁，校方在舉辦追悼會前夕，邀請顧蕙倩寫一首悼念詩。詩尚未完成，顧蕙倩卻在午休時獨自聽見過世同仁桌邊傳來音樂鐘齒輪轉動的聲響，突然間腦中閃過靈感，發自內心懷念對方，在情感的延續下，那樣的感覺是有意識的，顧蕙倩說，人的生命就像個鐘，總有一天會停止，當發條不再轉動時，將由誰來繼續使它動作呢？就像個輪迴，因此她寫下了悼念詩，後來因緣際會下又改編為散文，刊登在中央日報上，最後被收錄到《九十二年散文選》（九歌出版）。

第一篇參加競賽作品是大二時現代詩課的習作，為閱讀了白萩詩人的〈雁〉有感而著，從模仿到轉化，成為自己的作品。在教授的鼓勵下，顧蕙倩拿著作品參加了師大噴泉詩獎，得到獎項的鼓舞後，她開始向外投稿極短篇、新詩、散文，顧蕙倩不放過那些激勵自己創作的機會。寫作對顧蕙倩而言，在整理自己的心情之際，也紓解了想發表文章的欲望，記錄了過去，回頭探望時，讓自己能夠記住曾經的成長過程，好比有人喜歡拍照，留下相片作為紀念，顧蕙倩將回憶存放在文章中。

許多文壇前輩，對於資訊界快速發展嗤之以鼻，無法接受原本持在手中擁有重量的書籍，漸轉為毫無真實感的電子書，甚至關於年輕一代在網路部落格抒發心情，或是從事文學創作，將其視為非正式寫作的行為。顧蕙倩卻不這麼想，她反而鼓勵文學新人們，可以藉著所謂市場低迷的時期，嘗試各方面發展，從手寫日記，到網路部落格定期發表文章，進而投稿報章雜誌、參與文學獎，或相約好友自費出書。顧蕙倩從本身經驗出發，建議想踏入文學創作領域的初學者，大量閱讀不同風格的作品，不需要一味的模擬且生吞文字，在閱讀中尋找屬於自己的真摯情感。參加文學營隊則使人能夠一邊創作一邊學習，營隊中來自四面八方的文學愛好者集結在此，不但可以自邀請的講師學習，也從身邊的隊友們汲取知識。同時，她也認為旅行可以開拓不同的新事物，鼓勵新人可以藉著旅行讓自己擁有源源不絕的寫作素材，不因此侷限於狹小的空間。至於許多人煩惱的靈感問題，顧蕙倩提及，若是想寫作卻沒有靈感，可從敘寫閱讀心得下手，練習文字的精煉度，再漸漸培養靈感。

最後說到關於散文的觀感，顧蕙倩笑了笑，她傾向以詩與小說來解釋散文。詩看似自由，但限制卻更大，必須在文字創新度中，要求更加精練。小說則以情節、人物、對話構成一種它才獨有的特

顧蕙倩文學年表

一九六五	．十月二十日生於臺北市和平東路成功新村，祖籍江蘇常州。
一九七七	．光仁小學畢業。
一九八〇	．光仁中學初中部畢業。
一九八一	．嘗試文學創作。
一九八三	．光仁高中畢業。 ．就讀師大國文系，受黃慶宣老師及學姐羅任玲鼓勵，發表首篇現代詩創作〈雁〉於師大校刊。
一九八四	．大二加入師大噴泉詩社。 ．獲師大噴泉詩獎佳作。 ．參加復興文藝營，結識許悔之、陳去非等詩人。後成立地平線詩社。
一九八五	．擔任師大噴泉詩社創作組組長。 ．作品〈屈原〉，獲臺北市詩人節新詩即席創作比賽首獎。
一九八七	．師大國文系畢業。 ．分發至北市新民國中實習。
一九八八	．考取淡江大學中文系碩士班。
一九八九	．兼任迴聲有聲雜誌社採訪編輯。 ．經李瑞騰教授推薦，詩人梅新賞識，轉任中央日報副刊組編輯。

一九九一	・淡江大學中文系碩士班畢業，論文題目《蘇曼殊詩析論》，李瑞騰教授指導。 ・擔任衛理女中教師。
一九九二	・轉任師大附中教師。編輯校刊獲選臺北市教育局校刊特優獎勵。
一九九五	・九月，出版劇本創作《追風少年》，正中書局出版。
一九九六	・兼任國立臺灣藝術大學講師，講授「現代詩」、「現代小說及習作」、「臺灣文學」等課程。
一九九七	・兼任新觀念雜誌社特約採訪編輯。
二〇〇一	・十一月，散文集《漸漸消失的航道》，健行文化公司出版。
二〇〇三	・散文〈音樂鐘什麼時候停了〉首次入選年度文學選集。（九歌：《九十二年年度散文選》，顏崑陽主編）。
二〇〇四	・詩作〈混聲合唱〉由師大附中學生七十名於北市新詩朗誦比賽朗誦表演。
二〇〇五	・詩作〈In All It Glory〉由師大附中嚎好玩詩社於大安森林公園朗誦表演。 ・九月，進入佛光大學文學系博士班就讀。
二〇〇六	・八月，發表〈眇眇來世，倘塵彼觀：譬如花也要不停的傳遞下去──以《文心雕龍・知音》六觀法析評夏宇〈象徵派〉〉，第十四屆世界華文文學國際學術研討會論文集，長春大學。
二〇〇七	・一月，詩散文合輯《傾斜／人間的喜劇》、散文集《幸福限時批》，由唐山出版社出版，收錄二〇〇二至二〇〇七之作品。 ・擔任第二屆葉紅女性詩獎複審委員。

二〇〇七	·擔任臺北市第一屆青少年學生文學獎初審委員。 ·九月，發表〈浪漫主義的對立與昇華－評葉紅詩集《瀕臨崩潰的字眼感覺有風》〉，「葉紅作品與一九五〇世代女詩人」學術研討會，耕莘文教基金會；後收錄於《葉紅作品與一九五〇世代女詩人書寫》論文集，二〇〇八年九月，河童出版社出版。
二〇〇八	·擔任臺北市第二屆青少年學生文學獎初審委員。 ·擔任第三屆葉紅女性詩獎複審委員。 ·擔任第七屆蘭陽青少年文學獎新詩組決審委員。 ·擔任第六屆基隆市海洋文學獎新詩組決審委員。 ·擔任國立臺北教育大學北青文學獎新詩組決審委員。 ·九月，發表〈論浪漫美學的個人主體性——以夏宇《備忘錄》為例〉，「二〇〇八兩岸女性詩學」學術研討會，國立臺北教育大學語教系、耕莘文教基金會主辦。
二〇〇九	·二月，兼任銘傳大學應用中文系講師。講授「現代詩及習作」、「中國文學鑑賞與習作」等課程。 ·擔任臺北市第三屆青少年學生文學獎初審委員。 ·六月，以論文「臺灣現代詩的浪漫特質」通過口試，取得佛光大學文學系博士學位，指導教授陳鵬翔。 ·八月，銘傳大學應用中文系以兼任助理教授改聘。 ·擔任第四屆葉紅女性詩獎複審委員。 ·擔任國立臺北教育大學北青文學獎散文組決審委員。 ·擔任銘傳大學白蘆文學獎新詩組決審委員。 ·十二月，詩集《時差》出版，李瑞騰、陳謙序，收錄二〇〇六至二〇〇九作品，秀威資訊出版。

二○○九	‧論文集《蘇曼殊詩析論》，碩士論文改訂之作，由花木蘭出版社出版。 ‧論文集《臺灣現代詩的浪漫特質》，獲臺灣詩學雜誌社，二○○九年第一屆大學院校詩學研究論文獎學金。 ‧論文集《臺灣現代詩的浪漫特質》，博士論文改訂之作，由秀威資訊出版。

《臺灣現代詩的浪漫特質》改版後記

這是一本我很喜歡的作品。喜歡它在嚴謹理性的思維邏輯間，安置著一顆詩性浪漫的靈魂。

也多虧它，讓一個喜歡肩上背負旅行包包的人，能夠暫時放下耽溺浪遊的心情，安心苦讀，甘做書蠹。那種自我規範，追尋真理，好學思辨的生命歷程，成就的不僅是白紙黑字的論文，更是一段異常珍貴的生命之旅。

四十初度重回校園，攻讀博士學位就只是喜歡「好學」加諸於我身的樂趣。面對熟悉的紙筆，滿心歡喜地蒐羅資料，撰寫論文。畢業至今仍清楚記得那種「為伊消得人憔悴」的執著。

但仍不免有所疏漏，這就是選擇畢業後改版的原因。感謝陳鵬翔教授在撰寫論文過程中的悉心指導，讓這本我喜愛的書能夠順利完成，獲得博士學位；也要感謝李瑞騰教授、康來新教授、洪珊慧教授的鼓勵與指正，讓我能夠重新嚴格審視自己的著作，並得以更正錯誤，面對學術殿堂的嚴格規範。

經歷一次的改版歷程，也經歷了生命殿堂的重新定位，這本論文的價值已不再是一位文學博士的研究所得，而是誠心看待學術與生命的契機。謹以此文誌之。

顧蕙倩

2012.5.于北投

文學視界 01　語言文學類　AG0140

臺灣現代詩的浪漫特質（修訂版）

作　　者 / 顧蕙倩
責任編輯 / 胡珮蘭、黃姣潔
圖文排版 / 蘇書蓉
封面設計 / 陳佩蓉

發 行 人 / 宋政坤
法律顧問 / 毛國樑　律師
出版發行 / 秀威資訊科技股份有限公司
114 台北市內湖區瑞光路 76 巷 65 號 1 樓
電話：+886-2-2796-3638　傳真：+886-2-2796-1377
http://www.showwe.com.tw
劃撥帳號 / 19563868　戶名：秀威資訊科技股份有限公司
讀者服務信箱：service@showwe.com.tw
展售門市 / 國家書店（松江門市）
104 台北市中山區松江路 209 號 1 樓
電話：+886-2-2518-0207　傳真：+886-2-2518-0778
網路訂購 / 秀威網路書店：http://www.bodbooks.com.tw
國家網路書店：http://www.govbooks.com.tw

2012 年 5 月 BOD 一版
定價：420 元

國家圖書館出版品預行編目

臺灣現代詩的浪漫特質 / 顧蕙倩作. -- 修訂一版. -- 臺北市 : 秀威資訊科技, 2012. 05
面 ;　公分. -- (語言文學類 ; AG0140)
BOD 版
ISBN 978-986-221-965-2(平裝)

1. 臺灣詩　2. 新詩　3. 詩評

863.21　101008898

讀者回函卡

感謝您購買本書，為提升服務品質，請填妥以下資料，將讀者回函卡直接寄回或傳真本公司，收到您的寶貴意見後，我們會收藏記錄及檢討，謝謝！

如您需要了解本公司最新出版書目、購書優惠或企劃活動，歡迎您上網查詢或下載相關資料：http:// www.showwe.com.tw

您購買的書名：________________________________

出生日期：________年________月________日

學歷：□高中（含）以下　□大專　□研究所（含）以上

職業：□製造業　□金融業　□資訊業　□軍警　□傳播業　□自由業

□服務業　□公務員　□教職　□學生　□家管　□其它_____

購書地點：□網路書店　□實體書店　□書展　□郵購　□贈閱　□其他

您從何得知本書的消息？

□網路書店　□實體書店　□網路搜尋　□電子報　□書訊　□雜誌

□傳播媒體　□親友推薦　□網站推薦　□部落格　□其他__________

您對本書的評價：（請填代號　1.非常滿意　2.滿意　3.尚可　4.再改進）

封面設計____　版面編排____　內容____　文／譯筆____　價格____

讀完書後您覺得：

□很有收穫　□有收穫　□收穫不多　□沒收穫

對我們的建議：________________________________

____

____

____

請貼
郵票

11466
台北市內湖區瑞光路 76 巷 65 號 1 樓
秀威資訊科技股份有限公司 收
BOD 數位出版事業部

……………………………………………………………………………………

（請沿線對折寄回，謝謝！）

姓　名：＿＿＿＿＿＿　年齡：＿＿＿＿　性別：□女　□男

郵遞區號：□□□□□

地　址：＿＿＿＿＿＿＿＿＿＿＿＿

聯絡電話：(日) ＿＿＿＿＿＿＿＿ (夜) ＿＿＿＿＿＿＿＿

E-mail：＿＿＿＿＿＿＿＿＿＿＿＿